.

国家社科基金
GUOJIA SHEKE JIJIN HOUQI ZIZHU XIANGMU
后期资助项目

"异国情调"与"乡愁"之间

日本大正时期文学中的中国叙述研究

高洁 著

Between
"Exoticism"
and
"Nostalgia"

A Study of Chinese Narratives
in Japanese Literature
of the Taisho Period

上海人民出版社

国家社科基金后期资助项目
出版说明

后期资助项目是国家社科基金设立的一类重要项目,旨在鼓励广大社科研究者潜心治学,支持基础研究多出优秀成果。它是经过严格评审,从接近完成的科研成果中遴选立项的。为扩大后期资助项目的影响,更好地推动学术发展,促进成果转化,全国哲学社会科学工作办公室按照"统一设计、统一标识、统一版式、形成系列"的总体要求,组织出版国家社科基金后期资助项目成果。

全国哲学社会科学工作办公室

目　　录

绪　章

一、日本近现代文学中的中国题材与中国形象研究述评

提及日本近现代文学中的中国书写，"中国题材"与"中国形象"这两个概念无法回避。中国题材日本文学研究一直是新世纪以来国内日本文学研究的热门领域。

王向远《中国题材日本文学史》(2007)一书指出，"题材"这一概念不仅包括"想象"性虚构文学中的异国人物形象、异国背景（舞台）、异国主题，也包括有文学价值的写实性、纪实性的游记等。该书梳理了日本文学中自古代民间故事至当代作家的中国历史题材小说，对长达一千多年的中国题材文学传统进行归纳总结，可以说是中国题材日本文学研究领域开先河之作。王向远认为：日本作家创作的中国历史题材小说表现出褒扬中国历史文化的倾向，而中国现实题材的作品则可分为纪行文学、战争文学、通俗文学三大类。该书粗略统计自明治维新以后至1937年日本发动大规模侵华战争前的近70年间，来华旅行过的日本著名文学家超过50人，他们创作的纪行性作品具有重要的文献价值和一定的文学性。总的来看，他们对于中国的历史文化表现出浓厚的兴趣，给予很高的评价，而对现实的中国社会感到失望，对现实的中国人表示不屑乃至蔑视。而与侵华战争相关的战争文学大多具有军国政府御用文学的性质。大众通俗文学领域大量出现中国题材作品则主要是在20世纪后期，包括推理小说、战争打斗小说、犯罪小说、冒险小说等，其中的中国题材更多是为了强化异域色彩和国际感觉。①

就大正时代而言，该书主要提及中国旅行热与中国纪行的兴盛，对谷崎润一郎、佐藤春夫、芥川龙之介与村松梢风做了简要的个案分析，指出谷崎

---

① 参见王向远：《中国题材日本文学史》，上海古籍出版社，2007年，第2—11页。

润一郎"对中国、对中国文化抱有很大的好感"①;佐藤春夫对中国及中国文化的评价则在日本侵华战争前后"翻然豹变",反映出日本"侵华战争期间日本文坛的主流趋势"②;芥川龙之介的《中国游记》在一定程度上"反映了1920年前后中国各地的社会现实",表现出作家"对中国的独特观察和感受"③;而通俗小说家村松梢风则是"一个不折不扣的'中国迷'"④。

王向远对于中国题材日本近现代文学作品的分类把握住了此类文学作品的某些基本特征,但也不乏疏漏之处。就日本近现代文学家的中国之行而言,美国日本研究学者傅佛果(Joshua A. Fogel)在《重新发现中国的日本旅行文学:1862—1945》(*The Literature of Travel in the Japanese Rediscovery of China:1862—1945*)(Stanford University Press, 1996)一书中做了详细统计,该书共涉及五百多部游记,可以看出自幕府末年至日本战败的1945年为止,日本近现代文坛的主要作家、诗人几乎都来过中国,其中包括:

森鸥外　二叶亭四迷　正冈子规　夏目漱石　迟塚丽水　田山花袋
佐佐木信纲　河东碧梧桐　与谢野晶子　永井荷风　正宗白鸟
齐藤茂吉　志贺直哉　木下杢太郎　北原白秋　谷崎润一郎　里见弴
菊池宽　长与善郎　久保田万太郎　村松梢风　久米正雄　芥川龙之介
佐藤春夫　吉川英治　金子光晴　吉屋信子　大佛次郎　横光利一
小林秀雄　中野重治　林芙美子　岛木健作

这在中日文化交流史上是空前绝后的现象,考虑到铁路、轮船等现代交通工具是跨国旅行顺利进行的必要条件,加之九一八事变之后日本一步步推进侵华战争,一定程度上影响了个人旅行,可以说自明治末期至昭和初期这段时间是日本文学家来华旅行的鼎盛时期,以芥川龙之介《中国游记》为代表的产生深远影响的中国纪行作品大多诞生于这一时期。

日本学界对于日本近现代文学中的此类中国题材研究也日益关注。日本学者秉承其典型个案深入解读之研究传统,在该领域的首部代表作当数西原大辅《谷崎润一郎与东方主义——大正日本的中国幻想》(2003)一书。该著以谷崎润一郎大正时期的中国题材作品为研究对象,指出1918年谷崎第一次中国旅行归国后创作的一系列中国题材作品充满了日本式的东方主

---

① 参见王向远:《中国题材日本文学史》,上海古籍出版社,2007年,第95页。
② 同上书,第101页。
③ 同上书,第108页。
④ 同上书,第114页。

义话语,而 1925 年第二次中国之行中与郭沫若、田汉等上海文艺界人士的深入交流,促使作家放弃了东方主义话语模式的中国题材作品创作。该书出版后受到日本学界广泛关注,2004 年获得日本比较文学会奖。2005 年被译介到国内后,在国内也掀起一场研究高潮,在中国知网以"中国题材、日本""谷崎润一郎、日本""芥川龙之介、日本""佐藤春夫、日本"为主题词检索的结果,均显示自 2004、2005 年以后相关研究成果数量呈现大幅上升的趋势。例如《大正日本文学中的"支那趣味"》(《国外文学》2005 年第 3 期)、《芥川龙之介〈南京的基督〉中的东方主义话语》(《柳州师专学报》2006 年第 4 期)、《谷崎润一郎笔下的中国江南》(《解放军外国语学院学报》2009 年第 2 期)、《论谷崎润一郎首次中国之行后文学创作中的中国形象》(《日本问题研究》2013 年第 1 期)、《天津旅行与"支那趣味"——论谷崎润一郎、芥川龙之介的文学表现与文化立场》(《山东社会科学》2014 年第 10 期)等都采用了与上述西原大辅专著相通的研究范式,以大正时期创作有中国题材作品的作家为研究对象,从萨义德提出的东方主义话语的视角,援用后殖民主义文学批评理论,对作品中的东方主义话语进行批判。

在西原著作之前,20 世纪后半期,日本关于近现代文学中的中国题材作品研究多以日本近现代文学中的"中国像"研究这一形式呈现。早在 1975 年,《近代日本文学中的中国像》一书就选取了明治、大正和昭和文学中与中国相关的作品,以先摘录原文片段,之后进行简要评介的形式进行导读性质的介绍,是该领域的一本入门书。在日语中,"像"一词意为形态、面貌、样子,"中国像"研究大多停留在梳理作品中有关中国的书写层面,这与近年来国内方兴未艾的形象学研究路径并不完全相同。

王向远认为"题材"这一概念的外延大于"形象","题材"可以涵盖"形象学"的研究对象——异国形象及异国想象,但又不局限于此。① 周宁在《跨文化形象学》一书中则指出,"研究西方的中国形象的意义,不是简单地描述中国形象的特征与演变过程","西方的中国形象是西方文化对中国的某种掺杂着想象与知识的'表现'","是西方文化为在世界观念秩序中认同自身而构筑的文化'他者'"。② 由周宁主编的"世界的中国形象研究"丛书(2010)共八本,以跨文化形象学研究的方法,分析世界的中国形象与全球化的中国形象网络的形成。其中《日本的中国形象》一书对日本的中国形象其具体内涵、如何产生与延续等问题进行了梳理。在前言中,该书作者吴光辉指出,

---

① 参见王向远:《中国题材日本文学史》,上海古籍出版社,2007 年,第 2 页。

② 周宁:《跨文化形象学》,复旦大学出版社,2014 年,第 1—2 页。

研究日本的中国形象,不仅要阐述这一形象是如何体现的,是如何被操作的,更要认识到这种操作背后的基本逻辑,及其在当下的现实意义。[①]该书所做的爬梳涉及思想史、精神史、观念史等多个维度,作者在后记中写道:"希望从整体上摸索出一个'日本的中国形象'的研究框架。这样一个过程,无疑是以牺牲了局部问题或者个案问题的基本把握与深度挖掘为代价的。"[②]的确,国内基于形象学的研究多从宏观角度对日本近现代乃至日本从古至今的中国形象进行整体把握,个案的深入研究略显不足。

与此相对,日本涉及"中国像""中国观"的研究则更注重汉学家、"中国通"以及政治家、思想家的个案开掘,涉及近现代文学则选取代表作家、典型文本进行个案研究,甚至达到考证作家经历点滴细节的精细程度,在还原史实方面贡献很大。宏观研究的整体把握与微观研究的深入挖掘各有所长,如何将二者进行有机结合,正是本书尝试的研究路径,即将同一时代的代表作家作为一个群体来把握,在逐一进行个案爬梳与分析的同时,又注重个体之间的关联性,力争重现该群体作家的整体面貌,进而把握这一时代中国题材文本所建构的中国形象的特征及其形成机制,同时将这一历史时期日本文学的中国书写置于明治以降的历史发展脉络及日本文学、文化的演进历程中进行定位。

二、大正这一历史时期的"特殊性"

1. 现今日本社会的原型诞生于大正时期

众所周知,日本自明治维新开始至 1945 年日本战败为止的近代史,按照天皇的年号分为明治、大正与昭和三个时期。明治时期日本结束闭关锁国,走上富国强兵之路,最终通过中日甲午战争与日俄战争两次胜利,"脱亚入欧",跻身帝国主义列强的行列。而进入昭和年代以后,正值世界性经济危机,为了缓和国内矛盾,日本走上军国主义道路,从挑起中日两国之间的战争直至向美国宣战,最终战败,被以美国为首的联合国军占领。日本现代著名作家司马辽太郎曾以"荣耀的明治"与"暗黑的昭和"两个词组分别对明治与昭和战前时期进行概括,可以说某种程度上代表了日本国内的历史观。处于明治与昭和之间的大正时期,自 1912 年至 1926 年,仅有短短 15 年,是

---

① 吴光辉:《日本的中国形象》,人民出版社,2010 年,第 2—3 页。
② 同上书,第 236 页。

日本近代史上最短的一个时期(按照天皇年号划分),但称得上是奠定日本现代社会政治、经济、文化等各方面基础的时期。

首先,史称"大正民主主义"的大正时期,是日本近代议会制民主主义基本正常运作的政治安定期,这一时期形成的民本主义,成为战后日本民主主义政治思想的基础。"政党政治"与"普选制"是大正民主主义的两个关键词,与藩阀政治相关的政界元勋或者引退,或者离世之后,经由考试选拔、高等教育机构培养出来的人才开始成为政界的中坚力量。其中最具象征性意义的事件是1918年被称为"平民宰相"的原敬首次组成"政党内阁"。

经济方面,第一次世界大战爆发后,日本与美国两个新兴国家取代欧洲各国成为物资生产据点,日本的轻工业与造船业、制铁业等重工业高速发展,日本经济呈现出前所未有的景气局面。1923年关东大地震之后,东京进行了大规模的城市基础设施建设,现代化城市面貌初步显现,不仅东京的新宿、涩谷等"副都心"开始形成,大阪、神户也开始逐步发展成为现代化都市。

大正时代同时又是都市文化与市民文化繁盛的时期。演员、歌手等职业诞生;百货商店出现;以大阪为总部的《大阪朝日新闻》《大阪每日新闻》开始进入东京,与《读卖新闻》一起逐渐形成今天日本报业的三大巨头。广播这一新媒体产生;汽车、出租车成为城市主要交通手段;咖喱饭、炸猪排、牛肉饼成为"大正三大洋食",战后日本人的餐桌构成在大正时期基本定型。"大正浪漫"一词指的正是大正时期这种时髦新式的现代文化氛围。

以往关于日本近代史的研究大多重视日本如何成功"脱亚入欧",如何走上国家主义、法西斯主义、军国主义道路,对大正这一日本近代史的转型期未予以充分关注。但是,如上所述,现今日本社会的原型可以说诞生于大正时期,研究大正时期的历史,无疑可以为理解当下的日本社会提供一个参照。而相对稳定的政治、经济环境,促成了文化艺术的繁荣局面,大正文学得以在一个相对宽松、自由的氛围之中,将明治末期确立的日本近代文学推向顶峰。

2. 日本近代中国观演变过程中大正时期的特殊意义

就"中国观""中国形象"而言,明治时期日本走上西化道路,以"脱亚入欧"为目标,在中日甲午战争中,战胜清国,成为东亚霸主,并进一步通过日俄战争的胜利,跻身列强队伍,蔑视轻侮中国之风日盛。昭和时期"中国亡国观"形成并逐步升级,军部推动政府付诸实践。这样看来,似乎从明治到昭和时期,日本"中国观"的演变脉络清晰,顺理成章。但是其中伴随着错综复杂的变化。例如,众所周知,在"大正浪漫"的文化氛围下出现了"中国趣味"热潮,通过家具、饮食和旅行等媒介,体验具有中国特色的异国情调,成为当时文化人的一种时髦的生活方式。

于是,大正时代出现一批与"中国趣味"密切相关的作家,如芥川龙之介、谷崎润一郎、佐藤春夫、木下杢太郎等,在他们创作的小说、游记、随笔等各种文学体裁中都表现出对中国的关注,并共同构建了大正文学中的中国形象谱系。这一中国形象谱系关注多于轻蔑,甚至还表现出某种憧憬与向往,这在日本近代"中国观"的整体演变过程中似乎是一个特例。因此,研究这一中国形象谱系,探究其形成原因,及其在近代日本"中国观"演变过程中的位置十分必要,特别是这一中国形象谱系出现在日本近代史的转型期以及日本现今社会原型诞生的大正时期,其中也蕴含着现今日本大众想象中的中国形象的原型。

三、研究特色与研究意义

本书的特色之一,就是以断代史的形式研究大正文学的中国叙述。在日本,将日本近代史划分为明治、大正、昭和三个时期进行研究颇为普遍,日本近代文学史也分别有明治文学史、大正文学史、昭和文学史等专著出版。在中国国内,则往往对日本近代史整体进行宏观把握,没有进行断代史的细分。如前所述,日本近代史的三个时期有着不同的鲜明特色,当然近代史的演进遵循着整体的发展规律,但是分析不同时代的不同特色才能够对历史有更为深入细致的把握。大正时期是日本近代史的转型期,又是现今日本社会原型的诞生期,因此本书以断代史的形式研究这一时期日本文学的中国叙述,梳理大正文学所构建的中国形象中存在的种种可能性,这对我们理解当下日本社会的中国认识具有很好的参考价值。

以往的研究大多认为,"大正浪漫"时代氛围之下的"中国趣味",更多是一种对于异国情调的憧憬与热衷。它不同于日本的汉学传统,而与风行于18世纪欧洲的"中国热"有某种共通之处,是一种大众文化层面上摩登又潇洒的异国情趣。近年来则盛行利用后殖民主义批评理论对中国题材大正文学作品中的东方主义话语进行批判。当代日本学者也曾如此反省:"当我们遭遇西方文化中定型的那个被歪曲的本国人形象时,会感到困惑。而与此同时日本也为了进行帝国主义的侵略扩张,将他国文化故意扭曲丑化。"①

---

① 廣野由美子『批評理論入門』,中央公論新社(中公新書),2005年,第212页。本书引用的日文专著、论文的中文译文均由笔者译出,以下不再一一说明。

的确,作为一个亚洲国家,日本既属于西方东方主义的客体,同时又习得了这种观察视角,将之用于它的亚洲邻国。

但是,以上从"憧憬"与"丑化"两个层面对中国题材大正文学作品进行简单的"二分法",未免失之偏颇,因为二者都没有充分认识到此类作品在同时代社会历史语境中所具有的文化功能与政治意义。重新阐释大正文学的中国叙述具有重要意义,中日两国之间一衣带水的地理位置以及渊源深厚的文化传统,使得此类文学文本不可能完全纳入西方文学想象遥远东方世界的东方主义话语框架。本书旨在发挥中国研究者的主体性,在近代中日关系的场域中探索如何重新阐释此类文学文本,从而坚定对中华优秀传统文化影响力的自信,对于崛起的中国如何在全球化的今天继续提升文化软实力,对思考日本人的中国观、今后中日关系的走向做一些探索。

四、研 究 方 法

1. 对代表作家关涉中国书写的文本进行细读

本书选取的代表作家关涉中国书写的义本,既有经典名作,例如芥川龙之介的《中国游记》、谷崎润一郎的《麒麟》、佐藤春夫的《女诚扇绮谈》等,也有很多国内外研究界鲜有涉及的作品,例如佐藤春夫《李鸿章》、木下杢太郎《昆仑山》等文本。本书将在继承日本近代文学中国题材研究的已有成果的基础上,采用文本细读这一文学研究最基本的方法,梳理各个文本的中国叙述,阐释其中的中国观与中国认识,不是削足适履地将自己的观点强加给文本,而是忠实于文本,挖掘诠释文本字面背后的意义。

2. 援用比较文学形象学与后殖民主义批评理论

在对作品中的中国形象进行梳理,分析其中国形象的特征、生成原因与演变过程时,援用后殖民主义批评理论,揭示这种中国形象所隐含的东方主义话语因素。与此同时,研究大正文学中的中国形象,必然需要借助比较文学研究中形象学的相关理论和方法论。比较文学形象学研究的对象是"异国的形象,是出自一个民族(社会、文化)的形象,最后,是由一个作家的特殊感受所创作的形象"。①通过研究一国形象在他的文学流变,即它是如何被想象、被塑造、被流传的,分析异国形象产生的深层社会文化背景,并找出

---

① 孟华主编:《比较文学形象学》,北京大学出版社,2001 年,第 25 页。

折射在他者身上的自我形象。周宁曾指出：研究现代日本的中国形象，必须将其置于日本现代性的世界观念格局中，日本现代性自我身份认同的内在危机"使陷于现代性焦虑的日本不断从肯定西方形象、否定中国形象的'文化势利'选择中确认自身"。①周宁提出的"自我东方化"与"彼此东方化"概念对研究大正文学中的中国形象，也具有参考作用。

3. 发挥中国研究者的主体性，重视中日两国之间关系的特殊性

日本自文字的发明开始一直深受汉字—儒学文化的影响，因此其文化现象中包含有无法剔除的中国元素。进行中国题材文学创作的大正作家，大多经历过从"南蛮②趣味""江户趣味""中国趣味"到"回归日本古典"四个阶段的变化历程，这四者之间彼此相通，都指向传统与历史，与文化记忆密切相关。

如果说西方将东方只视为"他者"，那么日本由于与其殖民地化的各个国家地区之间，拥有汉字、佛教、儒学等共同的文化基础，使得近代日本观察中国的视角不可能与西方的"东方主义"完全相同。大正时期，"中国趣味"作家观察中国的视角包含着诸多不能以"东方主义"一语蔽之处，值得逐一解读。本书重视中日两国关系的特殊性，着力揭示在日本全面发动对华侵略战争之前，大正文学中国叙述所包含的种种可能性。

4. 重视大正时期历史文化语境的考察

本书以大正文学的中国叙述为研究对象，在解读文学作品时离不开大正这一历史文化语境。因此重视文学文本与历史、文化、政治权力等的关系，借鉴新历史主义的研究方法，探讨大正文学中国叙述的起源与发展路径。在文学文本的解读之外，对大正时期政治、经济、文化的考察也是本研究的重要组成部分。

---

① 周宁：《跨文化研究：以中国形象为方法》，商务印书馆，2011年，第220页。
② "南蛮"：指室町至江户初期，基督教传播至日本九州一带所留下的文化遗迹。

8

第一章　被忽视的大正时代

在历史学研究中，一般将自明治维新（1867）起至日本战败（1945）这一时期视为日本的近代。这不足一百年的历史，按照天皇年号，又可划分为明治、大正、昭和三个时期，本书使用"大正时代""大正时期"等表述正是基于这样一种历史划分方法。但是在日本的近代史研究界，并未将"大正时代""大正时期"等视为一个严格的学术用语，常常代之以"大正民主主义时期"等用语来界定这一时期。

考虑到本书并非致力于历史研究，在日本国内，明治、大正、昭和、平成、令和这些天皇年号对于包含国民意识、理念等的思想文化领域具有重要意义，与文化密切相关的文学研究中，名之为"明治文学史""大正文学史""昭和文学史"的专著更是从多位日本知名文学评论家的笔下诞生，因此本书仍然使用"大正时代""大正时期"等用语，以更加清晰地凸显介于明治与昭和之间的这一历史时期的特殊性。

如前所述，日本作家司马辽太郎曾提出"荣耀的明治"与"暗黑的昭和"这一组呈现鲜明对立的表述，令当时的日本人印象深刻。明治的"荣耀"来自哪里？毋庸置疑，明治天皇即位后，结束德川幕府的锁国政策，推动日本迅速走上"富国强兵"之路。日本不仅免于沦为西方列强的殖民地，更是在1894年至1895年的中日甲午战争（日本称日清战争）中，一举打败欧美列强眼中的东亚大国——大清帝国，取而代之成为东亚霸主。1904年至1905年的日俄战争，日本又击败西方列强之一的俄国，从而实现了明治初期启蒙思想家福泽谕吉所谓"脱亚入欧"的目标，跻身列强队伍。从1853年为美国人佩里的坚船利炮所迫打开国门，到废除与欧美列强之间所有的不平等条款①，并加入其行列，日本仅

---

① 自1854年德川幕府与美国签订《日美和亲条约》至1869年日本政府与奥匈帝国签订《日墺修好通商航海条约》等的一系列条约中都有治外法权、放弃关税自主权、单方面最惠国待遇等不平等条款。明治政府一直致力于废除这些不平等条款，1871年，派遣岩仓具视为首的使团前往欧美各国，虽在考察欧美国情方面取得成果，但是修改不平等条约的谈判均未成功。此后历任外相都致力于这一工作，但都不顺利，直至1894年7月16日，终于在伦敦与英国签订《日英新通商航海条约》，废除了治外法权，此后经与其他列强国家谈判，明治政府陆续收回治外法权，1899年，与欧美其他国家签订的新条约开始生效。而关税自主权则至1911年成功收回。

仅用了五十余年的时间。

与"荣耀的明治"相比,昭和时代的日本一步步陷入战争泥潭,虽一度势力范围北至库页岛,南达印度尼西亚,更是占领太平洋上的众多岛屿,但最终还是于1945年8月15日,昭和天皇在广播中向所有日本国民宣告全面接受波茨坦公告,结束战争。战败后日本一度处于以美军为首的联合国军的占领管理之下,"暗黑的昭和"正是聚焦于聆听天皇"玉音放送"之后,日本国民无所适从、精神空虚的心理状态,以及战败之后粮食匮乏、黑市横行的"黑暗"景象而言。昭和天皇在位64年之久,战后60年代起日本经济高速发展,一跃成为世界第二大经济体,应该说昭和也有它辉煌的一面。但是这已经超出了日本近代史的范围,仅就近代史之内的昭和时代而言,用"暗黑的昭和"一词形容不无道理。

那么,司马辽太郎并未提及的大正时代又如何呢? 大正天皇病弱,在位不过十几年,夹在"荣耀的明治"与逐步走向战争泥潭的"暗黑的昭和"之间,大正时期似乎没有发生过惊天动地、轰轰烈烈的大事件,没有引起过多关注。但正是这一日本近代史上的"小康"时期,奠定了今天日本社会的基础。日本学者竹村民郎指出:大正民主主义、"大正文化"与现代日本的民主主义以及大众文化呈现螺旋状上升的同心圆式构造。①大正时期日本经济快速发展,日本人生活水平提高,不仅衣食住行等基本生活条件得到改善,更是改变了日本人的精神、意识乃至思想,呈现出"大正浪漫"的文化繁荣景象。

一、第一次世界大战给日本带来机遇

在聚焦于日本大正"小康"时期经济与文化的繁荣局面之前,首先需要放眼世界,关注一下同时期的世界局势。毋庸置疑,在日本的大正时期,世界范围内翻天覆地的大事当属第一次世界大战的爆发及战后凡尔赛和约体系的确立。

1914年6月28日,奥匈帝国的皇储夫妇,在合并不久的波斯尼亚的首府萨拉热窝,被试图联合塞尔维亚统一南斯拉夫的民族主义者暗杀,这成为第一次世界大战的导火索。奥匈帝国和塞尔维亚的背后分别有德国与俄国

---

① 竹村民郎『大正文化 帝国のユートピア:世界史の転換期と大衆消費社会の形成』,三元社,2004年,第14页。

的支持,奥匈帝国7月28日对塞尔维亚宣战后,8月1日,德国对俄国宣战。几天之内,三国同盟与三国协约的各帝国列强纷纷参战,战争一步步陷入胶着状态,进而演变成为持续四年半之久的长期战争,各种现代化武器被投入战场,造成巨大牺牲。

1917年11月7日(俄历10月24日),在俄国,由布尔什维克领导的工农兵苏维埃举行武装起义,第二天全俄苏维埃大会宣布接管政权。苏维埃政府于11月21日,向交战国政府提议媾和,12月与德国缔结停战条约。1918年11月11日,第一次世界大战终于实现了全面停战。1919年1月,英、法、意、美等同盟各国在巴黎召开和平会议,讨论协约国的媾和条件。1919年6月28日,凡尔赛和平条约签订,决定成立国际联盟。1921年11月12日,在美国政府的提议下,旨在限制军备的华盛顿会议召开。根据会上签署的华盛顿海军条约,英、美、日、法、意各国主力舰的比例确定为10:10:6:3.33:3.33。

第一次世界大战中,欧洲成为主战场,战争造成人员大量伤亡,人们的生活受到根本性破坏,在战争的废墟面前,欧洲陷入深刻的精神危机。欧洲所仰仗的19世纪的知识传统——自由主义、浪漫主义、人道主义变得不能令人信任,人们陷入一种精神上的不安与动摇。有人寄希望于国际联盟能够带来世界和平,避免世界性的战争再次爆发。有人认为俄国十月革命的胜利标志着马克思主义才是新的救世主。有人探索着处于极限状态下的人的生存状态,走向存在主义哲学。有人则对人的理性产生深刻怀疑,执迷于虚无主义、达达主义以及超现实主义的艺术世界。

与欧洲面临的深刻精神危机不同,第一次世界大战中,日本没有成为战场,可以说,战争没有给日本带来任何不幸,反而带来了诸多机遇与利益。1915年中期左右,日本出口急剧增加,出现空前的"大战景气"。日本不仅向俄、英、法等协约国出售武器、军需品与食品,还向中国、印度、南洋等地大量出口产品,取代了原来占领这些市场的欧洲商品。另外,随着美国经济的繁荣,出口美国的生丝等产品也销路旺盛。1915年日本的对外贸易实现从贸易逆差到顺差的逆转,1915—1918年的四年之中,累计贸易顺差达到14亿日元。[①]

战争中,轮船需求激增,日本的造船业取得惊人发展,轮船出口急剧增加。由于原来从德国进口的燃料、药品等一度中断,化学工业得以大力发展,日本染料股份公司成立(1916)。以铜、煤等为中心的矿业也因大战景气

---

① 今井清一:《日本近现代史》第二卷,杨孝臣等译,商务印书馆,1983年,第92页。

而繁荣。纺织业方面,棉纱、棉布等纺织品产量猛增。因向美国出口生丝激增而繁荣起来的缫丝业又带动了农村养蚕业的发展。1914年日本的农业生产总值为14亿日元,工业总产值为13.7亿日元,到了1919年,工业总产值一跃达到67.3亿日元,农业生产总值为41.6亿日元。[①]

大战景气带来的出口激增与产业发展让日本大赚一笔,各行各业不断涌现出一夜暴富的暴发户,同时一些抓住机遇的小企业也得以发展壮大,如今世界知名的日本公司大多与大正时期获得发展机遇的那些企业属于同一谱系,典型的例子莫过于一个叫"松下"的大阪小工厂,1918年因一款便宜时尚的插座畅销,得以立足并进一步壮大,最终发展成为今天的知名跨国企业。

伴随着经济的快速发展,农业人口向城市的流动加快,从事工业生产的人数增加,并进而促进劳动人口从制造业向服务业(商业、技术行业、运输业、服务业等)移动。日本的城市化水平大幅提高,出现了白领阶层。

可以说,第一次世界大战使日本迅速成为真正的工业化国家,为日本经济注入了极大活力。得益于这种经济繁荣的局面,大量生产、大量消费的大众社会的雏形逐渐形成,并进而促进了大正时期文化的繁荣。

二、辛亥革命之后中日关系发生变化

1911年10月10日,武昌起义获得胜利,中国辛亥革命的序幕正式拉开。武昌起义的新军推举旅长黎元洪为都督,成立湖北军政府。此后,大部分省份相继宣布独立。12月末,孙文由美国回国,被推举为临时大总统。1912年1月1日,中华民国正式宣告成立。

日本政府一直希望清政府能以立宪君主政体继续存在下去,这主要是因为山县有朋等元老害怕中国实现共和制,会在思想上给日本带来不利影响,并且随之收回利权的运动也会高涨。日本企图联合英国对辛亥革命进行干涉,但是英国早已对腐朽的清廷完全失望,正在以废除朝廷和任命袁世凯为大总统等为条件,斡旋和平谈判,因而拒绝了日本的要求。

1912年2月,宣统帝溥仪宣布退位,清朝灭亡。之后,孙文辞去中华民国总统,3月,袁世凯正式就任总统,将临时政府迁至北京。1913年初,参议院、众议院进行选举,以革命同盟会为中心组成的国民党,在两院中接近半

---

① 今井清一:《日本近现代史》第二卷,杨孝臣等译,商务印书馆,1983年,第94页。

数,主张建立责任内阁,同总统袁世凯形成对立。6月,袁世凯罢免了国民党系的江西都督李烈钧等人。7月,李在江西宣布独立,进行讨袁,二次革命爆发。二次革命立即遭到占压倒优势的袁世凯的政府军的镇压,孙文、黄兴等革命派领袖逃亡日本。1913年5月,美国承认中华民国,10月,日本也与英国、法国等一起承认中华民国政府。

1914年第一次世界大战爆发后,9月3日,日本迫使中国承认山东半岛潍县以东为交战区域。1915年初,中国声明废止交战区域,要求日本等国军队撤出。日本对此予以拒绝,并于1月18日将已经准备好的要求递交袁世凯,这就是对华"二十一条"。5月9日,中国方面接受了除第五部分以外的条款①。1915年夏,袁世凯企图废除共和制,重建帝制。12月,以云南为首,中国各地发生反对帝制的第三次革命。1916年6月6日,袁世凯突然死去,副总统黎元洪升任总统。段祺瑞留任国务总理。段祺瑞任命亲日派曹汝霖代理外交总长。因在中国是否参战问题上,黎元洪与段祺瑞的意见发生对立,1917年5月,黎罢免了段祺瑞的总理兼陆军总长职务,于是各省督军联合起来,纷纷宣布独立,反对黎元洪。6月,受黎元洪委托进行调停的安徽督军张勋发动政变,占领北京,企图复辟。段依靠其他督军的支持进行镇压,7月再次担任总理。8月,中国宣布参加第一次世界大战。反对参战的国会议员在广州成立军政府,推举孙中山为总统,开始了南北对峙的时代。

第一次世界大战结束之时,广东政府的势力日益发展壮大,段祺瑞在北京政府的地位发生动摇。1919年2月,双方召开南北和平会议。参加巴黎和会的中国全权代表团由南北两个政府的代表组成,要求德国在山东的权益直接归还中国,废除"二十一条"和其他不平等条约。后两项提议没有得到受理,而山东问题则基本按照日本的要求而定,由此中国国内爆发五四运动,6月28日中国代表团拒绝在和约上签字。

1920年7月,段祺瑞的皖派与曹锟、吴佩孚的直隶派之间发生直皖战争,皖系大败。1922年4月,因张作霖、吴佩孚之间对立激化,第一次直奉战争爆发。在军阀割据混战的情况之下,1921年7月,中国共产党成立。1924年1月,国民党召开第一次全国代表大会,决定实行联俄、联共、扶助农工的三大政策,同时决定创建国民革命军,创办黄埔军校。1924年9月,

---

① 第五部分主要包括中国政府聘用日本人担任政治、财政、军事顾问。重要地区的警察由中日合办,或是雇佣日本人警察。接受日本供给武器,或设立中日合办的军工厂。承认日本有传教权。承认从南昌到武昌,以及杭州、潮州各铁路的铺设权。福建省的铁路、矿山、港湾如若引进外国资本,必须和日本协商等。

第二次直奉战争爆发。1925 年 3 月,孙中山逝世。5 月,发生五卅惨案,罢工、罢课、罢市和抵制外货等反帝运动,扩展到中国各地。

自 1911 年至 1925 年之间,中国发生辛亥革命,推翻清王朝,进而袁世凯死后又进入军阀割据状态,孙中山则率领国民党一直没有停下国民革命的脚步。在中国各派力量此消彼长之中,日本对中国的总体方针并没有改变,那就是确保和扩大在中国的各项权益,置中国于自己的控制之下。这期间,以山县有朋为代表的军部、包括外务省在内的日本政府、日本国内各政党、大陆浪人等出于各自的利益与打算,对待中国的态度表现得各不相同,使中日两国之间的关系呈现出纷繁复杂的局面。

将上述大正时期宏观层面的世界局势与微观层面的中日关系纳入视野之后,我们再重新回到日本国内,从政治、经济、文化、艺术等各个领域之中选取一些典型事件,以此一窥大正时代的全貌。

三、"大正民主主义"时代

在日本传统的近代史研究中,"大正民主主义"几乎成为大正时期的代名词,史学家一直聚焦于这一点,展开深入研究。从这一视角来切入大正时代,不能不提及以下政治事件。

1. "大正政变"与护宪运动

1912 年 7 月 30 日,明治天皇去世。这对于以元老为代表、一直利用天皇威信扩张权势的藩阀势力,是一次巨大打击。秋天,陆军强烈要求预算案中编入增设两个师团的费用。12 月 22 日,上原勇作陆军大臣向内阁提出扩军方案。11 月 30 日,首相西园寺公望领衔的内阁会议否决了这一提案。12 月 2 日,上原采用"帷幄上奏"①的方式直接向天皇提出辞呈,表示不能同意拖延扩军方案。由于陆军大臣、海军大臣实行"现役武官制",即必须是现役的大将或者中将才能担任,而现役将官又属于陆军参谋本部与海军军令部管辖,因此关于陆军、海军大臣的人选,内阁必须征得军部的同意。而上原陆军大臣的辞职一事也说明,陆军大臣、海军大臣"现役武官

---

① 所谓"帷幄上奏"是指依据明治宪法,陆军参谋长、海军军令部总长等可以不经过内阁,直接向天皇上奏有关军机、军令的事项,从而使军部具有了可以不受内阁议会制约,直达天皇的特权。这是近代日本军部干涉政权的主要手段。

制"成为军部推翻自己不满意的内阁的有效手段。12月5日,西园寺内阁总辞职。17日,以山县有朋为首的元老会议决定推举桂太郎继任首相组建内阁。

西园寺内阁总辞职,被认为是"大正政治维新的开端"①,国内舆论高涨,反对陆军滥用特权。打倒藩阀势力,实现责任内阁的护宪运动迅速扩展到全国。一直反对增设两个师团的《朝日新闻》《时事新报》《日本》《万朝报》等媒体纷纷批评谴责藩阀、军阀蛮横,舆论沸腾。政友会、国民党两党也奋起联系新闻界、实业界人士,12月19日在东京召开第一次宪政拥护大会,提出"拥护宪政·打倒阀族"的口号,宪政拥护派的议员赶赴各地进行宣传,日本全国各处相继召开县民大会、市民大会。1913年2月5日,政友会、国民党提出对内阁的不信任案,署名议员超过半数。2月10日,民众包围议会,并引发骚动,政府系统的报社和派出所遭到袭击。此后,大阪、神户、广岛、京都等地相继发生骚动。在这种形势之下,2月11日,桂内阁集体辞职,史称"大正政变"。

2. "米 骚 动"

第一次世界大战给日本经济发展带来机遇,造就了大量暴发户,同时也带来惊人的通货膨胀。根据《东洋经济新报》的统计,如果将大正2年(1913)的物价指数定为100,则一战之前1914年7月末的平均指数为90.9,此后随着战局推移一路走高,至1918年2月底已攀升至199.2。②而自1917年8月至1918年2月末这半年时间内,物价暴涨以谷物和其他食品为主。报纸上每天都有因生活困难导致自杀、弃儿、盗窃的新闻,1917年开始,劳工争议明显增多。

1918年3月,苏维埃俄国与德国签订合约,退出第一次世界大战。日本政府以为扩张领土的大好时机到来,借口西伯利亚地区发生杀伤日本侨民事件,于4月派遣海军陆战队进占海参崴。7月,美、英、日、法四国以援救滞留在西西伯利亚的捷克军团为由,决定出兵苏俄。至10月底,进占西伯利亚的日军达到7万余人,成为四国联军的主力。

日本出兵西伯利亚后,三井、铃木等特权商人大量收购军米,致使大战

---

① 『東京日日新聞』,1912年12月5日。
② 转引自竹村民郎『大正文化 帝国のユートピア:世界史の転換期と大衆消費社会の形成』,三元社,2004年,第86页。

以来一路攀升的米价继续暴涨。自 1914 年至 1918 年,大米价格上涨 2.5 倍以上①,当时小学正式教师的月薪为 18—25 日元②,而 1918 年 7 月的米价已经飙升至每石 30 日元。③7 月 23 日,富山县下新川郡鱼津町的渔家主妇们为抗议米价暴涨举行集会,被警察驱散。经过各大媒体报道,富山县"米骚动"的消息传遍日本全国。名古屋、京都、大阪、神户相继爆发大规模骚动,并进而发展到地方城镇,"米骚动"的浪潮逐渐席卷整个日本。据统计,"米骚动"持续 57 天之久(7 月 23 日至 9 月 17 日),波及 1 道(北海道)3 府(东京、京都、大阪)37 县,共计 38 个城市、153 个町、178 个村的民众参与其中,总人数超过 100 万人。④

"米骚动"爆发后,一方面皇室和政府出资,富豪巨商捐款,廉价售米,防止运动扩大。另一方面,政府严惩参与米骚动之人,共有 2.5 万余人被逮捕,700 余人被起诉,71 人一审被判处十年以上有期徒刑。⑤在"米骚动"的打击之下,9 月 21 日,寺内正毅内阁集体辞职。9 月 27 日被称为"平民宰相"的政友会总裁原敬受命组阁。可以说,"米骚动"打击了政府的威信,推动了日本全国性的民主主义运动。

3. 民本主义与普选运动

1916 年 1 月,《中央公论》杂志发表了东京帝国大学教授吉野作造的论文《论宪政之本义兼论达成其最终完善之途径》,倡导"民本主义"。时至今日,该论文被认为是点燃大正民主主义运动烽火之作,具有重要的历史意义。在论文中,吉野指出,民主主义一词有主权属于人民的含义,不适合君主立宪制的日本,因此主张"民本主义"。他认为,君主立宪制国家的政治目的在于全体民众的福利,制定政策应该依据全体民众的意向。因为人民不可能直接参政,所以有必要改善代议政治,使民众能够监督议员,国会能够监督政府。吉野作造主张实现思想、言论自由,实施普选;从而实现责任内阁主义的政党内阁;并抑制妨碍下院和政党内阁活动的上院及元老。吉野作造提出的这种民本主义,是以众议院为基础的政党内阁制的主张。吉野批判"统帅权独立"和"帷幄上奏",要求改革贵族院,废除枢密院,顺应护宪运动以来的民主潮流,为抨击军阀、官僚的独裁政治和金权势力的蛮横开辟

---

① 今井清一『大正デモクラシー』(『日本の歴史』23),中央公論社,1981 年,第 104 页。
② 同上书,第 174 页。
③ 同上书,第 171 页。
④ 同上书,179—180 页。
⑤ 同上书,第 181 页。

了道路,引起很大反响,特别是在青年学生中间。①

第一次世界大战之后,大学生、妇女、工农民众以及部落民等新兴力量走在了争取民主权利的前列。1919 年 2 月 11 日,东京 17 所学校的学生在日比谷公园集会,纪念宪法颁布 30 周年,宣布成立促进普选同盟会全国学生同盟会,发表宣言,要求实现普选。《宣言》强调:"民主乃世界之大势,民本主义乃时代之潮流。君民同治必须彻底实行,何苦逆此大势墨守不彻底的有限选举?"呼吁"团结全国青年,争取实现普通选举制度。"②与此同时,妇女团体的活动也日益活跃。1920 年 3 月 28 日,平冢雷鸟、市川房枝等青踏会系统的妇女活动家,成立新妇女协会,创办机关杂志《妇女同盟》,掀起争取妇女参政权运动的新高潮。1920 年 12 月,第 44 届国会召开之际,新妇女协会发起请愿运动,向贵族院和众议院两院递交《关于修改众议院议员选举法的请愿书》,明确提出妇女参政权的要求。

江户时代的"秽多""非人"等贱民虽在明治初年由政府颁布的《秽多解放令》获得平民身份,但实际上仍被蔑称为"部落民",受到各种歧视。1922 年 3 月 3 日,日本全国 2 000 余名部落民代表在京都集会,宣布成立全国水平社,"要求社会给予绝对的经济自由和职业自由"③,争取部落民获得彻底解放。

第一次世界大战推动日本经济快速增长,促使工人阶级队伍不断壮大。1917 年是工潮与佃租纠纷最多的一年,随着工潮件数与参加人数的猛增,建立的工会也增多了。1919 年,日本全国罢工总数达到 497 件,63 147 人参与其中,共成立工会组织 17 个。④1919 年,"大日本劳动总同盟友爱会"成立,成为各种职业工会的全国性联合机构(两年后改组为"日本劳动总同盟")。1922 年 4 月,全国性的日本农民协会成立,提出了"耕地社会化""保证农业短工的最低工资""实现佃农立法""实施农业争议仲裁法""普选"等具体要求。

4. 第二次护宪运动

1915 年 3 月,日本举行第十二次众议院选举,这次选举是护宪运动以来第一次大选。1915 年 10 月 4 日,朝鲜总督寺内正毅受到元老推荐,奉天皇命令组阁。陆军在大正政变时策划的军阀内阁,终于趁着第一次世界大

① 参照冈义武编『吉野作造評論集』(岩波文庫),岩波书店,1975 年,第 10—131 页。
② 宪法教育研究会编『検証・日本国憲法:理念と現実』,法律文化社,1987 年,第 13 页。
③ 水平社博物馆『水平社の源流』,解放出版社,2002 年,第 136 页。
④ 井上清:《日本历史》,闫伯纬译,陕西人民出版社,2011 年,第 347 页。

战之际实现。寺内内阁成员中,除首相本人为朝鲜总督外,内相后藤新平曾担任台湾总督府总务长官和"南满洲铁道株式会社"①总裁,大藏大臣胜田主计为朝鲜银行总裁,外相本野曾担任驻俄大使,是日俄同盟的主要鼓吹者,可见这是一个由露骨的殖民主义者组成的内阁。寺内内阁设置了直属天皇的临时外交调查委员会,试图将外交、国防置于政争之外。

"米骚动"爆发后,1918年9月21日,寺内内阁总辞职。元老山县有朋推荐西园寺公望组阁,西园寺辞而不就,推荐原敬组阁,并说服了山县等元老。9月27日,原敬内阁成立,除陆军、海军、外务三大臣外,全体阁僚都由政友会成员担任,这是日本第一个政党内阁。1921年11月4日,前往京都出席政友会大会的首相原敬,在东京火车站被右翼暴徒刺杀。11月13日,在元老西园寺公望的推荐之下,政友会副总裁高桥是清奉命组阁。1922年6月6日,高桥改组内阁受阻,被迫辞职。元老会议推荐海军大臣加藤友三郎出任首相。1923年8月24日,加藤病故,8月28日海军大将山本权兵卫奉命组阁。不到两年的时间里,内阁更迭4次,政局极不稳定。

1923年9月1日11时58分,发生了7.9级的关东大地震,地震引发的大火连续燃烧了3天,近半东京街市化为灰烬。这次关东大地震中,灾民多达340万人,死亡9万余人,失踪1.3万余人,受伤5.2万余人,财产损失高达45.7亿元,相当于1922年日本年度财政预算的3倍以上②,日本经济受到沉重打击。为稳定局势,1923年10月,山本内阁制定《普选法案要纲》,取消对成年男子普选权的纳税额度限制,但是依然否决了妇女参政权。

就在此时,1923年12月27日,无政府主义者难波大助枪击摄政亲王裕仁参加国会开幕式的车队,重伤卫队长,这就是震惊日本国内的"虎之门事件",为此山本内阁引咎辞职。1924年1月1日,枢密院议长清浦奎吾奉摄政王裕仁之命组阁,对此舆论反应强烈。1月11日,《大阪朝日新闻》发表社论称清浦内阁是"贵族专制政治"的时代错误。政友会、宪政会和革新俱乐部等护宪三派决定仿效第一次护宪运动,组成第二次宪政拥护会,在抵制"特权内阁"的口号下,联合发起倒阁运动,这就是第二次护宪运动的开端。

2月17日,护宪三派在东京组织大规模游行示威,以普选和减税为口号,动员普通市民、中小地主和自耕农支持政党内阁,在各地举行护宪大会,

---

① 本书中在论及与伪"满洲"相关的历史名词时,基于文献引用客观性的考虑,均加以引号标记,表明此为与伪满洲相关的词语。

② 今井清一『大正デモクラシー』(『日本の歴史』23),中央公論社,1966年,第403—405页。

为竞选造势。5月10日,第15届众议院选举,护宪三派大获全胜,在464个议席中获得284个席位。6月7日,宪政会总裁加藤高明组阁,加藤内阁为护宪三派的联合内阁,宪政会的若槻礼次郎担任内务大臣、浜口雄幸为大藏大臣;政友会的高桥是清任农商大臣;革新俱乐部的犬养毅任商工大臣兼递信大臣。此后,直至1932年"五·一五"事件爆发,政党内阁被颠覆为止,史称政党政治时期。1925年3月29日,国会终于通过《普通选举法案》,日本国内拥有选举权的人数由330万人增加至1 250万人。[1]但是,仍规定只有30岁以上的男子拥有被选举权,在读学生和无业青年没有选举和被选举权,妇女参政权也最终未能实现。

四、日本出兵西伯利亚

1917年11月,俄国十月革命胜利。沙皇俄国的崩溃为日本向北扩张提供了可乘之机。1918年1月18日,日本借口"保护侨民",派两艘军舰驶入东海参崴港。4月,日本海军陆战队登陆海参崴。陆军则支持反对布尔什维克的谢苗诺夫大尉,进攻外贝加尔方面。革命前,被俄国俘虏的奥匈帝国的捷克人士兵,革命后反对统治他们的奥匈帝国,为参加协约国,与苏维埃政府达成协议,由海参崴乘船去法国。5月下旬,捷克兵团经由西伯利亚途中,受英法特务部队援助,突然进攻苏维埃政权,并占领各地。各国遂以此为由,派兵干涉俄国十月革命。最初美国担心,此次出兵将导致西伯利亚地区被日本控制,因而表示反对,后应英法两国要求,最终同意日本以援助捷克兵团为由有限出兵。

8月2日,日本政府宣布"出兵西伯利亚",以《东洋经济新闻》和《大阪朝日新闻》为首的媒体,强烈反对出兵。但是此后日本逐次增兵,最高时达到75 000人,企图在东部西伯利亚建立一个受日本控制的反苏傀儡政权,从而将处于"南满"与西伯利亚之间的"北满"和蒙古纳入日本的势力,继而威慑全中国。11月,美国对日本增兵以及独占中东铁路,提出抗议。

1919年4月,停泊在敖德萨的法国舰队上的水兵起义,反对干涉俄国革命。在西伯利亚的日本士兵也不能理解战争的意义,毫无斗志。各帝国主义国家的工人群众纷纷反对干涉战争。1920年1月,英、法、意解除对俄国的封锁。1920年6月之前,参与出兵西伯利亚的美、法、英等国军队先后

---

[1]　宋成有:《新编日本近代史》,北京大学出版社,2006年,第320页。

撤走,只有日本军队继续留驻西伯利亚。

但是,日本军队遭到苏联红军的攻击,1920年驻扎在庙街(尼古拉耶夫斯克)的一个日军大队被游击队包围,缴械投降,史称"尼港事件"。几万日军陷在西伯利亚,进退维谷,士气低落,国内外纷纷指责。1922年6月,日本不得不宣布撤兵(10月下旬撤毕)。此次西伯利亚出兵前后长达四年,耗资数亿,动员了数个师团,结果一无所获。可以说西伯利亚出兵是日本近代对外发动侵略战争首尝败绩。

五、"大 正 浪 漫"

第一次世界大战带来的机遇促使日本经济获得令人瞩目的发展,以此为基础,日本出现了大量生产与消费社会的萌芽。城市里出现工薪阶层,下班后逛百货商店,享受购物的乐趣,成为市民们的一项娱乐活动。此外,今天一些大众娱乐活动都在大正时代诞生并逐步普及,例如海水浴、棒球联赛、宝塚歌剧等。

与此同时,日本人的衣食住行逐渐呈现出现今的样式。首先是和服逐渐向洋服转变,随着工薪阶层出现,男性中洋服日益普及。1918年《东京洋装时报》指出"男性服装大部分都是洋服"①。同时,随着职业女性的出现(主要是电话接线员、教师、护士、公交车售票员、女佣等),洋装制服也逐渐为人们所接受。饮食方面,"大正三大洋食":咖喱饭、可乐饼和炸猪排摆上普通人家的餐桌,有女招待做服务员的现代咖啡馆也诞生了。

居住方面,大正时代的文化人憧憬能够住在郊外绿树环绕的"文化村",住在有西式客厅的"文化住宅"里。大正时代冠以"文化"的各类事物层出不穷,文化锅、文化炉、文化学院等,反映出人们对于理性时尚生活的追求与憧憬。这里所说的"文化"并非指抽象的思想、宗教和艺术,而是涵盖从大规模生产中诞生的报纸、杂志、电影、广播等。日本学者竹村民郎认为:大正文化具有三个清晰的特征,那就是文化的商品化、大众化与中立性②。

相较于明治文化追求"立身出世"③,精英色彩浓厚,大正文化具有浓厚的大众化特征。著名诗人荻原朔太郎以"走在路上,渴望置身人群(群集の

---

① 转引自竹村民郎『大正文化 帝国のユートピア:世界史の転換期と大衆消費社会の形成』,三元社,2004年,第102页。

② 同上书,第118页。

③ 立身出世:获得较高的社会地位,声名远扬。成功成名、出人头地之意。

中を求めて步く）"为题的诗歌①，以及大正时期风靡一时的画家竹久梦二②的代表性美人画作——竹久所描绘的那些黑眼睛、长睫毛、眼瞳里充满哀愁的女子所表现出来的城市市民自由的生活感觉与孤独感，成为大正文化的基调。

　　大众文化拓宽了大正文化的基础，可以说它是美国大众文化与顺从"家国"思想的日本传统社会道德的嫁接。1925 年，讲谈社出版的杂志《国王》创刊号发行 74 万册，当时日本人口约为 6 千万人，这意味着每一百个日本人之中就有一人购买了该杂志，可以想见其受欢迎程度。《国王》创刊号上刊载的小说大多以国内外人物传记、历史为题材，融入义理人情、劝善惩恶、忠孝等传统道德观念。由此也可以看出，大正时期大众文化的精神既有来源于美国大众文化的"三分洋气"，又忠实地继承了传统伦理道德观念，顺应

---

①　中文标题《走在路上，渴望置身人群》，全文如下：
　　　我总是渴求着城市
　　　渴望置身于城市热闹的人群中
　　　人群是拥有巨大情感的海浪般的东西
　　　是一种无孔不入的盛大意志与爱欲的集合
　　　啊，在哀愁的春日黄昏
　　　我渴求城市中混杂在建筑与建筑之间的光
　　　被庞大的人群推搡是多么快乐
　　　看看这人潮涌动的样子吧
　　　一浪叠着一浪
　　　浪制造出无数的光，光摇晃着延展开来
　　　每个人怀有的忧郁和悲伤
　　　都在光中消失得无影无踪
　　　啊，我是以何种安宁的心，走在这条路上呢
　　　啊，这巨大的爱和漠然而欢乐的光
　　　被欢乐的浪裹挟着前往彼岸时我几欲落泪。
　　　在忧愁春日的黄昏时分
　　　这人与人的集合，在建筑与建筑之间游动
　　　要流到哪里去，又为何流动呢？
　　　包裹我的悲郁，地面上的一片巨大的光
　　　漂流的漠然之浪
　　　啊，无论去何方，无论去何方
　　　我想被这人潮推搡着
　　　浪的彼岸消失在地平线
　　　朝着一个、只管就这样朝着一个"方向"流去吧。
　　译文引自荻原朔太郎：《吠月》，小椿山译，北京联合出版公司，2021 年。
②　竹久梦二（1884—1934），画家，诗人。1905 年毕业于早稻田实业学校。因在少年少女杂志发表浪漫风格的插图和诗歌受到瞩目。此后在插图、诗文、书籍杂志的装帧方面展现出独特的艺术天分，绘制的"梦二式美人"，大大的眼睛里流露着哀愁，在大正时期的青年男女中产生极大影响。1934 年死于肺结核。

了这一时代潮流的《国王》杂志因此取得惊人的成功。

大正时代在日本国家与民众面前曾经出现两条道路。一条道路是维持看似取得辉煌成就的民主主义运动的潮流与自由主义的社会氛围,作为国际社会一员继续发展下去;另一条道路则是以"国体精华"这一概念来压制上述民众动向,主张国家主权与统治权的道路。始于九一八事变的侵略扩张说明第二条道路最终占据了上风。也就是说,民主主义、女性解放、自我、个人主义等概念虽风靡一时,被称为"大正浪漫"的都市文化最终还是在顺从"家国"的传统道德教育中迅速消散,在皇国号令之下,举国一致走上侵略扩张之路。

本 章 小 结

在日本国内,日本近代史的研究侧重于两个方面。其一重视作为日本近代出发点的明治维新,其二则从反省战争的角度,关注九一八事变以后日本国内法西斯体制的确立。其中,明治史的研究将明治时期视为近代日本的黎明期、强国日本的形成期,而战后昭和史的研究主要出于反省战争的目的,试图颠覆、重构战前扭曲的历史观。的确,日本的近代始于激烈动荡的明治维新时期,结束于激烈动荡的日本战败时期,自然而然,历史研究的关注点会集中于这两端。而处于两者之间的大正时期,往往被认为仅仅是一个过渡期,是处于两个高峰之间的低谷。

最先开始重视大正时期的学者是桑原武夫(1904—1988),他在1962年2月刊的《文艺春秋》杂志发表《大正五十年》一文,明确指出应该重新评价大正时期。此后,《东大新闻》刊登大河内一男的文章《劳动运动史与大正时代——与战后相关的诸多问题》(1962年2月7日),远山茂树发表论文《近代日本史的低谷——重新认识大正时代的意义》(1962年3月21日),西田胜发表《重新研究大正时代的前提——其并非近代日本史的低谷》(1962年5月2日)。《产经新闻》也连载了大宅壮一的《火焰在流动——明治与昭和之间》(自1963年1月1日开始连载,后又推出单行本)。在此之前还有细谷千博的专著《西伯利亚出兵的历史研究》(1955),井上清、渡部彻的《米骚动研究》(五卷本,1959—1962)。吉野作造、山县有朋、河上肇、大杉荣等的传记与研究也兴盛起来。

与此同时,"大正一代",严格地说是指出生于明治末年,在大正时期度过青少年时代的一代人,也要求对他们进行重新评价。与明治一代人的刚毅精神相比,"大正人"往往被批评为轻薄、柔弱、崇洋媚外的青年。而当他们成年以后,法西斯洪流来袭,再次支配社会的又是另外一种强硬的精神,他们只能在战争的洪流中载沉载浮。战后目睹"昭和人"日益活跃,他们终于也开始主张自我。

的确,20 世纪 60 年代前后这一时期,日本社会面临着诸多与大正时期相似的问题:战后迅速发展起来的民主主义、随着资本主义高度发展而出现的大众社会、以"安保斗争"①为代表的民众运动的壮大等,这些问题都曾出现于大正时代,并未得到很好解决,一直拖延至战后。

在文化方面,战后的各种现象,包括民主主义、马克思主义等各种思想,私小说、风俗小说、无产阶级艺术、前卫艺术等各种文学艺术,大众传媒、大众文化,以及生活的合理化、家庭文化、消费文化等各种现象,先不论其规模、影响的范围大小,在大正时代均已出现。如果将大正时代视为战后日本社会原型的话,那么明治时期则可以视为走出混乱、发展起步的阶段,而昭和战前时期则可以视为发展扭曲、膨胀的阶段。

大正与明治时代相较而言,后者以富国强兵、殖产兴业的"文明"为关键词,而前者则以个人主义、消费生活的"文化"为关键词。日本在日俄战争中获胜后,跻身欧美列强行列,"明治文明"的任务已然完成。大正文化发端于对明治文明的反省,这一时期日本对外侵略行动有所缓和,也使人们的心理处于相对放松的状态。

知识分子首先对明治文明忙于模仿外在的西欧文明表示质疑,关注个人、自我认识、寻求内心的充实,具有上述特征的个人主义倾向抬头。无论是借鉴自然科学对于人的认识,描写旧道德与个人意识之间矛盾的自然主义、反自然主义文学,还是将个性解放与世界公民意识相结合的白桦派文学,都是这一趋势在文学领域的反映。

进入大正时期以后,外来西方文化开始在日本扎根,因而大正一代人并不把西欧输入的事物视为异类,科学技术发展,知识普及,与个人主义相结合之后,人们试图扫除封建的以及明治时代的旧弊。而对外扩张缓和、个人主义倾向抬头、科学技术进步,又促使人们追求更好的生活。如果说明治是"生产文明",那么大正则以消费文化为特色。生活文化的需求,进一步促进了文化产业的发展,而接受这一文化的中产阶层队伍的壮大,给整个社会生

① "安保斗争":自昭和 34 年(1959)至翌年出现的反对修改《日美安全保障条约》的国民运动。以进步政党及工会、学生为主,是二战以后规模最大、持续时间最长的群众性政治斗争。它直接导致了岸信介内阁垮台、美国总统艾森豪威尔取消访日计划等。

活带来新气息。这不仅包括采纳合理化的衣食住行方式,而且还包括培育思想艺术方面的修养,享受兴趣爱好与娱乐的新式家庭生活出现,这些都从内部摧毁了带有封建色彩的家庭意识,推动个人意识日益浓厚。

哲学界流行新康德派的理想主义,进而催生了谋求实现个人文化价值的文化主义,以及试图确立其伦理规范的人格主义,力图通过教养实现个人内心充实的教养思想,以及广义而言的教养主义广泛流传。英美式的功利主义、实证主义思想普及,具有现代意识的新型经营者出现,与之相应,白领阶层也拥有了一种现代市民意识。

这一时期还有一个不可忽视的现象就是民众化倾向,不仅第一次护宪运动所体现的政治层面,在民众中,文化生活也日益普及。虽然富裕阶层仍占少数,但是都市生活群体壮大,各种消费产业发展起来,民众生活随之发生变化。而大众媒体的兴盛,进一步助长了上述倾向。出版业、电影、唱片等行业都已呈现出现今的形态,流行歌曲、周刊书报、电影明星等纷纷涌现就是最好的例证。

当然,大正文化繁荣的背后,资本主义社会的各种矛盾依然存在。在经济景气时好时坏的状况之下,劳动大众生活贫困,加之受到政治民众化倾向的影响,社会运动、劳动运动高涨。社会主义思想在工人阶级之中产生很大影响。对此,权力体制的反动统治加强。官方发动以"思想善导"为目的的文化运动,右翼势力抬头,昭和法西斯体制具备了一定基础。而为其提供心理支撑的正是日本人难以彻底消除的封建性。

关东大地震之后,大正文化出现裂痕。第二次护宪运动,没有得到民众的广泛支持,大正民主主义开始动摇。此时,无政府主义衰退,马克思主义掌握了工人运动、社会运动的领导权。无产阶级文化发展起来,尽管遭到政府镇压,仍然吸引了众多新时代的知识分子,发展成为与既成资产阶级文化可以抗衡的力量。

这一时期,最新的西欧文化即时输入日本,一战以后欧洲涌现的各种文化现象,马上就会出现在日本。现代主义文化开始流行。在大众化社会氛围中,呈现出多姿多彩的样态,与现今的日本社会文化一脉相承。不过这种对西欧文化的接受,不再如大正中期那般基于教养、以人格陶冶为目的,而是成为浅薄喧嚣的流行现象,最终在法西斯体制面前如泡沫一般消解。

而大正文化中具有最健全谱系的人道主义、个人主义、教养主义等,或是固守于自我内部,或是逃避在学术的象牙塔中,或是转向关注传统;一部分转向反体制一方,另一部分则混入大众文化。而在白领阶层、都市生活者中形成的"中间文化",被瞬息万变的大众传媒所裹挟,成为其提供的大众文化的被动消费者,随着国家权力对于大众媒体的统制日益严厉,很快被编入法西斯体制。

关东大地震之后,东京城市重建,钢筋混凝土大楼、郊外住宅、公寓等导致城市样态发生变化,随之世态风俗也为之一变,享乐颓废倾向日益增强,逐渐向以"摩登女郎""摩登少年"为代表的昭和"色情、怪诞、无聊"文化过渡。

纵观大正史,在大正改元前两年的1910年,日本发生了"大逆事件",日本政府开始镇压社会主义思想,"寒冬时代"来临。而三年之后,高举"打倒阀族、拥护宪政"旗帜的国民运动席卷全国,迫使桂太郎内阁集体辞职,史称"大正政变",标志着大正民主主义的开端。1914年,日本正式参加第一次世界大战,直至1925年从西伯利亚撤兵,一直处于战时状态。1925年5月5日,普通选举法正式公布,标志着大正民主主义达到顶峰。但是4月22日,旨在镇压对于国策持批评态度的思想与运动的治安维持法先于其发布。1927年,日本向山东出兵,日本国民在不知不觉间一步步被卷入战争旋涡。

如此摇摆于两级之间的大正时代因而蕴含着丰富的"可能性"。两次护宪运动、"平民首相"原敬组织政党内阁,普通选举法颁布,政党政治初具雏形;发源于富山县一个小渔村的、妇女抗议大米涨价的"米骚动",让从未登上过历史舞台的地方民众及女性,显示了巨大的力量,甚至促成寺内正毅内阁垮台;明治时期,教育方面忙于创建新教育体制,培养官僚队伍,而大正时期,社会教育成为热点,致力于培养人们的自主性;加之报纸等出版行业、电影乃至文学艺术的繁荣,都令我们对于大正时代的种种可能性浮想联翩。

虽然,其中诸多可能性最终被法西斯战争所扼杀,但是大正时代因其曾经具备的这种种可能性而美丽发光,令人对其未能实现的种种成果充满期待。本书正是要重新发现大正时代诸多的可能性,特别是在大正文学关于中国的书写叙述方面,发现其中交织错落的"光"与"影"。

第二章　大正文学的中国叙述

　　日本大正文学的开端始于两个标志性事件："大逆事件"与"乃木大将殉死"事件。所谓"大逆"，顾名思义即"大逆不道"之意。以幸德秋水为代表的社会主义者数百名，因刺杀天皇这一所谓"大逆不道"的犯罪嫌疑被捕，未经任何公开审判，1911 年 1 月，包括幸德秋水在内的 24 人被判处死刑。这无疑是日本政府对社会主义者进行的一次残酷迫害与镇压。"大逆事件"给文坛带来巨大影响，森鸥外、石川啄木、永井荷风、德富芦花等知名作家纷纷撰文，表达了处于这种"社会闭塞"状况之下，作家的苦闷、压抑与绝望。

　　1912 年 7 月 30 日，明治天皇去世。9 月 13 日天皇葬礼当天，乃木大将与妻子一起剖腹殉死。如果说，"大逆事件"之后文坛的反应是对权力的一种反抗的话，那么"乃木大将殉死"事件则以一种源自武士道精神的极端忠君行为给文坛带来另一种冲击，特别是对于夏目漱石与森鸥外等明治作家来说，日本与西方、权力与近代成为作家们不得不重新思考的问题。"大逆事件"与"乃木大将殉死"事件代表着完全相反的两种伦理，某种意义上，这两个事件成为文坛的"试金石"，而大正文学正是发端于这样一种考验之下。

　　总的来说，大正前期，包括明治末期兴起的自然主义文学作家在内，森鸥外、夏目漱石等文坛大家都进入了创作的成熟期，与此同时，作为大正文学新生力量的"白桦派"文学日趋繁荣。大正后期，文坛主流为《新思潮》杂志及其周边作家所占据。大正文学始于对明治自然主义文学的抵抗意识，不同作家秉持各自的个性，按照各自的喜好，进行各自的文学创作，表达自我主张，在文体上创造出短篇小说的繁荣局面。而最能代表大正文学的作家芥川龙之介的自杀(1927)，则标志着大正文学所具有的日本近代文学集大成的意义已然终结，在蓬勃兴起的无产阶级文学运动与西方现代主义文艺思潮面前，大正文学的帷幕悄然落下，让位于接下来的新时代。

　　就日本近代文学的中国叙述而言，大正文学是一个丰富多产的时期，大正后期占据文坛主流的《新思潮》杂志及其周边作家中，以芥川龙之介为代表，包括谷崎润一郎、佐藤春夫、木下杢太郎等作家都在"中国趣味"盛行时期,大量进行中国题材文学创作。而于森鸥外、夏目漱石等出生于明治初年、自明治中后期开始活跃于文坛的作家而言,汉学传统是他们少年时期共同的生活体验,化入心灵深处,占据其思想体系的很大比重,中国古典文化对其创作的影响是潜移默化的。明治文豪既创作取材于中国古典的文学作品,更创作源自中国文化传统的汉诗、汉文、文人画等文人爱好。

本书将上述作家在大正时期创作的与中国叙述相关的文本分为中国古典题材、同时代中国表象、中国见闻及其政治书写等三个大类,以期涵盖包括"想象"性虚构文学中的异国人物形象、异国背景(舞台)、异国主题,以及有文学价值的写实性、纪实性的游记等各种中国题材文本,进而分别展开对大正文学中国书写的解读,以期对这一研究领域进行完整而全面的爬梳与阐释。与此同时,本书也将明治文豪于大正时期创作的文本(《寒山拾得》等),以及活跃于昭和时代的作家创作的取材于大正时期历史事件的文本(例如《上海》)纳入考察视野,从而将大正文学的中国叙述置于日本近代文学发展的整体脉络之中进行观照和定位。

大正时期创作有多篇中国题材文学作品的作家都与这一时期兴起的"中国趣味"有或多或少的联系,因而有必要从"中国趣味"这个概念的诞生及其影响入手,同时兼顾日本思想界所谓"亚细亚主义"的发展动向,从而对日本大正文学的中国书写及其所建构的中国形象的全貌从精神史、思想史维度予以界定。

一、"中国趣味"一词出现

1922 年(大正 11 年),知名综合性杂志《中央公论》新年号刊出"中国趣味研究"特辑,包括小衫未醒的《唐土杂观》、佐藤功一的《我的中国趣味观》、伊东忠太的《从住宅看中国》、后藤朝太郎的《中国文人和文房四宝》和谷崎润一郎的《何谓中国趣味》等。根据日本学者西原大辅的考证,这是"中国趣味"这个崭新的词汇第一次出现在日本媒体上[①]。但是,这一说法并不准确,早在明治 41 年(1908)8 月号的《早稻田杂志》上就登载有中岛半次郎所作《中国趣味》一文。津田左右吉在大正 6 年(1917)刊行的《文学中体现的国民思想研究　武士文学的时代》一书中,也使用了"中国趣味"一词。当

① 西原大辅:《谷崎润一郎与东方主义——大正日本的中国幻想》,赵怡译,中华书局,2005年,第 15 页。

然,作为知名综合杂志,捕捉到最新的流行趋势,制作"中国趣味"特辑,推动"中国趣味"这一现象为更多读者所关注,就这一点而言,《中央公论》杂志可谓功不可没。

"趣味"一词在现代日语中是"兴趣、爱好"之意,但直至明治中期,它在日语中尚无这一词义。明治时期的很多字典中甚至没有收录"趣味"这一词条,即便有,释义也多为"倾向、味道"等。当然,词典往往不能即时反映现实生活中词义的最新变化,但是可以肯定的是"趣味"一词在明治时期并非如现代日语一般广泛使用。大约在明治40年左右,"趣味"一词开始突然盛行起来。日本取得日俄战争胜利后的第二年(1906),一本名为《趣味》的文艺杂志创刊。该杂志在创刊号的"发刊词"中号召日本人作为战胜国的国民,充满自信地为建设新日本,重视"趣味"的振兴与保存。坪内逍遥在创刊号上发表《趣味》一文,其中写道:"政治、社会的改革,即物质方面的维新已经告一段落,现在以精神层面的维新为目标,包括宗教、道德、文学、艺术在内的风俗正在开始发生变化","真正的趣味界的国体既非由欧化主义确定,亦非一味保存国粹,引导培养感知真正高尚趣味的能力才是此时最为重要的事情"。关于"趣味"一词,坪内逍遥指出:"Taste 就是指对真正高尚之物的感知。无论它在何处,以何种形式表现,感知、喜爱、尊敬美、善以及有秩序之物的心理作用就是 taste。"[1]逍遥指出,这个"taste"既可译作"趣味性",也可译作"嗜好""风尚",或者"鉴赏力""赏玩性"等。《趣味》杂志第1卷第3号(明治39年8月)上,西本翠荫进而指出"趣味"一词已经成为一个流行词汇:"此前很少见到'趣味'一词,往往是一部分好事家偶尔提及这个词。可如今,诸如音乐趣味、相声趣味、这个花很有趣味,等等,到处可见'趣味'二字。看来现在人人都知道了趣味的价值,开始大力推崇这个词了。"[2]

由此可见,是在日俄战争日本获胜之后,为追求精神与文化层面的提升,日本社会才出现了要求培养与振兴"趣味"的氛围。当时,"趣味"一词可以作为接尾词接在任何词之后,表示一种风尚、嗜好或者鉴赏力。如此,"中国趣味"一词的出现就显得顺理成章,不觉突兀了。1924年,"中国通"后藤朝太郎出版《谈中国趣味》一书,该书由16章构成,各章标题分别是中国人的风流心、中国画家的风格、爱砚之人的珍藏、眺望山东灯塔、中国文具、如何从现代角度理解中国美术、象形文字研究的趣味、中国大陆之美、收集中

---

① 坪内逍遥「趣味」,『趣味』明治39年6月,第1卷第1号,第3—4页。

② 西本翠荫「趣味教育」,『趣味』明治36年8月,第1卷第3号,第24页。

国作品的爱好、春风北京行、长江秋月、山西大同石佛寺的雕刻、中国艺术的粗糙手法、中国建筑的式样、文化事业之前当先研究中国的趣味风俗、手持长江名胜图绘等。可以看出,该作涉及中国旅行、中国器物、中国艺术、中国建筑、中国风俗等多个方面,而作者以"中国趣味"一词作为对这些内容的概括。

　　日本学者西原大辅认为:通过家具、饮食和旅行来体会中国风味的异国情趣,这种时髦新派的生活方式,就是所谓的"中国趣味"。置身于中国家具之间,品尝中国佳肴,出国漫游中国,这种和传统的汉学家们截然不同的接触中国文化的新方式,在大正末期诞生。①西原以谷崎润一郎为研究对象,因而对"中国趣味"得出以上结论。的确,在明治末期"趣味"盛行的氛围之下诞生的"中国趣味"与江户时代以降汉学家们对中国的感受方式不同,汉学家从小接受儒学教育,熟读四书五经、国史左汉等中国古代典籍,以一种尊崇中国文化之心,奉中国典籍为权威,从典籍之中了解中国、感知中国。他们大多没有来过中国,即便踏上中国土地,也以一种朝拜圣地之心,追寻典籍中的记载,体验书中所记所载。而"中国趣味"则是从日常生活中的饮食、建筑、器物、旅行入手,以一种感性认识体验中国,支撑这一体验的是大正时期以后日本经济发展所提供的物质条件。不过虽统称"中国趣味",每一个浸染其中的人并非完全相同。对于谷崎润一郎而言,"中国趣味"更多是一种时髦的富有异国情调的生活方式,但是在其他可以称为"中国通"的人那里,"中国趣味"可以包含更多对中国人的心理、思想、社会、精神的思考。

　　当然,具有"中国趣味"之人,总的来说,与同时代的日本人相比,更加关注中国、了解中国、愿意接触中国文化,甚至喜爱中国文化。明治维新之后,日本走上文明开化之路,在全面仿效、引进西方文明的大背景下,特别是在明治政府实行新学制,全面开始西式教育,汉学教育被排除在国民教育体系之外以后,若非出于个人喜好,日本人完全可以处于一种与中国文化绝缘的状态。从这个意义上来看,具有"中国趣味"之人,即便只是将其理解为一种异国情调,没有更多对中国社会、中国问题的深入思考,也算得上是同时代日本人中关注喜爱中国之人。

　　对于大正时期日本文学艺术界兴起的这股"中国趣味"热,中国国内媒体也予以关注。1926 年 10 月 28 日的《申报》刊登了"日本画家的中国趣

---

① 西原大辅:《谷崎润一郎与东方主义——大正日本的中国幻想》,赵怡译,中华书局,2005年,第 22 页。

味"一则报道,介绍同年度日本帝国美术展览会中出现了很多以中国风物为题材的作品,指出"这种清新的异国情调,极能引起赏识者的注意"。对于日本国内这种"中国趣味"热潮,持一种积极肯定的态度。

二、被纳入"中国趣味"的作家

中日甲午战争及日俄战争之后,日本国内迅速普及的"蔑华观"逐渐从战后欢庆胜利的狂热状态中平息下来,欧洲甚嚣尘上的"黄祸论"以及中国辛亥革命的胜利,使得日本的一部分知识分子开始反思明治维新以来的一味西化,重新拾起丢弃的东方文化,"中国趣味"热潮正是在这一背景之下应运而生的。这一涉及文化艺术、日常生活等各个层面的"中国趣味"催生了一批具有"中国趣味"的作家。最具代表性的当数芥川龙之介、谷崎润一郎、佐藤春夫与木下杢太郎。

1. 芥 川 龙 之 介

芥川龙之介(1892—1927)是大正时期对中国古典文化有深厚修养的作家之一。芥川龙之介六岁时,进入江东小学读书,从这时起,他开始跟随芥川家的一中节①师傅、宇治紫山的独生子大野勘一学习英语、汉文和书法。因此,芥川龙之介很早就接触到了汉诗文。从小学时代开始,芥川龙之介常到家附近的租书铺借阅《西游记》《水浒传》等中国古典小说。在《爱读书籍印象》(1920 年 8 月)一文中,芥川龙之介这样写道:

> 我儿童时代爱读的书籍首推《西游记》。此类书籍,如今我仍旧爱读。作为神魔小说,我认为这样的杰作在西洋一篇都找不到。就连班扬著名的《天路历程》,也无法同《西游记》相提并论。此外,《水浒传》也是我爱读的书籍之一。如今一样爱读。我曾将《水浒传》中一百单八将的名字全部背诵下来。我觉得即使在当时,《水浒传》和《西游记》也比押川春浪的冒险小说有趣得多。②

---

① 一中节为日本传统戏曲净瑠璃的流派之一,曲风温雅,被认为是传统上品的净瑠璃。
② 『芥川龍之介全集』第六卷,岩波书店,1996 年,第 299 页。本书引用的日本作家作品的译文,均由笔者译出,如已有中文版出版,笔者在现有译文基础上,或有所修改,以下不再一一说明。

　　《西游记》和《水浒传》等中国古典小说,自儿时开始,贯穿芥川龙之介一生,一直在作家的头脑中留有深刻印象。日本近代文学馆所藏"芥川龙之介文库"中收录有芥川龙之介的藏书①,根据该藏书目录《芥川龙之介文库目录》的《概要》介绍,其中有汉文书籍 188 类、共 1 177 册。作为一名读书人,芥川龙之介一定浏览过其中的大部分。在《汉诗汉文的意趣》(1920 年 11月)一文中,芥川龙之介写道:"读汉诗汉文既有益于日本古代文学的鉴赏,也有益于日本当代文学的创造。"②芥川龙之介将自身中国古典文学的深厚修养,大量应用于文学创作,这在同时代的作家当中并不多见。

　　对于森鸥外(1862—1922)、幸田露伴(1867—1947)、夏目漱石(1867—1916)等在江户末期、明治初期出生的作家而言,汉文书籍在他们儿时的修养目录中占有很大比重。但是进入大正时代之后,日本已全面接受西方文化,汉诗汉文逐渐成为过去的"古董",对汉诗汉文感兴趣、并在这方面有一定修养的作家已不多见。谷崎润一郎曾在随笔《芥川君和我》(1927 年 8月)中写道:"当时,西洋文学盛行,至少在青年作家中顾及日本和中国古典的人很少。对这方面感兴趣的人都被认为是头脑守旧。芥川君和我很早就开始反抗这股潮流,喜爱东方的古典,志趣相投。"③由此可见,当时像芥川龙之介与谷崎润一郎这般喜爱中国古典的作家被视作异类一般,甚是罕见。

　　而与谷崎润一郎等作家相比,芥川龙之介的汉学修养更胜一筹。说到大正知名作家中与中国文学渊源甚深的,一般都会提及芥川龙之介、谷崎润一郎、佐藤春夫这三人。众所周知,佐藤春夫因为创作了《亚细亚之子》这部小说,站在支持日本侵略战争的立场上而遭到批评。更有评论家指出,佐藤春夫翻译的一系列中国文学作品,其实很多都是在他人译文的基础上做了些改动而已。④而对于谷崎润一郎,榊敦子在论文《日本人眼中的中国:谷崎润一郎的中国趣味小说》中也指出,谷崎的汉文并非如同他的母语日语一般运用自如。⑤与之相较,迄今为止,尚无评论家质疑芥川龙之介的中国古典文化修养。正因为芥川龙之介的汉文修养在同期作家中属于佼佼者,因而

①　芥川龙之介文库介绍及藏书检索,可以登录日本近代文学馆网站查看:文库・コレクション一覧—日本近代文学館(bungakukan.or.jp)。
②　『芥川龍之介全集』第七卷,岩波書店,1996 年,第 89 页。
③　『谷崎潤一郎全集』第 13 卷,中央公論新社,2015 年,第 428 页。
④　参见「座談会・佐藤春夫と中国」,伊藤虎丸、祖父江昭二、丸山昇編「近代文学における中国と日本」,汲古書院,1986 年,第 612—616 页。
⑤　A. Sakaki, "Japanese Perceptions of China: The Sinophilic Fiction of Tanizaki Jun'ichiro," *Harvard Journal of Studies*, 59.1[1999]:193—194.

才被大阪每日新闻社委以中国特派记者的重任,前往中国。

芥川龙之介除了中国古典文学修养深厚以外,还一直以中国书画、古董为兴趣爱好。这与芥川家是江户时代以来的世家,喜好风雅不无关系。在《我家的古玩》(遗稿、1927 年)中,芥川龙之介写道:"我爱古玩,知道古玩能使我恍惚迷醉","热爱古玩是我终生奢华的自豪"。①芥川龙之介对于中国书画的兴趣,则深受第一高等学校同学松冈让以及一高时代德语教师菅虎雄的影响。松冈让出身佛教世家,是越后(今新潟县)长冈净土真宗东本愿寺派下的寺院长子,自幼接受书法训练,对书法作品很有鉴别能力,熟悉中国的书法大家。菅虎雄则是书法家,曾在中国居住过,芥川龙之介的作品《罗生门》及《傀儡师》的题字都出自菅虎雄之手。另外,泷井孝作、小穴隆一等芥川龙之介作家时代的新友人,也使他对中国书画更为关心。芥川龙之介在 1919 年 9 月 24 日给泷井孝作的信中写道:"听说我不在家时你来了,甚为遗憾,我还想把倪云林和恽南田的画集给你看呢。"②从 1920 年 10 月 30 日写给小穴隆一的信中也可以看出芥川龙之介对中国书画的兴趣:"三四日前去过'晚翠轩',求购八大山人和王石谷等人的画本。下次光临时,敬请过目。八大山人是新人,属明末清初时人,难怪画作如此新派。此间与倪云林之争论,乃梅道人之误。"③可见芥川龙之介与这些友人之间经常就中国书画进行讨论。从随笔《中国的画》(1922 年 10 月)中也可以看出芥川龙之介对中国绘画非同一般的鉴赏力,该文提及倪云林的《松树图》、宋画《莲鹭图》以及罗两峰的《鬼趣图》,并从中日文人画对比的角度进行评价。

> 不言而喻,日本画与中国画属于亲戚关系。可是这种执着无论在古画或南画中,皆觅而不见。比较而言,日本画显得更轻灵,更柔和。至于中国画,就连八大山人的鱼,新罗山人的鸟,都过于强悍,难以在池大雅的巉岩下嬉游,在与谢芜村的树上栖息。中国绘画,似乎真是出人意料地不同于日本绘画。④

芥川龙之介曾以中国绘画为素材,创作小说《秋山图》,该小说素材来源于芥川龙之介藏书《东洋画论集成》所收《瓯香馆画跋》中的《记秋山图始末》一文。《秋山图》的创作显然与芥川龙之介对中国绘画的关心是分不开的。

---

① 『芥川龍之介全集』第二十二卷,岩波书店,1997 年,第 574 页。
② 『芥川龍之介全集』第十八卷,岩波书店,1997 年,第 320 页。
③ 『芥川龍之介全集』第十九卷,岩波书店,1996 年,第 111—112 页。
④ 『芥川龍之介全集』第九卷,岩波书店,1996 年,第 235—236 页。

1921年,芥川龙之介作为大阪每日新闻特派员,到中国游历近四个月,直接观察接触中国现实社会,并与章炳麟、郑孝胥、李人杰(即李汉俊)、辜鸿铭、胡适等新旧知识分子会面。芥川是日本近代文坛公认的大正时期"市民文学"的代表作家,他的汉学修养使他对现实中国产生了强烈的幻灭感,有日本评论家说:"中国带着无法解决的矛盾与沉重的不安向芥川龙之介逼来。"①对于中国憧憬与向往的梦破灭了,但取而代之的不是轻蔑,而是作家疾首蹙额对中国切中要害的言说。

2. 谷崎润一郎

谷崎润一郎(1886—1965)作为唯美派文学的代表作家,经历了从早期"西洋崇拜"到晚年"回归日本"的转变,他对中国的喜爱更多出自对"异国情调"的向往。1892年,谷崎进入坂本小学读书,同学笹沼源之助是东京知名高级中餐馆偕乐园的公子。谷崎与笹沼是好朋友,经常去偕乐园玩,在《少年时代》一文中他这样写道:

> 当时,去笹沼家,只要从代官屋敷路拐进地藏桥路,还隔着两三条小路,就能闻到中国料理发出的那种强烈的特别的味道。这是在当时的东京街头还不大能够闻得到的、异国的,然而又是那么好闻的味道,十分强烈地刺激着少年的食欲,我真是十分羡慕笹沼居然每天都能品尝到这样的佳肴。②

谷崎是一位美食家,能够完全适应浓油赤酱的中国菜。《美食俱乐部》(1919)这篇小说充分反映出作家对于中国菜的喜爱,究其源头正是在于小学时的这段记忆。可以说,谷崎的中国趣味与其他作家的最大不同之处在于他对于中国风味的衣食住等基本生活条件的接受。小说《鹤唳》(1921)的主人公靖之助居住在中国式的建筑里,穿着中式服装,和一个中国女子在一起说中国话,体现出作家对于这种生活的向往。1928年,谷崎在兵库县武库郡冈本梅谷地方建造自己的宅院时,特地从东京请来建造偕乐园的工匠,建了一幢中国式样外观的房子。据松子夫人回忆,谷崎在家中经常穿着中式服装。

当然,谷崎也具有一定的中国古典文学修养。14岁左右,他在龟岛町

---

① 野村浩一『近代日本の中国認識』,研文出版,1981年,第97页。
② 『谷崎潤一郎全集』第21卷,中央公論新社,2016年,第275页。

的秋香塾学习汉文,"将汉文的经典在那个时候大概读了个遍"①。东京府立第一中学《学友会杂志》第 35、36 期(1901)刊登了谷崎 16 岁左右创作的 4 首汉诗《牧童》《护良王》《观月》和《残菊》。在《何谓中国趣味》一文中,谷崎提及母亲小时候教给自己十八史略,"充满有趣的教训和轶闻的汉籍"比起"中学干燥无味的东洋史教科书""对儿童更有裨益"。②闲暇时候,谷崎经常翻阅二十多年前爱读的李白、杜甫的诗,书桌左右的书架上也摆着高青丘、吴梅村的诗集。不过,不可否认的是谷崎的汉学修养远不及森鸥外、夏目漱石等明治文豪,谷崎走近汉诗文主要是在少年时代,贯穿作家一生的爱好更多是对中国建筑、饮食、服饰等的喜好。

1918 年,谷崎自费前往中国旅行,游历了沈阳(当时称为奉天)、天津、北京、汉口、九江、南京、苏州、上海和杭州,历时 2 个多月,此次中国之行催生了大量中国题材的作品。1926 年,谷崎第二次来到中国,仅在上海一地逗留整整一个月,与中国文人郭沫若、田汉、欧阳予倩等真挚友好地交往,令作家发现了真实的中国,开始反省以往创作的"聚集了奇怪的猎奇的风俗异闻之类的相当猥亵的东西"③,从此"远离中国",放弃了中国题材小说的创作。但是作家与曾经交流过的中国文艺家之间的感情是真挚的,写于战时 1942 年的《昨今》一文对自己与中国友人之间交往和友情的追忆就是最好的证明。

3. 佐 藤 春 夫

佐藤春夫(1892—1964)作为中国古典和现代文学的译介者贡献巨大,不仅推动鲁迅作品译介到日本,更使"阳春白雪"的中国古典文学经由他的译介为日本普通大众读者所喜爱。1941 年在《中国杂记》的序言《唐物因缘》一文中,佐藤自称他对中国文学的热爱源自父亲的教诲,"自认为是最后一个爱好中国之人","全部著作的一半或者三分之一左右都与中国有关"。④1949 年在《近代日本文学的展望》一文中,佐藤回忆道:"当时从事译介中国文学之事的正是自己","以欧洲的视野,重新认识被大家遗忘的中国文学,这一方法收到意想不到的效果,中国文学又一次受到关注"。⑤1923 年出版的《玉簪花》收录了作家译自《聊斋志异》《今古奇观》中的 10 篇作品,

---

① 「『少年世界』へ」,『谷崎潤一郎全集』第 5 卷,中央公論新社,2016 年,第 470 页。
② 「支那趣味と云ふこと」,『谷崎潤一郎全集』第 9 卷,中央公論新社,2017 年,第 410 页。
③ 「翻訳小説二つ三つ」,『谷崎潤一郎全集』第 18 卷,中央公論新社,2016 年,第 535 页。
④ 『定本佐藤春夫全集』第 22 卷,臨川書店,1999 年,第 179—180 页。
⑤ 『定本佐藤春夫全集』第 23 卷,臨川書店,1999 年,第 262 页。

翻译时佐藤春夫参考了英语、德语译文,因而佐藤的译文在习惯于汉文直译体的日本读者眼中,充满新鲜感。在当时中国古典文学逐渐成为学院派研究的高深对象,被普通读者束之高阁之际,佐藤的译介令中国古典文学重新回归了日本大众的阅读视野。1929年,佐藤又推出《车尘集 中国历朝名媛诗抄》一书,翻译了自六朝至清代的女诗人的50首诗作,"车尘"出自明代钱希言所著《楚小志》中"美人香骨,化作车尘"一句,佐藤的翻译采用日语古语,七五调居多,也有五七调、八八调、自由律,既有短歌形式的翻译,也有些诗以俗谣形式译出。佐藤这种不拘泥于原作,以追求诗歌情调为主的翻译方法获得很大成功。当时能够以中国小说、诗歌的翻译出版单行本的只有佐藤一人,很多中国文学研究家为了出版译作,必须借助佐藤春夫的名号,甚至产生了《中国文学选》(1940)等的"代笔"问题。一方面,出版社希望佐藤春夫署名,以保证书籍销路,另一方面为佐藤代笔的译者由于经济等方面的原因,也为了让自己的译作能够出版,让更多读者阅读,认可佐藤署名。

佐藤春夫为推动鲁迅文学在日本的译介做出了很大努力。当时名不见经传的增田涉所著《鲁迅传》得以刊登在知名综合杂志《改造》《中央公论》上,佐藤春夫的斡旋功不可没。佐藤本人也翻译了鲁迅的《故乡》刊登在《中央公论》1932年1月号上,之后又与增田涉共同翻译《鲁迅选集》,由岩波书店出版,推动了鲁迅文学在日本的传播。1936年10月19日鲁迅逝世后,佐藤特意撰文《月光与少年》,以此追悼鲁迅。

佐藤春夫与田汉、郭沫若、郁达夫等中国作家也交往颇多,《人间事》(1927)一文描写作家到东京车站迎接田汉,直至送行之间的事情,文中还提及了辜鸿铭。《老青年》(1928)则是以作家在上海认识的岛津四十起为原型,以上海为舞台创作的小说。但是,这样一位积极译介中国古典文学,推动鲁迅文学在日本译介传播,与中国作家交往密切的作家,在日本发动侵略中国的战争之后,开始高叫"中国没有文化",呼吁大家不要对现实的中国心存憧憬和幻想,走上积极支持战争之路。小说《亚细亚之子》(1941)更是将主人公汪某称为"亚细亚之子",积极宣传"大东亚共荣"。在这一点上,佐藤春夫与谷崎润一郎形成鲜明对照。

4. 木下杢太郎

木下杢太郎(1885—1945)素有"昭和鸥外"之称,毕业于东京帝国大学医学专业,在医学研究与文学创作两方面都取得了很大成绩。初期木下创作了很多浪漫主义风格的诗歌,富于异国情调。与北原白秋一起组织"潘恩会",创作戏曲《南蛮寺门前》,开拓了"南蛮文学"①的领域,成为"耽美派"代表作家。1916年至1920年,大学毕业后,木下前往属于"南满洲"铁道附属地的"奉天"南满医学堂担任教授,同时兼任"奉天"医院皮肤科科长。他中文流利,在中国常被当成中国人。业余时间,木下前往北京观看古画、陶器等文物,对佛教美术表现出浓厚兴趣。1917年8月,休假回国之际,他特意前往奈良参观法隆寺、唐招提寺等,以确认日本与中国佛教美术之间的关联。1920年,木下辞去"南满"医学堂的工作,在中国南北各地游历近半年,其间在云冈石窟逗留半个多月,详细记录石窟佛像情况,绘制大量素描,于1922年出版《大同石佛寺》一书。木下还在军阀土匪之乱中②,几次游览洛阳龙门石窟。木下创作的中国题材作品并不多,只有两篇小说《昆仑山》《雪》,但留下了很多与中国相关的游记、评论、随笔、翻译等。1921年,作为精华书院儿童文学文库中的一册出版的《中国传说集》,是木下杢太郎从《新齐谐》《聊斋志异》《广异记》等中国志怪小说集中选取适合儿童阅读的短篇编译而成。

1921年开始,木下踏上历时三年半的留学之路,在巴黎大学从事真菌研究。其间研究欧洲保存的切志丹③文献,回国后发表了很多切志丹研究著作。总的来看,长达七年半的国外游历,使木下拥有了国际主义视野,重新反思日本文明的历史与未来,站在世界文明史的角度思考中国、朝鲜与日本的文化艺术之间的渊源关系,他曾强调日本文化不过是中国文明的"支流"而已。

本书将通过对以上四位"中国趣味"代表作家涉及中国作品的文本细读,梳理其中的中国形象,同时结合大正时期的历史文化语境,分析其中国形象的特征、生成原因和演变过程,并对这些中国形象背后所隐含的意识形态话语进行探究。

---

① 这里所说的"南蛮"是室町时代至江户时代,暹罗、吕宋、爪哇等南洋各地的统称。因葡萄牙人、西班牙人等经由这些地区来到日本,又以"南蛮"称呼这些国家及其殖民地。"南蛮文学"指16世纪中叶至17世纪中叶为止的大约一百年间,外国传教士用日文撰写、翻译的与宗教有关的文学,也包括他们为传教所作的其他作品等。

② 木下杢太郎在1920年10月22日给河合浩藏的信中写道:"官府的人说,龙门地方土匪猖獗,不敢去。因为吴佩孚屯兵龙门,不愿意外省或者外国人至其地。或许真有土匪,也说不定官兵就是土匪。"收录于『木下杢太郎全集』第23卷,岩波书店,1983年,第206—207页。

③ 切志丹:指室町时代后期,由沙勿略传入日本的基督教及其信徒。江户时代日本实行严厉的禁教政策,传教信教遭到镇压,切志丹基本绝迹,个别信徒转入地下信仰。直至1873年明治政府撤销禁教布告之后,九州一带隐藏的切志丹信徒才被发现。

三、"中国趣味"与"亚细亚主义"之辨

在这里之所以把"中国趣味"与"亚细亚主义"相提并论,是因为二者均为近代日本诞生的与中国关系密切的两个概念。如果说"中国趣味"更加侧重文化、艺术层面,更多的是基于一种个人感受,那么"亚细亚主义"则更加侧重思想、政治层面,更多涉及近代中日关系走向这一国家层面的问题。通过二者的辨析,可以更好地理解"中国趣味"这一概念。

首先,"中国趣味"与"亚细亚主义"这两个概念在没有明确定义这一点上,有着相通之处。与民主主义、社会主义等概念不同,"中国趣味"与"亚细亚主义"都没有明确的定义,每个人对这两个概念的理解都有所不同。特别是"亚细亚主义"这一概念,即便在词典中的释义都不尽相同。有的将之视为一种反动思想,认为它是膨胀主义、侵略主义的别称。有的则将之视为区域思想的一种形态。有的将孙文的亚细亚主义、尼赫鲁的亚细亚主义与日本的亚细亚主义相提并论。就连"亚细亚主义"这一名称,又有"大亚细亚主义""泛亚细亚主义"等多种说法,还有用"东洋"或者"东方""东亚"来替代"业细业",称为"东洋主义"或者"东方主义""东亚主义"。

日本平凡社《亚洲历史事典》(1959—1962年刊)的"大亚细亚主义"条目(野原四郎执笔)是这样定义的:

> 大亚细亚主义主张为了抵御欧美列强对亚洲的侵略,亚洲各民族应该以日本为盟主团结起来。明治初年,与日本独立问题密切相关的亚洲连带论登场。特别是领导自由民权运动的思想家对此提出了各自的看法。例如,植木枝盛将支撑他所倡导的民权论的自由平等的原理应用于国际关系之中,认为亚洲各民族抵抗侵略出自正义,为此亚洲各民族应该以完全平等的立场联合起来,甚至提出了一种乌托邦式的世界政府论。而樽井藤吉和大井宪太郎则主张为了抵御欧美列强的侵略,亚洲各国一边推进国内的民主化,一边应该进行联合。因为日本在民主化这一点上走在亚洲前列,因此必须对亚洲各国的民主化施以援手,强调这是日本民族的使命。[1]

进入明治20年代之后,随着自由民权运动逐步衰退,天皇制国家机构

---

[1] 『アジア歴史事典』第6卷,平凡社,1960年,第6页。

确立,对外军备扩张,大亚细亚主义抬头。1887 年,玄洋社抛弃民权论,转向国权主义,指出"作为有色人种,长久以来为欧美人百般压迫,蒙受屈辱,吾人为抵御欧美人,必须具备军国的设备。特别是日本作为东洋新兴国家,将来有望成为东洋盟主,此时提倡军国主义是大势所趋"。①此后,大亚细亚主义虽然主张日本也同为被压迫民族,高举同文同种的大旗,认为东洋文明是精神文明,而西洋文明则是物质文明,亚洲各民族必须联合起来,但实则发挥了掩护明治政府大陆侵略政策的作用。1900 年成立的黑龙会及此后众多右翼团体都将天皇主义、大亚细亚主义作为纲领,服务于日本的侵略政策。

中国革命势力一直对此进行批判。中国革命同盟会的机关报《民报》提倡中日两国国民进行联合,主张双方关系对等,强烈谴责日本的吸收主义,尤其是大亚细亚主义。1919 年 3 月 13 日,李大钊在上海的《时事新报》发表《大亚细亚主义与新亚细亚主义》一文,指出亚细亚主义是侵略中国的暗语,主张基于亚洲各民族的解放与平等,联合结成亚洲大联邦,与欧洲联邦、美洲联邦一起构成世界联邦,并将此称为新亚细亚主义。②1924 年底,孙中山在神户所做的演讲中指出,我们要联合以亚洲为首的全世界被压迫民族,与立足霸道文化的列强相对抗。进而质问日本,是要成为西方霸道的看家狗,还是想成为东方王道的干城。③可以说,这是对以大亚细亚主义粉饰的日本帝国主义的严厉批判。

近年来有日本学者指出,亚洲主义与膨胀主义、侵略主义并非完全重合,它与民族主义(国家主义、国民主义以及国粹主义)也并非完全一致,当然与左翼的国际主义也不相同。但同时又与它们都有重合的部分,特别是与膨胀主义重合部分最大。更为准确地说,亚细亚主义源于明治维新之后的膨胀主义,但是膨胀主义并非直接催生了亚细亚主义,而是首先产生了国权论与民权论、此后又产生了欧化与国粹等对立的风潮,从这些双胞胎般的风潮之中产生了亚细亚主义。第二次世界大战中日本提出的"大东亚共荣圈"思想可以看作是亚细亚主义的终结,也可以说是对亚细亚主义的偏离。

在此,我们不再深入剖析亚细亚主义变迁过程中的细节,总的来说,亚细亚主义曾主张亚洲的联合,但是当它不再主张亚洲各民族平等,而是将日本这个盟主强加给亚洲各国,已经成为帝国主义国家一员的日本对欧美国

---

① 玄洋社社史编纂会编『玄洋社社史』,明治文献,1966 年,第 410 页。

② 守常:《大亚细亚主义与新亚细亚主义》,《时事新报》1919 年 3 月 13 日,第三张。

③ 参见孙中山:《大亚洲主义》,载黄彦编:《孙文选集》下,广东人民出版社,2006 年,第 619—629 页。

家发动的战争只是帝国主义国家之间的利权争夺,日本却标榜自己也是受到欧美白种人压迫的一员之时,就明显具有了欺瞒性和虚伪性。

亚细亚主义者中值得一提的是宫崎滔天①,1902 年宫崎出版半生的自传《三十三年之梦》一书,大受好评,再版至第 10 版,同时被译介到中国,中文译本也有数种。在日本人创作的关于中国革命的书籍中,可以称得上是最为畅销的著作。1926 年,由明治文化研究会复刻出版之际,吉野作造为该书作序,写道:

> 作者生于明治初年,在自由民权的疾呼之中,在醉心于西洋文化的氛围之中度过青年时代。摆在当时有为青年面前的大抵有两条路。一条路是在官界展其骥足,一条则是在民间施展抱负。后者又分两种类型,不满于藩阀专制,投身政治革新运动的比较多见,偶尔有人放弃在当世施展抱负,向邻邦寻求友人,意欲使整个东洋的空气为之一新,之后再徐图祖国之改进。后者虽然为数不多,或联合朝鲜,或远渡中国,投身革命,以资后年助我国大陆经营之策。宫崎滔天正是将中国和日本联系在一起的典型的革命志士。(中略)
>
> 令我不能不佩服的是他纯真的态度。虽然几经失败,甚至犯下道德的错误,但我们仍然不能不对此给予无限的同情,感到莫大的感动,领受种种教训。尤其是他对中国革命始终如一的真挚的同情,其内心的光明正大、牺牲精神之强烈,都不能不令吾等充满崇敬之情。②

与宫崎滔天同样参加了中国革命运动的北一辉,却与宫崎滔天走上完全相反的改造日本的国家主义者之路。③由此可见,在一度被视为侵略主义代名词的亚细亚主义的发展变化过程中,的确存在各不相同的案例。无论

---

① 宫崎滔天(1871—1922),1892 年前往上海,1897 年受到犬养毅赏识,协助其进行中国革命结社的调查。回国后在横滨与孙文相识,对孙文的共和主义、人类同胞思想、反对列强蚕食亚洲等产生共鸣,此后坚定不移地支持孙文的革命活动。1905 年,在东京协助孙文、黄兴成立中国同盟会,1906 年创办杂志《革命评论》,声援中国和俄罗斯革命。1911 年辛亥革命后仍一如既往支持中国革命。

② 吉野作造『主張と閑談:吉野作造著作集』,文化生活研究会,1927 年,第 150—151、153—154 页。

③ 北一辉(1883—1937),在日本加入中国革命同盟会,1911 年辛亥革命爆发后前往中国,回国后创作《中国革命外史》。1916 年再次前往中国,因无法理解中国的五四运动,在上海创作《国家改造案原理大纲》,提倡改造国家机构,天皇可以发动戒严令,建设亚洲大帝国等,此后该书成为右翼的"圣经"。他通过政变改造国家的主张对皇道派青年将校产生很大影响,虽并未直接参与"二二六事件",但被视为主谋,1937 年 8 月执行死刑。

是如宫崎滔天一般充满对中国革命的真挚情感,还是支持日本侵略政策的黑龙会等右翼组织,亚细亚主义者大多与近代中国关系密切,特别是对近代中国社会,了解得非常深入。

由此反观"中国趣味",就会发现它与包含着深刻的政治、思想问题的"亚细亚主义"不同,是一种更加轻松的,源自个人层面的文化、艺术、生活情趣。虽然中国趣味者与同时代日本人相比,对中国更加感兴趣,但是他们的看法仍然深受日本同时代中国言说的影响,中国趣味作家的创作虽然为中国形象的构建提供了广为读者接受的素材,但往往是顺应同时代中国言说而作,试图改变关于中国形象的言论可以说是凤毛麟角的。

第三章　中国古典题材的"新生"

　　江户时代,幕府奉儒学为"官学",在为武士子弟开办的学校中进行"四书五经"等儒学教育,中国文化在日本的影响达至巅峰。明治维新以降,随着日本走上"脱亚入欧"之路,仿效西方建立新学制,汉学教育逐步淡出历史舞台。成名于明治时期的很多作家,出生于江户时代末期,童年曾接受传统的汉学教育,具有阅读中国典籍的能力,能够写作汉文汉诗。①这些作家处于由"近世"②至"近代"的历史转型期,虽未被冠以汉学家的名号,但是汉学修养早已化为其"血肉",他们创作的中国古典题材作品对于中国典籍的运用,甚至可以"以假乱真",夏目漱石、森鸥外、幸田露伴等可谓其中代表。

　　明治时代,虽然相较于江户时代而言,汉学教育日渐式微,但是对于日本自古以来深受中国古典文学文化影响这一点,没有人质疑。即便在明治维新之后,日本中小学语文教材中仍然一直设有中国古典诗文单元,因而中国古典题材的小说,并没有令日本读者感到完全陌生。也就是说,由四书五经及中国古典诗文所形塑的文化中国仍然是日本人憧憬向往的对象。虽然日本在中日甲午战争及日俄战争获胜之后,国民之中轻侮蔑视中国的倾向日益突出,但文化中国仍旧被与现实中国割裂开来,依然是尊崇的对象,古典文化的中国依旧是典籍中高度美化了的理想国度,是很多日本人一心向往的精神原乡。

　　如前所述,大正"中国趣味"作家相较于同时代日本作家而言,更多关注中国,不过他们并没有接受系统的汉学教育。他们阅读中国作品,体验中国文化,完全出自个人的兴趣爱好,而且他们对于中国的兴趣已经从江户时代形而上的思想世界转移到了具体的生活世界。谷崎润一郎由中餐、中式建

---

①　日本所谓"汉文""汉诗"是指使用中国文言文创作的文章与古典诗歌。

②　"近世"意为处于"中世"与"近代"之间的时期。根据日本历史的常用划分方法,一般将"安土桃山时代"(1573—1603)及"江户时代"(1603—1868)归入"近世"。

筑等生活元素而喜爱中国文化正是很好的例证。这些作家以中国题材、特别是中国古典为题材创作小说,是为了"借古鉴今",赋予古典题材以现代阐释。鲁迅曾评论"中国趣味"代表作家芥川龙之介以古代传说为题材的小说:"他想从含在这些材料里的古人的生活当中,寻出与自己的心情能够贴切的触著的或物,因此那些古代故事经他改作之后,都注进新的生命去,便与现代人生出干系来了。"①

也就是说,大正作家创作中国古典题材小说,是将这些题材视为与当下日本处于不同时空中的具有新奇感的创作素材,通过这种富有异国情调的选材进行现代小说创作,从而丰富自己创作的形式。本章选取明治时代汉学修养深厚的作家森鸥外创作于大正时代的中国古典题材小说《寒山拾得》,以及"中国趣味"代表作家芥川龙之介的《袈裟与盛远》《杜子春》、谷崎润一郎《麒麟》等文本,爬梳大正时期中国古典题材小说创作的特征,以期阐明"中国趣味"作家在创作此类小说时"借古鉴今"的价值走向,并通过与明治文豪的比较,厘清芥川、谷崎等作家赋予这些中国古典题材的新意。

一、走下神坛的"寒山拾得"

作为与夏目漱石相提并论的文豪,森鸥外的汉学修养为世人所公认,不过他创作的中国古典题材的作品并不多,《寒山拾得》可以说是其中的代表作。该作1916年(大正5年)发表于《新小说》杂志,因其自20世纪20年代至今一直被收录进日本"国语"教科书,在日本可以说家喻户晓。

该作发表后的同时代评论中,已有人关注到作品与作家个人经历之间的关系。正宗白鸟认为:"闾丘胤的心情正是作家本人的心境。"②因《寒山拾得》发表之时正是森鸥外辞去陆军省医务局长之前,而且小说完稿③的前一天(大正4年12月6日),森鸥外刚刚就入选贵族院议员的可能性写信给

---

① 鲁迅:《〈现代日本小说集〉附录 关于作者的说明》,载《鲁迅全集》第十卷,人民文学出版社,2005年,第243页。
② 正宗白鳥「文芸時評」,『中央公論』第二号,1916年。引用自『正宗白鳥全集』第二十三卷,福武書店,1984年,第36页。
③ 1915年12月7日的日记中,森鸥外写道:"草毕寒山拾得"。参见『鴎外全集』第三十五卷,岩波書店,1975年,第677页。

石黑男爵①。此后的研究也大多将作品与作家本人的经历联系在一起,认为作品是即将结束陆军军医生涯的作家的自我表象,有论者认为该作反映了森鸥外对于"官吏的反感"②,也有论者认为这是"对于长年以来羁绊作家的官僚、军阀世界的诀别"③,还有论者认为,该作的创作是作家借此克服自己对于官职的留恋④。

的确,作家自小说《寒山拾得》《高濑舟》之后开始转入史传创作,无论是作为军医的职业生涯,还是文学创作,《寒山拾得》创作前后正值森鸥外人生的一个拐点,结合作家的经历对作品进行解读不无道理。近年来,也有中国学者结合近代日本修养主义的语境,认为该作是"修养时代的警世寓言",森鸥外通过作品"向读者传播修养求道的思想","启发读者端正修养的姿态"。⑤

在这些对于《寒山拾得》的先行研究中,都将寒山拾得这一题材作为虽来自中国,但在日本广为熟知的故事,尽管也有研究者考证作家参照的原典,将原典与小说进行对比研究,却无人关注寒山拾得这一"中国"题材在作品中的意义。本节将聚焦作品中与中国相关的叙述,解读作家对于寒山拾得这一"中国题材"的阐释,以期揭示以森鸥外为代表的具有深厚汉学修养的明治文豪们如何利用中国题材进行文学创作。

1. 颠覆中国古典之正统

《寒山拾得》以寒山拾得故事发生的时间开篇:"唐贞观年间,即西历公元7世纪初,这时日本才刚刚有了年号。"⑥虽然森鸥外在《寒山拾得缘起》一文中称写作《寒山拾得》未参考任何资料,不过已有日本学者指出,该作主要参考了伪托闾丘胤所作《寒山子集诗序》,而森鸥外参考的版本则是日本临济宗中兴祖师白隐禅师注释的《寒山诗集》,即三卷本的《寒山诗阐提记闻》。小说开篇的"贞观年间"即出自《寒山子集诗序》,不过森鸥外在这里先

---

① 石黑男爵,即石黑忠惠(1845—1941),因在中日甲午战争中担任野战卫生长官有功,被加封男爵。1902年,成为敕选贵族院议员。1920年,加封子爵,担任枢密顾问官,日本红十字会会长等职。1915年12月6日的日记中,森鸥外写道:"就上院占席一事,复信石黑男爵忠惠。"参见『鸥外全集』第三十五卷,岩波书店,1975年,第677页。
② 唐木顺三『鸥外の精神』,筑摩書房,1948年,第132页。
③ 参见冈崎义惠「鸥外の『寒山拾得』」,『文藝研究』第1集,日本文藝研究会,1949年,第88页。
④ 参见小泉浩一郎「寒山拾得」,『森鸥外論　実証と批評』,明治書院,1981年,第314页。
⑤ 参见王成《〈寒山拾得〉与近代日本的修养主义》,《山东社会科学》2013年第10期,第89—94页。
⑥ 《寒山拾得》译文参考了李庆保译《寒山拾得》,载李庆保、杨中译《森鸥外中短篇小说集》,时代文艺出版社,2016年,第52—58页,下文不再一一标注页码。

将其换算成为西历时间,又说明当时日本所处的历史时期(日本开始设立年号是在大化时代,即公元 645—650 年间),说明作者有意将寒山拾得这个中国故事放在明治维新之后日本接受的西方话语体系中进行表述,同时引导读者在日本文化语境中理解这个故事。

接下来,作者又就闾丘胤的官职"台州主簿"进行说明,指出这相当于"日本的府县知事"。值得注意的是在开篇这段关于闾丘胤的介绍中,作者质疑闾丘胤是否确有其人,因为这位相当于日本府县知事的官员在新旧《唐书》中没有记载,"如果没有闾丘胤其人,故事也就无法成立,所以就权当有过此人"。事实上,正如《寒山拾得缘起》中所说当时"随处可见寒山诗的活字印刷版",日本人对于寒山拾得的认知度很高,作家在小说中质疑寒山拾得故事的重要当事人闾丘胤存在的真伪,强调其虚拟性,自然会令读者对此后叙述的寒山拾得故事保持一定距离,进行观照。

但是作家在此所作说明,也不可全信。首先如很多先行研究所指出的,闾丘胤本为复姓闾丘,名胤;而森鸥外却将其改作单字姓闾,名丘胤。此外还有一处改动以往研究鲜有提及,那就是原作《寒山子集诗序》中闾丘胤为台州刺史,而森鸥外将其改为台州主簿。主簿是掌管文书、簿籍及印鉴的官吏,魏、晋以前各级官署均设该职,主簿权势最盛。隋、唐以后,主簿只是部分官署与地方政府的事务官,重要性减少,绝非小说中所说相当于日本府县知事之职。如果说改换闾丘胤的名姓是为了强调该作的虚构性,那么更换闾丘胤的官职应该另有用意。

《寒山拾得》开篇一段说明中国的行政区划,"全国分为若干个道,道下面有州或郡,再往下分为县、乡、里"。并进而指出:"吉田东伍等就认为日本在县下设郡是不合理的。"吉田东伍是《大日本地名辞书》(1907)的编撰者,该书以平安时代成书的古辞典《倭名类聚抄》收录的地名为基础,涵盖至明治中期为止的所有日本地名。当代日本学者认为该辞书"保有浓厚的前近代意识的同时,作为一份珍贵的史料,可以总览日本近代的黎明期,历史地名开始消失之时日本人的地名意识"。① 森鸥外在《寒山拾得》中提及吉田东伍的语气,略带嘲讽之意。对于吉田的不满应该不在于他所编纂的《大日本地名辞书》信息有误,而是对吉田凡事拘泥于日本旧时唯中国古典马首是瞻的态度的一种嘲讽。正是对这种以中国旧制为准绳的态度不满,作家故意更改了寒山拾得故事中重要人物闾丘胤的名姓和官职。

---

① 相田満「地名オントロジー——大日本地名辞書からの出発——」,『情報処理学会研究報告人文科学とコンピュータ』2009-CH83-2,第 2 页。

也就是说，在小说《寒山拾得》开篇第一段，作家首先颠覆了寒山拾得故事作为中国古典题材的正统性，引导读者以观照的态度来审视这个“虚构”的故事。

2. 被解构的“寒山拾得”故事

森鸥外的《寒山拾得》以闾丘胤为主导表述寒山拾得的形象，而叙述者（某种程度上可以视为作者本人）又随时对进行主导表述的闾丘胤进行评论，通过这种结构引导读者对整个故事产生距离感，同时从叙述者所作的评论中又可窥见作者的创作意图。

首先，小说描写到任台州三天后闾丘胤的心情，这完全出自作家的创作，原典《寒山子集诗序》中并没有涉及。“这位在长安受惯了北方的尘土飞扬、喝惯了浑浊之水的汉子来到了台州，踏上了中国中部的这片肥沃土地，喝上了清水甘泉，心中甚感兴奋。”“繁忙之中，他感受到了作为地方长官的八面威风，对此颇为得意。”也就是说，闾丘胤此次任职台州，既“兴奋”，又“得意”。闾丘胤作为一个官吏的心情，作者森鸥外应该非常理解。森鸥外本人曾于1899年调任九州的小仓任职一年半。所谓京官外放，中国古典文学的一些名家多有因贬黜外放而作悲愤之辞，感慨“江州司马青衫湿”的白居易，“持节云中，何日遣冯唐？”的欧阳修，不胜枚举。日本历史上也有菅原道真左迁太宰府，古典文学中有光源氏流放须磨等。离开繁华的长安都城，来到吴越偏僻之地，只能从南方的和风清泉中寻找些许慰藉而已，闾丘胤的心情如果真如小说中描写的“兴奋”，又“得意”，只能说明闾丘胤是一个随遇而安之人，这又与下文提及“他平日就有些神经过敏”自相矛盾。况且离开长安之前，闾丘胤突发头痛，这一身体反应正是心情最真实的体现。由此可见，深谙新旧《唐书》的作家在此有意篡改了作为京官外放的闾丘胤的心情。

《寒山子集诗序》中称“台州海岛岚毒”，这又与《寒山拾得》中描述的青山绿水完全是不同的意象。正因为是瘴雨蛮烟之地，被丰干和尚告诫“到日必须保护”，因而闾丘胤才会求教“彼地当有何贤堪为师仰？”如此一来，闾丘胤拜访文殊普贤化身的寒山拾得显得顺理成章。而在小说《寒山拾得》中，作者刻意强调闾丘胤作为儒家知识分子代表的身份，他为了科举考试，“读过四书五经”，“研习过五言诗”，同时又强调他“不曾读过佛典，也没有研究过老子。不知为何，对于僧侣和道士却心存敬意。也许是对于自己尚未领会的领域的一种盲目崇敬吧”。先行研究多有认为《寒山拾得》同时涉及儒、释（佛）、道三教，如果从这一角度进行解读的话，应该说小说中主要人物所暗示的儒、释(佛)、道三者之间的关系并非融合无碍。身为儒生的间丘胤，对于释道两教毫不了解，仅仅出于一种盲目的崇敬，让主动上门的丰干和尚为自己治病，竟然治愈。对于这一结果，叙述者却通过评论，从科学角度揭示了这个治病过程的虚假性。间丘胤所患头痛只是"单纯的偏头痛"，服用医生开的药方久未好转，是因为他"平时对医道没有深究"，"经常就诊的郎中也并没有做精心挑选"。只是因为"就近""好叫"而已。他"一直以来总是想着头痛、头痛"，使头痛久治不愈，被丰干"转移了注意力后"，就感觉不到头痛了。也就是说，原典中丰干治愈间丘胤头痛这个情节在小说《寒山拾得》中，从医学科学的角度被解构了。

原典中丰干称"身居四大，病从幻生，若欲除之，应须净水"。强调净水的重要性，突出佛教仪式的神圣感。而小说《寒山拾得》则强调丰干念咒喷水主要是为了分散间丘胤的注意力，"清净之水也行，不净之水亦可，热水、茶水也无妨。端来的并非不净之水，这对间丘胤来说是意外的幸运"。如此一来，原典中丰干治病这一"造福众生"的"善行"的神圣性不仅被消解，叙述者更是以一种嘲讽的语气揭露这种所谓念咒治病的虚假性。

接下来，叙述者专门就人们对于"道或者宗教的态度"进行分析，指出有三类人，一类人忙于工作，无心求道；一类人专心求道，久而久之，工作也成了道；第三类人介于二者之间，虽承认道的存在，但自认为与道无缘，于是盲目相信与道相关之人，产生盲目的崇敬。这类人即便碰巧认对了对象，也无济于事。叙述者在这里明确提出"道或者宗教"的问题进行讨论，的确与近代日本修养主义的语境密切相关。《寒山拾得缘起》提及森鸥外的孩子要买寒山诗，是因为广告中有"为修养必读"之类的语句。这里所说的"修养"自明治 30 年代之后逐渐成为日本社会关注的热点。

日本在日俄战争中获胜之后，国粹主义抬头，为在国民中彻底树立国民道德观，文部省修订了之前的修身教科书，1910 年(明治 43 年)开始使用基于家族国家观的新版教科书。与此同时，1908 年，天皇发布戊申诏书，强调必须加强国民道德教育，上下一致勤俭力行，增强国力。文部省于 1910 年至 1911 年，主办以中学教师为对象的国民道德讲习会；1912 年，内务大臣原敬召集神道、佛教、基督教的代表开会，要求宗教界齐心协力推动国民道德运动。由政府主导的这一基于家族国家观，宣扬忠君爱国的国民道德运动日益高涨。

另一方面，自明治末年至大正时代，作为民间的思想运动，教养主义盛行。自然主义、人道主义(白桦派等)、人格主义、新康德派等共同汇聚成为大正时期的人道主义运动。但是这一运动，主要以吸收西方思想为主，盛行于知识阶层,并没有在一般民众中普及。

在政府推动的国民教化运动与知识分子之中普及的教养主义之间,又产生了一场自下而上来自民间的思想教化运动。这一运动植根于东洋道德思想、修养思想,涉及社会各个阶层。有为农村青年举办的露天讲习会(1914 年),有全国性的青年团运动,有莲沼门三①的"修养团"(1906 年创立),有西田天香②的"一灯园"(1913 年),有伊藤证信③的"无我苑"(1905 年),还有冈田虎二郎④的冈田式静坐法(明治末年)。这些运动来源于佛教、儒教、神道等东方宗教、道德思想,又并不排斥西方的思想宗教,统合各种宗教、思想,以身心修养为目标,可以称为一种探讨人的生存方式的本土化人道主义思想与生活运动。城乡各界青年、民众都积极投入了这一运动。《寒山拾得缘起》提及的"修养"正是指这一运动,当时一度出现"修养书"热潮,著名思想家、教育家新渡户稻造撰写的通俗易懂的《修养》一书成为畅销书。而《寒山拾得》中讨论的"道",也可以基于这一语境理解为与宗教、伦理道德相关的精神追求。夏目漱石 1914 年发表的名作《心》中,"精神上不知上进之人很愚蠢"这样一句话足以令青年 K 无地自容,正是因为 K 的信条就是"为了道,应该牺牲一切"。

小说《寒山拾得》中将闾丘胤归为第三类人,与道无缘,但对于求道之人盲目崇敬。他让丰干为他治病,正是出于这种盲目的崇敬。丰干为其治病之后,闾丘胤对丰干大为佩服,又请求丰干指点在台州"可以去拜见的贵人"。赶往国清寺的路上,闾丘胤觉得自己身处"牧民之职",仍能礼遇贤者,心中骄傲而得意。叙述者此处对于闾丘胤心理的描述,说明闾丘胤意非尊崇贤者,更在乎的是为官的名声。为闾丘胤带路的寺僧道翘讲述了丰干骑虎吟诗一事,闾丘胤说道:"真是一位活罗汉啊!"赶紧到丰干旧日住处,参观虎迹。就在这时"窗外吹过一阵山风,卷起院内堆积的落叶,沙沙的响声打破了寂静。闾丘胤顿感头皮发紧,浑身直起鸡皮疙瘩"。此处的闾丘胤颇有叶公好龙之态,慕名而来又因为一点风吹草动,害怕老虎真会出现伤及自身。也就是说,丰干是不是真正的"活罗汉",并非闾丘胤关心所在,闾丘胤

---

① 莲沼门三(1882—1980),社会教育家,创立社会教育团体"修养团"。

② 西田天香(1872—1968),宗教家,社会事业家,政治家。1913 年,在京都创立"一灯园",作家和辻哲郎、德富芦花、安部能成、仓田百三等参与其中。

③ 伊藤证信(1876—1963),宗教运动家。真宗大谷派僧人,推动"无我之爱"运动,在知识分子、青年之中产生很大反响。

④ 冈田虎二郎(1872—1920),健康运动推进者。1910 年,发明以静坐与腹式呼吸为主的健康法,在故乡爱知县推广,迅速流行至日本全国,会员达数十万,包括木下尚江、田中正造等均加入其中。

是在自己尊敬"活罗汉"这一姿态中得到一种心理上的满足。"道"永远是闾丘胤这一类人"不懂的、无法领会的事物"。因此,小说的叙述者这样评论闾丘胤对丰干、寒山拾得的认知:"倘若如此落魄的寒山、拾得就是文殊菩萨和普贤菩萨,那么骑虎的丰干又是谁呢? 他就像是乡下人看戏,弄不清楚哪个人演哪个角色,心中甚是疑惑。"

当闾丘胤问起寒山拾得时,道翘也颇为"疑惑",讲起拾得不知宾头卢尊者如何尊贵,竟与尊者佛像对坐而食,而寒山每次过来只是为了讨些残羹剩饭。道翘在讲述丰干事迹时一直使用敬语,而介绍寒山拾得时则语气中充满不屑。在"又脏又乱"的厨房里,他大喊拾得的名字,一个光着头的"朝这边笑了一下,但没有答应"。闾丘胤暗自判断之后,走到二人身边,"拢一拢衣袖恭恭敬敬地报上姓名:在下朝仪大夫、持使节、台州主簿、上柱国、赐绯鱼袋闾丘胤是也"。不料寒山拾得二人听后对视一下,"发出一阵像是出自丹田的笑声"逃出厨房。闾丘胤大吃一惊,而道翘"脸色苍白地伫在那里"。

原典中的道翘只是作为带路人,推动故事情节发展而已,而小说《寒山拾得》中寥寥数笔刻画了道翘这个僧人的形象。作为佛教中人,他不识寒山拾得的真面目,与俗人无异,更以貌取人,又害怕寒山拾得得罪大官,大惊失色。俗人的缺点、弱点兼而有之。这个中规中矩的佛教僧人与儒家知识分子闾丘胤在小说中都被戏化了。那么寒山拾得与丰干的人物形象又如何呢? 如前文所述,丰干以咒语治病这个善行已被解构,几乎与骗术无异。而寒山拾得的外表描写虽忠实于原典,但原典中结尾部分描写闾丘胤派人觅访二人,送去衣物香药无果,"寻其往日行状,唯于竹木石壁书诗,并村墅人家厅壁上所书文句三百余首,及拾得于土地堂壁上书言偈,并纂集成卷"。小说将这一部分删除,仅以寒山拾得大笑而逃戛然而止。三岛由纪夫盛赞这一"结尾部分将超人类的世界突然展现在读者面前,让读者刚得以窥见,小说却就此而止……只留下永远被嘲笑的人类"。① 但是,能够按此解读的前提是读者承认寒山拾得可以作为超人类世界的代表,《寒山拾得缘起》中说明创作小说的目的是回答自家小孩的问题,告诉他们寒山拾得究竟是何许人也,为何二人分别是文殊、普贤菩萨的化身。也就是说,小说意在为读者阐释寒山拾得的超人之处,如此戛然而止的结尾,显然没有回答这一问题。

就寒山拾得故事在日本的实际流播情况而言,可以称得上是广为流传。

---

① 三島由紀夫「鴎外の短篇小説」,『決定版　三島由紀夫全集 29』,新潮社,2003 年,第239 页。

这首先得益于《寒山诗集》的传播与接受,也就是说被作家删除的寒山诗歌的来源部分正是促使寒山拾得为后人熟知的根源所在。寒山诗是真实存在的,后世更是出现众多"仿寒山体""拟寒山体"。森鸥外参考的《寒山诗阐提记闻》,其作者白隐禅师被明治天皇赐予"正宗国师"谥号,白隐按照佛理和禅机对寒山诗进行注释和分析,对寒山诗给予很高评价,是寒山诗注释本中知名度较高的一种。当然,寒山拾得的故事在长期传播的过程中不断被重构,但是如果出于教育孩子的目的,那么以寒山诗的成就来说明寒山拾得的不凡应该更容易被理解。作家却回到寒山诗出发的原点,重新对寒山拾得的形象进行想象与重构,只字未提寒山诗的来由。

小说结尾处描写听信丰干之说的闾丘胤对寒山拾得毕恭毕敬报上长长的官名,作揖行礼。而包括道翘在内的国清寺其他僧众都目瞪口呆,对于闾丘胤的行为不明所以。《寒山拾得缘起》中也提及孩子们听了森鸥外的这个故事仍然不能释然。的确就小说情节而言,即便读者站在主导叙述的闾丘胤的立场上,由于闾丘胤对于道或者宗教的理解已经被定性为盲目崇敬,因此即便寒山拾得受其尊崇,也无法证明寒山拾得真正的价值所在。

3. 关于寒山拾得是否伟大的质疑

在日本近代修养主义运动的语境中,坐禅成为一种受到推崇的修养方法。加藤咄堂①提倡的"坐禅修养法"不仅在知识分子当中,在一般民众中也广为流行,还有冈田虎二郎的"冈田式静坐法"、藤田灵斋的"息心调和法"等。由此,与禅宗关系密切的寒山诗受到关注,诗集原书和注释本大量出版,作为"修养必读书",又依靠广告效应在读者中广泛传播。

创作小说《寒山拾得》,说明这一现象也引起了森鸥外的关注,但是他创作的《寒山拾得》绝非"宣扬圣贤隐士的处世道德","直接向读者传播修养求道的思想"②。首先作为传道者的丰干禅师,其"造福众生"的治病行为被从医学科学的角度解构,而寒山拾得究竟是不是真正的悟道者,小说留下了一个想象的空间给读者自己判断;"盲信者"闾丘胤作为寒山拾得故事的主导人物,他拜访寒山拾得的动机、对道与宗教的态度归根结底没有脱离仕宦的虚伪与无知。因而读者无法完全相信闾丘胤的行为,只得自己判别。

小说《寒山拾得》中的寒山拾得仅有形同乞丐、外貌卑贱的描写,而他们不为世俗羁绊,隐居寒岩,与自然为伴,悟透人间,洒脱自然的人物形象在小

---

① 加藤咄堂(1870—1949),佛教学者,作家,教化运动家。
② 王成:《〈寒山拾得〉与近代日本的修养主义》,《山东社会科学》2013 年第 10 期,第 94 页。

说中是缺失的。如果说具有中国古典文学修养,对于寒山诗在日本的传播与接受了如指掌的日本人,头脑中已经存在了这样一个寒山拾得的既有形象,那么也只有此类读者才会在阅读小说之后,按照固有的认知模式去理解该作,如同三岛由纪夫一般,将寒山拾得与其他人等归为两个完全不同的世界:超人类世界与人类世界。但是如此一来,在国清寺寒山、拾得、丰干"三圣""三隐"的光环之下,小说对于间丘胤这个人物的矮小化处理会成为读者关注的问题。而且,仅就小说本身的人物塑造而言,作家批判的矛头同样也指向丰干,指向国清寺僧众,这些与寒山拾得关系密切的证人都没能证明寒山拾得的伟大。作者刻意删掉《寒山子诗集序》后面的结尾,似乎是为了强调寒山拾得的伟大不言自明,无须验证,而《寒山拾得缘起》中森鸥外家天真无邪的孩子却无法理解这一点。在小说开头,叙述者嘲讽吉田东伍凡事以中国古典为准绳,与结尾处寒山拾得的伟大无法自证遥相呼应,中国古典题材的权威性由此从逻辑上遭到颠覆。

4. 小　结

如果说,具有深厚汉学修养的森鸥外通过小说《寒山拾得》尝试对于这一中国古典题材所具有的权威性进行颠覆的话,那么这与大正时代民主主义风潮之下"偶像破坏"的风潮有异曲同工之处。当然这也说明中国古典在明治文豪心中分量之重,以至于需要经过小说中如此复杂的操作对其进行解构、质疑。同为明治文豪的夏目漱石创作于 1896 年的俳句"寒山か拾得か蜂に螫れしは(寒山或拾得,孰人被蜂蜇)",也具有同样的创作旨趣,让伟大的寒山拾得走进普通凡人百姓为蚊虫叮咬所恼的世界。

而大正时代"中国趣味"的作家们浸润在大正时代自由主义、个人主义的风潮之中,已经摆脱了前辈作家所背负的对于中国古典权威的敬畏,在处理同类题材时显得轻松自在。芥川龙之介创作于 1917 年的随笔《寒山拾得》,创作于 1920 年的随笔《东洋之秋》都描写寒山拾得在东京街头拿着扫帚打扫,将二人定性为消除自己卖文生涯疲劳的"令人怀念的东洋秋日之梦"。这一持帚打扫的寒山拾得形象,并非出自《寒山子集诗序》一类典籍文本,而是日本画家每每在绘画中表现的寒山拾得。

自镰仓时代开始,寒山拾得的形象就出现在僧人的画作之中,代表作有雪舟①的《寒山拾得图》等。室町时代至江户时代占据日本画坛核心地位的

---

① 雪舟(约 1420—1506),活跃于室町时代的禅僧,水墨画家。

狩野画派也世代以寒山拾得为题材进行绘画创作,代表作有狩野元信①的《丰干、寒山拾得图》等。江户时代,日本兴起以中国文人画为楷模的南画,又称文人画。画家们也经常以寒山为主题作画,池大雅的《寒山访友图》、与谢芜村的《寒山拾得图》、圆山应举②的《寒山拾得图》、若冲③的《寒山拾得图》等不胜枚举。明治以后,日本人仍然喜爱在房间的壁龛里装饰卷轴画,《寒山拾得缘起》中提及森鸥外家的壁龛里就挂着寒山拾得二人大笑的画作。也就是说,随着接受汉学教育的人日益减少,对于普通读者来说,寒山诗的文字显得深奥难懂,但是经常在绘画中出现的寒山拾得形象仍然作为一种具有中国元素的人物形象喜闻乐见。

在大正时代"中国趣味"作家眼中,寒山拾得已经不再是暗示佛理禅机的汉诗作者、悟道高人,而是画作中经常出现的一个凡人形象。对于他们来说,寒山拾得早已走下偶像神坛,成为日常生活中的一种东方文化符号,为紧张忙碌的现代人带来些许慰藉与心理寄托。

二、《聊斋志异》中"怪奇物语"的现代表述

芥川龙之介醉心于《聊斋志异》,深受其影响,这一点从他模仿《聊斋志异》编辑《椒图志异》一书可见一斑。《椒图志异》是芥川在旧制高中时代,大约明治45年(1912)左右,将从书籍里、朋友、家人处收集到的鬼怪故事编辑而成的习作集。从题名到创作方法很明显都在模仿蒲松龄的《聊斋志异》。芥川在以小说《鼻子》一举成为日本文坛新星之后,在他的创作之中仍然可以发现受到《聊斋志异》影响的痕迹。关于芥川文学受《聊斋志异》影响的研究,以《酒虫》和《仙人》为主,多有定论。本节将就以往少有论及的、芥川其他作品所受《聊斋志异》的影响作一探讨。

1.《酒虫》中新增的人物

在芥川全部作品中,直接使用《聊斋志异》中原有题名的仅有《酒虫》(大正5年即1916年)一篇。芥川在《校正后》一文中指出:"《酒虫》取材于《聊斋志异》,较原作几乎没有改变。"④但是《聊斋志异》的《酒虫》是只有300字

---

① 狩野元信(1476—1559),室町时代后期的画家,狩野派鼻祖正信之子。
② 圆山应举(1733—1795),江户时代中后期的画师。圆山派鼻祖,重视写生。
③ 若冲,即伊藤若冲(1716—1800),江户时代的画家。
④ 『芥川龍之介全集』第一卷,岩波书店,1995年,第205页。

左右的短文,而芥川的《酒虫》则是由四章组成、约七八千字的短篇小说,几乎是原作 25 倍的篇幅,出场人物也从两人增加到三人,评论家称赞其"扩写的技术无比精彩"①。关于《聊斋志异》的《酒虫》与芥川《酒虫》的比较研究,早已有研究家指出除"酒虫"之外,治病的番僧形象来源于《聊斋志异》中《番僧》一篇②。这里笔者将就以往未曾被提及的《酒虫》中另一人物形象作一分析。

《聊斋志异》的《酒虫》中只有好酒的"常山刘氏"和为其治病的"番僧"两个人物登场,而芥川却加入了一位刘氏酒友——"多半是个儒者"的孙先生。《聊斋志异》中有一篇《酒友》,讲的是一个车姓书生与狐狸所化的酒友交往的故事。狐狸变化成"儒冠之俊人",对车生说:"当为糟丘之良友。"芥川在《酒虫》中塑造的孙先生虽然不是狐狸所变,但这一"手持白羽扇"的儒者酒友形象,不能否定他与《聊斋志异》《酒友》一篇关联的可能性。芥川在《酒虫》中同样使用了"糟丘之良友"一词。

不用说,"糟丘之良友"的孙先生自然而然成为这次奇异治疗的见证人。《酒虫》与《酒友》都是讲述好酒之士的故事,芥川在把这一题材扩写成短篇小说的过程中新增的人物——酒友孙先生,可以看作《酒友》中"酒友"形象的借鉴、利用和发展。芥川的《酒虫》作为"很好地表现了异国妖怪氛围与怪异趣味"③的作品受到很高评价,应该说芥川"扩写"的成功与他将《聊斋志异》中《酒虫》以外的作品融会贯通地使用是分不开的。

2. 小说《魔术》的构思

芥川在大正 9 年(1920)发表了一篇名为《魔术》的童话作品,该作品借用谷崎润一郎《哈桑坎的妖术》中的登场人物——"我"和印度人马提拉木·米思拉重新创作而成。《哈桑坎的妖术》是一部中篇小说,讲述哈桑坎的宗教信徒米思拉通过一个月的断食及其他艰难修行,修得哈桑坎的魔法。他对"我"施加法术,使"我"得以与他一起游历由七种元素生成的生灭流转的宇宙世界。而芥川《魔术》的内容却截然不同。这里按照情节的开端、发展、高潮、结局的顺序,将其整理如下:

① 稲垣達郎「歴史小説家としての芥川龍之介」,收录于吉田精一编『芥川龍之介研究』,筑摩書房,1958 年,第 147 页。
② 矢作武「芥川龍之介と中国文学(一)——聊斋志异との関係」,「古典と近代作家」の会编『谷崎潤一郎』,第 1 集,笠間書院,1979 年。
③ 石割透「『孤独地獄』『父』『酒虫』など—芥川の小品—」,『芥川龍之介:初期作品の展開』,有精堂,1985 年,第 109 页。

1）一天晚上，我前往一个月前认识的米思拉家中，看他为我表演魔术。

2）米思拉时而将桌布上的绣花变成真花掐起，时而将灯台旋转得像是转陀螺，时而将书架上的书一本本飞起，又落在桌上。我答应米思拉要学魔术必须舍弃欲望的条件，当晚住在他家中开始学习魔术。

3）一个月后，我在朋友面前演示将煤炭变成金币的魔术。朋友企图将金币据为己有，为阻止他，我只好和他们以金币为赌注玩骨牌。我连连获胜，朋友最后压上了他的全部财产，我不由动了心。就在我得胜的一瞬间，骨牌的王牌变成了米思拉的脸。

4）米思拉宣告我没有资格学习魔术。

芥川的《魔术》讲述的是主人公受到超能力者考验是否具有学习超能力的资格，最终告败的故事。上述情节发展与《聊斋志异》中的《佟客》如出一辙。《佟客》的故事是这样的：

1）董生偶于途中遇一骑驴旅行的佟姓之人。

2）董问佟"异人"之事，佟答"要必忠臣孝子，始得传其术"。董炫耀佩剑，佟出短刃，应手削断。董邀佟至家，欲求剑法。

3）夜深，董闻隔院父亲遭强盗欺掠，若董出，则父得救。董欲出，其妻牵董衣泣，董于是不出。董闻佟笑曰："贼幸去矣。"董视隔院，父亲刚刚从邻家饮酒归来。

4）董乃知佟异人也。

《佟客》中的董生与《魔术》中的"我"一样，见到奇人的异术，意欲学习，而在不知不觉间受到奇人的考验，最终被证明没有学习的资格。这两篇作品从情节发展到表达的主题都十分相似。芥川受到《佟客》启发，借用谷崎润一郎作品中的两个人物创作了童话《魔术》，这种可能性是存在的。因为芥川在创作他的一系列童话时，借鉴《聊斋志异》中的一些故事，这一假设不无根据。1929 年 1 月由佐藤春夫翻译的《中国童话集》①出版发行，该书收录了《聊斋志异》中的十篇故事，可见当时说起作为儿童读物的童话，《聊斋志异》是算在其中的。佐藤春夫在该书的序言中提到，本来是与芥川龙之介君共著此书的，如今芥川君早逝，令人惋惜。②由此可以想见，与佐藤春夫一起编纂《中国童话集》的芥川在创作其他童话时，极有可能受到《聊斋志异》的影响。芥川的另一篇童话《仙人》取材于《聊斋志异》的"劳山道士"一说，

① 佐藤春夫编译『支那童话集』，收录于アルス『日本儿童文库』第十三卷。
② 参见『定本佐藤春夫全集』，临川书店，2001 年，第 146 页。

早已被众多研究家所承认。①

3.《仙人》的主人公权助

发表于大正 11 年(1922)4 月的《仙人》,讲的是一个叫权助的男子,为成为仙人,在大阪的一个医生家里工作二十年,不要报酬,第二十年时,不懂仙术的医生妻子故意让权助攀上树梢,放开双手,没想到权助真的脚踏云彩,上天成仙了。《仙人》的主人公权助与《聊斋志异》《劳山道士》中人物之间的关系,可列表作一比较。

	主人公——权助(《仙人》)	主人公——王生(《劳山道士》)
出身	乡下人	故家子
性格	愚直	精明打算
求仙地点	职业介绍所	劳山
求仙原因	因为招牌上写着介绍各种职业,所以应该能够介绍学习仙术的地方	听说劳山有很多仙人
修行地点	一个不懂仙术的医生家里	仙道的寺院
在此修行的原因	职业介绍所的介绍	道士神光爽迈,理甚玄妙
修行内容	二十年无偿劳作	采樵两三月
修行态度	诚实无怨	不堪其苦,阴有归志
所学仙术	不老不死的仙人之术	每见师行处,墙壁所不能隔,但得此法足矣
修炼过程	不畏困难	逡巡不敢
修炼结果	升入云中成仙	穿墙术无效

由上表可以看出,与《魔术》直接借用《佟客》的构思与主题不同,《仙人》塑造了一个与《劳山道士》中的王生完全相反的人物权助——"龙之介作品中一系列'神圣的愚人'形象之一"②。这个"神圣的愚人"权助,可以从《聊斋志异》的《褚遂良》一篇中找到他的影子:

> 庭有大树一章,便倚其上,梯更高于树梢。女先登,赵亦随之。女回首曰:"亲宾有愿从者,当即移步"。众相视不敢登。惟主人一童,踊

---

① 最初由藤田祐贤在「『聊斋志异』の一侧面—特に日本文学との関連において—」(收录于『慶応義塾創立百年記念論文集』,慶応義塾大学文学部文学科,1958 年,所收)一文中言及。
② 関口安義『芥川龍之介と児童文学』,久山社,2000 年,第 101 页。

跃从其后。上上益高,梯尽云接,不可见矣。

狐仙女子将梯子倚在树上,攀梯登天,众人恐惧之中,只有一童仆,颇有权助的性格和好运。《仙人》中权助登天之处,是这样描写的:

> 权助闻言,马上爬上了院中的松树。
> ……权助穿的和服外褂的家徽图案,在大松树的枝头最高处飘荡。
> ……转眼工夫,权助的身体,连同他穿着的和服外褂,一起离开了树梢。可是不可思议的是,权助竟然没有掉下来,而是稳稳地站在了正午的空中。
> ……权助礼貌地鞠了个躬,静静地踏着蓝天,慢慢升入高高的云彩中去了。

此处描写与上文引用的《褚遂良》片段显然是类似的。可见,在求仙修炼这一点上,权助的人物形象正好与王生形成了鲜明的对比,但是关于权助的性格和行动的创作灵感,可以认为更多来源于《褚遂良》中这一童仆形象。

4.《马脚》中死而复生的故事

研究者历来认为芥川受中国古典文学影响的作品,集中在他创作的早期和中期,到了晚年"私小说"风格的作品,几乎不见影响的痕迹。但是发表于大正 14 年(1925)的《马脚》一文,不仅故事发生的地点设定在了北京,而且它的奇异氛围也借助了中国古典文学,特别是《聊斋志异》中的篇章。

《马脚》的主人公忍野半三郎,因脑溢血猝死。但他本人并不知道自己已死,只是发现自己来到一个从未见过的办公室。办公室里有两个中国人,一个二十岁左右,一个上了些年纪,留着泛黄的长须。两人对照账簿,发现弄错了人。正欲送还忍野,发现他的脚已腐烂,只好将一个还未送走的乘客——马市上蒙古产的死马的脚换给了忍野。死而复生的忍野自此以后一直为自己的马脚烦恼,终于在一个黄沙漫天的日子,离家出走。人们都认为忍野是发疯离家。半年后,忍野的妻子认出了露着两只马脚站在家门前的忍野,终于相信了忍野日记中所写的为马脚烦恼的痛苦,世人却始终不相信。

作家芥川龙之介把该作的重点放在了忍野如何为马脚所苦,世人如何批判忍野的失踪和发狂的叙述上,以此暗示一直盘绕在作家心头的对于发狂的恐惧,并借此批判那些以舆论对别人的人生横加干涉的世人。芥川为他的这一主题设计了一个死而复生的奇异故事。而这一奇异故事的诸多细节都可以找到它与《聊斋志异》的关联。《聊斋志异》中《王兰》一篇就是这样开头的：

> 利津王兰,暴病死。阎王覆勘,乃鬼卒之误勾也。责送还生,则尸已败。

除去忍野只是双脚腐烂之外,他的遭遇与王兰是完全相同的。而《马脚》中所谓"一个从未见过的办公室",显然是指《聊斋志异》中频繁出现的阎罗殿;"留着长须"的上了年纪的人,就是《考城隍》等篇中出现的掌管生死簿的"长须吏"了。《马脚》中还有"乘客们已在一小时之前出发了"的描写,人死之后乘车前往死后世界的描写,在《耿十八》一篇中可见：

> 耿不自知其死,出门,见小车十余辆,辆各十人,即以方幅书名字,黏车上。御人见耿,促登车,耿视车中已有九人,并己而十。又视黏单上,己名最后。车行咋咋,响震耳际,亦不知何往。

这里,耿十八就是在死后出门乘小车前往死后世界的。综上所述,《马脚》的主人公忍野半三郎死而复生、并被换了马脚的奇异遭遇,均可在《聊斋志异》中找到它的来源。《马脚》故事的怪异色彩是借助《聊斋志异》实现的。

从芥川龙之介创作初期的《酒虫》到晚年的《马脚》,《聊斋志异》对于芥川的影响,贯穿其整个创作生涯。虽然将《聊斋志异》中的作品整篇应用于他的创作的,只有《酒虫》一篇,但是借助《聊斋志异》中故事的构思创作童话,或是截取细节片段来制造故事的怪异氛围、渲染异国情调,是作家屡屡使用的创作方法。芥川对于《聊斋志异》中作品的灵活运用,一方面得益于他深厚的汉学修养,另一方面也出自他对《聊斋志异》等"怪奇物语"的特殊嗜好。山敷和男评价芥川龙之介所喜好的中国文学说："芥川头脑中的汉文学,从一开始就与夏目漱石不同(夏目漱石的汉文学被认为是专指包含在'经学'范围内的文学,笔者注)"[1],是"更接近于我们所说的文学的"[2]。《聊斋志异》不属于传统的以科举为目标的诗文的文学,而芥川龙之介偏偏

---

[1] 参见菊地弘等编『芥川龍之介事典　増訂版』(明治书院,2001年)的"中国文学"条目,第335页。

[2] 同上书,第334页。

对于这一描写狐仙鬼怪、鱼精花妖的集大成的作品表现出特别的爱好,这正印证了山敷和男的评价。

三、一个贞节烈女形象的诞生与颠覆:
袈裟御前传说与芥川龙之介《袈裟与盛远》

在日本,提起古代的贞节烈女,人们马上就会想到袈裟御前。日本各地,如京都的恋塚寺等至今仍然留存有与袈裟御前故事相关的古迹。民间流传的袈裟御前的故事大体是这样的:袈裟御前是源左卫门尉渡的妻子,她的美貌使她的表弟远藤盛远一见倾心。为了得到袈裟御前,盛远威胁袈裟的母亲,帮助自己成就好事。袈裟担心母亲会有不测,只好答应了盛远,但是提出一个条件:让盛远必须杀了自己的丈夫源左卫门尉渡。盛远立即应允,做好了当晚袭击渡的准备,只待日落。另一边,袈裟回到家中,先灌醉了丈夫,然后自己扮作丈夫躺在床上,结果为盛远所杀。袈裟御前的这段贞节故事千古流传,直至今日。

1.《源平盛衰记》与《京师节女》之比较

这一故事的原型见于镰仓时代前后成文的《源平盛衰记》。《源平盛衰记》津卷第十九《文觉发心、东归节女》中描述了袈裟御前的这段故事。在袈裟御前的故事之后,《源平盛衰记》紧接着又提及一个中国古代的烈女:

> 此种事迹,异国亦有。昔唐土有东归节女者,乃长安大昌里人之妻。其夫有仇人,常伺机而不得杀其夫。仇人遂缚节女之父,呼女云:汝夫我大敌也,若不将其与我,我便杀汝父。女答曰:岂能为救妾夫,而令杀生身之父。速助汝杀妾夫。妾常寝楼上,夫卧东首,妾卧西,来则砍东首。节女归家思之,父养育之恩深,夫偕老之情不浅,如若救夫命则父命危,若救父则夫身将亡。不如为救父将夫与仇人,我代夫伏东首。使夫卧西。仇人潜入,砍东首而去。晨起观之,非夫首,妻之头也。仇人大悲,此女为父有孝,为夫有忠,我却如何。遂招节女之夫,结骨肉之情。彼结今生之契,是入菩提之道。①

---

① 美濃部重克、松尾葦江校注『源平盛衰記』(四),三弥井书店,2008 年,第 20—21 页。译文均为笔者所译。

这里提到的"东归节女"故事源自西汉刘向编撰的《列女传》卷五《节义传》中的《京师节女》。《京师节女》全文共三百余字,言简意赅。前半叙述部分如下:

> 京师节女者,长安大昌里人之妻也。其夫有仇人,欲报其夫而无道径,闻其妻之仁孝有义,乃劫其妻之父,使要其女为中谲。父呼其女告之,女计念不听之则杀父,不孝;听之则杀夫,不义。不孝不义,虽生不可以行于世。欲以身当之,乃且许诺,曰:"旦日,在楼上新沐,东首卧则是矣。妾请开户牖待之。"还其家,乃告其夫,使卧他所,因自沐居楼上,东首开户牖而卧。夜半,仇家果至,断头持去,明而视之,乃其妻之头也。仇人哀痛之,以为有义,遂释不杀其夫。

袈裟御前与京师节女一样,以自己的性命顶替夫君。很显然,《源平盛衰记》中通过将袈裟御前与《列女传》中的京师节女相提并论,从而树立了袈裟贞节烈女的形象。不过将《源平盛衰记》中引用的节女故事与《京师节女》作一比照,就会发现两者之间存在一些不同之处。

多取材于现实中真实故事的《列女传》之《节义传》,主要为宣扬女性道德而作。这与中国儒教文学的功利观相一致。[1]在这样一个创作前提下,《列女传》的《京师节女》中,先交代仇人听说节女的品行"仁孝有义",并进而强调节女为孝义的抉择而烦恼:"女计念不听之则杀父,不孝;听之则杀夫,不义。不孝不义,虽生不可以行于世。"《京师节女》中除去结尾部分作者的评论,整个故事用了 210 个字来叙述,而上述的描写则占据了其中五分之一,可见作者刘向的用意在于赞扬节女"杀身成仁"的高尚品行。而《源平盛衰记》中引用的节女故事,却没有这些描写。而且,故事的结局也与《列女传》的《京师节女》不同。《列女传》中仇人"遂释不杀其夫"而已,而《源平盛衰记》中则以"遂招节女之夫,结骨肉之情"的结局,强调仇人所发生的转变。这两处是《列女传》中的《京师节女》与《源平盛衰记》中的节女故事所不同之处,由此可以看出《列女传》与《源平盛衰记》作者完全不同的创作意图。

《列女传》的《京师节女》中,作者评论道:

> 君子谓节女仁孝厚于恩义也。夫重仁义轻死亡,行之高者也。论

---

[1] 这一提法见于贾植芳:《中国留日学生与中国现代文学》,载王琢编:《中日比较文学研究资料汇编》,中国美术学院出版社,2002 年,第 177 页。

语曰:"君子杀身以成仁,无求生以害仁。"此之谓也。颂曰:京师节女,
夫仇劫父,要女间之,不敢不许,期处既成,乃易其所,杀身成仁,义冠
天下。

《列女传》中歌颂节女"重仁义轻死亡",而《源平盛衰记》的作者则将节女之
死描写成为仇人发生转变的原因,叙述的重心在于仇人,节女之死成了仇人
转变过程中的一个插曲。二者的详细对照可参照下表:

	《源平盛衰记》的节女故事	《列女传》的《京师节女》
节女品行的介绍	无	有
描写节女为孝义的抉择而烦恼	无	有
故事结局	招节女之夫,结骨肉之情	不杀其夫
作者创作意图	突出仇人的转变	赞扬节女杀身成仁、义冠天下

《源平盛衰记》中的节女故事与《列女传》中《京师节女》的不同之处,与
《源平盛衰记》津卷第十九《文觉发心、东归节女》的整体情节有很大关联。

《文觉发心、东归节女》一节主要描写文觉出家的经过。文觉,俗名盛
远,有一叔母。叔母的女儿袈裟天生丽质,可与杨贵妃、李夫人媲美,嫁与源
左卫门尉渡为妻。三年后的某日,负责桥梁竣工祭奠警卫的盛远瞥见前来
参观的袈裟,立刻倾倒于袈裟的美貌,对袈裟一见钟情。此后的半年间,盛
远一直为相思所苦。一天,盛远终于下定决心,来到叔母家中,要杀叔母。
叔母大惊失色,再三询问缘由,盛远才将自己对袈裟的相思之情和盘托出。
叔母无奈只好按照盛远的吩咐,写信给女儿令其悄悄归家。袈裟接到信后,
马上回到家中,听母亲含泪将前前后后讲述一遍,只好当日与盛远共度一
晚。次日天明,袈裟要返回家中,盛远不肯放行。袈裟思索片刻后,让盛远
索性杀掉自己的丈夫,并约好以湿发为标记。盛远高兴地允诺。当晚,袈裟
回家后把丈夫灌醉,自己洗好头发睡下。盛远潜入袈裟家中,找到湿发的头
一刀砍下。回到家后,闻听渡之妻被杀的消息,分外吃惊,拿出头颅一看,果
然是袈裟的头。盛远顿觉世事无常,来到渡家中,承认自己便是凶犯,要渡
砍下自己的头颅。渡原谅了盛远,削发出家。盛远也削发入佛门。袈裟的
母亲不久也出家为尼。

自袈裟死后,其夫渡、盛远、其母相继削发,皈依佛门。《源平盛衰记》中
写道:"看来此女子为观音现身,催促我等顿悟佛心",并进一步描写修行三
年之后,盛远梦见袈裟"墓上莲花开放,袈裟圣灵端坐其上"。由此可见,《源

平盛衰记》津卷第十九《文觉发心、东归节女》旨在宣扬佛教,在此袈裟之死与观音的感化联系在了一起。这一节的主人公是盛远,袈裟只是促使盛远顿悟道心的一个配角而已。正是因袈裟之死,盛远才发生了转变,看破世事无常。

在《文觉发心、东归节女》前半部分,盛远被描写成一个多情好色之徒,痴迷于袈裟的美貌,最终下定决心威胁袈裟的母亲来实现心愿。达成心愿与袈裟共度一晚之后,盛远更阻止袈裟回家,欲与袈裟做长久夫妻。盛远的这些举动,颇有流氓无赖之嫌,但在《源平盛衰记》中,这些行为都被描写成来自盛远对袈裟的爱慕之情。

为此,《源平盛衰记》中对袈裟的美貌大加渲染:

> 眉若青黛,口若红花,妆若桃李,目若芙蓉,气质高雅。绿簪雪肤,不知杨贵妃、李夫人亦是如此?千娇百媚,雍容美丽,心地仁慈,怜物恐咎,做事不斜。毛嫱西施之再诞欤,观音势至之垂迹欤。深窗之内侍儿扶起,已初长成人。

这一段描写令人联想到"养在深闺人未识""侍儿扶起娇无力"的杨贵妃。作者将袈裟描写成如此的绝世美女,使得盛远对袈裟的相思之情也在情理之中。"春末至秋半,日夜思念";"此三年间为爱痴迷,人所不知,身已成蝉蜕,命若草叶之露将亡",这些描写又突出了盛远对袈裟的相思之苦,使得盛远后来的流氓无赖之举变得情有可原。

最终,劝说盛远杀死渡的人正是袈裟自己。尽管此时,袈裟已经下定决心要代夫一死,不过这一举动显然与《列女传》中赞颂的贞节烈女们大相径庭。

也就是说,在《源平盛衰记》津卷第十九《文觉发心、东归节女》前半的叙述中,按照儒教的伦理道德观,无论是盛远,还是袈裟本人的行为,都存在着瑕疵。由于《源平盛衰记》的作者旨在宣扬佛教,所以在《文觉发心、东归节女》后半,盛远向袈裟之夫渡坦白之时,并未交代事情的前因后果,仅仅承认自己就是凶手而已。这样一来,从情节上看,袈裟之夫渡的削发之举显得突兀,而前半部分盛远对于袈裟的爱恋故事,也与后文有所脱节。后半部分高扬佛教,前半部分则如同一个悲情故事:苦恋人妻的男子、与该男子共度一夜之后,提出让男子杀掉丈夫的美女,结局是美女代夫被爱她的男子所杀。这个悲情故事中的女主人公袈裟,与《列女传》所赞颂的"避嫌远别"的贞节女子的标准相距甚远,与《列女传》中的《京师节女》相较,虽然结局都是代夫身死,却没有"杀身成仁""义冠天下"的节女那般令人信服。

尽管《源平盛衰记》中叙述的袈裟故事与《列女传》中的《京师节女》存在

着如此差异,自《源平盛衰记》以后,袈裟还是作为与"京师节女"同等的贞节女性,被广为传颂,成为日本古代最具有代表性的贞节女性形象。由袈裟这一贞节女性形象的诞生过程可以看出,日本古代的文学传统与中国的儒教文学传统不同:受到中国古典文化的影响,日本也曾奉中国的儒教文学观为正统,不过在实际的民间创作之中,并不完全按照这个正统标准来描写塑造人物,只有当作者需要强调作品中人物的正统性时,才会援用中国的经典典籍,为自己创造的人物形象找到一个正统的出处。袈裟的贞节女性形象,正是因为原作《源平盛衰记》中引用了《列女传》的《京师节女》来为袈裟的行为寻根溯源,才使袈裟得以成为日本的贞女典范。而原作《源平盛衰记》中与袈裟有关的主要情节,都按照日本高歌男女恋情的文学传统,使用大量篇幅描写盛远与袈裟之间的悲情故事。这个悲情故事没有妨害袈裟的贞节烈女形象,反而因此使袈裟的人物形象更加栩栩如生,为日本读者所接受。

袈裟作为贞节烈女形象的确立,与《源平盛衰记》成书的镰仓时代儒学思想还没有在整个日本社会普及也有一定关系。儒学思想渗透至整个日本社会,为一般民众所了解,是在江户幕府设立名为昌平簧的儒学学校,大力推进儒学教育之后。《源平盛衰记》成书的年代,虽然儒教思想已由中国传入日本,但并没有在一般民众中推广普及。因此,尽管《源平盛衰记》叙述的袈裟故事与《列女传》的《京师节女》有很多不同之处,袈裟这一贞节烈女形象并没有被读者根据儒家经典仔细推敲,而是作为与"京师节女"同出一辙的贞节烈女传颂下来。

2. 芥川《袈裟与盛远》的"偶像颠覆"

到了近代,知名作家芥川龙之介根据这一故事,创作了小说《袈裟与盛远》(1918 年 4 月,刊登于《中央公论》杂志)。小说以心理描写为主,对袈裟与盛远之间的情感瓜葛进行重新阐释,揭露两人人性中丑陋的"自我"。故事情节与原作《源平盛衰记》一致,不过文中将袈裟劝说盛远杀死自己丈夫的本意解释为:袈裟要惩戒盛远对美色已衰的自己流露蔑视之情;而将盛远的允诺解释成为害怕袈裟对自己的报复,无奈而为之。

芥川龙之介这一作品无疑颠覆了袈裟贞节烈女的形象,为此有读者来信表示不满。芥川龙之介在随笔《澄江堂杂记》的《二十九　袈裟与盛远》一节中对此进行了评论:

> 我的独白体小说《袈裟与盛远》发表在《中央公论》四月号上。一个大阪人给我发来一信,内容如下:"袈裟是一位烈女。迫于对丈夫渡的

道义和对盛远的情感,为了保持贞操,她决心赴死。你却把这样的烈女改写成与盛远有过床笫之欢。这种改写对烈女袈裟是残酷的。从国民教育方面讲,也会招致不良结果。我是为了你好,这种写法不可取。"

这位读者对袈裟与盛远共度良宵的设定产生了疑问,并根据江户时代以后逐步普及的儒教道德观对此进行指责,却不知原作《源平盛衰记》中就是这样描写的。芥川龙之介在介绍了原作中既已有此描写之后,感叹道:

不知出于何种意图,社会上普遍无视这一史实,把可怜的女主人公广为流传成一个超人的烈女。由此可以看出,随心所欲篡改史实之罪,不在写了小说《袈裟与盛远》的我,毋宁说倒是在非难我这篇小说的资产阶级人士。

在这里,芥川龙之介批评了为塑造贞节烈女的袈裟形象而进行说教,无视事实进行宣传之人的虚伪性。在原作《源平盛衰记》成书六百多年之后,以芥川龙之介的《袈裟与盛远》为契机,袈裟的贞节烈女形象第一次公开受到质疑。

如上所述,自《源平盛衰记》确立了袈裟的贞节烈女形象之后,袈裟的事迹广为流传,直至近代芥川龙之介创作小说《袈裟与盛远》,首次对袈裟形象提出疑问。这一变化过程,与日本古典文学传统以及江户时代以后儒教思想的影响密不可分。袈裟这一贞节烈女形象的确立,以及对她的接受与传播过程,可以说是在接受中国传来的文明过程中,对日本历来文学传统的继承与对中国古代典籍的模仿二者在相互融合时所产生的摩擦与矛盾的一个典型个案。而读者来信说明,明治维新以降,虽然汉学教育式微,但是儒教伦理道德并未受到质疑,仍然具有强大的影响力。身处"大正民主主义"与"大正浪漫"时代的大正作家,使用古典题材"旧瓶装新酒",赋予这些题材以现代阐释。当这种阐释呈现出对于传统伦理道德体系中的"偶像"进行颠覆操作之时,有时需要承受来自一般读者大众的质疑,这种现象显现出在当时的社会文化语境之下,以古典题材进行文学创作之时,"崇古"与"创新"之间的张力。

四、芥川龙之介《杜子春》的双重构造

《杜子春》是芥川龙之介 1920 年发表于《赤鸟》杂志的童话。《杜子春》

自发表后屡屡被收录进日本国语教材,成为在日本家喻户晓的作品。关于《杜子春》的先行研究,日本学界已积累了相当的研究成果。大概可以分为以下几个方面:与原典唐传奇《杜子春传》的比较研究(以村松定孝为代表);探讨以《杜子春》为代表的童话在芥川文学中的特殊性(以中村真一郎为代表);对于小说主题"堂堂正正做个人,本本分分过日子"的不同解读,等等。

以往的比较研究,侧重于分析芥川龙之介《杜子春》与原典的不同之处,从而揭示出芥川《杜子春》的创作意图,也就是说归根结底是将原典作为芥川创作的一个素材,分析的重心偏向于芥川的《杜子春》。本节则尝试将原典的《杜子春传》与芥川《杜子春》置于平等的地位,从平行研究的角度,对两篇作品进行对比。

在中国文学史上,《杜子春传》被公认为唐传奇中的佳作,该作取材于《大唐西域记》(卷七)烈士池的故事,烈士池的故事只是简单的说明性文章,而《杜子春传》在结构、情节设计及描写方面呈现出很高的文学性,明话本《杜子春三入长安》更是在《杜子春传》的基础上敷衍出一篇具有明末白话小说特点的中篇。也就是说,芥川是对一篇中国古典文学史上的名作进行重新创作。

《杜子春传》中杜子春和道士的人物形象鲜明,杜子春三次受到道士所扮老人巨款馈赠,终于洗心革面,一改往日"不事家产","以志气闲旷,纵酒闲游"的秉性,向老人立誓:"吾得此,人间之事可以立,孤孀可以衣食,于名教复圆矣。感叟深惠,立事之后,唯叟所使。"也就是说,杜子春不仅从此发愤图强,立志广施慈善,而且一定要报答老人的馈赠之恩。老人于是给子春一年时间安顿"人间之事",事毕再见。可是,杜子春终因"喜、怒、哀、惧、恶、欲,皆忘矣。所未臻者,爱而已",导致道士炼丹失败,子春悔恨不已,"愧其忘誓。复自勖以谢其过。行至云台峰,绝无人迹,叹恨而归"。杜子春因未能报答老人的恩情,于心不甘,意欲再次找到老人,却无功而返。

《杜子春传》中道士心系炼丹之事,为寻找帮助炼丹之人,故而三番两次对杜子春施以援手,而杜子春也因老人的援助,一改浪荡公子习气,得以重新做人,为此杜子春感念老人恩情,发誓要报答老人。文章虽然宣扬了道教的炼丹成仙思想,但是两个主要人物杜子春和道士所扮老人的行动逻辑清晰明确,易为读者所接受。

在这一点上,芥川笔下的杜子春和扮作老人的仙人铁冠子则显得人物形象飘忽不定。首先,杜子春一出场就抱有茫然的自杀念头:"天色已黑,肚中又饥,不论投奔哪里,看来都无人收留——与其这样活着发愁,还不如投河算了,一了百了,或许更加痛快也难说。"两次经老人指点获得一车黄金又再次荡尽之后,对于老人第三次指点,杜子春表示不再需要钱财,却并非因为"我厌倦了奢侈,而是对天下人感到嫌恶"。杜子春对周围的人趋炎附势的态度十分不满,也就是说,杜子春从最初无以为生的状态,到两次经历贫富之间大起大落之后,又产生了新的欲望,那就是希望周围的人无论自己处于任何状态,都不要"连个好脸都不给"。杜子春并没有"往后打算甘于贫穷,安稳度日",而是想到其他途径:"想拜老丈为师,跟我师修仙学道。"为了成仙,杜子春经历了种种幻象的考验,这才终于有了自己坚定的认识:对于不能成仙"倒反值得庆幸",因为他意识到,如果成仙,就必须默默看着父母在阎罗殿前遭受毒打。这时候,铁冠子说出一句非常有震慑力的话:"如果你真不作声,我会立即取你性命。……当神仙的念头,郎君恐怕已经没了吧?当大财主么,也已厌倦。那么,往后当什么好呢?"在此,铁冠子已经为杜子春下了结论:不再想成仙,也厌倦了做富人。对于铁冠子的质问,杜子春回答:"不论当什么,我想,都该堂堂正正做个人,本本分分过日子",就是说对于今后具体做什么,杜子春仍没有明确的打算,不过从心态上打算老老实实过平凡的生活。听了杜子春的回答,铁冠子决定就此离去,说明这正是铁冠子想要的回答,他还"颇开心的样子",为杜子春提了一个建议:"我在泰山南山脚下有间茅屋。那间茅屋连同田地,统统送给你吧。趁早住进去的好。"可见,铁冠子认为这样的生活就是杜子春所说的"堂堂正正做个人,本本分分过日子","这时节,茅屋周围,想必桃花正开得一片烂漫哩",房屋周围盛开的桃花为杜子春的未来涂上了一抹明亮的色彩。

　　日本有先行研究认为芥川《杜子春》可以算作一篇成长小说,在铁冠子的引导下,杜子春得以成长。根据上文的梳理,将遇见铁冠子前后杜子春的想法做一对比可以发现,杜子春最大的成长就是从抱有自杀的念头,到决定老老实实活下去。而让杜子春有了平凡地活下去的决心,应该说最大的契机是感受到父母、特别是母亲对自己的关心和爱。在此过程中,铁冠子究竟发挥着什么作用呢?

　　当杜子春表示"人皆薄情寡义"之时,铁冠子夸赞杜子春"你不再是个未经世故的后生家,已然是世情通达的成年人了",并追问道:"如此说来,往后打算甘于贫穷,安稳度日了?"如果说杜子春"不论当什么,我想,都该堂堂正正做个人,本本分分过日子"这个决定最终得到铁冠子认可的话,那就说明这里"打算甘于贫穷,安稳度日"与"堂堂正正做个人,本本分分过日子"有着相通之处。可是杜子春仍然不能彻底放弃各种欲望,又提出成仙之事,因此铁冠子"蹙起眉头,沉默片刻,若有所思",杜子春的这个要求大概是铁冠子没有预料到的,所以令他皱眉沉思。接下来杜子春经历的幻象的考验可以说暗藏杀机,因为按照铁冠子的要求,不能发声,可是如果杜子春遵守约定的话,"我会立即取你性命",正因为杜子春提出学习仙术的要求并不在铁冠子最初的计划之中,所以铁冠子期待的正是杜子春守约不成,放弃成仙念头。万一杜子春坚持下去,那么只有死路一条。从这个意义上看,铁冠子对杜子春的拯救在于让他放弃了轻生的念头,继续平平淡淡过日子,而暴富后的奢侈生活,以及为了成仙经受各种严酷的考验,这些不平凡的事件都如同黄粱一梦般的教训,是为了促使杜子春重回平凡生活。

如果说原典中的杜子春和道士之间处于一种平等的关系,因而杜子春对于未能报答道士恩情耿耿于怀,那么芥川的《杜子春》中,铁冠子明显处于引领杜子春的地位,二者的关系是不平等的。有先行研究认为铁冠子取代了没有发声的父亲的位置,从引领杜子春成长的角度来看,也可以认为铁冠子发挥着师长的作用。也许作家芥川出于创作儿童文学的考量,将杜子春塑造成了一个需要高人指点的迷茫之人,以突出成长的主题。

芥川的《杜子春》可以说是一篇具有双重性格的作品。从儿童文学的角度来看,作品向少年读者传递着母爱——亲情的重要性,引导小读者们"堂堂正正做个人,本本分分过日子",那是如同桃花盛开的世外桃源般的生活,生活在泰山脚下的一幢房子里,自耕自作,自给自足,安然自在。这是一种美好的意境,是一个 happy ending。

而从成人读者的角度细读作品,就会发现其中的各种装置。身为仙人的铁冠子虽然救得杜子春一命,却不让他有过高的妄想;铁冠子设计的成仙考验对于杜子春来说充满着危险,一旦没有按照仙人的意图进行,可能招来杀身之祸。唐传奇《杜子春传》中杜子春未能遵守不发声的承诺,导致道士炉破药损,道士尚且未对杜子春有任何惩罚。相比之下,芥川《杜子春》中的铁冠子不能不说严厉而阴险,让人恐惧。铁冠子临走之时为杜子春指出一个去处:泰山脚下的一幢民居和几亩田地,盛开的桃花暗示着那是一个世外桃源般的地方,但是远离街市的山脚下的住处,即便是世外桃源,也往往是隐居之所,遁世之处,对于"对天下人感到嫌恶"的杜子春来说,或许是最佳选择,但是这样的结局对于杜子春来说,可以算作真正的成长吗?世外桃源终归是乌托邦似的幻想,现实中落魄的杜子春只能远离尘世,避世而居,从而保全性命。这不能说是成长,只能说是一种逃避。中村真一郎认为,芥川的童话作品中表现出了其他作品中不能见到的单纯与明亮[1],其实那只是表面现象而已,发端于小说《罗生门》的对人生的怀疑与虚无态度,在这篇儿

---

[1]　中村真一郎「芥川龍之介の世界」,『大正作家論』,構想社,1977 年,第 183 页。

童文学佳作《杜子春》中依然存在,只不过通过作品双重结构的设计,将其隐藏在了深处而已。

五、孔子形象的流变:由小说《麒麟》中的"子见南子"说起

孔子是举世公认的中华传统文化的代表,也可以说是奠定整个东亚儒学文化圈基石的人物。作为东亚儒学文化圈一分子的日本也不例外,直至明治维新以前,日本文化深受中华文明影响,在德川幕府时代,儒学更是成为官学,儒教①开山始祖孔子作为圣人受到尊崇,研究孔子及儒学的著述可以说是汗牛充栋。

这一现象在明治维新以后的西化浪潮中,随着"脱亚入欧""文明开化"之说的风靡,发生了变化,而这种变化又在日本近代文学作品中有所反映。以 19 世纪 80 年代末发表的小说《浮云》为出发点的日本近代文学中不乏涉及孔子的佳作,其中谷崎润一郎的《麒麟》、中岛敦的《弟子》称得上是其中的代表。那么在这些关涉孔子的日本近代文学文本中孔子是如何表象的,它与当时的社会文化语境有何关联?本节将通过具体文本的细读,梳理日本近代文学中孔子形象重塑的轨迹,从而揭示出文学文本所表现的日本近代以降对孔子及儒学接受与批评的历程。

1.《麒麟》:与孔子对峙的南子

《麒麟》是日本近代著名作家谷崎润一郎的成名之作,1910 年 12 月发表于第二次《新思潮》杂志。当时的文坛大家永井荷风于翌年撰文盛赞该小说"成功开拓了明治文坛从未有人涉猎过的艺术领域"②,充分肯定了该作的艺术创新。那么《麒麟》究竟有何创新之处呢?

《麒麟》取材于《论语》《史记·孔子世家》等中国古代典籍中有关"子见南子"的故事。小说从鲁定公十三年(公元前 493 年)郊祭结束之后,孔子开始周游列国写起,但是小说开篇出现的这一具体时间又与《史记》存在明显出入。《史记》记载孔子离开鲁国是"定公十四年,孔子年五十六"之时,即便承认因各家说法不一,定公十三年与十四年这一年的时间出入情有可原,那

---

① 在日语中,"儒学"一词强调其作为诸子百家学问之一之意。而"儒教"则强调以四书五经为经典的儒学之教化,因此有"儒教道德"一词,却不说"儒学道德",由此可见二者之区别。本书在使用这两个词时,也据此区分。

② 『三田文学』,明治 44 年(1911)11 月号,第 148 页。

将定公十三年(公元前 497 年)误作公元前 493 年,这其中的操作一定另有缘由。

永井荷风认为:"小说《麒麟》的开头,作者用一种独特的笔法,在短短数行之间巧妙营造出即将展开的故事的氛围。"①《麒麟》是这样开篇的:

> 凤兮。凤兮。何德之衰。
>
> 往者不可谏。来者犹可追。已而。已而。今之从政者殆而。
>
> 西历公元前 493 年。据左丘明、孟轲、司马迁等的记载,鲁定公 13 年郊祭结束后的初春时节,孔子率数名弟子随车左右,离开故乡鲁国,踏上传道之旅。

出自楚之狂人接舆讽刺孔子之歌的"凤兮。凤兮。何德之衰"一句,为小说全篇孔子的行动奠定了基调。小说第一节随之出现弟子眼中"令人心痛的流浪的恩师",用"衰弱沙哑的嗓音"唱出"哀伤的曲调",这里营造出来的悲凉氛围,暗示着孔子此次卫国之行的结果。而"西历公元前 493 年"既非《论语》《史记》使用的纪年方式,又非当时日本人熟悉的天皇年号纪年(如一般不说 1910 年,而称明治 43 年),这一新颖的纪年法的采用,使读者恍若进入西方的历史叙述之中,这正是《麒麟》文体的创新之处。日夏耿之介在《〈麒麟〉的文体》一文中评价道:"当时汉学先生的汉学不仅在道德伦理方面,而且在文体以及感情和想象方面都带来沉重的压迫,因此青年们厌恶抵触汉学,对汉唐儒学和明清小说敬而远之。而谷崎君将其拾起,不能不说见识超群,其文体虽取自汉学典籍,却完全没有汉学究气。"②谷崎作为一个文学新人,着手为当时青年所好的中国古典题材,需要相当的勇气。不仅如此,小说《麒麟》一扫中国古典题材的陈腐之气,呈现出新颖的文体。开篇的"西历公元前 493 年"这一纪年法正是作者努力推陈出新的尝试,试图将明治维新以后人们喜好的西方文化的历史叙述感觉带入小说之中。同时作家将时间由公元前 497 年改为公元前 493 年,以此向那些深谙汉学的读者宣告《麒麟》绝非史实的重述,而是全新的小说创作。

《史记·孔子世家》中"子见南子"的情节不过寥寥数笔而已:

> 灵公夫人有南子者,使人谓孔子曰:"四方之君子不辱欲与寡君为

---

① 『三田文学』,明治 44 年(1911)11 月号,第 150 页。
② 日夏耿之介「『麒麟』の文体」,『谷崎文学』,朝日新闻社,1955 年,第 104 页。

兄弟者,必见寡小君。寡小君愿见。"孔子辞谢,不得已而见之。夫人在絺帷中。孔子入门,北面稽首。夫人自帷中再拜,环佩玉声璆然。孔子曰:"吾乡为弗见,见之礼答焉。"子路不说。孔子矢之曰:"予所不者,天厌之! 天厌之!"居卫月余,灵公与夫人同车,宦者雍渠参乘,出,使孔子为次乘,招摇市过之。孔子曰:"吾未见好德如好色者也。"于是丑之,去卫,过曹。

这短短数行篇幅的情节,是孔子传记中唯一一处孔子与亲人之外的女性产生交集的地方。这一点激起了作家谷崎的创作欲望,于是谷崎文学一贯的美学理念——美即强者、恶中之美,通过小说中南子的人物形象被呈现出来。

小说《麒麟》写卫灵公欲见孔子之时,南子亦表示同意,理由是"倘若是圣人,定能让我见到各种神奇之处"。南子出于猎奇的心理接受了有圣人之誉的孔子。当受到孔子教化之后的灵公不再驾临南子的香闺之后,南子大为震怒,灵公的一句"比起你的肉体,圣人的心灵赋予我更大的力量"更是激起南子与孔子进行较量的决心:"我可以马上把你从孔子手里夺回来。""我能让所有的男子都丢了魂儿,那个叫孔丘的圣人也会是我的俘虏。"南子强烈的控制欲使她无法忍受自己玩弄于股掌之间的灵公摆脱自己,为孔子所折服。由此,小说《麒麟》将"子见南子"的情节设置为南子与孔子的正面对决,成为全篇用笔最多的高潮之处。

首先,南子向孔子抛出两个质疑:如果是真正的圣人,应该知晓自古以来是否有女子比自己更为貌美;是否能将圣人诞生之时出现的麒麟,以及所谓的圣人心有七窍这些奇闻让自己见识一下? 对于前一个疑问,孔子回答:"我听说过有崇高德行之人,但不知美女之事。"而对后者,孔子正色答道:"我不知奇闻异物,我所学均为匹夫匹妇所知、应知之事。"显然孔子与南子属于完全不同的话语体系,彼此的逻辑大相径庭。接下来南子以"悲伤的面容即为丑陋"这一论调,开始施展手段,力图去除孔子的愁容,使其拥有与真正的圣人相称的开朗面容。南子的手段有三,一为各种珍奇香料制作的熏香,二为世上稀有之美酒,三为举世罕见的山珍美味,而最后的撒手锏则是向孔子展示受尽酷刑折磨之人呈现出来的"强力、激烈而美丽的荒唐世界"。对于南子的诸般伎俩,孔子保持沉默,只是用愈发阴沉的面容来回应。最后南子提出与灵公和孔子同游街市:"见过那些罪人之后,先生大概不会忤逆我的心思吧。"这就如同给孔子发出了最后通牒。当日,"灵公与夫人同车,宦者雍渠参乘,出,使孔子为次乘"的场景出现,晚上,灵公回到南子身边,对南子说:"你是一个可怕的女人,是毁灭我的恶魔,我却不能离开你。"灵公最终屈服于南子的魔力,孔子却并未成为南子的俘虏,留下一句"吾未见好德如好色者也"离开卫国。

中国古典文献中寥寥数笔的"子见南子"的故事在小说《麒麟》中演绎出如此极具戏剧张力的一幕,南子的人物形象变得丰满,她的"美"与"恶"得到充分展示,这些无疑都是小说《麒麟》的创新之处。而对于小说中处于与南子对峙立场的孔子的人物形象,有论者认为孔子"德"的力量在南子"色"的力量面前败北①;也有人认为由于灵公这一人物的设定,小说中并未直接描写孔子的失败,但在教化灵公这一点上,圣人的仁德思想未能抵挡住南子的肉体之美。而且小说中,风尘仆仆的孔子悲凉的身影更是渲染出一个受挫的凡人孔子形象,这一孔子形象的建构也是小说《麒麟》的独创之处②。

但是单就"子见南子"一事而言,《论语》及《史记》等典籍中均记载孔子未能去除南子对卫灵公的影响,而为次乘。而且孔子周游列国十余载,最终无法施展自己的政治抱负,说服诸侯施行仁政,就连孔子本人也发出了"甚矣吾衰也,久矣吾不复梦见周公也"这样的慨叹。也就是说,孔子周游列国本身就是一次受挫之旅,中国古代典籍中的记述本来如此,因此单就孔子这一人物形象而言,谈不上小说《麒麟》进行了独特的创新。小说《麒麟》不仅完全照搬《列子·天瑞》中关于孔子路见林类的章节,描写王孙贾向南子说明孔子的相貌特征之时,也都采用了《史记·孔子世家》的相关段落,这说明作家谷崎在孔子人物形象的塑造上以典籍的忠实再现为主。虽然由于小说《麒麟》着意刻画南子的人物形象,在美丽的强者——南子的光芒之下,孔子的人物形象显得黯淡,但是并不等于说作家为了凸显南子的力量而有意将孔子矮小化或者戏化。

自小说《麒麟》之后,与道德相对峙的、美即强者这一理念在《痴人之爱》《春琴抄》等谷崎文学中不断得到强化,从而使读者容易产生误解,以为作家无法相容于排斥官能享乐的儒教伦理,进而认定小说《麒麟》对孔子进行了某种嘲讽。加之作家谷崎在文坛日益崭露头角的大正至昭和初年的二十年间,被认为是明治维新以后日本近代出现的第二个热情吸收西方文化的时期③,这期间谷崎文学的"西洋崇拜"及"恶魔主义"主题为世人所

① 大島真木「谷崎潤一郎の初期の創作方法—『麒麟』再論と『信西』の材源—」,『東京女子大学論集』23(2),1973年3月,第3頁。
② 崔海燕「二人の南子—谷崎潤一郎『麒麟』と林語堂『子見南子』—」,『早稲田大学大学院教育学研究科紀要　別冊17号—』2009年9月,第336頁。
③ 武安隆:《文化的抉择与发展——日本吸收外来文化史说》,天津人民出版社,1993年,第40页。

公认,自然而然《麒麟》也顺理成章地被归入了反儒教、反孔子一类。

如上文所述,小说《麒麟》中涉及孔子人物形象塑造的部分均忠实于中国古代典籍的记述,后来谷崎回忆《麒麟》的创作时曾说:"当时脑海里先有了标题的'麒麟'二字,后由这两个字开始联想,最终生发为那样一个故事。"①由"麒麟"到孔子的联想,源自孔子诞生时的传说:"据说这个男孩出生时,麒麟现身鲁国,天闻雅乐,神女下凡。"小说《麒麟》中借王孙贾向南子介绍孔子其人之时点题,而南子也很在意这一传说,与孔子会面之时再次提起"麒麟"现身一事。无论是圣人诞生之时出现的神兽,还是后来衍生出来的杰出人物等词义,作家为小说命名的标题"麒麟"一词指向的即孔子,这是不容置疑的。由"麒麟"联想到圣人,由圣人想到孔子,又想到与孔子相关的唯一一个"名女人"南子,小说《麒麟》应该就是这样构思出来的。

作为圣人的孔子在小说《麒麟》中有着与圣人相称的言行。进入卫都,听见宫殿里传来的钟声,孔子对子路说:"钟声中饱含着为暴政所苦的百姓的诅咒与泪水。"当灵公向孔子请教"富国强兵、天下称王之道"时,"圣人对于使百姓丧命、使他国受创的战事闭口不言,对于搜刮民膏、掠夺民财的致富一事也不涉及,……而告知灵公,以武力使诸国屈服的霸者之道与以仁怀天下的王者之道的区别"。当南子问及美女与珍稀之物时,孔子回答:"我听说过有崇高德行之人,但不知美女之事。""我不知奇闻异物,我所学均为匹夫匹妇所知、应知之事。"虽然南子颇为自信地坚持自己的逻辑,但孔子在南子面前不曾有过任何的动摇和退缩。孔子的这些言行与卫灵公的表现形成鲜明的对照,在南子的眼里,灵公"不是强者,是一个可悲的人,毫无自己的力量"。仁德之说没能令卫灵公坚强起来,抵制住南子的诱惑,不等于说孔子称不上圣人,相反孔子的不屈不挠反而使其更加伟大。可以说小说《麒麟》开启的并不是反孔子的文学书写,而是对孔子的伟大进行重新阐释的文学创作之路。

2.《弟子》:子见南子、"子路不说"

进入昭和年代之后,以《山月记》和《李陵》等作品而闻名的作家中岛敦创作了小说《弟子》②,与小说《麒麟》中关于孔子的情节基本忠实于史籍记载,叙述者不做更多评论不同,该作通过弟子子路的视角,对孔子的言行及

---

① 谷崎润一郎『文章读本』,『谷崎润一郎全集』第21卷,中央公论社,1983年,第155页。

② 中岛敦于1942年6月完成小说《弟子》的创作,作家逝世两个月后发表于《中央公论》杂志(1943年2月号)。

其人格的伟大进行了合理主义的阐释。其中《弟子》第九章也描写了"子见南子"的故事。这一章开篇一语道破灵公的弱点："卫国的灵公是位意志薄弱的君主。虽然并没有愚蠢到分辨不出贤与不贤的地步,但比起苦涩的谏言,他还是会被甘甜的谄媚所迷惑。左右卫国国政的是他的后宫。"①孔子在卫国的境遇、"子见南子"的结局由开篇的这一段已见分晓,而卫灵公的性格缺陷被定位为主要原因。

《史记·孔子世家》中出现的子见南子、"子路不说"这一情节在小说《麒麟》中没有提及,而小说《弟子》对此作了展开:

> 孔子从王宫回来后,子路显出一脸露骨的不快神情。他原希望孔子会对南子卖弄风情的要求置之不理。当然他绝不认为孔子会上妖妇的圈套,但本该绝对洁净的夫子哪怕在污秽的淫女面前低一下头,也令人不快。就好像珍藏着美玉的人,就连美玉的表面被映上什么不洁之物的影子都会避之唯恐不及一样。
>
> 孔子又一次在子路身上看到,那个与精明能干的实干家比邻而居的大孩子,不管到什么时候也不会老成,不由又是好笑,又是为难。

这里孔子对子路的看法也可以视为小说《弟子》对于"子见南子"一事的认识:那些认为"子见南子"有损孔子圣人形象的看法是幼稚可笑的。小说《弟子》中描写子路跟随孔子周游列国多年之后,终于明白:"在任何情况下都不绝望,任何时候都决不蔑视现实,在给定的范围内总是做到最好。——现在他终于明白了老师智慧的伟大之处。"这与小说中子路刚入孔子门下之时对孔子的印象遥相呼应:"孔子身上有的绝不是那种近乎怪物似的异常之能,而不过是最常识性的达成。……令子路吃惊的是孔子之阔达自在,竟全然没有一丝道学家的腐气。"对子路来说,"学习礼乐"令人头疼,"他佩服孔子是一回事,但他是否立刻接受了孔子的教化又是另一回事"。如此一来,小说《弟子》刻画了弟子子路与恩师孔子之间深厚的师生情谊,却再三强调这位弟子其实并未完全受到孔子的教化,在子路看来,礼乐道德的伦理是"道学家的腐气",但这丝毫不影响他对孔子的崇敬之情。这就如同小说《麒麟》中孔子虽然最终没有使卫灵公摆脱对南子的依赖,仁政的教化最终失败,但并不等于因此圣人孔子的形象就有所贬损。在这一点上,两篇小说有着异曲同工之处。

---

① 中文译文参考了中岛敦著,韩冰、孙志勇译《山月记》,中华书局,2013年。

　　而小说《弟子》与《麒麟》对于"子见南子"处理的不同在于《弟子》明确将南子定性为"妖妇""淫女",而《麒麟》中从未出现这两个词,取而代之的则是"美妇""魔力",程度最重的不过"恶魔""可怕"而已,但这又与"像诗人一样美丽,像哲人一样严肃"这样的评价共存。小说《麒麟》也将南子定性为"恶",但并没有依照儒教伦理对女子三从四德的要求使用"妖妇""淫女"这一类词,而强调的是"恶"同时也是"美",可见小说《麒麟》对于女性的认识并没有遵照儒教伦理的标准,小说中呈现出南子与孔子对立的格局,将南子设定成为与儒教伦理道德完全绝缘的人物;而《弟子》的主人公子路虽为孔子门下弟子,也对儒家的礼乐道德不能释然,尽管如此,他仍然为孔子的个人魅力所折服,在这里,儒家的礼乐道德不再是不容置疑的权威,来自其内部的质疑也被表现出来。从小说《麒麟》到《弟子》,可以发现与孔子有关,又并非以孔子为主人公的这两部小说,一个从儒家外部的女性视角,一个从儒家内部的弟子视角,分别对儒教道德的女性认识、礼乐仁政提出质疑与挑战,但与此同时孔子个人依然被尊为圣人,其本身人格的伟大没有丝毫的动摇,也就是说,儒学、儒教被相对化了,但是孔子依然处于一个绝对的地位。这个看似悖论的现象其实正是日本近世以来儒学观、孔子观变迁在文学创作中的一种反映。

　　众所周知,江户时代,随着德川幕府的统治趋于稳定,宋儒朱子之学如日中天,成为幕府支持的显学,儒学成为居于统治地位的武士阶层的基本修养。江户时代中期以后,起源于日本古典与古语研究的国学运动兴起,其集大成者本居宣长(1730—1801)通过在神道、和歌、物语、史学等领域的研究,创建了象征日本特质的"物哀"文艺观及古道论,并由此展开了对儒教劝惩文艺观和"圣人之道"的全面批判。江户时代中后期,以荷兰人和荷兰语为媒介,汲取西方科学以及社会思想的兰学运动逐渐兴起。兰学家们积极吸收西方文化养分,否定儒学文化的唯一绝对性。明治维新之后,日本结束锁国,进入所谓欧化主义、开化主义的时代,儒学的重要性迅速下降。对此,日本现代知名思想家丸山真男(1914—1996)这样总结:"作为日本传统思想中唯一自然法体系的儒教,早在江户时代就面临了种种历史相对主义的挑战,后由于幕藩制的崩溃,其作为时代'信条体系'的通用力也急速下降。"①

　　那么,对于儒教鼻祖的孔子,日本近世以来的孔子观是否与儒教观呈现出同样的变迁轨迹呢? 日本近代知名东洋史学家桑原隲藏(1870—1931)在《中国史上的伟人》一文中这样写道:

――――――――――

　　①　丸山真男『日本の思想』,岩波書店,1993年,第22页。

即使到了后世,孔子也几乎没有受过非难,那些反对儒教的人们并不反对孔子。在世界的伟人之中,罕有像孔子这样少有人非难反对的。我国德川时代中期以后,国学兴起,随着所谓日本主义的流行,所有的中国文化都遭到反对。尤以本居宣长和平田笃胤为首,不遗余力攻击儒教,对儒教所谓的各位圣人,大骂痛骂。但是唯独孔子未遭非难,也许是不知该如何非难。总而言之,讨厌中国的国学者们非但不责难孔子,反而大加称赞。本居写有这样一首和歌:纵人称圣人,未必真圣人,孔子至善人。就连攻击儒教的急先锋平田也对孔子敬佩有加,称孔子无论品行心智均为吾师。①

平田笃胤(1776—1843)是全面继承本居宣长的思想并将之与现实政治联系得更为紧密的国学者,他认为后世之人尤其是宋儒,由于"没有理解孔子的真心",单纯以儒教为政教之手段,以致真道失传。②为什么儒教遭到批评,而孔子本人仍然受到推崇呢? 桑原隲藏认为原因在于孔子拥有"温良恭俭让"这一"圆满的人格","言行保持中庸,不极端、不过激,因而没有危险,亦少弊害"③。明治启蒙思想家的代表福泽谕吉大力宣扬日本要"脱亚入欧",但他也没有否定孔子:"汉儒的系统从尧舜传到禹、汤、文、武、周公以至于孔子,孔子以后,圣人就断了种,不论在中国,或在日本,再没有出现过圣人。"④在福泽谕吉看来,孔子仍然称得上是圣人。

日本近世以后对儒学与孔子的接受及批评与中国的近代呈现出不同的变化轨迹。中国近代以 1915 年创刊的杂志《新青年》为根据地兴起的新文化运动,对孔子和儒教的基本态度是全面否定的。"他们认为应该一概否定压制民主与科学的中国的旧文化,而应该否定的旧文化的代表就是孔子与儒教。'打倒孔家店'或'吃人的礼教'这些口号,象征着他们的立场。""他们始终拒绝重读传统,(中略)将强烈地否定传统与批判儒教作为新文化运动的中心思想。"⑤日本学者佐藤慎一认为:中国近代的知识分子之所以要对传统进行全盘否定,是因为"在他们看来,中国的政治是由以儒家为代表的文化所支持的,而且这种文化作为价值观或行为模式埋在中国人的内心世界里"。"为了从根本上变革中国,就必须变革这些旧的价值观或行

---

① 桑原隲藏:《东洋史说苑》,钱婉约、王广生译,中华书局,2005 年,第 213—214 页。
② 平田笃胤『古道大意』,『新修平田笃胤全集』第 8 卷,名著出版,1976 年,第 23 页。
③ 同上书,第 213 页。
④ 福泽谕吉:《文明论概略》,商务印书馆,1992 年,第 148 页。
⑤ 佐藤慎一:《近代中国的知识分子与文明》,刘岳兵译,江苏人民出版社,2008 年,第 149 页。

为模式。"①佐藤的这一总结不无道理,正因为儒教文化在中国根深蒂固,发起新文化运动的知识分子们认为不动摇其根基,难以实现彻底的变革。

而在日本,即便是儒学最兴盛的德川时代,它也不过是武士阶层及知识分子的教养而已,并未渗透进"农、工、商"这些百姓阶层的生活。因此以中国近代对儒教与孔子的批判来推断明治维新之后实行欧化路线的日本必定也会全面抛弃儒教与孔子,这种看法是不妥当的。日本不存在与现实的统治或社会制度一体化的"礼教""名教",因而也没有必要全面否定与既存的现实一体化的"堕落"了的儒学。因此,虽然自德川时代中后期以降,儒学不断受到批评,但是从未有过要彻底否定儒学的社会风气,"作为统一的世界观的儒教思想"已经解体,但它"以个别的日常德目的形式继续存在",并"被吸收进了《教育敕语》②中"③。日本学者黑住真认为:"《教育敕语》奠定了与天皇相关的神道的传统,阐明儒教的道德。这在思想上,可以说是近世以来形成的'神儒合一'的近代国家的翻版。为了缔造和统合'国民',不仅在实用的、知识的层面上,进而在政治伦理的层面上明确了儒学、汉学的必要性。"④《教育敕语》宣扬的儒教道德主要是"忠君爱国",后来逐渐成为天皇制国家主义的意识形态工具,这更加说明在日本近代,儒教从未经历过如中国新文化运动般遭到否定的命运。它通过国家意识形态中的教育敕语继续维持着一定的权威性。中国学者刘岳兵也曾指出:"孔子的'仁义忠孝'对近代日本的世道人心的确起到过积极的提携作用,'道德之学以孔子为主'写进了《教学大旨》(1879 年)。"⑤可以说,明治维新以后,作为完整的哲学体系的儒学瓦解,不再具有学问上绝对的权威性,与此同时儒教道德中有利于天皇制国家主义的部分却被当作国民教育的重要一环,继续发挥着指导作用。于是,对于儒教鼻祖孔子的完整偶像式崇拜向着多元化、流俗化的孔子观转化。小说《麒麟》中孔子最终没有使卫灵公摆脱"恶魔"般的"美妇"南子的控制,《弟子》中视礼乐道德为道学究气,不肯受其教化的子路正是在这样

---

① 佐藤慎一:《近代中国的知识分子与文明》,刘岳兵译,江苏人民出版社,2008 年,第 147—148 页。

② 教育敕语于 1890 年 10 月 30 日,以明治天皇的名义颁布,明示了国民道德之本和国民教育的基本理念,此后与天皇的肖像一起成为推进天皇制教育的重要手段,每当国家节庆之日,必须诵读。1948 年经国会决议废止。

③ 丸山真男『日本の思想』,岩波书店,1993 年,第 29—30 页。

④ 黑住真「漢学——その書記・生成・権威」,『近世日本社会と儒教』,ぺりかん社,2003 年,第 220 页。

⑤ 刘岳兵:《近代日本的孔子观》,载《中日近现代思想与儒学》,生活・读书・新知三联书店,2007 年,第 102—104 页。

一种语境中产生的。孔子不再是丝毫不可冒犯的权威,而是在现实社会中尽自己所能不屈不挠追求理想的"杰出的凡人"①,和辻哲郎的《孔子》(1938)对此作了最好的总结:"孔子是用最平凡的日常态度来揭示人性的奥秘。"②

太平洋战争爆发以后,天皇制国家主义日益强化,孔子之教又"被日本军国主义者利用,成为美化侵略战争和实现'国际亲善'的重要文化工具"③,当孔子之教的这种意识形态作用愈发强烈之后,文学作品中对它的阐释也随之发生了变化。太宰治的《竹青》就是一个很好的例证。

3.《竹青》:作为孔子弟子门生的读书人

小说《竹青》发表于 1945 年 4 月 1 日发行的《文艺》杂志第 2 卷第 4 号。因其主要人物和情节均取材于《聊斋志异》的《竹青》一篇,先行研究多从二者的比较入手,探究作者的人生观与家庭观等。近年来对作品中的人物关系、结局的处理等进行重新解读的尝试也日渐增多。但是,该作与儒教道德的关系一直受到忽视。

小说《竹青》乍一看似乎没有提及儒教与孔子,但是原作《竹青》中,主人公鱼容作为读书人这一身份设定,仅仅以"下第"和"领荐"两个词说明鱼容先是科举落第、后又乡试中举,而作家太宰治笔下的《竹青》以大量篇幅推演生发鱼容基于书生这一身份的人物形象。

首先,科举考试是鱼容的奋斗目标。中国古代的"科举所要求考生的能力,最基本的有两项。第一项是固定的诗文写作能力。(中略)另一项是关于儒教经书的知识。要求一字不差地背诵总数超过 40 万字的儒教经书'四书五经'"。④作为在儒学文化传统中成长起来的知识分子,鱼容为了科举考试的目标,其一言一行、一举一动无不以四书五经为准绳。在这个意义上,鱼容正是以孔子为师祖的儒教所教化的一名弟子,事实上在科举制度存在的年代,以科举为目标的书生都自认为是孔子的弟子门生。由此,小说《竹青》将鱼容塑造成无时无刻不忘圣人教诲,事事以儒教道德为行动准则的人物。

---

① 河野市次郎『儒教批判』,凡人社(大阪),1929 年,第 379 页。
② 和辻哲郎『孔子』,角川文库第九版,角川书店,1964 年,第 70 页。
③ 刘岳兵:《近代日本的孔子观》,载《中日近现代思想与儒学》,生活·读书·新知三联书店,2007 年,第 104 页。
④ 佐藤慎一:《近代中国的知识分子与文明》,刘岳兵译,江苏人民出版社,2008 年,第 8—9 页。

小说开篇强调鱼容"虽不至于说'好书如好色',但自幼志学,从未有离经叛道的举止"。这里的"好书如好色"显然由"子见南子"后孔子所说"吾未见好德如好色者也"借用而来。当伯父将丑陋无知的婢女许配给鱼容时,他"非常为难,但这个伯父也是养育自己的亲戚之一,可以说是恩重如山"。基于孝道,鱼容答应了亲事。太宰治笔下的鱼容不仅凡事以儒教道德为准则,更是一直将《论语》《中庸》《大学》中的孔子语录挂在嘴边,万余字的小说《竹青》中共出现近二十处孔子之言。例如,鱼容每每脱口而出"大学之道止于至善",下定决心"三十而立之秋"考取功名。鱼容感慨自己自幼"慎独而究古圣贤之道,虽学而时习之,却未见有福音自远方来"。当他化作乌鸦在空中翱翔时,不禁"君子荡荡然,随口赋诗"。自吴王庙归家后,鱼容终日感叹"贫而无怨难","朝闻竹青声夕可死矣"。他不憎恨冷酷的亲戚,不忤逆无知的丑妻,正如"伯夷叔齐不念旧恶,怨是用希"。竹青邀请鱼容同赴汉阳,鱼容以"父母在,不远游,游必有方"为由推辞,而竹青则用"论语中不是写着'乡原,德之贼也'"来反驳,听后,鱼容只好自嘲:"去汉阳,你领我去,逝者如斯夫,不舍昼夜。"在汉阳的洞房之中,鱼容苦笑道:"君子之道阔然,不过古书中又说'素隐行怪'。"

此类《论语》《中庸》《大学》等四书五经中孔子语录的引用与援用,使一个深受儒教浸染,谨记孔子教诲的书生形象跃然纸上。那么,作家太宰治为何要花费如此多笔墨渲染鱼容的儒学修养,强调其书生身份呢?小说最后附有作者的自注:"这是创作,计划译成中文,希望中国人能够读读。"根据筑摩书房版《太宰治全集》(1998)后记中的介绍,中文版《竹青》刊登在1945年1月的中文文艺杂志《大东亚文学》上,但《大东亚文学》现仅存1944年11月发行的创刊号和同年12月发行的第二期,也就是说该作的中文版已无从可考。

《大东亚文学》杂志创刊号上署有"日本文学报国会编辑"字样,这个名为日本文学报国会的组织成立于1942年,其宗旨是根据国家需要,致力于国策宣传,协助国策的施行与实践。"大东亚共同宣言"发布后,更是组织作家以"共存共荣""独立亲和""文化昂扬""经济繁荣"以及"为世界进步而贡献"等五项原则进行文学创作。太宰治承担了其中"独立亲和"一项,并于1945年9月发表小说《惜别》。他在《〈惜别〉的意图》中写道:"我不轻视中国人,也不会轻薄地恭维奉承,我要以正大光明、独立亲和的态度,充满爱心地准确刻画年轻时代周树人的人物形象。让现代中国的青年知识分子读后,感念日本有理解自己之人,想必这较之百发炮弹对日中全面和平更为有效。"小说《惜别》主要描写青年周树人自踏上日本留学之旅后,直至离开仙台医学专科学校返回东京期间的经历,其具体内容暂且不论,该作的创作与小说《竹青》处于同一时期,将小说《惜别》的创作意图与《竹青》结尾处的自注对照之后,不难看出这两部作品有着相通之处,都试图以文学作品表达一个日本作家对中国的理解,期待着作品能够译介到中国。为此,作家选择了同时代在中日两国文坛均为人熟知的鲁迅,又选择了鱼容这样一个中国传统学问世界中的读书人、孔子千千万万弟子门生中的一员,以他们为主人公进行文学创作。

小说《竹青》中,身为书生的鱼容,其言行举止处处不离《论语》《中庸》《大学》中的孔子教诲,但是他身边之人:无论是将丑陋无知的小妾嫁给鱼容的伯父,还是彻头彻尾看不起鱼容学问的丑妻,都与儒教世界无缘,甚至就连鱼容本人在小说的最后也"再也不提他自诩的'君子之道',只是默默过着依旧贫穷的日子,即便得不到亲戚们的一丝尊敬也毫不介意,作为一介田野村夫埋没在俗世之中"。这一结尾使小说《竹青》呈现出儒学与世俗现实的对立与统一。鱼容经常无意中脱口而出儒家经典中的章句,说明他已经将儒学经书内化为自身的存在。即便他不再将"君子之道"挂在嘴边,也并非"君子之道"已经消失殆尽,而是从显性转化为隐性而已。而对"鱼容的学问彻头彻尾看不起"的鱼容之妻最终幡然悔悟,意识到自己"没有珍惜好人,遭到报应",决定痛改前非,并获得新生。处于儒教道德对立面上的鱼容之妻向贤妻良母的转化,说明她已经接受了儒教的教化。《聊斋志异》的《竹青》中,鱼容后来乡试及第,而太宰治笔下的鱼容最终也没能通过科举考试受到承认,而是在"修身""齐家"这两个层面获得了圆满的结局。

对于作家太宰治在战时的创作,日本学者认为太宰对现实题材敬而远之,通过对史实、古典和民间故事的戏化来逃避当局的耳目,同时又通过对时局的靠近(不至于迎合)来安身①。的确,小说《竹青》通过鱼容这一儒家书生形象的塑造,向中国读者展示对儒学传统的理解,以示"亲和"的同时,又通过鱼容对科举道路的放弃,安于一介田夫的结局来表达作者对于现实的肯定。太宰本人自1939年与石原美智子结婚后,与动辄吸毒殉情的前期生活告别,进入平和稳定的家庭生活,因此这一时期(1939—1945)的创作中表现出接受现实的倾向,日本著名文学评论家奥野健男与平野谦分别用"平凡的小市民"②和"常识性的生活者"③这两个词来形容这一时期的太宰治。

---

① 相馬正一『評伝太宰治第三部』(筑摩書房1985)以及赤木孝之『戦時下の太宰治』(武蔵野書房1994)中都对此有所指摘。
② 奥野健男『太宰治論』,新潮社,1984年,第108页。
③ 平野謙『太宰治Ⅱ』,最初发表于1954年7月,后收录于『平野謙全集』第九卷,新潮社,1975年,第191页。

小说《竹青》中的鱼容应该说也属于这一平凡的生活者的范畴。

值得注意的是,小说《竹青》的叙述者并没有对鱼容的儒家书生形象大加赞美,而是一直与鱼容的话语保持着距离,并对其话语内容进行冷静的分析,特别是涉及儒家经书中的章句时。当竹青邀请鱼容同赴汉阳时,"鱼容一本正经地又像往常一样显示他的学识:'可是父母在,不远游,游必有方啊。'"竹青听后马上反驳鱼容,指出他没有父母的事实。鱼容所引儒家经典与客观现实的乖离暴露无遗。鱼容最终决定去汉阳:"好,那就去汉阳,你领我去,逝者如斯夫,不舍昼夜。"对于此处《论语》章句的引用,叙述者这样评价:"鱼容为了掩饰,吟诵了这么一句甚为唐突的诗句,哈哈大笑自嘲。"的确,孔子感叹时光流逝的"逝者如斯夫,不舍昼夜"与鱼容最终决定去汉阳之间没有任何关联,完全是无用的引经据典。在小说最后,竹青表明自己的神女身份后,告诫鱼容:"学问是不错,但是一味炫耀脱俗,却是怯懦的做法。"最终鱼容听从神女的这一告诫,再也"不提他自诩的'君子之道'",与妻子过上平静幸福的生活。由此不难看出小说《竹青》对于儒学所持的态度:既表现出对儒学经典的熟悉与理解,又对日常生活中动辄显示学问的学究气进行嘲讽。这一点与上文所述儒学与世俗现实的对立统一一起构成了小说《竹青》的儒学观。考虑到战时孔子之教已成为美化侵略战争和实现"国际亲善"的重要文化工具,应该说小说《竹青》虽出于"靠近时局"的目的而写作,但同时又具有清醒的批判意识。

4. "亲民"的孔子

与中国近代对儒教与孔子的批判不同,日本近世以后,儒学虽然不断受到批评,但是从未有过要彻底否定儒学的社会风气,而《教育敕语》中对"忠君爱国"等儒教道德的推崇,使之甚至成为官方意识形态的一环,更是在太平洋战争中达到极致。在这样的文化语境之中,小说《麒麟》《弟子》中孔子受到质疑,《竹青》中对于儒教学究气进行嘲讽,而这些作品的一个共同之处在于对传统儒学的权威进行质疑的同时,又并不全盘否认儒学,更不否认其师祖孔子的圣人地位。

明治维新之后,日本积极推进文明开化、富国强兵之策,急于加入欧美列强的队伍,社会上一时兴起欧化之风。文明开化论者大力宣扬进化论推演出来的"西方优于东方",同时统治阶层又把儒教道德中有利于国民统合的"忠君爱国"等条目通过国民教育的实施加以弘扬。这一抑一扬的操作,使得对于儒学及其鼻祖孔子的接受与批评呈现出复杂的态势。在日本近代文学涉及孔子的文本中,对于儒学及其鼻祖孔子并非单一的崇拜或者批判,而是将孔子作为一个"凡人"来表现,力图呈现出一个"亲民"的孔子形象。儒学及其圣人孔子不再如德川时代一样高高在上,可以说它成为日本成功跻身欧美列强的队伍后,日本人唤起对传统精神家园乡愁的装置,成为表达与其他儒学文化圈国家连带意识的最佳手段。

本 章 小 结

　　本章聚焦于大正作家创作的以中国古典为题材的小说,兼及明治作家在大正时代创作的此类作品,以及与大正作家的创作一脉相承的昭和作家的中国古典题材作品,爬梳以大正时代为中心的中国古典题材创作的特征,以期阐明中国古典题材对于作家创作的意义,以及在作家创作中所处的位置。

　　总体而言,明治文豪们在江户时代末期、明治时代初期,也就是作家的少年时代接受了传统的汉学教育,因而具有阅读汉文典籍,创作汉诗汉文的能力,汉学修养深厚。中国古典题材对明治作家而言,其经典性与权威性是作家在创作中直面的问题,如何将已然化为"血肉"的汉学修养,置于源自西方的近代文学框架中加以利用,重新阐释,创作现代小说,是作家面临的最大课题。以本章论及的森鸥外《寒山拾得》为例,作品中通过各种操作,以解构寒山拾得题材的权威性,将其拉下神坛。但是深谙中国古典文学文化的作家,仍然避免对寒山拾得本人进行重新阐释,而是通过对其周边人物的戏化,为古典经典中出现的人物心理及行为赋予现代性的阐释,因而三岛由纪夫认为该作清晰刻画了寒山拾得"超人类"的世界与凡人世界之间的鸿沟。

　　大正时代热衷于中国古典题材创作的作家们,在同时代作家中属于少数派,此时的日本近代文学已经日臻成熟,西方文学是日本近代文学发展的沃土,可以说所有作家都阅读西方文学经典,了解西方文艺发展动向,借鉴西方文学理论方法。汉学修养不再是"必修课",热衷于中国古典题材的作家们完全出自个人兴趣爱好,对他们来说,中国古典不再具有权威性,他们从中更多感受到的是异国情调,发现的是新奇素材。因而,他们不再如明治作家,背负着中国古典权威的心理负担,而是自由自在将中国古典题材为我所用,借古鉴今,进行在旧瓶中添加各种新酒的尝试。而中国古典题材本身这个"旧瓶",也因其不再普及,而带有某种特殊意义,为作家们的现代小说增添或庄重、或神奇、或感伤、或怀旧的气息。

　　大正时代创作中国古典题材的作家们,大多出自对于这一题材的个人喜好,因而他们较同辈作家在阅读学习中国古典文学文化方面付出了更多努力。总体而言,虽然他们在创作中对于中国古典题材自由加以各种现代性阐释与解读,但对于原典的引用本身仍然有尊重原典、向原典致敬之处。而随着时代推移,至昭和时代以降,中国古典题材在创作中往往被彻底"戏仿",碎片化地呈现于作品各处,原典本身的内容呈现、内在逻辑等不再对作家的创作具有任何约束力。如果说大正时代的中国古典题材小说如同一个人拥有中国古典面孔、穿着中国古典服饰,甚至使用中国古典语言,行为与心理却呈现出现代性的话,那么昭和时代的中国古典题材小说则已然彻头彻尾是一个现代人了,只不过时而呈现出古典面孔、穿着一下古典服饰,露出一两句古典语言罢了。

第四章　同时代中国的表象

　　1911 年,辛亥革命取得胜利,清帝逊位。1912 年 1 月 1 日,孙中山在南京宣誓就任中华民国第一任大总统,中华民国正式成立。同年 7 月 30 日,明治天皇逝世,皇太子嘉仁即位,当天改元为大正元年。1926 年 12 月 25 日,大正天皇逝世,皇太子裕仁即位,当天改元为昭和元年。翌年 4 月 18 日,蒋介石在南京成立国民政府。在此不厌其烦地罗列上述历史事件的日期,是为了说明大正时代与中华民国成立、北洋军阀混战的时期基本重合。

　　就中日关系而言,1914 年 8 月,日本向德国宣战,出兵山东,占领青岛。1915 年,日本政府向袁世凯提出"二十一条"要求后,中国各地反日运动高涨。1917—1918 年间,日本与段祺瑞政府之间秘密签订一系列借款协议,史称"西原借款",日本获得在东北地区修筑铁路、开采矿山森林等特权。1919 年,中国代表在巴黎和会上提出收回日本在一战中取得的德国在山东的权益,未获成功,成为五四运动的导火索。运动迅速席卷全国,各地纷纷抵制日货。1925 年,上海内外棉第七厂的日方人员枪杀工人顾正红,引发五卅运动这一全国性轰轰烈烈的反帝爱国运动。

　　可以看出,大正短短十四余年间,由于日本不断加紧获取在中国的权益,中国国内反日氛围日益浓厚,抵制日货运动连绵不断。而这些新闻见诸日本国内报端,不能不吸引日本人对于同时代中国的关注。反映在文学创作方面,汉学修养深厚的明治文豪在小说创作中也对中国有所涉及,但依旧多为中国古典题材小说。而大正作家则一方面对中国古典题材饶有兴趣,同时也在小说中对同时代中国进行表象。本章选取木下杢太郎《昆仑山》、佐藤春夫《女诫扇绮谈》《李鸿章》、芥川龙之介《湖南的扇子》、横光利一《上海》为典型个案,解读这些文本之中的同时代中国是如何被表述,如何被赋予意义的。其中,横光利一的《上海》最初发表于 1928 年,单行本成书于 1932 年,考虑到这部小说所表现的五卅运动发生于大正年间,因而也列入本章考察范围。

一、越境的"童话"：木下杢太郎《昆仑山》

《昆仑山》是素有"昭和鸥外"之称的木下杢太郎（1885—1945）于 1921年 5 月发表于儿童文学杂志《童话》的一篇小说，后收录于作家的第二部小说集《厥后集》中。

木下杢太郎在日本近代文学史上最引人注目的功绩当属 1908 年作为倡导"耽美主义"的新浪漫派的重要成员，以促进文学、美术等文艺界交流为目的发起"潘恩会"。此后，木下创作的戏曲《南蛮寺门前》(1909)、《和泉屋染物店》(1911)，诗集《餐后之歌》(1919)等均表现出浓厚的"南蛮情调"、异国情调与"平民情调"。与此同时，这些作品又无不体现出作者对于人生与现实背后形而上学存在的思考，为作家此后的转型奠定了基础。日本知名评论家濑沼茂树指出，这些"耽美派""享乐派"的青年作家伴随着青春时代结束，纷纷按照各自的资质进行转型。①其中，木下杢太郎于 1916 年 9 月奔赴"满洲"，担任"南满医学堂"教授，成为作家与青春诀别、在创作上进行转型的重要标志②。

《昆仑山》属于木下杢太郎转型之后的作品，同时该作品的创作又与大正时期兴起的儿童文学运动密不可分。在日本童话史上，大正时代是该文学体裁在艺术上得以提升至巅峰的时期。小川未明、铃木三重吉等作家成为专业的童话作家，领导了这一时期的童话艺术化运动③。1918 年，由铃木三重吉主编的童谣童话杂志《赤鸟》创刊，卷首语中列举了同意为该杂志投稿的作家名字，其中包括芥川龙之介、北原白秋、岛崎藤村等众多同期文坛知名作家④。此后《故事世界》(1919 年 4 月)、《儿童杂志》(1919 年 7 月)、《金船》(1919 年 11 月)、《童话》(1920 年 4 月)等同类型杂志相继创刊。在这场几乎席卷整个日本文坛的儿童文学运动中，除夏目漱石与森鸥外之外，几乎所有作家都进行了童话创作⑤。

这场轰轰烈烈的童话童谣运动，以都市中产阶级、白领阶层为主要读

---

① 濑沼茂树「大正文学史」，『日本現代文学史（二）』，日本現代文学全集別巻 2，講談社，1980年，第 46 頁。
② 安田孝「谷崎潤一郎と木下杢太郎」，『谷崎潤一郎テクスト連関を読む』，翰林書房，2014年，第 20 頁。此文也表达了与濑沼茂树相同的观点。
③ 中村真一郎「芥川龍之介の世界」，『大正作家論』，構想社，1977 年，第 183 頁。
④ 《赤鸟》创刊号上列举了 14 名赞同该运动的作家，至大正 9 年(1920)1 月刊卷首语，则列举了 40 名赞同该运动的作家名字，说明该运动日益受到文坛关注。
⑤ 河原和枝『子ども観の近代「赤い鳥」と「童心の理想」』，中央公論社，1998 年，第 75 頁。

者,同时又通过大正时期的自由教育、艺术教育运动在日本乡村的学校教育中开展。在《赤鸟》等童话童谣杂志上发表童话作品的作家,塑造了众多保持纯真童心的儿童形象。小川未明、北原白秋都曾指出:儿童才是大人的理想,失去了童心,大人就会堕落。虽然大正时期的这一童话童谣运动后来被批判为"童心主义文学",仅仅歌颂纯真的童心,并未描写现实中真实的儿童形象,是儿童"缺席"的文学。但是这同时也说明这一时期进行童话创作的作家,以童话创作为路径,实现的是"自我"解放这一文学价值。那些高度艺术性的童话,不满足于平庸的伦理道德说教,承载着大人发送给儿童的信息,既反映出作者的人生观、世界观,又力图不给年少的读者带去抑郁黑暗的印象。可以说童话在这些作家的创作中占有特殊位置,表现出作家在小说创作中未曾表象出来的内心世界中某一理想愿景。

《昆仑山》对于木下杢太郎而言,亦是如此,有日本评论家将其定位为"日本儿童文学黄金时期诞生的哲学性童话"。①的确,《昆仑山》有诸多值得深入解读之处。作家通过一个在"满洲"生活了八年的少年的越境成长经历,阐释作家所追求的世界史观与文化交流观,不仅是针对日本小读者的"劝学"篇,也是引发成年读者进行思考的充满暗示的作品。

如果将这篇作品置于近代中日两国关系的历史语境中重新审视,可以发现这篇讲述少年鸿一越境经历的童话,由于小主人公的越境经历与侵略、战争互为因果关系,因此注定只能是一个乌托邦式的"童话"而已。

1. 中国神话传说与"历史之神"

《昆仑山》叙述了少年"鸿一"七岁至十五岁在"满洲"与父亲一起生活期间发生的故事。父亲告诉鸿一,他曾经去过中国内陆的昆仑山,登上这座比富士山还要大一百倍的大山之后,不用望远镜,就可以看见全世界的景象。不过一定要等长大,有了学问之后才能去。鸿一非常想去昆仑山,他问父亲是否有办法让小孩也能。父亲说,那只能使用魔法,家中的佣人"张"知道这个魔法。"张"听鸿一讲了事情的原委之后,让鸿一把父亲的地图偷偷拿出来,傍晚出门,之后会有一个中国道士为他引路。这个道士正是"历史之神",按照历史之神的引导,鸿一来到昆仑山脚下的小人国。在那里,由一个"身着青衣"的人带领,鸿一清晰地目睹了"由过去到现在这个世界所发生的所有活动"。鸿一看见世界一刻不休地运动,而自己却在原野中的一个小沟里熟睡,分外着急,青衣人说自己的命运应由自己决定,鸿一观察思考了一

---

① 池田功等编『木下杢太郎の世界へ』,おうふう出版社,2012 年,第 124 页。

会儿之后,用指尖把熟睡的小孩抓起来,放回父亲家中,就在这时他发觉原来自己在家中的床上酣睡。父亲听鸿一讲述了他的所见所闻之后,非常高兴鸿一能回到自己身边。

从故事类型来看,这篇童话属于凡人因某种机缘得往仙界,后又重返人间的"游仙记"类型。同时,它又与同期其他日本作家创作的童话存在互文性关联。《昆仑山》发表前一年,芥川龙之介在《赤鸟》杂志发表童话《杜子春》,接受仙人考验、发誓决不出声的杜子春,看到父母遭受毒打、痛苦呻吟,最终忍耐不住大叫一声"母亲!",结果失去成仙机会,回到人间。父母与子女之间的亲情无疑是该作主题之一。《昆仑山》中少年鸿一眼见父亲因担心自己下落,华发早生,于心不忍把沟中熟睡的自己放回家中。两部作品的主人公都因难以割舍的亲情从仙界(或求仙之路)返回人间。当然,"游仙记"故事中的主人公也大多因思念亲人重返人间,但《杜子春》与《昆仑山》将其限定为母子、父子亲情,与这两个文本的童话体裁不无关系。

芥川龙之介是大正文坛最擅长以中国古典题材进行创作的作家,《杜子春》就取材于唐传奇《杜子春传》。那么看似包含诸多中国元素的《昆仑山》是否也有出典呢?应该说,《昆仑山》明显受到作家同期编译的《中国传说集》的影响。《昆仑山》发表两个月后,《中国传说集》作为儿童文学文库中的一册由精华书院出版发行。该书由木下杢太郎从《新齐谐》《聊斋志异》《广异记》等中国志怪小说集中选取适合儿童阅读的短篇编译而成。在该书的序言中,木下杢太郎指出:在中国,灵魂"就是人的精神,一般存在于人的肉体之中,但是它能自由离开人体,之后再重新回到体内。特别是在人睡眠之时,灵魂经常在遥远的天空中逍遥"。[1]《昆仑山》中,鸿一正是在睡眠之中完成了昆仑山之行,与《中国传说集》序言所言中国人对于魂魄的认识一致。

仙界"昆仑山"早在《山海经》《淮南子》中就有记载,在中国的神话传说中作为西王母的住所而闻名,是典型的仙界。而昆仑山麓的"小人国",仅从"小人国"这一母题来说,在《山海经》中已有"僬侥国"[2]的记载,在地理博物类小说《洞冥记》中也有西域小人国的传说。为鸿一做向导的"身着青衣"之人,在《汉武帝内传》中有为西王母取食的"青鸟"化身青衣女子前去面见汉武帝的故事。道教之中仙人的名字里常见"青"字,如"青帝""青乌公""青明君""青腰玉女"等。因此,由身着青衣之人为鸿一做仙界向导,符合中国的

---

[1] 参见木下杢太郎「序」,『支那伝説集』(世界少年文学名作集 第18卷),精華書院,1921年,第3—4页。

[2] 在中土古籍中,小人国往往称作"僬侥国",又作周饶国。

道教传统。为鸿一指点前往昆仑山之路的"中国道士""头戴黑巾,脚蹬赤履,白须飘飘"。道教之中,道士地位越高,服装越为华丽。在中国民间"赤舄""朱舄""丹舄"等也只有高贵之人在正式场合才能穿着。这位"脚蹬赤履"的"历史之神"显然在小说《昆仑山》中被赋予了仙班中的高位,可见作者对于"历史之神"的重视。作家木下杢太郎擅长绘画,曾立志成为画家,"对色彩、轮廓以及音响非常敏感"①,"青""赤"等关于颜色的词语的选择必是作家有意为之。

但是,中国的神话传说中并没有"历史之神"这样一位仙人。"历史"一词是明治时期作为"history"一词的译语在日语中出现的新词汇,中国古典中仅用"史"一个单字表"历史"之意。《说文解字》中云:"史,记事者也。从又持中,中,正也。"也就是说"史"本指"记事者",即"史官",后又敷衍出"史官所记之事"之意,即"由文字所记录的过去之事"。不仅在中国的神话传说中没有这样一位掌管历史之神,希腊神话、埃及、印度等各个古代文明之中都没有与历史之神相关的传说,显然这是作家借中国神话传说的形式,以"历史之神"的名义,阐释作者心中理想的历史观。

也就是说,童话《昆仑山》采用中日两国文学传统中常见的"游仙记"故事类型,运用各种中国元素打造了一个恍若《中国传说集》中神话传说故事的舞台,但是作家的真正用意在于以独创的"历史之神"之名阐发这个故事的主题。

2. 跨"越"国"境"的历史观

《昆仑山》开篇采用倒叙手法,指出中学四年级的鸿一"擅长英语,年级排名第一",而且还精通中文,可以和转学来的中国学生自由交谈。显然这是经历"昆仑山""游仙",在"满洲"生活八年的成果,当然也与父亲的直接教诲密不可分。父亲经常对鸿一说:"长大以后要学习中文、英语和希腊语。"作者将主人公鸿一八年的成长首先以高超的外语水平进行呈现,反映出作者对于读者的一种价值导向:即跨越国界的交流必须建立在语言习得的基础之上。事实上,木下杢太郎本人也擅长中文、法语,并自学葡萄牙语、希腊语、拉丁语等,在外语学习方面一生从未懈怠,因为作家认为只有通过追根溯源直接阅读原文著作,才能全面理解原著的文化内涵。②

---

① 　和辻哲郎「享楽人」,最初发表于大正 10 年「新潮」杂志,后收录于和辻哲郎『和辻哲郎随筆集』,岩波书店,1995 年,第 185 页。
② 　参见杉山二郎『木下杢太郎　ユマニテの系譜』,平凡社,1974 年,第 292—293 页。

　　鸿一向朋友们讲述在"满洲"的经历,大家并不相信。时间回到八年前,那时初到"满洲"的鸿一也是如此。父亲指着远处人、马、驴子络绎不绝,白雪皑皑的地方,告诉鸿一那里其实是条大河,鸿一无论如何不能相信。第二年四月,冰雪消融,河水开始流动。鸿一这才向父亲"投降了"。作为"昆仑山"事件的序曲,这件小事让鸿一认识到:在自己国家不可思议的事情可能在其他国家发生,正是有了这种认识之后,鸿一才会对昆仑山的存在深信不疑,一定要去探访。摈弃自己的文化偏见,承认差异性的存在,才能迈出跨文化理解的第一步。父亲告诉鸿一:"登上昆仑山之后,即便不用望远镜,也可以看见全世界。日本、印度、希腊、意大利、德国、法兰西一览无余。"但是即便去了昆仑山,"没有学问的人也什么都看不到。越是有学问的人,越看得清楚"。这里的学问显然并不泛指一切体系化的知识与研究,更强调一种从跨文化交流视角切入的世界史观。父亲告诉鸿一:"登上昆仑山之后,可以清楚地看见德国与法国之间进行的战争。"看得见"一两千年前","希腊的亚历山大国王攻打天竺的情景"。19 世纪后半叶的普法战争距离鸿一生活的年代并不久远,但父亲提起亚历山大东征的用意何在呢?

　　1925 年 7 月,木下杢太郎在名古屋所做的知名演讲《日本文明的未来》中再次提及亚历山大东征。木下指出,亚历山大东征推动了希腊文化东渐,使希腊与印度文明获得了进行直接交流和融合的机会。古代的中国文明兼有对欧洲与印度文明的消化吸收,并促进了日本文明的诞生。[①]其实早在 1918 年 8 月的《故国》一文中,木下杢太郎就曾写道:"如果像很多评论家所说的那样,古代的佛像除了具有印度、中国、日本的特征之外,同时还存在着希腊的影响,那实在是完美的组合。当我心里涌起对于印度——希腊——中国——朝鲜——推古——天平那一时代的疑问与憧憬之时,这才发现了自己应该做的事情,心情不禁为之一振。"[②]也就是说,早在《昆仑山》创作之前,从对日本推古、天平年代佛像的观察中,木下杢太郎就已经对于古代希腊、印度、中国直至日本文化之间的渊源与影响关系产生了浓厚的兴趣,并逐渐得出结论,认为四者之间文化传播与相互影响的关系一定存在,在此之中,亚历山大的东征对于东西文明的交融起到了至关重要的作用。小说中,父亲特地提起亚历山大东征一事,正是希望鸿一能够获得从东西文化交流史的视角观察世界历史的立场,这是父亲最希望鸿一拥有

---

① 收录于『木下杢太郎全集』第 12 卷,岩波書店,1982 年,第 294—297 页。
② 木下杢太郎「故国」第二信,『木下杢太郎全集』第 10 卷,岩波書店,1981 年,第 36 页。

的“学问”。

鸿一由青衣人做向导,在昆仑山观看世界“一刻不休”的活动,他看到总指挥战死后,敌军攻入都城,可爱的王子和公主被捕,鸿一很想出手相救。但是青衣仙人阻止了鸿一,告诫他:“不要改变人们的命运。”“一定要从长远来看,可怜的事情发生一定有它的渊源。多观察一会儿,你就会发现原本觉得可怜的事情变得不可怜了,原本认为的好事反而变成了坏事。”历史不能改变,历史的发展有着自己的规律。青衣仙人告诉鸿一历史的发展规律,而父亲则告诉鸿一亚历山大东征之事,这无疑是一个伏笔。尽管亚历山大掠夺性的远征,所到之处带来毁灭性破坏,民众家破人亡,但是客观上这次东征促进了东西方文化之间的交流,对人类文明的发展作出了贡献。父亲在鸿一前往昆仑山之前已经通过这个典型案例在鸿一心中埋下了世界文明史观的种子。

3. “越界”的少年

《昆仑山》执笔之时,木下杢太郎已经辞去“南满医学堂”教授兼奉天医院皮肤科部长之职,结束了四年的“满洲”生活,即将踏上欧美留学之路。从这一点来看,《昆仑山》可以视作作家为四年中国经历画上圆满句号的“集大成”之作。

小说中,主人公鸿一“七岁时离开母亲身边,来到满洲父亲这里,之后到十五岁一直住在中国”。之所以回到日本,“是因为这年父亲过世,鸿一被东京的亲戚收养”。同学们问鸿一“为什么不去母亲那里?”鸿一没有回答。小说中没有对鸿一的母亲做任何交代,只是提及鸿一在昆仑山眺望东京的时候,“找到自己以前住过的房子,可是那里已经住着别人,看不到自己一直想见的母亲的身影”。根据以上信息可以推测出,母亲可能与父亲离婚改嫁,因此鸿一离开母亲,离开日本东京,来到“满洲”父亲身边。刚到“满洲”的第一年,鸿一时常突然“很想回日本,哇哇大哭”。对于一个七岁的孩子来说,离开母亲,离开母亲所在的故土和故国,一定是痛苦的经历,但与此同时,这也为鸿一的成长提供了机遇。

父亲对鸿一很好,看见鸿一大哭,拼命哄他,而且父亲为鸿一展示了一个他从未体验过的新世界。父亲指给鸿一看远处比马小一些的动物,告诉他那是日本没有的驴子。父亲又告诉鸿一远处白雪皑皑之处是冰封的大河。父亲将自己的亲身经历讲给鸿一听,告诉鸿一自己去过中国内陆,见过很多东西。原本对父亲的话不以为然的鸿一,这次主动问父亲:“中国内陆是什么样的地方呢?”正是父亲激起了鸿一对于中国的好奇心和求知欲,当然鸿一始终没有改变对于家乡的思念,当得知登上昆仑山可以看见全世界的时候,鸿一马上问:"能看得见日本吗? 东京呢?""能看见我们家吗?"鸿一一定要去昆仑山,这当中远在日本的家的吸引力起着重要作用。

对于父亲而言,他最关心的则是来到自己身边的孩子能否在这块异乡的土地上顺利成长。父亲开阔了鸿一的眼界,让鸿一知道中国还有广阔的内陆,有神奇的昆仑山,有特别的"魔法"。父亲教导鸿一"长大了,一定要成为比父亲还伟大的人。然后去帮助中国这个国家。所以,必须学习中文"。小说最后,鸿一从酣睡中醒来,再次回到父亲身边的时候,父亲不再称呼鸿一"小子",而是称呼"你",这个称呼的变化暗示着鸿一的成长,这种成长是鸿一通过探访父亲告诉他的昆仑山而获得的,父亲非常高兴鸿一回到身边:"你有可能成为有势力的政治家,也有可能成为落魄的乞丐,命运全在你一念之间。谢谢你没有去别处,还是回到父亲身边。"父亲认为:鸿一的归来说明他愿意按照父亲的教诲继续成长下去。八年后回到东京,同学们称赞鸿一中文流利,老师也对他寄予厚望:"你长大以后要研究中国的学问!"可以说鸿一已经如父亲期待的那样,奠定了成为"中国通"的基础。此时的鸿一就像当年父亲对自己一样,经常向朋友们讲起"儿时在满洲经历的事情",即便同学们认为"不可能有那种事",也坚定地主张:"不,那些的确都是事实。"

当然,成长的路是靠自己走出来的。鸿一离开母亲身边,初到"满洲",虽然是异国他乡,但是和父亲居住在"三层楼"的"西式建筑"中,只是高高在上远眺着"中国人黑压压的屋顶"。众所周知,1905 年,根据日俄战争后签订的《朴茨茅斯条约》,日本从俄国手中获得了东清铁路南"满洲"支线长春——大连的铁路设施及其所属的一切权利、财产,包括煤矿等,1906 年,半官半民的"南满洲铁道株式会社"成立,在铁路附属地行使行政权。根据《昆仑山》的创作时期,可以想见小说中鸿一的父亲应该居住在铁路沿线修建的气派住宅里。鸿一和父亲生活在一起,自然很难有机会接触当地中国人社会。当鸿一一个人偷偷溜出家以后,按照小说中鸿一的移动路线,先是"沿着长长的河堤走",经过"省长的府邸"。这个"省长的府邸"顾名思义,是中国现地最高行政长官的府邸,从"省长的府邸"前面经过,意味着由此进入由中国人管辖的地界。而且,从中国建筑风格的"巨大的城门"出去之后,"看到的都是孤零零伫立着的杨树",城外是辽阔的中国大地。"远处的地平线上""大大的太阳正在落山"。鸿一离开日本母亲身边,来到"满洲"父亲这里之后,直到此刻才完全独自实现了向着未知的中国土地的越界。鸿一又冷又怕，"像是一个人来到了茫茫大海之上"，不安与恐惧让少年鸿一不知所措，他哭着大喊"妈妈！妈妈！"。就在这时，一个"头戴黑巾，脚蹬赤履，白须飘飘"的中国人出现了，鸿一"这才安心下来"。因为这个中国人可以引领自己前往昆仑山，满足自己的求知欲和好奇心，少年鸿一这才逐步摆脱对于母亲的依恋，忘却不安，在老人的引领下探索未知的神奇世界。也就是说，《昆仑山》正是将鸿一在"满洲"八年的成长历程，浓缩于昆仑山探访事件进行了集中表现，昆仑山之行成为鸿一成长的重要象征。

与此同时，在"满洲"度过了七岁至十五岁这一青春期前后最为多愁善感时期的主人公鸿一，又成为日俄战争以后越来越多奔赴"满洲"，在"满洲"生活，以"满洲"为"第二故乡"的一代日本人的代表。与短期的观光游客以及成人之后才奔赴"满洲""新天地"的日本人不同，鸿一所代表的这一代日本人对"满洲"这块土地有着特别的感念，"满洲"生活对他们的人生产生了巨大影响。

以诗人北川冬彦（1900—1990）为例，他出生于日本滋贺县的大津市，因父亲在"南满洲铁道株式会社"任职，在升入小学后的 1907 年夏天，随家人迁居"满洲"。之后由于父亲工作调动的关系，北川冬彦先后在瓦房店小学、铁岭小学、安东小学、大连小学（均为日本人小学）就读，之后升入旅顺中学①，度过三年的寄宿生活后，于 1919 年返回日本读高中，12 年的"满洲"生活就此告一段落。可以看出北川冬彦的经历与《昆仑山》的主人公鸿一十分相似。对于北川来说，少年时期的"满洲"生活经历使他与一直生活在"内地"的日本人不同，对这块土地有着独特的身体感受。1939 年，北川冬彦因为工作关系，再次到"满洲"出差，在同行日本人惊诧的目光中，他从露天小摊上买来暴露在蒙古飘来的漫天风沙中的食物，毫不在意大快朵颐。这个完全出自儿时习惯、自然而然融入当地风俗的举动让其他初到"满洲"的日本人大为吃惊。②"一生中少年时代最为令人印象深刻，而我是在满洲这块土地上度过的少年时代，那里是我的第二故乡。"③在北川看来，"满洲"完全不是"异乡"，而是如日本一样的"故土"。

当然，《昆仑山》的作者木下杢太郎与北川冬彦不同，也与小说的主人公鸿一不同，他只是在"满洲"工作了四年而已，北川冬彦用身体感知第二故乡"满洲"的土地，而木下杢太郎则在精神层面拓展了故乡的内涵。《昆仑山》

---

① 1918 年大连第一中学成立以前，东北地区只有旅顺中学（1909 年成立）、旅顺高等女中（1910 年成立）两所日本人初级中学。
② 北川冬彦「イカモノ食い」，『カクテル・パーティー』，宝文館，1953 年，第 159 页。
③ 北川冬彦「私のふるさと」，『カクテル・パーティー』，宝文館，1953 年，第 5 页。

创作之前,1918 年 1 月,木下杢太郎在《帝国文学》上发表随笔《故国》,其中写道:

> 人们故乡的观念带有精神与文化层面的意味,是与想象结合的产物。我是精神上的爱国主义者,于我而言,故乡的范围可以拓展到中国直至中亚,甚至印度。①

赴"满洲"任职的体验对于木下杢太郎而言,带来了"故乡"观念的拓展,而这种拓展主要聚焦于精神文化层面。在讲演《日本文明的未来》(1925)中,木下杢太郎进一步明确指出:

> 比起印度文明,我们日本人更多得益于中国文明,才成为贤明的文明人。即便是现代,我们仍然在道德、艺术、文学等方面从中汲取着巨大的营养。特别是文学方面,中国文学是人类创造的最重要的成就之一,汲取中国文艺的营养,并用自身固有的同化能力将其化为己有的日本人,其趣味与欧洲各民族相比也决不逊色②。

在此次演讲中,木下杢太郎强调古往今来,日本极大得益于中国文明,即便"实利性的文明"更多依赖于汲取自西方的"现代自然科学与经济学",但是在"精神文明"层面,不单单是"西洋的古文明",东方的印度、中国文明都值得深入研究。木下杢太郎的这种态度可以说在《昆仑山》的创作中已经初现端倪。

《昆仑山》中的父亲可以视为作家的代言人。父亲教导鸿一,长大以后要"成为比父亲还伟大的人,然后去帮助中国",这句话暗示着同时期中日两国之间力量的对比关系。父亲要鸿一长大以后"帮助中国这个国家",显然是因为在"现代的自然科学与经济学"方面,日本已经站在了可以帮助中国的立场上,也就是说,中国的落后主要表现在"实利性的文明"方面。鸿一一个人出发去昆仑山的时候,家里的佣人"张"让鸿一把"父亲十分宝贝的"的中国地图"偷偷拿出来",事实上鸿一并没有用到这张地图,而是按照"中国人道士",也就是"历史之神"的指点到达昆仑山脚下。鸿一的父亲和中国人

---

① 木下杢太郎「故国」第一信,『木下杢太郎全集』第 10 卷,岩波書店,1981 年,第31页。
② 木下杢太郎「日本文明の未来」,『木下杢太郎全集』第 12 卷,岩波書店,1982 年,第 293—294 页。

"张"都非常重视的地图正是"实利性的文明"——"现代的自然科学"的产物，珍惜地图的日本人父亲与想要弄到地图的中国人"张"可以看作中日两国之间在"实利性的文明"方面力量对比关系的一种暗喻。《昆仑山》中，当鸿一出发前往用"魔法"才能到达的昆仑山——中国"精神文明"的世界——之后，地图就再也没有被提及，说明地图在这个"精神文明的世界"里没有发挥作用。小说中关于地图这一文明符号的处理，说明作品所要强调的并不在于"实利性的文明"，而是对昆仑山所代表的"精神文明"世界的探访。

从日本来到中国，又即将远赴欧美留学的作家木下杢太郎，以一个充满中国神话传说元素的"游仙记"故事框架，叙述了主人公少年鸿一越界成长的故事。作家在此特别强调了"越界"的意义——跨文化的理解与交流，摈弃文化偏见，习得语言，保持着对未知事物的好奇心与求知欲，获得跨越东西方、纵观古往今来的视野与文明史观。作家从自己的亲身经历出发，将心目中这一立足于跨文化交流视角的理想的世界文明史观传递给小读者们，从这个意义上说，《昆仑山》是一部寓教于童话之作，是作者理想流露之作。这使得该作品在同时期歌颂纯真童心、塑造理想的单纯少年的"童心主义文学"中显得别具一格。

4. 乌托邦式的童话

自 1894 年甲午战争开始，日本逐步加快对中国的侵略步伐，最终以1945 年的战败而告终。如果将小说《昆仑山》置于这一历史语境之中重新审视，可以发现这篇小说描绘的正是自日俄战争日本获得在"满洲"地区的权益后，直至九一八事变爆发，日本发动侵略中国的战争这一段时间内，"满洲"之于日本人的一种幻想。作家木下杢太郎在小说《昆仑山》中虚构的少年鸿一经历越境获得成长这样一个故事，不过是自 1894 年至 1945 年这一特殊历史时期之中昙花一现的"童话"而已。

日俄战争后，日本将中国东北地区视为侵略整个中国大陆的据点。1905 年 9 月开始，日本政府允许民间人士自由前往"满洲"，此后越来越多野心勃勃、打算参与"满洲"资源开发的实业家和梦想着出人头地的青年奔赴"满洲"。1906 年，半官半民性质的"南满洲铁道株式会社"成立，成为日本侵略"满洲"的核心。1906 年 3 月，关东州小学校规则发布，此规则与日本内地的小学校令基本相同。其中第一条明确规定："小学校为教育内地儿童之场所。"各小学均使用与内地相同的国定教科书，旅顺和大连率先设立了寻常小学。1915 年，《关于南满洲及东部内蒙古的条约》缔结，旅顺和大连的租借期限延长至 99 年，"满铁"以"日中交涉中各种权益得到确保"为前提,制定了《附属地小学校儿童训练要目》,逐渐从"内地延长主义"①向"适地主义"②转换。受此影响,关东州的其他小学也开始重视植根于当地的教育,编写当地使用的教科书等。这时期在"满洲"接受小学教育的日本儿童,正如上文提及的诗人北川冬彦一般,在"满洲"度过了一生中最为多愁善感的青春期,他们习惯了"满洲"的风土,可以毫无抵触地融入当地的生活(《昆仑山》中的鸿一应该也是在这一教育方针转换的过渡期前后接受的教育)。

回顾这段历史可以发现,《昆仑山》的作者木下杢太郎在"满洲"工作的四年(1916—1920),正是"满铁"等大力经营大连、旅顺等租借地和长春至旅顺之间的铁路及其附属权益的时期。跟随在"满洲"工作的父亲离开日本,来到"满洲"学习生活的儿童,在"长年努力经营关东州及满铁附属地,以大正时代的思潮为背景,又受到自由港大连的影响,带有小市民的自由主义思想"③的环境之中接受教育,基本毫不困难地习惯了当地的风土。这个平和的环境使得与少年鸿一有着相似经历的诗人北川冬彦对自己生活过的这块土地抱有特别的感念,也使得《昆仑山》中少年鸿一的成长成为可能。但是,究其根源,鸿一父亲的"越境"也是当年日俄战争的"战果",是帝国主义之间争夺利权的产物,是原本这块土地上生活的中国人被迫接受的"越境"。

《昆仑山》中出现的中国人"张",被鸿一问起魔法之事,"眼睛转来转去"不知所云,听鸿一讲了事情的原委之后,让鸿一背着父亲、不要让任何人知道偷偷离开家。虽然按照张的指点,鸿一最终到达昆仑山,但是不能不说,作为家里的佣人,"张"为何要教唆鸿一偷偷离家,留下一个疑点。而且正是这个"张",让鸿一把父亲书房里珍藏的地图偷出来。《昆仑山》中的中国人"张"被设定成为一个疑点重重的人物,而这正是当地日本人和中国人之间隔阂的一种表象。即便是以跨文化交流的广阔视野统领全篇的《昆仑山》,在同时期中国人形象的塑造上也流露出一种无法了解对方真实想法的疑虑,这种理想与现实之间的差距注定《昆仑山》终究只能是一个与现实相悖的"童话"。

与青春时代在日本近代文学史上留下的功绩相比,后来的木下杢太郎并无知名作品问世,之所以被称为"昭和鸥外",更多源于其作为通晓东西方文化的学者与真菌研究的医学专家的成就。《昆仑山》这一短篇童话,虽然旨在阐发作者的跨文化交流史观,但也令与这个童话的文学想象相悖的日

---

① 近代日本在台湾等殖民地实行的一种统治政策,即将殖民地同样视为日本的领土,实行与日本本土(内地)相同的法律制度。属于"同化主义"的一种。

② 适地,即适合当地条件之意。

③ 北村谦次郎『北辺慕情記』,大学書房,1960 年,第 52 頁。

本侵略中国的现实更加清晰而鲜明。

二、佐藤春夫《女诫扇绮谈》的台湾叙事

佐藤春夫自 1920 年 7 月至 10 月，前往台湾，在三个多月的时间里，足迹遍及台北、高雄、台南等大城市，更深入嘉义、日月潭、雾社、鹿港、台中等地，还游览了对岸的厦门和漳州。归国后，佐藤春夫相继发表了一系列取材于此次台湾之行的作品，并于 1936 年汇总为小说集《雾社》。

《女诫扇绮谈》是佐藤春夫此次台湾之行的重要作品之一，1925 年 5 月发表于《女性》杂志，虽然该作称不上是日本近代文学的代表作，却具有重要的文学史意义。因为它开启了日本作家台湾书写的先河，不仅建构了许多日本人对殖民地台湾的想象，也影响了后辈作家的南方憧憬。①

日本文坛对于该作最具代表性的评论，当属岛田谨二②和藤井省三③。岛田谨二以他的"外地文学"论为理论依据④，认为《女诫扇绮谈》营造了"异国情调"的世界，属于"外地文学"的佳作。而藤井省三则认为该作暗示了台湾民族主义的诞生，对占主流的"异国情调"说提出了异议。

那么，《女诫扇绮谈》书写的 1920 年的台湾究竟是何面貌，它所建构的日本人的台湾想象呈现怎样的特征？解读这部小说凄美惊悚故事背后的殖民地叙事，正是本节的目的所在。

1. 关于"女诫扇"的"绮谈"

《女诫扇绮谈》的故事性很强，可以说颇具猎奇趣味，所以在日本常被归入"侦探小说"一类。小说以第一人称视角的叙述展开。一日，身为报社记者的"我"应台湾友人世外民的邀请参观安平港旧址，归途在秃头港发现一

---

① 如以"南方文学"闻名的作家中村地平（1908—1963）受到佐藤春夫台湾系列作品极大影响，相关研究有蜂矢宣朗「南方憧憬：佐藤春夫と中村地平」，鸿儒堂出版社，2010 年。

② 详见岛田谨二「台湾文学の過去未　第四章佐藤春夫の『女誡扇綺譚』」，『日本における外国文学』，朝日新闻社，1976 年，第 214—238 页。

③ 详见藤井省三「植民地台湾へのまなざし―佐藤春夫『女誡扇綺譚』をめぐって―」，『日本文学』1993 年 1 月号，第 19—31 页。

④ 岛田谨二的"外地文学"论以欧洲的"外地文学"（殖民地文学）理论为理论架构。一方面从扩张性民族主义的政治立场，视外地文学为母国语文学的延长。另一方面，从写实主义的文学立场，主张外地文学应该书写具有当地特色的文学。详见吴叡人：《重层土著化下的历史意识》，《台湾史研究》2009 年第 16 卷第 3 期，第 133 页。

幢雄伟的废屋。"我们"进入废屋的一楼,楼上传来年轻女子的声音:"为什么不早点来?""我们"赶紧退出门外。为"我们"指路的老妇人讲述了废屋的故事;原来这是当地豪商沈家的旧宅。当年,沈家因一夜台风丧尽家财,男女主人相继过世,只剩下女儿孤零零一人。哪料这位小姐的未婚夫也背弃了婚约,小姐每日新娘装扮等待夫君前来,如此过了多年。后来小姐被人发现已死在废屋之内,但人们仍然听到她抱怨夫君"为什么不早点来"的声音。老妇人讲述完沈家早年的发家史,感叹一切都是因果报应。"我"对这个鬼魂的传说充满怀疑,决定拉着世外民再探究竟。这一次,"我们"上了废屋的二楼,却没有听到任何声音,也没有看见"我"所怀疑的人影。不过"我"在二楼的床下发现了一把刻有《女诫》文章的扇子。几日后,世外民告诉"我",一年轻男子在废屋的二楼上吊自尽,因其托梦给一富家小姐,所以尸体被人发现。"我"立即拉上世外民找那个富家小姐追问真相。富家小姐似乎并不知情,躲在帷幕后的侍女却哭泣着请求"我"把扇子留给她作为纪念,"我"决定不再追问。又几日后,报社同事采集来一个消息,说那个侍女因不愿嫁与主人介绍的日本人为妻自杀身亡。同事在报上撰文,认为这个台湾女子不肯与日本人通婚,大为不该。

可以说,这是一个充满中国文化要素的故事:废屋里不散的鬼魂,仿佛《聊斋志异》中的情节;沈家当年巧取豪夺发家致富,终因一夜台风化为乌有,因果报应无法逃脱;沈家小姐留下的扇子,扇面上画着红白两色的莲花,题词是周敦颐《爱莲说》中的"不蔓不枝",扇骨上刻着曹大家班昭《女诫·专心》中的文字。废宅、鬼魂、因果报应、训育女子如何立身处世的文章,这些无疑是中国文化背景的要素。而故事发生的地点是位于亚热带的台湾废港,强烈的日光、闷热的空气、翻滚的浊浪,一派南国气象。中国文化加上南国风景制造出双重的"异国情调"氛围。这正是《女诫扇绮谭》吸引日本读者的原因所在。

当时日本处于大正时期,第一次世界大战为日本的经济发展创造了良好的机会,伴随着经济发展,人们生活富足。于是,经由媒体的策划与宣传,①海外旅游逐渐成为富裕阶层休闲生活的一部分。1912 年 3 月,日本交通公社成立,标志着日本现代旅游业正式诞生。海外旅游兴起,关于海外见闻的游记和文学作品随之也颇受欢迎。作为以《田园的忧郁》《美丽的街市》

---

① 例如,自 1908 年开始大阪每日新闻社每年派遣视察员前往海外,并在报纸上发表相关游记,芥川龙之介的《中国游记》就是这一派遣制度的产物。详见笔者《"疾首蹙额"的旅行者——对〈中国游记〉中芥川龙之介批评中国之辞的另一种解读》,《中国比较文学》2007年第 3 期。

等作品声名鹊起的新锐作家,佐藤春夫的《女诫扇绮谈》成为第一部描写1895年以来的台湾的文学作品。

　　而对于"建设"殖民地台湾二十余载的日本统治阶层来说,该作更是求之不得的台湾宣传。在《女诫扇绮谈》的献辞中,佐藤春夫特意提及台湾之行时的总督府民政长官下村海南。下村海南在《〈女诫扇绮谈〉读后》一文中写道:"为致力于宣传朝鲜和台湾,除通过宣传手册、电影等形式之外,还邀请观光团前来,或是在日本内地的展销会开设展台进行各种宣传,但都显得隆重有余,亲民不足。我记得当时《每日新闻》在连载高浜虚子的《朝鲜》,于是想到能否也以这种形式进行宣传,在台湾时也曾拜托两三位知名文士,均未果。正巧佐藤先生来了,想必我的愿望转达到了先生那里。"①正是总督府长官的关照让佐藤春夫的台湾之行受到各种照顾,畅通无阻②,因此作家在献辞中特别表示谢意。而小说《女诫扇绮谈》可以说不负所托,它开启了日本内地读者对殖民地台湾的想象、对南方的憧憬,将读者的注意力引向了台湾这个新殖民地。那么对于新殖民地台湾意义重大的这部《女诫扇绮谈》,其台湾叙事究竟具有哪些特征呢?

2. "荒废"之争

　　小说一开篇,就营造了一个荒凉颓废的氛围。这个"荒废"世界的空间场景是由窄小的房屋、无人居住的废宅构成的"衰颓的街市",时间是闷热的气流如同疟疾患者的呼吸一般浮动的午后,点景人物是如乞丐般衣衫褴褛、修补着破烂不堪渔网的老人,音响则是一片沉寂之中偶尔传来的胡琴之声。"所有一切形成一种内心的风景,充满象征,给我带来如噩梦般的恐惧"③,"假如我有爱伦·坡的笔力,一定将这幅景象描绘出来,与他《厄舍古屋的倒塌》的开篇一争高下。"作者强调与爱伦·坡作品的互文性,意在借用爱伦·坡小说中诡异、恐怖、幻想性的氛围来渲染这个"荒废"的场景④。而这个荒

---

① 下村海南「女誡扇綺譚を読みて」,『东京朝日新闻』晨报1926年4月3日,第6页。

② 取材于此次台湾之行的另一篇作品《旅人》中写道:"长官指令,要对我好生款待。(中略)可怜们虽不知文学家为何物,既然是长官的命令,且不论是什么小人物,都尽心竭力接待我。"『定本佐藤春夫全集』第5卷,临川书店,1998年,第5页。

③ 佐藤春夫「女誡扇綺譚」,『定本佐藤春夫全集』第5卷,临川书店,1998年,第151页,中文译文由笔者译出。后文出自同一作品的引文不再另行做注。

④ 爱伦·坡是佐藤春夫非常喜爱的一位作家。其成名作《田园的忧郁》的开头引用了爱伦·坡《尤拉丽》中的诗句:"我曾独居在一个呻吟的世界里,我的灵魂是一潭死水无波无浪"。小说《苍白的热情》取材于爱伦·坡的辞世诗作《安娜贝尔·李》中的故事,另一部小说《指纹》中杀人犯的名字直接使用了爱伦·坡小说《威廉·威尔逊》的题名。

废世界的意象正是曾经归属于中国的台湾的隐喻。

关于如何看待台湾的"荒废",小说中"我"和台湾友人世外民之间有一段争论。世外民当地"大户人家出身","家中代代秀才",身为诗人的他不停慨叹安平港盛时的辉煌,提醒"我"不要忘记这里当年的繁华,"我"却"尚还年轻,对历史之类毫无兴趣"。执着于历史的世外民和重视现在的"我"之间矛盾由此产生。见世外民坚持认为废宅二楼传来的声音定然是沈家小姐的鬼魂,"我"坚决予以否认:"今天的声音确确实实是活着的年轻女子的声音!世外民,你的诗人气质太浓了。保持古老的传统可以,不过月光之下事物都是模糊的,美与丑一定要在阳光下才能见分晓。""让我说,已经灭亡的荒废的事物之中尚有过去的魂灵存在,这种审美意识——正是中国的传统,我说出来你不要生气——实在是一种亡国趣味啊。既然已经灭亡,怎么还会存在?难道不正是因为不在,才称之为灭亡吗?"在"我"看来,流连于历史传统中的世外民如同沉醉于月光之下的幻影,脱离现实。而世外民有自己的逻辑,他大声反驳"我":"灭亡和荒废全然不同——灭亡的也许已经的确不在。但所谓荒废,是指将要消亡的事物之中,仍然存在着活的精神。"世外民认为,台湾的历史传统尚在,并未完全消失,只是现今衰落而已。对此,"我"也不得不承认,但是"我"依旧强调应该着眼于现在和未来:"也许的确如你所说。但是归根结底,荒废的已经没有生机。就算我对荒废的理解有误,荒废之中的灵魂也不会一直活跃。倒不如说,一个衰落的事物背后,将有更加强有力的、朝气蓬勃的事物在其废墟之上诞生。""我们不该囿于荒废之美为其慨叹,而应赞美从废墟上诞生的新事物。"

关于"我"和世外民之间的这番争论,评论家藤井省三认为"我"与世外民这对"日台组合","世外民倾其所学讲解,'我'作为日本人代表对其演说进行提问,发表感想","形成了共同的价值观和情感","彼此同心"[①],最终二人达成了共识:

> 所谓"灭亡"是指现在的台湾处于日本殖民统治之下,而将其定义为"荒废"的世外民言外之意暗示"废墟上诞生新事物"的可能性,得到"我"的赞同。争论之后,二人见证了一场"荒废的"爱情。年轻男子对爱情的前途悲观绝望自缢而死,台湾人侍女按照男子留下的遗物——扇子上的"女诫"以死明志,拒绝嫁给属于统治民族的内地日本人。这

---

① 藤井省三「植民地台湾へのまなざし—佐藤春夫『女誡扇綺譚』をめぐって—」,『日本文学』1993 年 1 月号,第 25 页。

场在"荒废"之地凋零的爱情悲剧宣告了"朝气蓬勃的事物"——台湾民族主义的诞生。①

以死抗婚的台湾人侍女表现出来的气节,的确是一种民族主义精神。但是这正是世外民所强调的"将要消亡的事物之中"仍然存在着的"活的精神",与"我"所说的取而代之的"新事物"所指并不相同。"我"一再劝告世外民不要拘泥于历史,希望他能和自己一样关注现今处于日本统治之下的新台湾。作为自明治维新之后已经走上"文明开化"之路的日本国民,"我"所依据的是达尔文的进化论观点,讴歌"优胜劣汰"的新事物。而创作"富有反抗气概"汉诗的世外民,正如他的名字暗示的一般,隐遁于"世外",留恋中华传统文化的历史,为其衰落感伤。二人之间的这种差异性贯穿小说始终,并非如藤井所说经争论后进入一种"彼此同心"的状态。

沈家废宅所象征的历史传统的荒废引发"我"和世外民之间的一场争论。正是"我"与世外民的身份差异,导致二人的意见分歧。"我"秉持的进化论观点,令人联想到日本帝国为其海外扩张寻求的生存逻辑,这一点在"我"对于沈家发家史的观点之中表现尤为突出。

老妇人讲述沈家当年在台中如何与官府勾结,抢占邻人土地,遭遇反抗不惜杀人夺地,所以子孙遭到报应,一夜台风夺去五十多条船只,家境由此败落。老妇人的叙述遵循的是宣扬仁义道德、惩恶扬善的儒家伦理观念,"因果报应,天上圣母也不保佑沈家的船只"。祖先的罪孽报应在沈家后人身上,以致失去了保佑航海安全的妈祖娘娘的庇佑,沈家的兴衰史在中华传统文化的框架中,不过是一个因果报应的事例而已。"我"却从另外一个视点来看待沈家的发家史:"沈家的祖先虽是粗暴恶徒,却也是人中豪杰。""在我看来,他是个富有行动力的男人,只有这样的人,才能开辟出原始未垦的山野。草创时代的殖民地需要这样的人。"小说这一章的标题名为"怪杰沈氏",说明沈氏被视为"草创时代"殖民地开发的人杰,这也出自优胜劣汰的进化论逻辑。"我不喜欢附近有尚未着手的土地","老太太,躲开! 田地是不能任它荒着的"。这是沈家祖先在强占邻人土地时的说辞,按照"我"的进化论逻辑,如果将这里的话语者换成在"富国强兵"口号下迅速走上海外扩张道路的日本帝国,来解释日本殖民台湾的动机,也未尝不可,以开化之名将自身行为合理化是一种典型的帝国话语。与此同时,沈家的祖先是来自

---

① 藤井省三「植民地台湾へのまなざし―佐藤春夫『女誡扇綺譚』をめぐって―」,『日本文学』1993 年 1 月号,第 26 页。

大陆的移民,而日本帝国来到台湾是殖民,"移民"和"殖民"的概念不知不觉间被等同,或者说被置换了。

3. "我"与世外民的友情

虽然"我"和世外民对于沈家废宅中鬼魂的态度截然不同,但他是"我台湾时代唯一的友人"。"我"刊出了他投稿的"富有反抗气概"的汉诗,受到当局批评,因其内容"于统治有害"。当世外民再次投稿时,"我"原原本本以实情奉告后,世外民到报社来拜访"我"。自此,好酒的两人成为好友。身为日本人的"我",为何会与一个台湾人交友呢?"那时,我因为失恋自暴自弃,对世事消极否定,所以和世外民成了朋友。"这是"我"的解释,厌世的态度使"我"成为与台湾主流日本人社会脱节的边缘者,这一定位使"我"与台湾人世外民接近。"是这个世外民让我不缺酒吃,但我并不是他的玩伴。因为他寻求的是友人,不需要帮闲,对此我表示敬意。"世外民家境富裕,精通诗词,"举止优雅",俨然中华传统文化辉煌时代的代表,"我"的敬意指向世外民个人,不能不说潜意识里也包含着对给以日本文化深远影响的中华古典文明的崇敬之情。

"我"与世外民的友情是小说着力强调的一点,这也可以从小说三个版本的变化之中窥见一斑。《女诫扇绮谈》共有三个版本,除 1925 年发表在《女性》杂志上的版本之外,1926 年以单行本出版、1936 年收录进小说集《雾社》时作者均有所改动。1926 年版本中,在介绍了"我"与世外民结识的来历后,增加了这样一段:

> 我还记得与我惜别时,他为我写的诗——据说并非什么佳句,不过对此我并不在意。
>
> 登彼高冈空夕曛
> 天边孤雁叹离群
> 温盟何不必酒杯
> 君梦我时我梦君[1]

分手后形单影只,只能在梦中互相思念,新增加的这首送别诗吟诵了"我"和世外民之间如此深厚的友情。但是作为殖民者的日本人与被殖民、被统治的台湾人之间在现实中是否能够实现这样的友爱之情,作者自己也无法给

---

[1] 1926 年单行本与 1925 年初版的不同详见鸟居邦朗『定本佐藤春夫全集』第 5 卷解题,临川書店,1998 年,第 440—442 页。

出明确的回答。

在佐藤春夫取材于此次台湾之行的另一篇随笔小说《殖民地之旅》①，描写了佐藤春夫与台湾当地名门林家的当家人林熊征会面的情况。林熊征的原型即林献堂，是日本统治台湾时期知名的民族主义运动家，出自台中望族雾峰林家。会面之时，针对当时日本殖民当局推行"日台融合"的同化政策②，林熊征质问佐藤春夫，在对台湾人的统治政策上，到底应该是"平等"还是"同化"，佐藤春夫回答："我斗胆提议，既非同化，也非平等，而应该是友爱"③，建议"不要固守于本岛人和内地人这种地理历史上的区分，而是回到同为人类这一原点，立足于此，诉诸人与人之间的友爱"。但是"现今的障碍是本岛人和内地人都忙于固守各自未开化的时代文明"。日本人和台湾人和睦友爱，不分彼此，这是佐藤春夫心目中的理想台湾。但是台湾属于中华文化圈内，而日本自认为是学习西方现代文明的先锋，两者之间如何靠近呢？对此，林熊征追问："今日各自未开化的文明应该朝着哪个方向发展呢？"佐藤春夫答道："按照各自意愿发展即可，当双方的文明发展到同一水平时，自然而然就可以摆脱两者之间的所谓区别了。"林熊征赞成这个"以友爱为善"的见解后，一语道破这个"友爱"理想的问题所在：也许几百年之后才能实现的"友爱"理想无法解决台湾人目前背负着的"现实苦恼"。《女诫扇绮谈》中不愿嫁与日本人为妻而追随爱人自缢身亡的侍女，可以说正是这一"现实苦恼"的受害者。也许是为了贯彻"友爱"的宗旨，1936 年作者将《女诫扇绮谈》与《殖民地之旅》一并收入小说集《雾社》时，在结尾处添加了这样一句：

> 　　我不满同事的报道和他争论起来，最终辞去了报社的工作，因为无法谋生返回日本。④

报社同事撰文指出，台湾女子不该以死拒绝与日本人通婚，"我"却对死者抱有同情，为此和同事发生争论，这种对于台湾人"现实苦恼"表现出的人

---

①　《殖民地之旅》1932 年发表于《中央公论》杂志。

②　自 1919 年 10 月，田健治郎成为台湾第一任文官总督后，在其任内（1919—1923）以"内地延长主义"为施政方针，目标是使台湾人成为"纯乎日本人"。详见春山明哲『近代日本と台湾——雾社事件・植民地统治政策の研究』，藤原书店，2008 年，第 208—210 页。

③　佐藤春夫「植民地の旅」，『定本佐藤春夫全集』第 27 卷，临川书店，2000 年，第 98 页，中文译文由笔者译出。后文出自同一作品的引文随文标注页码，不再另行做注。

④　关于 1936 年版本与前两个版本的不同，转引自矶村美保子「佐藤春夫の台湾体験と『女诫扇绮谭』—チャイニーズネスの境界と国家・女性—」，『金城学院大学论集・人文科学编』第 2 卷第 1 号，2005 年，第 65 页。

道主义同情也是一种人与人之间的"友爱"之情。但是,"我"这个台湾主流日本人社会边缘者所主张的"友爱"最终还是以"我"在台湾无法容身这个结局宣告失败了。

《女诫扇绮谈》中这一"友爱"之情的设定,成为战后日本评论界对该作予以积极评价的一个依据。藤井省三称该作是"日本文学家以殖民地台湾生活为题材的作品中最倾向于台湾人民族精神的作品",现在的日本文学研究者应该用"这种友爱的眼光向日本读者介绍台湾的文学和文化"。①但是《女诫扇绮谈》中的"友情"能够与处于平等地位的不同国家和地区的民众之间的友好往来相提并论吗?

《女诫扇绮谈》中"我"自始至终保持着清醒的头脑,否认所谓鬼魂幽灵的存在,并积极探寻事件真相。当世外民为废屋的精美慨叹时,"我"已经大概推算出了房屋的占地面积,在地上描画建筑的结构图;听老妇人讲述完沈家兴衰的故事后,世外民对这个怪异故事充满兴趣,甚至大为恐惧,而"我"则认为这个故事实在是荒唐无稽,所谓的鬼魂之声一定是某个躲在废屋中等待与情人幽会的女子的声音而已;当世外民非常兴奋地告诉"我",一个青年男子在废屋中自缢身亡,沈家小姐的鬼魂终于等来了夫婿之时,"我"马上意识到那个自称被自缢男子托梦的女子,一定就是所谓鬼魂声音的主人。从"我"与世外民行为的这一系列对照之中,已经走上西方近代文明的开化之路的日本人形象自然而然凸显出来。《殖民地之旅》中林熊征自豪地说:台湾人现在虽然处于弱势,但是"自古以来拥有悠久的传统文明,而且这种文明与内地有教养的人士是共有的","比起来到台湾的一般日本官僚、商人拥有更高的文明"。林熊征所说的文明是指中国儒教文化和古典文学的文明,《女诫扇绮谈》中的世外民正是这一文明的代表。出于对世外民所代表的这种文明的敬意,出于"友爱","我"尽量掩饰自己与世外民在迷信与科学方面的对立。当"我"计算废屋面积时,听见世外民走到自己身后,"不知为何,我像淘气时被抓住的孩子一样尴尬不已,赶紧站起身用脚把地上的图抹掉"。"我"的这一举动可以看作是为了维系与世外民之间友情所作的努力。与此同时"我"带领着世外民进行调查,用行动证明废屋中并没有鬼魂存在,只不过是一个爱情悲剧的发生地而已,"我"相信的科学最终战胜了"世外民"的迷信。

归根结底,《女诫扇绮谈》制作的日本人"我"和台湾人世外民之间的友

---

① 藤井省三:《关于台湾的日本文化界之意识形态——佐藤春夫〈女诫扇绮谈〉中的殖民主义和民族主义》,《外国文学研究》1992 年第 4 期,第 101 页。

情佳话,终究只是一种乌托邦式的空想而已,因各自身处的不同"文明",这种友情背后存在着统治者与被统治者的身份差异,存在着理性科学与封建迷信的对立。而从日本对台湾殖民的历史来看,这种"友情"颇有深意。直至明治维新之前,以儒学为代表的中华传统文化一直被奉为日本官方的正统文化,活跃在明治时期的高官文人大多有着深厚的汉学修养。历史上中华传统文化对于日本文化的深远影响即便是日本殖民者本身也无法否认,台湾"同化"教育政策的首倡者伊泽修二也不得不承认"台湾人的智慧与德行与日本人的智慧德行的量几乎相同"①。日本占领台湾前期,多位台湾总督都曾召集岛内诗人于官邸召开茶话会,进行诗词唱和。②这无疑是一种以诗赋唱酬笼络士绅的殖民统治手段,但同时也说明日本对于台湾的殖民与白人让黑人简单地认同臣服于自己的文明标准不同,需要与中华传统文化精英之间的"友情"来保证殖民统治的顺利推进。

4. 三 个 女 性

《女诫扇绮谈》中共出现三个年轻女性人物:废宅的主人——沈家小姐、废宅中所谓鬼魂声音的主人——黄家侍女以及最后出场的黄家小姐。这三个女性形象分别是殖民地台湾三种不同文化意象的隐喻,三者的命运更是暗示了日本殖民台湾之后,"新"台湾的文化走向。

沈家小姐正当妙龄之时,家道中落,父母双亡,更加之婚约者悔婚,孤苦伶仃一人活在世上。沉重的打击让她精神恍惚,每日打扮整齐坐在房内等待新郎,而每次等来的都是以送餐之名顺便掠走些物品的四邻,只能失望痛哭。这样过了"二十几年",终至家徒四壁,被人发现时,"头戴金簪、新娘打扮"的尸体"已经开始腐烂"。沈家因一夜台风败落,如同台湾在清朝战败之后,一日之间被日本占领,而沈家小姐的命运随之逐渐凋零,象征着中国文化的影响逐渐弱化。小说中"我"猜想,精致的"女诫扇"一定是"备受父母宠爱的女儿行将出嫁之时,父母赠予的礼物",就是说"女诫扇"的主人是沈家小姐,昔日金碧辉煌的沈家豪宅变为废宅,只有象征着中国古典文化的"女诫扇"作为历史的遗物留存下来。

躲在沈家废宅中与情人幽会的黄家婢女,代表着日本人"我"的台湾想

---

① 伊沢修二「新版図人民の教化の方針」,转引自石剛『植民地支配と日本語』,三元社,2003年,第40页。

② 例如,1900年,台湾总督儿玉源太郎邀集全台进士、举人及秀才共146人,于台北举行"扬文会"。1921年,田健治郎于全岛诗人大会次日招全台诗社于官邸开茶话会。详见戚嘉林:《台湾史》,海南出版社,2011年,第255页。

象。听老妇人讲述了废宅的由来之后,"我"对这个鬼魂传说不以为然,头脑中想象着:所谓的鬼魂之声定是一个"年轻热情的少女"的声音,她一直利用废屋与情人幽会。二次探访废宅,拾得女诫扇后,"我"更加坚定了自己的推测:"我进一步空想着秃头港贫民区一个奔放无知的姑娘。她在本能的引领下,丝毫也不恐惧凄惨传说中的废屋,而且全然忘记了从前在那张奢华的床上一个怎样的人如何死去,她手里拿着这把铭记着或者说是暗示着妇女道德的扇子,也不知晓此为何物,只是玩耍摆弄着,为浸满她汗水的情郎送去清凉。……她任凭着生命的泛滥,无视一切。"沈家小姐居住的沈家豪宅曾经金碧辉煌,沈家小姐使用的女诫扇子精美细致,它们象征的中国文化虽然日渐衰微,但是显示着历史的沉淀。而"我"想象中的这个女子则是全然不懂历史,带着自然原始的味道,犹如原始蛮荒等待殖民者去开发的台湾。这一台湾意象是位于亚热带炽热的、色彩浓烈的南国台湾。虽然在小说的结局,"我"的想象完全落空,这个年轻女子和沈家小姐一样从一而终,誓死不与主人介绍的日本人结婚。但是"我"先入为主的空想更说明了一般内地日本人对于殖民地台湾的想象明显带有帝国殖民话语中常见的自然化、情欲化倾向。

最后出场的黄家小姐应该说是小说塑造的一个理想化人物,她"日语流利",但对大陆移民间使用的泉州话全然不懂,这说明她积极接受日语教育,是日本统治台湾之后诞生的"新"台湾人。这位黄家小姐充满了同情心,不忍看着侍女伤心痛苦,所以假说自己在梦中得知年轻男子自缢。在"我"看来,"她令人喜爱的眼睛里没有谎言",当"我"保证不会在报纸上披露事实的时候,黄家小姐"泪水夺眶而出",连声道谢。这位通情达理、可以和"我"完全没有语言障碍进行交流的黄家小姐象征着成为日本殖民地后的"新"台湾。黄家小姐的父亲"和很多台湾大商人一样乐于和内地日本人交往",小说明显立足于日本的立场,渲染台湾人与日本人之间的交往,虚构与现实相悖的图景。虽然,"我"对沈家小姐和殉情的黄家侍女也不无同情,但是正如"我"完全不懂她们所讲的泉州话暗示的那样,她们是已经"荒废"的"旧"台湾,最终走向了消亡;而"日语流利"的黄家小姐则是现在的"新"台湾人。

事实上,日本占领台湾之后,一直试图削弱中华传统文化的影响力,培植亲日的"新一代"。而普及日语教育,正是其主要手段之一。首任学务部部长伊泽修二早在 1895 年 1 月就曾提出,对于台湾必须在"武力征服"的同时,"征服其精神……使之日本化"。[①]为此,《新领土台湾之教育方针》中将

---

① 1895 年发表于「国家教育」杂志,转引自石刚『植民地支配と日本語』,三元社,2003 年,第27 页。

日语教育列为"紧急事业"的第一条①,试图通过普及日语,培养台湾人的日本国民精神。1898 年 7 月《台湾公学校令》颁布之前,就读于书房(即私塾)学习四书五经,接受中国传统文化教育的学生达29 941 人,而在公学校学习日语的学生仅有 7 838 人,此后随着殖民当局加强日语普及教育,在佐藤春夫台湾之行的 1920 年,就读书房的学生已降至 7 639 人,仅为公学校学生151 093 人的 5‰,至 1943 年台湾总督府颁布废止私塾令,书房完全停办。②负有传递民族文化教育功能的书房的消灭,标志着台湾的中华传统文化逐步被消解,殖民认同教育日趋根深蒂固。《台湾教科用书国民读本》等学校教科书"向儿童展示出日本国内先进的,合理的,坚固的,有依靠价值的印象,这也就相应地包含了台湾落后的、非合理性的且必须改革缺点的印象"。③以此来潜移默化地向学生移植"日本人意识",从而让学生自己做出判断,感到身为"先进的日本人"可引以为豪。《女诫扇绮谈》中柔弱无助的沈家小姐周围都是些以顺手牵羊掠走财物为目的的邻居,财物散尽后无人过问终至饿死;"我"想象中在废宅里与情人幽会的女子粗野无知;只有明显受过日语教育的黄家小姐充满爱心、诚实善良。小说中这三个台湾女性的性格和际遇也成为向读者展示"新""旧"台湾优劣的好"教材"。

5. "中国趣味"之后

佐藤春夫是日本近代文学史上与中国渊源颇深的一位作家,自称是"中国趣味爱好者"的"最后一人","全部著作的一半或者三分之一左右都与中国有关"。④佐藤春夫曾与郁达夫、田汉等多位中国文人结交⑤,并参与《鲁迅选集》在日本的翻译与出版工作。这样一位"爱好"中国的作家,在战争期间却作为"笔部队"成员,积极协助战争宣传,更因小说《亚细亚之子》受到郁达夫等中国友人严词批判。⑥究其根源,可以说作家的这种"转向"在小说

---

① 陈荟、段晓明:《日据时期台湾学校教育体系述评》,《台湾研究》2004 年第 3 期,第 52 页。
② 详见戚嘉林:《台湾史》,海南出版社,2011 年,第 241—242 页。
③ 酒井惠美子:《殖民地台湾日语教育浅论》,载中国社会科学院台湾史研究中心主编:《日据时期台湾殖民地史学术研讨会论文集》,九州出版社,2010 年,第 460 页。
④ 出自佐藤春夫的随笔《唐物因缘》(日文题名「からもの因縁」),中文译文由笔者译出。『定本佐藤春夫全集』第 22 卷,临川书店,1999 年,第 179—180 页。
⑤ 1922 年,田汉赴日本出差,一直由佐藤春夫陪同。1927 年,佐藤春夫应田汉的邀请赴南京游玩,后由郁达夫陪同去杭州。
⑥ 1938 年 3 月发表,日文题名为「アジアの子」,其中的主人公汪、郑分别以郭沫若、郁达夫为原型,小说以汪决定与日本军民合作,投入日本占领区的建设为结局。同年 5 月,郁达夫发表《日本的娼妇与文士》一文对此进行激烈批判。

《女诫扇绮谈》的台湾叙事中就已埋下了伏笔。

炽热的亚热带南国、精美的中国传统文化、日本人“我”与台湾友人世外民的友情，在这些华丽的表象之下，隐藏着进步与荒废、理性与迷信、文明与蛮荒的对比。在“女诫扇”离奇故事的背后，贯穿小说始终的另一条线索是“我”带领着对鬼魂传说深信不疑的世外民共同探究真相，最终见证了“我”的科学理性思维的胜利。虽然“我”对世外民所代表的曾给予日本文化深远影响的中国古典文化表示敬意，但是现今时代要由先行“文明开化”的日本人带领着台湾人共同走向科学与进步。小说中“我”对于日本人和台湾人关系的这一理想描画，也是作家佐藤春夫的理想。后来在《中国有文化吗？》一文中，作家指出：“中国曾经处于世界文化的顶点……那时我国也深受其文化之德的感化，更确切地说是受到了其文化的洗礼。出于感恩的心情，很多日本人至今仍然深信不疑中国是文化之邦。”但是“乾隆之后西太后所喜好的似是而非的颓废文化已成为中国生活的全部”，“现代中国无文化”，传统“中国文化之中有价值的东西都由我国传承发展下来”。因此“我国的义务就是将中国文化中于世界有益之处发扬光大，这也是我国的权利”。①如果说小说《女诫扇绮谈》中还只是渲染“荒废”的台湾意象所象征的中国传统文化的衰颓，日本人“我”还用心维护与台湾友人的友情的话，那么当作家奉劝日本人不要再妄想历史上中国文化的影响，开始主张日本发扬中华文化的“权利”时，就已经完全与日本帝国海外扩张的“东亚论”话语重合在一起了。

台湾之行的翌年，根据流传在闽南地区的“陈三五娘”故事，佐藤春夫创作了小说《星》，其中将降清的洪承畴设定为陈三的儿子，他实现了父亲的心愿，成为“当世最伟大的人”。李自成入京，明思宗自尽后，洪承畴为了报仇降清，请命制订清朝的各项法律制度，“国家的名字变了，治国之人变了，但是治理的人民还是对我无比信任的先帝的人民，我要忍辱负重，为先帝的臣民效劳”。②这是《星》中对洪承畴降清的诠释。自明朝中叶开始在闽南地区流传的陈三五娘的故事描写了陈三邂逅黄五娘，乔装成磨镜匠人入黄府为奴三年，最终二人在丫鬟益春帮助下私奔，有情人终成眷属的一段爱情佳话，该故事的各种版本中从未出现过洪承畴这一人物，《星》中的情节完全出自作家的创作，称变节降清的洪承畴为“当世最伟大的人”，并为其降清的理由寻找合理的逻辑，不能不说这一人物形象暗示着与台湾新的统治者——

---

① 『定本佐藤春夫全集』第 22 卷，临川书店，1999 年，第 40—41 页。
② 『定本佐藤春夫全集』第 4 卷，临川书店，1998 年，第 52 页。

日本殖民者合作的台湾人。这一"感于清之恩德","无法拒绝知遇之情"①
的人物形象,最终发展成为《亚细亚之子》中主人公汪幡然醒悟投入日本占
领区建设的"圆满"结局。

佐藤春夫自称《女诫扇绮谈》是其"屈指可数的五部佳作之一"②,的确
发生在南国台湾、充满中国要素的废宅鬼魂传说与其中的爱情悲剧,如作者
所言,充满"浪漫主义色彩"。这个凄美惊悚故事背后的台湾叙事,展示的却
是殖民认同教育下中国传统文化在台湾的消解与"新"台湾人日本意识的萌
生。作家所主张的日本人与台湾人之间的"友爱"理想,与后年日本帝国"大
东亚共荣圈"的"大义名分"有着一脉相承之处:"东亚诸国与南洋各地(中
略)相倚相扶,互通有无,举共存共荣之实,促进和平繁荣,实为自然之命
运。"③作家定然对此深信不疑,因而走上了积极协助"圣战"宣传之路。

三、"李鸿章"勾起的"乡愁"

《李鸿章》是佐藤春夫 1926 年发表于杂志《改造》的一篇小说,该小说篇
幅不长,按照日本的"文库本"版面计算不过 15 页左右。以往论及佐藤春夫
中国题材的作品时,备受关注的多为作家的代表作《李太白》《星》等,这篇小
文往往受到忽略。在日本从事中国近代历史研究的人,却对这篇小说颇为
关注。2011 年,冈本隆司的新著《李鸿章:东亚的近代》由岩波书店出版,在
该书的后记中作者提及佐藤春夫的小说《李鸿章》:"初读该作,便为一种无
法言喻的妙味所吸引。原来李鸿章待人如此,寥寥数页的描写让人感受如
此之深,的确是其天才的艺术所为,终非寻常不解风情的历史家们所能模仿
的境地。"④对于该小说的艺术成就给予很高的评价。

日本近现代作家创作的中国历史题材小说不胜枚举,但是这类小说以
中国古代历史题材居多,着眼于中国近代史的可以说是凤毛麟角。⑤从这个
意义上说,《李鸿章》也颇具研究价值。

---

① 『定本佐藤春夫全集』第 4 卷,临川书店,1998 年,第 52 页。
② 出自「女诫扇绮谭あとがき」,『定本佐藤春大全集』第 34 卷,临川书店,2001 年,第 145 页。
③ 出自 1940 年有田八郎外相的广播演说「国际情势と帝国の立场」,收录于外务省编『日本
　外交年表竝主要文书(下)』,原书房,2007 年,第 434 页。
④ 冈本隆司『李鸿章:東アジアの近代』,岩波书店(岩波新书),2011 年,第 211 页。
⑤ 即便在近现代史已经过去一百多年的今天,中国近代史题材的历史小说仍然不多。比较
　知名的仅有华裔作家陈舜臣(1924—2015)的《鸦片战争》(1967)、《太平天国》(1982)以及
　浅田次郎(1951—　　)的《苍穹之昴》(1996)等。

1. "历 史 小 说"

从该小说的题名来看,今天的读者无疑会将其归入历史小说一类。日本作家菊池宽认为历史小说是"将历史上有名的事件或人物作为题材"的小说。①深受佐藤春夫文学影响的郁达夫也认为历史小说"是指由我们一般所承认的历史中取出题材来,以历史上著名的事件和人物为骨干,再配以历史背景的一类小说而言"。②按照这一宽泛的定义,《李鸿章》无疑属于历史小说的范畴。但是,历史与现实又是相对的,今天的历史曾经是昨天的现实。有学者指出:"作者写他自己生活时代的内容,是写的现实而非历史,因此不能算历史小说;写他记忆前时代,只能凭史料间接获取骨干题材,写的才是历史小说。"③因此认为历史小说概念的表述应为:"以作者记忆前时代的真实历史人事为骨干题材的拟实小说。"④小说《李鸿章》的故事情节时间设定为明治29年(1896),对成名于大正时期的佐藤春夫而言,创作的素材是三十年前明治时期的事件,而且,日本学界公认小说《李鸿章》是作家佐藤春夫根据好友堀口大学⑤所述其父堀口九万一青年时的亲身经历创作的,因此这篇取材于父辈记忆的小说,按照严格的定义也基本可以算作是"作者记忆前时代"的历史小说吧。

关于历史小说的创作方法,日本近代文学史上有过"尊重历史与脱离历史"⑥的争论。历史小说既取材于历史,又是虚构的小说,必然存在真与假、虚与实相融消长的复杂因素,不能一概而论孰高孰低。就小说《李鸿章》而言,上文提到的历史学者冈本隆司明确指出小说"不是对李鸿章其人其事确凿周密的记录"。⑦小说中就1896年的李鸿章有如下记述:"当时引退回到故乡安徽省合肥","即将再次担任外务大臣","从合肥出发去北京途中,沿江而下先到上海"。⑧"李鸿章到北京后,去俄国参加新帝的加冕仪式。""之

---

① 菊池宽:《历史小说论》,载《文学创作讲座》第1卷,光华书局,1931年,第2页。

② 郁达夫:《历史小说论》,载《郁达夫文集》第5卷,生活·读书·新知三联书店,1982年,第283页。

③ 马振方:《历史小说三论》,《北京大学学报》(哲学社会科学版)2004年第4期,第118页。

④ 同上文,第119页。

⑤ 堀口大学(1892—1981),日本近代著名诗人,自1910年进入庆应义塾大学文学部以后,与同学佐藤春夫成为好友。其父为堀口九万一(1865—1945),外交官、随笔家,1894年通过外交官考试,曾在欧美多国担任外交官。

⑥ 1915年,森鸥外发表《尊重历史与脱离历史》(「歴史其儘と歴史離れ」)一文,阐述了历史小说创作的两种方法。森鸥外的历史小说属于"尊重历史"的作品,而芥川龙之介与菊池宽则借用历史题材来表达现代主题,与森鸥外的创作方法不同。

⑦ 冈本隆司『李鴻章:東アジアの近代』,岩波書店(岩波新書),2011年,第211页。

⑧ 佐藤春夫『定本佐藤春夫全集』第5卷,临川书店,1998年,第395页。以下小说《李鸿章》的引用均出自该书,不再一一注明出处。

后开始世界漫游""就是这个时候,俾斯麦盛赞李为东洋第一豪杰,把胶州湾弄到了手"。这些记述均与史实不符:甲午战争战败签订《马关条约》以后,李鸿章"入阁闲居",1895年12月,"命充致贺俄皇加冕头等使臣"①,1896年2月15日离开北京。3月28日,从上海出发乘船前往俄国。也就是说甲午战败后,失势的李鸿章并不是作为外务大臣赴欧洲各国的,他也不是从北京出发去俄国,而是从北京先至上海,再启程的。德国获得胶州湾的租借权是在1897年,更与此次李鸿章历访欧洲无关。显然作者佐藤春夫在创作时并没有详细考证史料,这从李鸿章的翻译伍廷芳的名字误写为"吴廷芳"这一点也可见一斑。以创作历史小说见长的作家森鸥外主张创作历史小说要尊重历史的真实,力求再现历史的原貌,其代表作《阿部一族》《兴津弥五右卫门的遗书》等均尊重史实,力求严谨。而佐藤春夫的《李鸿章》显然与此不同,并非以历史真实性取胜。

那么,这部并未详细考证史实的小说缘何受到历史学者的青睐呢?无疑在于小说的艺术性,作家的创作甚似历史而已,却超越了历史,于历史事实之外,通过小说意象的构建,揭示了历史人事的本质特征。

2. 李鸿章勾起的"乡愁"

小说的情节以第一人称"我"的叙述展开,读者被设定成为听"我"娓娓道来的听众,整篇小说大量使用日语口语中的句尾语气词"ね"等,使得对于中国近代历史知之甚少、感觉陌生的读者也能马上被其吸引,以一种听听名人轶事的心态,轻松进入小说营造的氛围。

小说一开篇介绍"我""作为汉口的领事赴任途中","为了购置新设领事馆的家具等物在上海逗留,住在旅馆",就在这时听闻李鸿章要来上海。李鸿章到达上海当日的盛况令"我"目瞪口呆,"我"不由得想见见这位有名的李鸿章。经上海的领事介绍,"我"得以与李鸿章会面。为了这次会面,朋友们为"我"准备了坐轿和随从,经层层通报,"我"终于见到了李鸿章。见面寒暄之后,李鸿章问起"我"的年龄、父母,对"我"赴汉口上任一事嘘寒问暖,多加叮咛。半小时的会面结束后,"我"把情况讲与朋友们听,大家哄堂大笑,觉得"我"被当成了小孩。李鸿章欧洲历访期间,"我"正好调任在巴黎,时刻关注着报纸上对李鸿章的报道。美国的一家报纸记录了李鸿章与一名美国女作家见面的趣闻,李鸿章依旧是询问对方的年龄、是否婚配、从事的职业,劝导这个女作家放弃写作,早日成婚。报纸上将其当成一则笑谈,"我"却在

① 梁启超:《李鸿章传》,哈尔滨出版社,2009年,第184页。

异国的寓所感到一种莫名的乡愁。

可以说,小说的主要情节是两次会面:即"我"与李鸿章的会面,以及报纸上刊载的美国女作家与李鸿章的会面。在上海见到李鸿章之后,"我"抒发了这样的感受:

> 朋友们都笑了,我却丝毫不觉得可笑。这种哄小孩的话,亲口听他本人说,不禁觉得真是如此。也许是因为话谈起得自然,所谓"春风骀荡"就是这种感觉吧。现在我和你们说起来,似乎都是些没把人看在眼里的话而已,但是我亲耳听他道来,不禁心情大好,精神昂扬地走出了他下榻的道观。这可不单单是被其魅力吸引的问题而已。

如果说在上海与李鸿章见面之后,"我"还不能明确说明这种"春风骀荡"的感觉因何而起的话,那么身处异国他乡巴黎的"我",对此却有了深刻的认识:

> 那位"春风骀荡"的李鸿章和颜悦色说出这样一番话,大概那位闺秀作家也不便发火,只能一笑了之。我眼前浮现出自己见到李鸿章时的情形,想起了他说的那句话:"事业有成、父母健在,乃人生一大幸事。"如今读到报纸上的这篇报道,我才意识到,李鸿章在这次交谈中对那位闺秀作家的一番话正是东方文化对西方文明给出的全部评语。是的,我没有像欧美人一般把这篇报道当成一则笑谈,我也是东方人。这个早晨,坐在巴黎的寓所里,一瞬间我感到一种意想不到的乡愁,而这乡愁并不是因为想念父母而引起的。

作为东方人的"我",身处西方文明之中,会如何表现?"西洋文明之风东渐,所到之处,草木无不靡于此风。""与时俱进而一同沉浮于文明之海,一同扬文明之波且与文明共苦乐","国中无论朝野,万事皆采用西洋近时之文明"①,福泽谕吉《脱亚论》中的这一表述正是明治维新以后,迅速走上文明开化、富国强兵之路,以跻身列强为目标的日本的行动选择。作为派驻巴黎的外交官,"我"遵循的必定也是这一方针。因此,"我"绝不会贸然询问女士年龄,做这种西方人看来非常没有礼貌的事情。李鸿章却"毫不顾忌",而且按照中国文化传统的标准,劝告女作家单身不妥,"无怨妇旷夫才能天下大

---

① 福沢諭吉「脱亜論」,『福沢諭吉全集』第 10 卷,岩波书店,1961 年,第 238 页。

108

治"，写小说更是无所事事的书生消磨时光而为，为人不齿。李鸿章的这番话，西方人不能理解，却勾起同样属于东方儒学文化圈内的"我"的"乡愁"。这种"乡愁"，不是因为思念远在故国的父母，而是对东方儒学文化传统的"乡愁"。而且这种"乡愁"，不单单是"我"一人的感受，即便是宣扬"脱亚入欧"的急先锋福泽谕吉也表达过类似的看法："日本人本来就是由儒教主义培养而成，是祖先以来遗传教育使然，（中略）王政维新以后的革命是震天动地的大变动，政府的一举一动，无不非常英明果断，因此也就如同夺其精神而无遑他顾，为文明进步之大势所迫而只得跟随其后，但同时在心灵深处都尚存有古老主义的余烬，无不窃窃怀着恋恋不舍之情。"①福泽谕吉所说的"恋恋不舍之情"与"我"从李鸿章谈话中感到的"乡愁"不能不说有着异曲同工之处。

　　李鸿章历访欧洲期间，动辄询问西方人忌讳的话题，这已是有名的逸事。梁启超《李鸿章传》（1901）对李鸿章的这一举动这样评价："李鸿章之在欧洲也，屡问人之年及其家产几何。随员或请曰：此西人所最忌也，宜勿尔。鸿章不恤。盖其眼中直无欧人，一切玩之于股掌之上而已。"②也就是说李鸿章并非不懂西方的社交礼仪，而是故意而为之。与李鸿章同时代的英国作家、记者布兰德的《李鸿章传》（1917），被收入英国"19世纪打造者丛书"，是国外享有很高知名度的李鸿章传记，该书中也如此评价李鸿章的海外周游："他在英国、法国和德国所受的接待，增强了他的儒家灵魂面对西方自诩的道德和行为优势时所持的嘲讽态度。"③"他绝对相信儒家哲学的道德优势胜过西方的物质文明。"④这两部中外知名的李鸿章传记都持同样的观点，认为李鸿章是出于对儒家道德的自信而敢于在欧美人面前坦然询问他们忌讳的话题。李鸿章的这一举动是沉浮于西方文明之海的日本人无法做到的，李鸿章敢于对西方文明作出的这一"挑衅"，勾起了日本人"我"对于东方传统儒教文化的乡愁。

　　但是这种"乡愁"并非贯穿小说《李鸿章》全篇。主人公"我"的内心深处虽然藏有对东方传统儒教文化的眷恋与不舍，但是"我"的视线中充满的还是对于东方传统文化的审视与反思。正如一名当代日本学者所指出的："当我们日本人立足于后殖民主义批评的观点时，会处于一个微妙的立场。这

---

① 福泽谕吉「排外思想と儒教主義」，『福沢諭吉全集』第16卷，岩波書店，1961年，第274—275页。
② 梁启超：《李鸿章传》，哈尔滨出版社，2009年，第158页。
③ 布兰德：《李鸿章传》，王纪卿译，湖南文艺出版社，2011年，第157页。
④ 同上书，第189页。

是因为直至二十世纪中期,我国在政治上属于建设殖民地的一方,但同时在文化上又无法摆脱西方殖民地支配的影响。当我们遭遇到西方文化中定型的那个被歪曲的本国人形象时,会感到困惑。与此同时又存在着如下的问题,那就是日本为了进行帝国主义的侵略扩张是如何将他国文化故意扭曲丑化的。"①身处西方的"我"在被美国报纸作为笑谈的李鸿章谈话中发现了那个被歪曲的东方人形象,李鸿章充满自信的表现给了"我"信心,勾起"我"心底的"乡愁",但是当"我"作为甲午战争的战胜国日本的外交官踏上战败国中国的土地时,"我"在不知不觉之间又对中国文化进行了某种"扭曲"。

3. 繁文缛节国度的烂熟文化

对于李鸿章到达上海当天的盛况,"我"连续使用"意料之外""夸张"这些词进行形容,并以一句"到后来眼睛和耳朵都已经失灵,真正是惊呆了"来总结自己的感受。无论是水面上迎接李鸿章到来的大小官员和百姓的船只,还是"中国特有的喧嚣的乐器声"、五颜六色的旌旗、旌旗上种种欢迎李鸿章的字句,以及李鸿章一行"连绵不绝"的队伍、色彩缤纷的轿辇,"衣裳、旗帜、喧嚣的音乐、绚烂夺目的色彩,繁文缛礼的国体发展到清末最为华丽烂熟的年代",呈现出了这样非同寻常的场面。李鸿章到达上海之时是否有如此场面,现在已无法考证。不过从历史的真实性来看,小说中的描写有些不合情理。甲午战败之后的李鸿章正经历他一生中的低谷:"自中日战后,公已成众矢之的,人人欲得而甘心",②"中日战争之后的五年内,李鸿章从海外旅行回来之后,实际上游离于官场之外,因为他被委派去上任的官职,不是闲职就是代理"。③李鸿章传记中的这些记载都说明1896年的李鸿章已经失去了往日的权势,"中日战争过后,就连皇太后也不敢恢复李鸿章在直隶总督职位上的同等权势了"④,"李鸿章出任参与沙皇加冕典礼(1896)的使臣,无疑是皇太后的安排。她接受了俄国公使的提议,将此作为把他置于敌人鞭长莫及之处的最佳手段,同时给他提供一个喘息的空间,一个回收'丢脸'的机会"。⑤如果小说《李鸿章》中关于盛大欢迎场面的描写是作者的一种虚构的话,那么如同小说中将李鸿章与美国女作家的会谈看成东西方

---

① 廣野由美子『批評理論入門』,中央公論新社(中公新書),2005年,第212页。
② 梁启超:《李鸿章传》,哈尔滨出版社,2009年,第184页。
③ 布兰德:《李鸿章传》,王纪卿译,湖南文艺出版社,2011年,第70页。
④ 同上书,第69页。
⑤ 同上书,第70页。

文化的对抗,这种夸张的排场则是作为中国文化的特征而呈现的。

　　小说用比较长的篇幅描写了"我"与李鸿章见面之前的详细经过。首先是李鸿章的名片:"长一尺五寸,宽一尺左右。红色的纸上——罗列着那些冗长的官名"。而后是到达李鸿章下榻的道观大门后,又经过层层通报,走过"三四重大门"才来到李鸿章会客的房间门前。"我当时想所谓天子九重就是这么回事吧"。李鸿章的会客室门前"几十人还是几百人,总之挤满了一眼望去数不清的人,每个人口中都在念着什么,手里都拿着长烟管,踱来踱去,我又想起了门客三千这个词,意识到所言不虚"。经过这样的排场见到李鸿章之后,言谈之中李鸿章一个吸烟的举动又令"我"惊叹:

　　　　说着说着,李鸿章停顿了一下,把手伸向右方。于是一个侍者领会了,从一个金线缝制的青色丝绸袋子里拿出了烟袋。那烟袋一尺五寸左右长短,用一整块翡翠玉石制成。侍者将烟袋递到李鸿章手中,马上在烟袋锅儿里装上烟草。这时另一个侍者在一旁点燃火柴后,将烟草点着。李鸿章吸了两三口之后,这回把烟袋缓缓朝向左方,于是左侧站立的第三个侍者接过烟袋,走到房间角落把烟灰掸落。座位旁边并没有烟灰缸之类的东西。就这样由三名侍者各自分工伺候主人吸烟,这情景对我来说实在壮观,当然那根翡翠烟袋也是如此。

　　这个吸烟的场景是小说中除去"我"与李鸿章的对话之外,描写得最为详尽之处。李鸿章与三名侍者的一举手一投足都被"我"的眼睛捕捉后,一一记录下来。"清朝末年最为华丽烂熟的年代",中国文化给"我"最深的印象正是对排场形式的极度追求以及由此展现出的奢华外表而已。

　　明治维新以后,日本倾其全力效法西方文明,当时知名的历史家、政治家竹越与三郎在《中国论》一书中称:"吾人由文明、由进步、由独立而承蒙世界万民之认可。吾锐意进取之时,彼等却以金钱向世界通告清国之势力。"①认为蓬勃发展的新日本已经在进步、独立与自由方面远远超越了清国,这是明治以降日本普遍的一种中国认识。但是在欧洲列国的眼中,明显地是以中国认作东亚的霸主"。②原因就在于"北京之政治家,比吾人想象的更拥有政治家之能力。彼等不仅知积财,也能散财,于此他们便是世界上无以匹敌之人种"。③这里所说的"北京的政治家"毋庸置疑包括李鸿章在内。清国在西方列强面前展现出的富庶与豪爽使其维系着东亚大国的地位,小

---

①②③　竹越與三郎『支那論』,民友社,1894 年,第 79 页。

说《李鸿章》对极尽奢华的排场的描写不能不让人联想起竹越与三郎的这一观点。

4. "人杰"李鸿章

在"我"看来,李鸿章究竟是怎样的一个人呢? 小说《李鸿章》中这样写道:"我一直认为李鸿章是人杰,虽然还不至于到崇拜的地步,但还是觉得他是一个值得一见的人物。"可见身为外交官的"我",对李鸿章的成就是认可的。这也体现在"我"与李鸿章会面后的感受之中。

一见面"我"先准备了一段奉承之词:"来贵国之前,我就梦想可以如古人所云,山则终南、嵩、华,水则观黄河之大之深,人则若能谒见阁下,将养我之气,今日一见,得偿夙愿。"对此,李鸿章只是轻描淡写地回应了一句"欢迎您"。接着询问"我"的年龄,父母是否健在,叮嘱"我"远道赴任以健康为重,"尤其是我国国土虽广,卫生却不如贵国那般进步。如您所知,我也曾去过贵国,交通各方面均十分进步"。"沙市虽然是不便之地,将来承蒙各位关照必成为好地方。"

对于这次会面,"我"自己也认为"从头至尾就像爷爷在教导孙子,关于天下大势只字未提"。尽管如此,"我"为何仍旧"不禁心情大好,精神昂扬"呢? 小说中没有做任何解释与评论,留下了一处空白,由读者来想象。究其原因,用一句话来概括,就是李鸿章的外交艺术。如果只是一味地割地赔款,李鸿章不会得到国际社会对其外交能力的认可。"李鸿章的外交总是重人而不重方法"[1],"他那天性的和蔼与平易近人,他那体现于'中庸'之道的豪爽的通情达理,全部结合为他的性格,如果不具有道德上的说服力,至少是非常有趣非常吸引人的"[2]。这就是所谓人格魅力,使"我"如沐浴春风,心情愉悦。而且李鸿章"意识到,西方蒸汽动力和科学战争的发明,已经结束了东方王国故步自封的优越感和躲避政策"[3]。正因为如此,李鸿章认可日本取得的成绩,这并不是外交辞令,即便在写给朝廷的奏章中,李鸿章也是这样主张的:"闻该国自与西人定约,广购机器兵船,仿制枪炮铁路,又派人往西国学习各样技业,其志固欲自强以御侮。"[4]在中国大多数儒家传统的

① 布兰德:《李鸿章传》,王纪卿译,湖南文艺出版社,2011年,第138页。
② 同上书,第209页。
③ 同上书,第94页。
④ 沈云龙主编:《筹办夷务始末同治朝卷七九》(民国十九年故宫博物院用抄本影印),《近代中国史料丛刊第62辑》,台湾文海出版社,1966年,第7334页。

代表者还没有意识到这"三千年来一大变局"①的紧迫性时,李鸿章已经认识到学习西方世界机械与军事科学的必要性。他的这种国际性视野也使他得以在世界外交舞台上受到认可。

这样一次令"我"心情愉快的会面,朋友们却听后大笑:"想想的确可笑。不管怎样,本人也是意气风发的新进外交官,他却把我当孩子看。不过,对李鸿章来说,我的确不过是他孙辈的年龄。"朋友们为"我"打抱不平的心理正是新晋强国日本面对清朝这个老大帝国时的一种心理,推动中日甲午战争开战的日本外相陆奥宗光的话准确地表达了这种思想:"一方积极采取西欧文明,另一方却力图保守东方积习。……现在则我国轻视中国为顽固愚昧的老大之邦,中国则讥讽我国为轻浮躁进妄自模拟欧洲文明皮毛的一个蕞尔岛夷。"②李鸿章在对外交往中流露出的自信,当其对象为西方人时,令同为东方人的日本人艳羡,而当面对自己时,却让日本人感到一种轻侮。在"我"的朋友们和"我"的不同反应中,可以发现这一日本人内心的矛盾机制。

5.《李鸿章》创作缘起

小说《李鸿章》在国内外先行研究中鲜有人提及,一则该小说篇幅很短,二则它与作家佐藤春夫的各个知名领域似乎都关联甚小,它不属于《田园的忧郁》系列幻想唯美的文风,在提及佐藤春夫与中国文学的关联时,首先被想到的是《李太白》《星》等取材中国古典的作品,以及作家对中国古典诗歌与文学的翻译,在同时代文学方面,作家对鲁迅作品的翻译也可以说是众所周知。而小说《李鸿章》从体裁上看,如前文所述,可以算是一篇历史小说,但是历史小说并不是佐藤春夫所擅长的领域。与他同时期的芥川龙之介、菊池宽的历史小说更加脍炙人口,受到欢迎。但是这篇在文学研究领域没有受到关注的小说在历史学家那里颇受好评,历史学家需要大量的史实材料才能再现的历史原貌,小说《李鸿章》生动而形象地呈现了出来,虽然在历史真实性的细节上并不严谨,但是李鸿章的权势、自信、在国内外的知名度,其待人接物的风格得到充分的表征,清末重臣李鸿章的人物形象跃然纸上。

当然佐藤春夫创作这篇小说的意图并不是为李鸿章树碑立传、歌功颂德。日本人"我"听完李鸿章一席话之后那种"春风骀荡"的感觉以及主人公由此感到的"乡愁"是小说的主题所在。在小说《李鸿章》发表之后的翌年,

---

①　梁启超:《李鸿章传》,哈尔滨出版社,2009 年,第 69 页。

②　陆奥宗光:《蹇蹇录》,伊舍石译、谷长青校,商务印书馆,1963 年,第 27 页。

佐藤春夫自4月至9月在《中央公论》杂志上连载《文艺时评》,提出了"与此前以倦怠、忧郁和幻想为主题的作品群颇显唐突的文学论"①,主张小说创作应以性格描写与文明批评二者为轴心。鸟居邦朗指出:"性格描写是以大正时期为顶点的日本近代小说的目标,这已得到公认。但是'文明批评'对于大正作家未必是大家共同追求的目标,文明批评是明治时期的,佐藤春夫大概是在明治末期从恩师生田长江那里继承而来。"②文明批评的确是明治时期文坛大家夏目漱石、森鸥外乃至永井荷风等作家作品一贯的主题。夏目漱石曾在《现代日本的开化》等演讲中明确指出现代日本的文明开化是"外发性"的,必须将其转化为"内发性"的。小说的主人公"我"在巴黎蓦然感到的对东方传统文化的"乡愁",从文明批评的角度来看,也是一种对一味追求西方文明的反省。当然佐藤春夫式的文明批评不是思想性的、哲理性的,而是抒情性的。在小说中,它表现为对东方人内心文化家园的一种眷恋。而能够使已经通过中日甲午战争的胜利,令西方列强刮目相看的日本的年轻外交官唤醒内心深处对东方传统文化乡愁的,"19世纪打造者"之一的李鸿章不能不说是恰好的人选。李鸿章是在世界舞台上活跃的中国人,而且是以对儒家哲学、对中华传统文化的自信姿态活跃在世界舞台上。李鸿章的声望与自信成为促使"我"意识到内心深处对东方文化传统乡愁的重要契机。

当然,小说中的李鸿章并非完美的英雄形象。他是一个年逾七十的老翁,而且"因为给了好礼物,所以三国的报纸杂志都对李鸿章大书特书。中国这个地方本就如此,加之日清战后,主角又是李鸿章,好奇心使得他的人气真是让人始料不及"。李鸿章在西方各国的人气被解释为用利益收买各国所获得,加之东方神秘氛围造成的异国情调。事实上,李鸿章并没有收买各国,"李鸿章之贺俄加冕也,兼历聘欧洲,皆不过交际之常仪,若其有关于交涉者,则定密约与议增税两事而已"。③除了与俄国签订密约之外,李鸿章试图说服西方各国允许中国将海关关税由5%提高至7.5%,但最终由于英国猜疑中俄关系过密而没有成功。"人们认为李鸿章的意图在于订购大量的武器装备、铁路材料和军舰",但是他"参观造船厂和兵工厂,以商旅者的热情打听产品价格,但并不下订单"。④布兰德《李鸿章传》这样评价欧洲的反应:"欧洲人从前从未向中国人表现出如此缺乏尊严或如此贪婪的道德沦丧,其最终结果既

① 大内秋子「佐藤春夫与中国文学」,『日本文学』第37号,1971年,第38页。
② 鸟居邦朗「世外人佐藤春夫と近代日本」,『国文学解释と鑑賞』3月号,2003年,第17页。
③ 梁启超:《李鸿章传》,哈尔滨出版社,2009年,第110页。
④ 布兰德:《李鸿章传》,王纪卿译,湖南文艺出版社,2011年,第157页。

失去了钱财又失去了镇定。"①显然,李鸿章在欧美的成功巡游在小说中被戏化、矮小化了,即便是承认李鸿章为"人杰"的"我",仍然不可避免地受到中日甲午战后日益普及的对中国蔑视与丑化风潮的影响。

在小说中,还有一处涉及中国普通百姓的描写,那就是给"我"抬轿的轿夫和李鸿章下榻道观的门丁们。接受朋友们的建议,"我"给了轿夫们每人一元赏钱,"据说不这样,他们就不会劲头十足地干活"。而李鸿章下榻的道观,每道门的门丁都需要给赏钱,"他们会自己伸手要的"。对此"我"并未作任何评论,但是贪财狡猾的中国百姓形象已经由此产生。这与夏目漱石《满韩漫游》中"奉天"北陵的守陵人把屋檐上脱落的金珠偷偷卖给游客,芥川龙之介《中国游记》中缠着外国人的卖花老太婆"像乞丐似的伸着手"②,雍和宫看佛像的守楼卫士"一个劲儿地打手势,要我们拿出二角钱来"③同属于日本近代文学史上中国普通百姓表象的谱系。李鸿章由于"绝对相信儒家哲学的道德优势胜过西方的物质文明"④从而在西方所展现出来的自信与中国百姓的行为相对照之后,产生一种反讽效果。

因此,虽然小说《李鸿章》以对东方传统文化的"乡愁"为主题,两次出现的"春风骀荡"一词作为勾起"乡愁"的一个装置而发挥作用。但是这一"乡愁"的深层意识是偶然被唤醒的,在"乡愁"之上沉积着的是对当时中国社会文化的审视,李鸿章已经老去,中国的命运将会如何? 荒尾精 1894 年在《对清意见》一书中写道:

> 清朝本身之威灵权力均已消灭殆尽,而仅凭其元勋名士之德望材力而维持其形骸。
>
> 现在第一流的大人名士已经都逝去,其处于第二三流者亦几乎凋谢殆尽,而能保其余生者独剩一耄耋李鸿章。如问其现在国情如何,过去已经枯朽的根干,即将腐败崩塌,过去繁茂的枝叶即将枯槁落尽。尽管李鸿章外交内治如何老练,如何富于权谋术数,终将知道无可奈何。一朝大风卷土而起,枯木扑地槁叶散空,只在转瞬之间也。⑤

与日本人对清国必亡的这种信心相对应的是国人梁启超的担忧:"后此

---

① 布兰德:《李鸿章传》,王纪卿译,湖南文艺出版社,2011 年,第 157 页。
② 芥川龙之介:《中国游记》,陈生保、张青平译,北京十月文艺出版社,2006 年,第 11 页。
③ 同上书,第 183 页。
④ 布兰德:《李鸿章传》,王纪卿译,湖南文艺出版社,2011 年,第 189 页。
⑤ 荒尾精『對清意見』,博文館,1894 年,第 63—64 页。

内忧外患之风潮,将有甚于李鸿章时代数倍者,乃今也欲求一如李鸿章其人者,亦渺不可复睹焉。念中国之前途,不禁毛发栗起,而未知其所终极也。"①日本在甲午战争中获胜,标志着日本已经取代清国成为亚洲霸主。在西力东渐的国际形势下,曾经对东方传统文化的"乡愁"逐渐演变成为担当振兴东方文化重任的大义名分。小说《李鸿章》发表十年之后,在《中国有文化吗?》一文中,佐藤春夫写道:"古代的中国文化随着唐的玄宗皇帝一起灭亡了。萌芽于宋的中国近代的文化随着清的乾隆皇帝一起灭亡了。乾隆之后西太后喜好的似是而非的颓废文化已成为中国生活的全部。"②这里所说的"颓废"令人想起小说《李鸿章》中"繁文缛礼的国体""清末最为华丽烂熟的年代"这些评价。1937 年 7 月 7 日,卢沟桥事变爆发,日本开始全面侵略中国。而佐藤春夫发表于 1936 年的这篇文章,刻意贬低中国文化,预示着作家此后将抛却对于东方传统的"乡愁",走上支持日本侵略战争的道路。

四、日本语境下的误读:芥川龙之介《湖南的扇子》

小说《湖南的扇子》是芥川龙之介根据 1921 年 3 月至 7 月中国之行的经历创作的唯一一篇小说。最初发表于 1926 年 1 月,刊登在《中央公论》杂志的新年号上。1927 年 5 月,芥川将它收录于自己的第八部短篇小说集中,并以该小说题名命名这部短篇集,可见作家对于这篇小说的重视。

中国之行期间,芥川龙之介到达长沙的确切时间是 1921 年 5 月 29 日,逗留三天之后于 6 月 1 日离开长沙赴汉口。而在小说《湖南的扇子》中,芥川龙之介将到达长沙的时间设定为 5 月 16 日,三日后的 5 月 19 日坐船离开长沙。作家有意将小说中的时间设定成与实际行程不同,意在强调《湖南的扇子》并不是纪实的游记,而是虚构创作出来的小说。

小说《湖南的扇子》描写了一个发生在湖南长沙的"人血饼干"故事,由"人血饼干"很容易联想到鲁迅的小说《药》中出现的"人血馒头",因此该小说颇受中国的日本近现代文学研究者关注。③但"人血饼干"与"人血馒头"的

---

① 梁启超:《李鸿章传》,哈尔滨出版社,2009 年,第 164 页。
② 『定本佐藤春夫全集』第 22 卷,臨川書店,1999 年,第 41 页。
③ 相关的研究论文有施小炜「『人血饅頭』と『人血ビスケット』」(『国文学研究』1995 年第 10 期)、单援朝「芥川龍之介『湖南の扇』の虚と実——魯迅『薬』をも視野に入れて」(『日本研究:国際日本文化研究センター紀要』2002 年第 2 期)、邱雅芬《湖南的扇子》:芥川龙之介文学意识及其中国观之变迁》(《外国文学研究》2006 年第 4 期)等。

题材虽然相似,目前尚无证据可以证明芥川在创作时受到了《药》的影响。本节无意在这一问题上作更多假设,而是旨在关注小说《湖南的扇子》的主题。

自中国之行归国后经过四年时间的沉淀,芥川龙之介才创作了这篇小说,以此来诠释心中的中国意象。可以想见,《湖南的扇子》选取的是作家以为最能表征近代中国特质的题材。小说中"人血饼干"事件所具有的强烈戏剧冲突效果,凸显出具有"不服输的顽强劲儿"①的湖南人"充满激情"的风貌。作家塑造这样的湖南人形象,以此来暗示中国近代民主革命发生的力量之源。但作家仅仅在中国逗留了数月而已,他对近代中国的认识不可避免地受到日本国内统治权力话语的影响,使小说中不乏日本语境下对同期中国社会的误读。

1. "人血饼干"事件

湖南长沙有湖南省历史最悠久的佛教寺院麓山寺,也有杜牧家喻户晓的名诗中提到的爱晚亭。但是在小说《湖南的扇子》中,作家并没有描写这些日本人所喜好的中国传统古诗文世界中的名胜古迹。小说一开篇这样写道:

> 除了广东出生的孙逸仙,了不起的中国革命家——黄兴、蔡锷、宋教仁等人都是在湖南出生的,这大概是因为受了曾国藩、张之洞的感化吧。不过要理解这种感化,还必须要考虑到湖南人自身那种不服输的顽强劲儿。我到湖南旅行的时候,偶然遇到如下一件小事,就像小说似的。也许这件小事正反映出了湖南人充满激情的风貌。

湖南人"充满激情"、具有"不服输的顽强劲儿",因而在中国近代历史上,湖南涌现出众多杰出的革命家。《湖南的扇子》一开篇就点出了湖南作为革命家摇篮的特殊历史地位,之后小说通过旅途中发生的一个小事件对湖南人的这一风貌进行了表现。

小说《湖南的扇子》的情节以第一人称"我"的叙述展开:因为负责接待"我"的公司同事生病,所以由"我"在东京一高②留学时的老同学谭永年来做向导。谭永年是长沙的富家子弟,从东京大学毕业后一直在长沙开业行医。"我"在码头等他的时候,偶尔发现岸边垂柳下站着一位拿着扇子的美女,可

---

① 《湖南的扇子》的中文译文均参照了《芥川龙之介全集》第 2 卷(山东文艺出版社,2005 年,第 574—585 页),并由笔者作了若干改动,以下不再一一标注页码。

② 一高,第一高等学校的简称,是日本旧制国立高中之一,相当于东京大学的预科。

是美女一转眼就不见了。第三天,谭永年与"我"乘快艇游湘江、前往岳麓山,途中与一艘载着两三个美女的快艇擦身而过。据谭永年介绍,那艘快艇上坐着一个叫玉兰的艺妓,是土匪黄六一的情妇,黄于几天前在码头前的空地上被斩首了。当晚,"我"和谭永年一起在妓馆中吃饭,同坐的艺妓很多,其中有身材健壮的林大娇,还有"我"在码头瞥见的持扇美女含芳,以及当日白天遇见的玉兰。席间,谭永年拿出一块带血的饼干递给玉兰,说上面的血就是黄六一的。玉兰当着众人的面回答道:"我很愿意品尝我深爱的黄老爷的血……",说完将饼干送入口中。第四天,"我"离开长沙,不知为何谭永年竟没来送行。

小说的高潮在玉兰从谭永年手里接过饼干送入口中的场面。玉兰这个倔强的湖南人带着一股"不服输的顽强劲儿",她以自己从容的举动对抗着递给她人血饼干的谭永年。谭永年是富家子弟,从他能弄到人血饼干这一点来看,显然他与当时的统治阶层关系密切。而在黄六一生前也曾"很有威风"的玉兰,因为黄被处死,明显处于受压迫的不利立场。尽管如此,玉兰敢于接受谭永年的挑衅,让同座的人大为震惊。

小说的另一个主要人物——与玉兰同属一家妓馆的含芳的存在,更加衬托出玉兰的坚强。在主人公"我"看来,玉兰的朋友含芳如同"病弱的""长在背阴处的球根类植物"。同座的艺妓林大娇对含芳表现出露骨的敌意。对于林大娇这一人物,小说中是这样描写的:"一个戴着金丝边眼镜、气色很好的圆脸妓女大大方方地走了进来。她穿了一件白色的夏装,上面几颗钻石闪闪发光。另外她还具有像网球或游泳运动员般的身材。先不去说这女人的美丑、对她的好恶,首先我在她身上感到了一种强烈的矛盾之处。"处于被人玩弄的弱势立场上的艺妓林大娇,表现出与她的身份迥异的姿态,这一点正是她身上的矛盾之处。而林大娇看到谭永年之后,马上坐到谭的身边,摆出娇滴滴的样子,亲密地与谭交谈起来,谭永年则不停"是了是了"地回答,可见林大娇与谭永年关系不同一般。从林大娇这个人物身上可以看到《上海游记》(收录于《中国游记》)中提到的民国"一代名妓"林黛玉的影子。芥川龙之介在上海的酒席之上见到了林黛玉,她身材丰腴,据说"除了总统徐世昌之外,了解最近二十年来政局之秘密的就是她了"[1]。按资料记载,林黛玉幼时被卖入妓院,接受京剧、梆子戏的训练,林黛玉为其艺名。20世纪初,她曾一度成为上海滩知名的京剧花旦,是清末民初"妓戏兼营"阶段最具代表性的京剧女伶之

---

① 本节中引用的《中国游记》的中文译文均参照了《芥川龙之介全集》第3卷(山东文艺出版社,2005年),并由笔者作了若干改动,以下不再一一注明出处。

一。①小说《湖南的扇子》中林大娇这个人物身上显然带有林黛玉的影子,虽为艺妓,但与当权者息息相通。正因如此,主人公"我"觉得林大娇与妓馆的空气,"特别是与鸟笼中的松鼠极不协调"。小说中几次描写妓馆窗边鸟笼里的两只松鼠,同为失去自由的弱小存在,这两只松鼠可以看作暗喻着玉兰和含芳(小说中曾写到"我"看见玉兰的牙齿联想起了松鼠),而林大娇与这两只松鼠极不协调,暗示着林大娇与玉兰、含芳所处弱势立场的不同。

林大娇对峙含芳的场景,以林大娇揭出含芳去码头迎接长沙的某某演员这个秘密为开端,以含芳无言以对为结局。含芳遭到林大娇嘲讽之后,又看见谭永年将人血饼干递给玉兰,便起身离席,却被谭永年强行留住。看见玉兰将人血饼干送入口中,含芳浑身颤抖。含芳这些软弱的表现与玉兰不服输的刚强表现形成了鲜明对照。小说中借谭永年之口介绍含芳生在北京,所以卷舌音发音漂亮,以此强调含芳并非湖南人这一点。

主人公"我"目睹了谭永年与玉兰、林大娇与含芳之间的对峙后,从刚强的玉兰身上看到了湖南人"不服输""充满激情"的风貌。小说以这个小事件来诠释革命家辈出的湖南所蕴含的能量。日本评论家关口安义认为"芥川龙之介预见到了充满活力的中国人将凭着他们的激情创造出新的世界"。②关口的这一评价显然是对原作中的主题作了延伸,作家芥川本人并没有对这个预见做过任何明确表述。虽然小说开头提及了中国近代民主主义革命的先驱人物孙中山、黄兴、宋教仁等人的名字,可以看出作家对于清朝灭亡后近代中国社会的革命形势有所了解。但作家对于近代中国社会的见解来源于关注中国革命进展的日本媒体的宣传,芥川此次中国之行就是以大阪每日新闻社海外特派员的身份成行的,按照报社的安排,他也曾在上海拜会章炳麟、李人杰③等人,但那只是礼节上的交往而已,从《上海游记》的记述中可以看出芥川对于他们所从事的具体革命活动并不知晓,芥川更加关注的是近代中国文学艺术的发展。④

---

① 加藤彻『京劇:「政治の国」の俳優群像』,中央公論社,2002 年,第 110—111 页。
② 関口安義『特派員芥川龍之介』,每日新聞社,1997 年,第 199 页。
③ 根据青柳达雄「李人傑について——芥川龍之介『支那遊記』中の人物」(『国文学 言語と文芸』1988 年第 9 期)和单援朝「上海の芥川龍之介—共産党の代表者李人傑との接触—」(『日本の文学』第 8 集,有精堂,1990 年 12 月)的调查考证,李人杰就是与芥川龙之介会面两个月后,出席中国共产党第一次全国代表大会的李汉俊。
④ 《上海游记》中曾写到芥川龙之介在上海与李人杰会面时的一段对话:
    我说,我对中国的艺术颇感失望。我所见到的小说、绘画都不足谈。然,以中国之现状看,期望艺术在这片土地上兴旺发达的我的此种愿望,不如说是近于荒谬。我问李君,除了宣传手段之外,是否有余力考虑艺术。李氏答曰,几近于无。

不过,可以肯定的是,芥川意识到了"革命"是近代中国社会的关键词之一,并试图在小说《湖南的扇子》中对此进行阐释。但作家并不真正了解中国近代民主革命发生发展的历程,也无从知晓革命家的具体革命活动如何开展,因此只能从自己中国之行期间熟悉的酒席宴上、从接触到的众多艺妓身上获得灵感,试图以陪酒席间艺妓与客人、艺妓与艺妓之间的明争暗斗来诠释中国革命发生的力量之源。从中国读者接受的角度来看,这种解释显然过于浅薄片面,不能不说是对中国近代民主主义革命的一种误读。

2. 中国友人谭永年

小说《湖南的扇子》中,谭永年这一人物并非主人公,却是贯穿小说始终的一条重要线索。日本旅行者"我"在湖南长沙三天的行程都是由谭永年一手安排并陪同左右的。可以说,"我"在长沙的所见所闻相当程度上取决于这位中国友人在安排行程时所作的取舍选择。

对于这样一位可以称得上是殷勤周到的中国友人,小说中却多次使用诸如"不知为何"一类的疑问词,来强调主人公"我"对于谭永年行动的不解,甚至最后离开长沙时"我"仍未释然。首先,当"我"故意带着嘲笑中国人的挑衅口吻,向谭永年提出想看土匪斩首的场面时,谭永年没有表现出丝毫不满。但谭永年带着"我"参观了一所"排日空气浓厚"的女校之后,接着又"认真地"劝说"我"参观另一所学校。"我"既不理解谭永年为何要拿出人血饼干来难为玉兰,也不明白曾主动请缨做向导的这位友人为何未来送行。总之,在"我"眼中,这位中国友人谭永年的行动有诸多令人费解之处。

按照小说中的交代,谭永年与"我"同年从一高升入东京大学医学专业。这位"留学生中的才子","从未给任何人留下不好的印象",不过正因如此,反而让大家对他的为人颇多微词。在当时的时代背景下,随着日本对中国政治经济军事侵略的加强,日本社会轻视中国的风气日盛,作为一名中国留日学生,谭永年在日本期间待人处世小心谨慎,显然是不得已的。但"我"和谭永年的其他日本同学都没有理解这一点。

当谭永年回到长沙,开业行医以后,原本就是富家子弟的他,重新过上了有头有脸的上层社会生活。但当他遇见了自己在日本留学时的旧友,又不得不或多或少地从日本人的立场出发采取了一些自嘲的行为:当"我"估计"身为长沙人的谭永年会皱起眉头",却故意提出要看土匪斩首的场面时,谭永年对于"我"以嘲笑的口吻讽刺斩首这一刑罚的野蛮性,表现得"毫不介意",介绍了一周前斩首的事件后,他大笑着改变了话题。谭永年"大笑"这一举动,无疑包含着一种不得不对外国人的指责予以承认的无奈和苦涩。

同样在妓馆里,谭永年明明说:中国人认为吃了人血饼干就会无病消灾,是一种迷信,简直就是国家的耻辱,却又当着日本友人的面亲手把人血饼干递给玉兰吃。这种承认自家的落后现状,却又主动将其暴露在日本友人面前的做法,多少带着些自虐的成分,作为留日归来的知识分子,谭永年站在了一个微妙的立场上,他在日本人看中国的视角与中国人看日本的视角之间徘徊着。

谭永年主动带"我"去参观了"排日空气浓厚"的女校,这令身为日本人的"我"不满。这所女校按照《杂信一束》(收录于《中国游记》)中的记录,应该就是"长沙天心第一女子师范学校及其附属高等小学"。《杂信一束》中是这样描写的:

> 参观长沙的天心第一女子师范学校及其附属高等小学,由一位年轻的教师带领。她那张铁板着的脸,可谓古往今来所罕见。为了排日,女学生全都不用铅笔写字。为此书桌上都放着笔砚,用毛笔在做几何和代数题目。我想顺便看一看宿舍,请当翻译的少年去交涉。那领路的教师面孔板得更紧,回答道:"拒绝参观宿舍。前几天,五六个士兵闯入女子宿舍,强奸了女学生,这事件刚发生不久!"

当时正处于五四运动后反日情绪最为高涨的时期,在这个时候,谭永年把日本友人"我"领到对日本人非常反感的地方,而且又认真提议去参观另外一所学校。这是谭永年重新找回作为中国人的话语权后采取的行动,他要让日本朋友了解当时中日关系的真实情况,可是谭永年的想法没有得到日本友人"我"的理解,"我"只是"含糊地应付而已"。

小说《湖南的扇子》的结尾,再次点出"我"未能理解谭永年的举动,而谭永年也没有前来送行,旧友之间的这次重逢以如此充满疑团的结局告终。日本评论家青柳达雄认为:"'我'和谭永年之间微妙的关系,正是日本人芥川和他的某个中国朋友之间立场、思想及感情差异在小说作品中无意识的体现。"[1]青柳达雄指出的这一问题确实存在。鲁迅就曾在 1936 年 2 月 3 日写给日本友人增田涉的信中写道:"我觉得日本作者和中国作者的想法目前还难以沟通,首先彼此的境遇和生活都不同。"[2]正是当时中日两国之间

---

[1]　青柳达雄「芥川龍之介と近代中国　序説(承前)」,『関東学園大学紀要　経済学部編』,1989 年 12 月,第 78 页。

[2]　《鲁迅全集》第 14 卷,人民文学出版社,2005 年,第 382 页。

的关系导致了这样的结果,小说《湖南的扇子》中"我"与中国友人谭永年之间的隔膜,并不单纯是友人之间友情和交流的问题。日本旅行者"我"对中国友人谭永年的不解,矛头指向的是谭永年个人,这是一种误读。这种不解的深层原因其实在于日本人"我"对当时中日两国之间关系的一种误读。受日本国内统治权力话语的影响,来自日本的知识分子"我"无意之中已经将中国友人谭永年这个他者视为了"异己者",当无法用"日本语境"来同化谭永年这个他者,而这个他者又试图强调作为中国人的话语权时,"我"便表现出了一种排斥和不解。小说一再强调在"我"眼中谭永年的举动令人费解,正是日本旅行者"我"始终站在日本语境的立场上观察谭永年这个"他者"的必然结果。

3. "扇子"的隐喻

在小说《湖南的扇子》中,"扇子"共出现两次。第一次是主人公"我"在长沙码头看见含芳的场景:

> 不过我在码头对面——在枝叶繁茂的垂柳下发现了一个中国美女。她穿着天蓝色的夏装,胸前挂着一个徽章似的东西,看上去就像一个小孩儿一样,单单因为这一点我的眼睛就已经被她吸引住了。更何况她仰头看着高高的甲板,涂了浓浓口红的嘴边浮现出微笑,用半开着的折扇遮着脸好像在向谁递信号似的。……

这位持扇的美女就是含芳。"我"在妓馆再次遇见含芳,在近处端详,发现她病弱羞怯。席上议论起黄六一等土匪被斩首的事情时,"我"看见含芳的脸色,当下明白了她很担心众人提及此事,见到谭永年强行留住含芳,"我"避开其他人的视线悄悄握住她的手以示安慰。在湖南长沙遇见的这些人中,含芳是唯一一个"我"能够理解又怜爱的人物。正因如此,对于含芳的朋友玉兰,"我"表现出关注,对玉兰"不服输"的刚强劲儿更是表示佩服。看似与小说情节进展并无关联的"扇子"正是作为暗示其主人含芳的一个道具,并进而使"我"由含芳想到主人公玉兰。

小说结尾处,与开头"扇子"的情节相呼应,"扇子"再次出现在"我"的面前。

> 我吃了饭后,在昏暗的船舱灯光下,开始计算在长沙的食宿费。我的眼前有一把折扇,粉红色的流苏垂在不足两尺的桌边。这把扇子是

我来以前谁忘在这儿的。我手中的铅笔在动,脑中又不时地想起了谭的脸。他到底为什么要折磨玉兰,这我也弄不清楚。不过我的食宿费我现在还没忘。换算成日元的话,正好是十二元五十钱。

小说《湖南的扇子》的这个结尾与《上海游记》的结尾手法相似:

> 我回想着那一幕幕场景,把手伸进夹衣口袋掏香烟。可掏出的不是黄色的香烟盒,而是前日晚上忘在袋里的一张戏单。与此同时,戏单中的一件物什落在了地板上。那是?——瞬间之后,我从地板上拾起一朵干枯的白兰花。"白兰花,白兰花",卖花人的叫卖声,不知何时已成追忆。曾经看见南国美女的胸前白兰花沁着芬芳,如今也如梦似幻。我感到自己有陷入轻度感伤症的危险,便把这朵干枯的白兰花扔在地上。然后点上一支烟,开始阅读出发前小岛氏送我的那本梅利·斯托波斯的书。

《上海游记》中,作家芥川坐在沿长江逆流而上的船上,发现了口袋里残留的上海记忆。那是日后成为京剧迷的芥川非常感兴趣的京剧戏单,还有南国美女胸前佩戴的白兰花。看见这些,芥川对即将离开上海有些感伤,为了控制自己的情绪,于是开始看书。《上海游记》结尾处的这一处理与小说《湖南的扇子》如出一辙。"扇子"使"我"想到持扇美女含芳,进而想起在长沙逗留期间的一幕幕,琢磨起谭永年折磨玉兰的缘由,"扇子"最终引起"我"对妓馆中那个惊心动魄的场面的回忆。日本著名评论家吉田精一评论小说《湖南的扇子》的这一结尾"正因为作者非常感动,所以才故意转移焦点,以散文式的手法,于不经意间避开主题的冲击力"。[①]这一评论不无道理,无论是"扇子",还是"戏单""白兰花",它们都是作家用来引发主人公对旧地回忆的关键道具。

而小说《湖南的扇子》更是以"扇子"为题,赋予其特殊的意义。扇子在中国古典文化中,是文人墨客、才子佳人随身携带的物品,"湖南的扇子"这一标题无疑会令深受中国古典文化影响的日本读者联想到中国,联想到中国的古典文化。但作为小说时代背景的20世纪20年代的中国已与众多日本人头脑中那个古典中国的意象大不相同,中国近代民主主义革命的先驱们正在努力唤醒民众,改变处于半殖民地半封建社会的近代中国的落后面

---

① 吉田精一『芥川龍之介』,新潮社,1971年,第216页。

貌。小说《湖南的扇子》中以持扇的美女艺妓们作为"人血饼干"事件的主角,以便通过美女艺妓的形象来唤起日本读者所熟悉的中国古典文化的意象,从而进一步通过美女艺妓在"人血饼干"事件中的不平凡举动,打破美女艺妓这一形象阴柔凄美等原有特征,制造出一种出人意表的震撼效果。带有中国古典文化韵味的标题《湖南的扇子》,其实描写的是一个极具戏剧冲突效果的"人血饼干"事件,其主题在于暗示近代中国民主革命蓬勃发展的力量。文人墨客、才子佳人手中的"扇子"在这篇小说中颠覆了它原有的所指,被赋予了新的意义,成为作家营造戏剧冲突效果的关键。

小说《湖南的扇子》是日本作家芥川龙之介根据一生之中唯一一次海外旅行——中国之行的经历创作的唯一一部小说,它是自中国之行归国后作家内心中国意象的表征。小说以诠释中国近代民主革命发生的力量源泉为主题,这一点值得肯定,显然作家意识到"革命"正是近代中国社会不可或缺的关键词。但是,以持扇的柔弱艺妓迎击反抗刁难自己的客人这样的故事来说明中国革命发生的力量源泉,不免流于浅薄,失之偏颇。小说中充满疑问的谭永年这一人物形象则是日本语境下,视他者为"异己者",导致对中国友人误读的产物。持扇的柔弱艺妓,打破沉默,进行反抗,这与在日本期间处事小心的谭永年,主动带着日本旧友参观反日气氛浓厚的学校,其实殊途同归,都是处于"被看"状态的"他者"的反抗。但日本旧友喜欢的是保持柔弱本色的含芳,而对与在日本期间表现迥异的谭永年心存疑虑。"他者"终归仍是"他者",以揭示中国近代民主革命发生的力量源泉为主题的小说《湖南的扇子》,仍然受到日本国内占统治地位的意识形态话语的影响,显示出日本权力话语语境下对近代中国社会的误读。

五、革命、爱情、民族主义:五卅运动中的"上海"

横光利一的《上海》可以说是日本近现代文学史上以上海为主题的最为知名的小说,自该作问世以来,相关研究从未间断,不仅如此,在各类与近代上海相关的日本书籍中几乎无一不提及该作。这部作品在确立近代以来日本人心中的上海形象方面发挥了至关重要的作用,已经成为不可否认的事实。

就作品本身的创作而言,也非一蹴而就,而是前后历经八年时间,几次改写最终定稿。1928年4月,作家横光利一来到上海,在中学同学今鹰琼太郎(当时就职于东亚兴业株式会社)处逗留一个月左右,在此期间以日本人集中居住的虹口为中心,穿梭于上海的大街小巷,并大量购买关于上海的书籍和杂志,回国后又收集在日本出版发行的读物,共计四五百册。1928年11月开始至1931年11月为止,横光陆续在《改造》杂志发表《澡堂与银行》《足与正义》《杂居之所的疑问》《宿疾与弹丸》《海港章》《妇人:海港章》《妓女:海港章》,1932年7月又将发表在《文学季刊》杂志上的《上午》修改后,连同之前发表的七篇一起以《上海》为题由改造社出版发行单行本。1935年3月,由书物展望社再版时,横光利一再次对作品进行修改,并最终定稿(目前,收录在《定本横光利一全集》中的《上海》文本以1932年的初版为底本)。

在日本,关于小说《上海》的解读多种多样:前田爱称其为"都市小说",平冈敏夫认为它是"政治小说",金井景子将其定位为"租界人的文学",还有二瓶浩明的"恋爱小说"兼"思想小说"论,林淑美的"表象民族问题的小说"等不一而足。①而作家横光利一本人在1932年改造社版的《上海》序言中对于该小说的创作动机做了如下说明:

　　　　这部作品以近代东方史上欧洲与东方的最新一战"530事件"为背景,描写这个以国际关系为中心的无法回避的历史漩涡非常困难,……中国将其作为民族纪念日,每年的盛况甚至超过五一国际劳动节,1932年的上海事变追根溯源也与此有关。写这部作品的动机与其说是要创作一部杰出的艺术作品,不如说来源于想要了解自己居住的这个悲惨的东方世界这一天真的心理。当我了解到文化人对这个重要的"530事件"少有兴趣,甚至知之者甚少,不禁涌起一股早已忘却的青年时代的热情,一定要让大家认识这个事件的性质。②

也就是说,对初稿进行修改并发行单行本之际,作家的创作意图在于通过"530事件""以国际关系为中心"表象"自己居住的这个悲惨的东方世界"。依此,"530事件"、国际关系、东方世界可以成为按照作家意图解读《上海》文本的关键词。

---

① 参见中村三春「非構築の構築—横光利一『上海』の小説言語—」,『弘前学院大学弘前学院短期大学紀要』,1987年第23期,第39页。
② 「『上海』序」,『定本横光利一全集』第十六卷,河出书房新社,1987年,第370页。

1. 五卅运动·爱情·老城

"530事件"在中国近代史上称为"五卅事件"或"五卅运动",被定性为全民性的反帝爱国运动。与此次运动关系密切的早期中国共产党人把顾正红事件、五卅惨案、工部局"四提案"看作是引发全国性大规模反帝爱国运动的直接原因。邓中夏曾指出:"五月十五日上海日本纱厂开枪杀死顾正红,并杀伤十余人,二十八日,青岛海军陆战队得日本政府命令枪杀八人,并杀伤拘捕无数,因此引起中国被压迫各阶级的民族义愤。""同时,帝国主义还有一种压迫,兼能危害中国的商人阶级,即所谓上海'纳税外人会'要于六月二日通过工部局提出的'增订印刷附律','增加码头捐','交易所注册','取缔童工法案'等四案,反对此四案,亦是各校学生出发演讲之题目及宣传的口号,因而引起一般市民群众热烈的同情。"①

顾正红事件、五卅惨案、上海民众反对工部局"四提案"在小说中都有相应描写,但并没有提及任何与此相关的人名、地名、事件等固有名词。其中日本纱厂开枪杀死工人,出现在《上海》的第30章②:工厂自暴徒袭击以来,一直处于停工状态,"反共产派的工人们守护着机器",高重登上屋顶,借着驱逐舰的探海灯发现了暴徒,他们从仓库进入发电所,内外两处大门有群众正在爬墙而上。高重到楼下时,发现最先进入工厂的人已经与守卫机器的人发生冲突,"印度人警官队扬起枪托",高重打电话到工部局的警队,要求增援。"反共派的工人被卷入这不断膨胀的群众势力,他们与群众合流之后,成为新的群众势力,反过来开始袭击公司职员。""腹背受敌的职员们已经动弹不得,最后的时刻到了,高重这么想着,他与同伴们向群众举起了枪。扳机上系着理性的极限,跟随着群众像弹簧一般一伸一缩。""印度人警官队响起了枪声。""当工部局的机关枪队到达工厂门前的时候,已经没有一个人影,只有探海灯的光芒从空中掠过的时候,鲜血如同暗黑的痣一般浮现在土地上。"此处明确指出印度人警察开枪,而高重等日本职员是否开枪射击则含糊其词。

这里提及的暴徒袭击工厂出现在第23章。参木夜间跟随高重在工厂巡视,突然玻璃窗连续被打出几个洞,是暴徒袭击了梳棉部。"印度人警官从背后扑向壮汉,结果头巾一歪横倒下去。"参木发现女工中的芳秋兰也是

---

① 《邓中夏文集》,人民出版社,1983年,第576页。
② 本节中引用的《上海》的中文译文均依据《上海》(改造社,1932年),由笔者译出,以下不再一一注明出处。

疲惫不堪,他想:"这一定是她没有料到的暴徒闯入。"通过此处的描写可知租界的印度人警察一直负责守卫日本纺织厂。而参木发现身为共产党员的芳秋兰似乎事先并不知晓此次暴徒袭击事件。纱厂工人被射杀当晚,潜入工厂的群众先与"反共产派"的工人冲突,所以高重认为这是芳秋兰指挥的行动。可见,在暴徒的身份认定上,参木与高重持不同意见。

关于五月卅日上海帝国主义军警惨杀中国民众一事,出现在第 34 章。参木奉命打扮成中国人外出侦查,看见愤怒的群众冲向工部局,"大门的枪口一起开火"。此处又是英租界当局对中国民众开枪。工部局召开"纳税外人会"出现在第 38 章,市政会馆周围的街道处于戒严状态,当骑马队从街道飞奔而过的时候,道路"两侧的屋内突然连续响起了枪声",房屋"周围被工部局巡捕包围","机关枪架设起来",一阵射击之后,巡捕冲进去,"一群中国青年,其中有三个俄罗斯人,被手枪包围着拉了出来"。综上所述,租界的印度人警察射杀中国工人,租界当局向一般民众开枪,又对五卅运动进行镇压,租界当局在小说中成为确凿无疑的反面角色。

以上关于五卅事件的描写在小说《上海》中,一直穿插着另一条主线:参木与芳秋兰的爱情。芳秋兰在"530 事件"的每一个关键时刻都进行着战斗,而参木则一直尽自己所能保护她,尽管两人之间的政治观点并不相同。暴徒袭击当晚,参木第一次见到芳秋兰,被高重告知:这个女工是共产党,"她举起右手的话,这个工厂的机器会一起停止。最近,这个秋兰又和阿柳的主人一派联手,实在是不好对付"。高重又说:"这个女人早晚也会被害,你看着吧。"根据高重的看法,身为共产党员的芳秋兰指挥着工人运动,又与阿柳的主人等民族资本家联合,但是最终被害的一定是共产党员。参木内心"与芳秋兰的美貌斗争着,注视着她悠然的动作"。发现芳秋兰在暴徒袭击中受伤倒下,他拼命赶到秋兰身边,"抱起芳秋兰向广场跑去"。接下来的24 章描写参木把秋兰送去医院,又护送回家,被秋兰挽留住在客房。第二天早上,秋兰表示很高兴认识一位外国朋友,请参木去附近的饭店。这似乎是一个很老套的"英雄救美"的故事,而且英雄与美女又处于完全对立的立场。饭店里,芳秋兰与参木之间展开了一场关于马克思主义、资本主义、东洋主义的争论。秋兰认为:东洋主义帮助了日本的资本主义,真正爱日本的人,爱日本的无产阶级,必然也会爱中国的无产阶级。参木则认为:那必须等到中日两国都已经进入无产阶级的时代。目前组织外资工厂的工人斗争只会增强中国的资本主义。最终两人争论无果。

第 34 章中,也就是五卅当天,工部局向群众开枪,参木在人群中寻找芳秋兰的身影,看见她"被工部局的中国警察架住胳膊拉走",参木"像刀刃一样跃起,用身体撞向中国警察的胳膊"。秋兰趁机逃跑,飞来的子弹让群众四散,参木被秋兰拉着跑进路旁建筑五楼的一个房间,在秋兰带着急促呼吸的热吻之后,两人看着窗下的街道,秋兰告知参木,由于工部局开枪,中国人的反抗矛头将指向英国人。参木内心却思考着工部局故意让中国警察枪杀中国人,其用心之险恶,又告知秋兰俄罗斯派来数百名有毒的妇人来削弱英国陆战队,俄罗斯也用心险恶。两人之间又发生意见龃龉。

第38章中,参木按照秋兰所说,在"纳税外人会"召开当天,到街上寻找秋兰,与女扮男装的秋兰擦肩而过时接到秋兰的纸条,得知她的危险处境,秋兰约定如果安全脱身的话,下次见面。这就是小说《上海》中参木与芳秋兰爱情的全部,可以说参木为芳秋兰所吸引的原因,一是因为她的美貌,二是因为她作为共产党员投身到"危险"的工作中,激起参木的保护欲。

在1932年改造社版的《上海》序言中,横光利一表示自己的创作尽可能忠实于历史事实,那么小说《上海》中芳秋兰这个共产党员形象是否忠实于五卅运动前后的历史事实呢?

前田爱指出:小说将芳秋兰的住所设定在上海老城显得不自然,作为女工,她应该住在闸北地区。[①]而且,在老城饭店与参木一起用餐时的秋兰"带着一种风尘女子的氛围"。[②]李征也指出,芳秋兰的人物造型近似于上海风俗描写中的贵妇人[③],而且小说中对芳秋兰是俄罗斯间谍的暗示等来源于当时日本共产党员的生态。[④]的确,从五卅运动时期的中国共产党员这个身份反观小说中芳秋兰的人物形象,应该说有很多与当时中国共产党员的生态相背离之处。

小说中"东洋棉丝会社"的原型上海日商内外棉工厂于1925年2月已经开始罢工,但这一时期工人中的共产党员并不多。据1924年5月中国共产党第三次代表大会的上海地方报告记录:"现党员47人中,以职业分述之:学生13人,工人8人,商人3人,教员、编辑或其他职业的有23人。"[⑤]经过1925年2月罢工的斗争,吸收了一些工人党员。这方面没有确切的统计,但据蔡和森说,五卅以前上海"纺织工厂的工人当中,党员只

① 前田愛「SHANGHAI 1925」,『都市空間のなかの文学』,筑摩書房,1996年,第464页。
② 同上书,第489页。
③ 李征「横光利一『上海』における五・三〇運動の描写をめぐって——同時代関係資料との比較をとおして」,『文学研究論集13』1996年3月,第83页。
④ 同上书,第85页。
⑤ 上述引文及统计数据均见中央档案馆编:《中共中央政治报告选编》(1922年—1926年),转引自张培德:《五卅运动对中国共产党发展的影响》,《史林》1986年第1期,第80页。

有十多个人"。①五卅运动中大量工人投入反帝运动,政治觉悟迅速提高,相率要求加入共产党后,同年9月上海地区的党员1 080人中工人党员已有846名,占78.5%。②也就是说,在五卅运动期间,工人中的共产党员人数很少。中国共产党对运动的领导主要通过上海总工会进行。恽代英曾指出:"工人的工会,学生的学生会,都有全国统一的组织,农人的农民协会,商人的商会,亦各有组织。假使没有学生的联合会,就不能号召民众,五卅运动就无从发生。"③小说《上海》中将芳秋兰这个纺织女工,设定为推动五卅运动进展的重要人物,这与当时中国共产党的实际情况存在出入。

小说中,芳秋兰与参木一直用英语进行交流,而且自从芳秋兰在小说中登场后,身边一直伴随着俄罗斯的影子。第4章,高重得知芳秋兰在舞厅跳舞,马上就问:"旁边没有俄罗斯人吗?"亚洲主义者山口马上答道:"秋兰也是间谍吧,在任何地方都会出现。"于是,高重得出结论:"我们工厂现在俄罗斯的手不断伸进来,(中略)他们手下的芳秋兰战斗力很强。"第35章描写五卅惨案之后的街市上,警察、外国人义勇队、骑马队、机关枪队四处巡逻,"警察拔掉枪套,潜入喧闹的群众中,于是像剜果核儿一般拉出来俄罗斯的共产党员"。第38章特别纳税会议召开当天,袭击骑马队的一群中国青年中也有三个俄罗斯人。小说中在提及芳秋兰及五卅运动的各主要事件之时,都会提及俄罗斯的存在。而这个俄罗斯很显然是布尔什维克的俄罗斯,以及在俄罗斯主导下的共产国际。当时的上海正是共产国际的远东支部所在地,前往莫斯科共产国际总部的交通枢纽。也就是说,从共产党员这个身份来看,《上海》中的共产党员芳秋兰更像是共产国际直接领导下的党员。

日本学者春名彻指出,芳秋兰这个名字与另一位日本作家金子光晴的小说《芳兰》女主人公的名字十分相似。④金子光晴1927年3月第二次来到上海,陪同作家国木田独步的儿子国木田虎雄夫妇在上海游玩,逗留三个月左右。4月,恰逢横光利一也来到上海,两人经常一起结伴外出。金子光晴回国后,"创作了一百页左右的以上海为题材的小说《芳兰》,参加《改造》杂志社的第一届有奖征文。因为没有信心,就拿给佐藤春夫和横光利一看,都

---

① 蔡和森:《党的机会主义史》(1927年9月),转引自张培德:《五卅运动对中国共产党发展的影响》,《史林》1986年第1期,第81页。
② 中央档案馆编:《中共中央政治报告选编》(1922年—1926年),转引自张培德:《五卅运动对中国共产党发展的影响》,《史林》1986年第1期,第81页。
③ 《恽代英文集》(下),人民出版社,1984年,第961页。
④ 春名彻「上海・一九二八年」,『世界』(446),岩波书店,1983年1月,第288页。

说肯定没有问题,获奖名单里却排在后面"。①金子光晴的这段回忆证实横光利一的确读过《芳兰》,该小说描写的是上海的劳动工人问题,主人公芳兰既是女工,又有风尘女子的因素。前田爱曾指出在老城饭店内与参木一起用餐时的芳秋兰"带着一种风尘女子的氛围",另一日本学者田中益三也认为,芳秋兰身上有一种"如同当时的名角梅兰芳一般美艳的因素"。②的确,在芳秋兰第一次出场的第 4 章,以甲谷的视角描写了芳秋兰的美貌:看见起舞的芳秋兰,"甲谷想起徐校涛《美人谱》中的一句:歌余舞倦时,嫣然巧笑,临去秋波一转"。这里提到的徐校涛是清代作家徐震,字秋涛,入清之后,徐震流落江湖,靠给书商写艳情小说谋生。艳情有别于色情,不单是谋生之具,在明末更是文人情趣和风尚雅事。《美人谱》即为徐震所作,所谓美人的标准,其实也是指名妓的标准,属于明末清初众多闺阁记趣类笔记中的一种,收录在清人张廷华(虫天子)辑的《香艳丛书》中。小说《上海》引用《美人谱》中的句子来形容芳秋兰,等于在芳秋兰与明末的名妓之间引发某种联想。

甲谷被芳秋兰的美貌吸引,追随芳秋兰离开舞厅,小说又通过周围人看见芳秋兰之后的反应进一步渲染芳秋兰的美貌:"吐唾沫的乞丐,在路上敲铜板的车夫,嘴边油光锃亮从饭店出来的客人,叼着烟袋给人看相的算命者,都回头观看路过的秋兰。"芳秋兰的美貌吸引着甲谷,也吸引了参木,就连与芳秋兰处于对立面的高重都要提醒自己:"如果我被那个女人吸引,哪怕一点点,工厂也会马上彻底崩溃。"(第 4 章)也许正是为了与芳秋兰这样一位"典雅"(第 4 章)的中国美女的氛围相符,小说将她的住所设定在了上海老城区。

《上海》共计 45 章,其中有 33 章的时间设定在夜晚或者日暮时分之后,描写白天的只有 12 个章节,主要涉及工部局向群众开枪、特别纳税会议召开当天的街道等与五卅运动相关的场景,以及主要人物参木、甲谷上班工作的场景。除此之外,从早晨开始描写上海的仅有第 24 章(参木在秋兰家的客房醒来后,被秋兰邀请外出就餐)和第 32 章(阿杉醒来后,想起日本的父母,决定去菜场买菜)。第 24 章中这样描写朝阳下的街头风景:"装着小鸟的象牙鸟笼堆在两侧的屋顶上,制造出一条深邃的鸟的隧道,蜿蜒曲折。街角向右是占卜者的街道,身着春装的中国人充满街道,拿着花从象牙鸟笼中

---

① 『どくろ杯』,『金子光晴全集』第七卷,中央公論社,1975 年,第 50 页。

② 田中益三「『上海』ならびに『支那』—五・三〇事件の余燼と創造—」,『日本文學誌要』31,法政大学国文学会,1984 年 12 月,第 44 页。

钻过。跟随着他们如同聆听笛声般悠闲的人流，街道环绕着向池塘中心聚集而去。"这里的上海老城呈现出一片由象牙鸟笼这一视觉意象以及笛声这一听觉意象共同交会而成的悠闲景象。而芳秋兰邀请参木用餐的"池塘中的饭店"，"那风雅的姿态如同堆积的阳伞一般倾斜着。每一级镶嵌着镜子的陶瓷台阶在水面上发光。被人群遮盖的纤细的桥栏在挤满鲤鱼的水面上蜿蜒，人群如同庙会一般骇荡，在金色招牌下流动而来"。陶瓷台阶、纤细的桥栏、满池的鲤鱼、春风骇荡的人流，这些景象与其他章节中那个夜幕下的上海：河面上有"破旧的黑帆"（第 1 章），泥沟里"小鸡的黄色尸体和膨胀的死猫的头部凑在一起，连同露着肚子的便器、鞋和菜叶湿漉漉的堆积不动"（第 5 章），街道上蹲着乞丐，店头挂着"滴血的鲤鱼段儿""剥了皮的猪"（第 2 章）形成鲜明的对照。"参木喜欢走在这个没有外国人夹杂其中的街道"（第 24 章），这个没有外国人的上海老城成为与外国人居住的租界不同的都市空间。前田爱认为，《上海》的都市空间包括由外滩公园和舞厅所代表的租界都市，以工厂和街头为代表的革命都市，以河道和弄堂为代表的贫民都市三个层次。[1]的确这三种都市空间占据了小说的主要篇幅，并且往往以一种夜幕下的暗调来表象，而朝阳下的上海老城成为并不包含其中的中国传统文化的空间，这个空间保留有鸦片战争后上海被迫开放为通商口岸之前的风貌，留存着悠闲的传统文化情趣。也许正是因为这一点，小说将按照《美人谱》标准判断为美女的芳秋兰的家设定在这个空间中。家中的芳秋兰不再是西式的"淡灰色上衣和裙子"（第 4 章），而是"穿着古风的淡蓝色的皮袄，依靠着紫檀椅子"（第 24 章），洋装与传统服装又呈现出一种鲜明的对照。

　　众多先行研究所指出的芳秋兰人物造型的缺陷应该说根源于此，保存着悠闲的传统文化情趣的上海老城中居住的典雅的中国美女，与俄罗斯主导的共产国际指导下在工厂中作为纺织女工发动工人斗争的革命斗士之间存在着巨大落差。在五卅运动中活跃的共产党员的情况，应该是作家从书籍、媒体报道等渠道获得的信息，并在此基础上建构的想象。作为作家横光利一分身的主人公参木为前者所吸引，尽管不认同后者的主张，还是尽自己所能救助她免于被捕牺牲。也就是说在作家的想象与情感的共同作用下，诞生了芳秋兰这样一个与史实存在出入而遭人诟病的人物。横光认为"530"事件是"近代东方史上欧洲与东方的最新一战"，日本人参木与中国

① 　前田愛「SHANGHAI　1925」，『都市空間のなかの文学』，筑摩書房，1996 年，第 495、497 頁。

人芳秋兰的爱情也可以看作同为东方国家的日本与中国连带感的暗喻，支撑这一连带感的是上海老城所代表的中国传统文化，日本也曾深受其影响，而作为时代新动向的共产主义运动为这份爱情增添了鲜明的时代色彩。

2. 国家·漂泊的个体·女性

横光后来在《上海之事》一文中写道：

> 对上海做一个正确的判断，恐怕任何人都做不到。我曾经花费四年时间创作了小说《上海》，其间我入手四五百册书籍，有在当地买来的关于上海的书籍杂志，也有在日本发行的。我没有选择立场相同的作者的，而是尽量选择不同的观点，我发现原来立场不同，观点竟会如此不同，同时我也意识到上海是一个非常特殊的地方，它让人们的观点看法如此复杂。①

的确，小说《上海》的出场人物中，除去芳秋兰与钱石山是中国人之外，其他都是到上海来的外国人，对于中国、日本与亚洲各国、欧美各国之间的关系，每个人物都有着各自不同的看法。

甲谷是一个典型的以在海外"雄飞"为理想的日本人，他的奋斗目标明确，就是成为一名外汇买卖经纪人，能与欧美经纪人一样在马车上奔驰，并发誓"一定要在上海赚他个万贯财富看看"（第 7 章）。为此他在工作中勇敢地与欧美人对抗，为了销售本公司的新加坡木材，压倒菲律宾、鸭绿江、泰国的木材而奔走，看见外国人"尖锐的托拉斯锋芒直指成为其经济实力源泉的中国土产"，他决心"一定要去给这个锋芒捣乱"（第 17 章）。作为一名在海外殖民地活跃的日本人，甲谷说一口流利的法语和德语，可是面对自己情敌的欧美人，仍然因为自己是黄色人种，不得不感到所处的劣势："为日本人的色素而悲伤"，"为自己腿短而叹息"（第 11 章），即便如此他"还是必须赞美那些外国人，只是为了显示自己不是中国人"（第 11 章）。他"懒得考虑为什么只有中国人不被允许进入"外滩公园，懒得考虑其他黄色人种的问题。面对上海轰轰烈烈的反帝运动，他一直惦记着滞留在港口的公司木材，心里埋怨"哥哥高重和印度人的子弹让他陷入如此的混乱"（第 41 章），幻想着杀死芳秋兰"这个让我的木材彻底腐烂的家伙"（第 41 章）。这个凡事以自我为中

---

① 收录于『定本横光利一全集』第十四卷，河出书房新社，1982 年，第 229 页。

心、与政治无缘的人物经历了"530 事件"的动荡,在生活遭遇危机之后最终在亚洲主义者山口面前表示:"我也成为像你一样的爱国主义者了。"(第42 章)

甲谷的哥哥高重是纺织厂的工人主管,自称"国粹主义者"(第 4 章),"现在背负着日本"。他同意参木到纺织厂来工作,对参木说:"为国家而死也算死得其所"。在他眼里:中国"通用的只有金钱和死亡","像中国人那样撒谎成了正义的话,那就永远不会灭亡了"(第 18 章)。对中国的蔑视心理显而易见。当他意识到"自己人制造出的一具尸体逐渐成为海港的中心开始活动","中国工人的团结心因为一具尸体而越发牢固"时,心想:芳秋兰"越是活动,被她拉着到处转的工人们越是只会饿死"(第 33 章)。在高重看来"这个工厂的工资比其他外国公司都高",因而作为事件起因的工人们加薪的要求是不合理的。作为一名国粹主义者,自然而然高重总是认为本国优于他国,从而采取一种守护本国的排外态度。

自称亚洲主义者的山口原本是建筑师,现在从事收购死尸,将人体骨架进行清洗后,贩卖做医疗用途的工作。他自称是"亚洲主义者的权威人物,在上海有名的中国人基本认识"(第 4 章)。经钱石山介绍认识了芳秋兰后,他指出芳秋兰是个间谍。在释迦牟尼诞辰日当天,印度人被英国官吏和中国兵的枪支阻挡不能进入婆罗门寺院,而印度警官又在旁压迫印度人,山口"看见眼前中国与印度两位无力的朋友的脸,笑不出来"。他大发感慨:"难道不是只有日本的军国主义才是拯救东方的唯一武器吗? 除此以外,还有什么? 看看中国,看看印度,看看暹罗,看看波斯! 承认日本的军国主义,这是东方的公理。"(第 16 章)这与由民权主义转为国权主义,作为亚洲主义者团体大为活跃的玄洋社的主张完全一致。①在亚洲主义者的集会上,中国人李英朴痛斥"二十一条",山口如此反驳:"只有中国和印度认可日本的军国主义,亚洲的联合才能成为可能。仅仅因为日本的南满租界权延长到 99 年,就大为不满,从而要毁灭东方吗? 我们一定要认识到,正是因为日本租借南满 99 年,东方的生命才得以获得 99 年的保障。"山口认为:在印度独立之前,毁灭中国的"一定不是日本的军国主义,不是英国的资本主义,一定是俄罗斯的马克思主义,或者中国自己的军国主义,也可能是印度或是波斯的鸦片"。对于"530 事件",山口认为:"即便是革命,不也是中国的革命吗。只有白人会因而叫苦。"(第 42 章)在小说最后,山口将甲谷留在家里,一个人出门,借甲谷之口暗示了山口的去向:"在这场骚乱的背后,作为亚洲主义

---

① 参见本书第二章第三节"'中国趣味'与'亚细亚主义'之辨"。

者,他一定有什么危险的工作要做。"与中国人、印度人来往密切的亚洲主义者山口,虽然主张亚洲应该联合起来对抗欧美,但前提是认可日本的军国主义,承认日本为亚洲的盟主。

小说主人公参木虽被甲谷讽刺为"唐·吉诃德式的人物",但无疑在小说中被设定为一个最容易引起读者感情移入的人物。他有一张"白皙机敏的犹如古代勇士一般的面庞"(第1章),受到身处各种境遇的女性的爱慕,仍在男女关系方面遵守着"古老的道德"(第10章)。在工作中,他下定决心反抗一直挪用储户存款的董事,因而被迫辞职。与此同时,因为十年来一直做假账填补董事挪用存款的窟窿,而"渐渐被死亡的魅力所吸引","每天总要像开玩笑似的思考死的方法"。参木与甲谷不同,他没有在上海一攫千金的梦想,只是勉强度日而已,"他已经十年没有回日本",但是由于身在海外,反而唤醒了作为日本人的身份认同。"从海外观察,他切身感受到日本稳步前进的势头而高兴。"(第1章)对于自己在上海的生活,他这样认为:"哪国人都是如此,聚集到这个租界城市而来的人,如果回到本国,都会无以为生。因此,被本国夺走生活手段的各国人聚集着流落至此后,成为失去性格的怪人的群体,创造出举世无双的独立国。这些人群沉浸在濒死的孤独中,成为本国吸取富足的土产的吸盘而生活。因此,在这里,无论一个人的肉体多么无所事事,即便只是胡乱地活着,既然他的肉体占据着空间,除了俄罗斯人以外都成为一种爱国心的表现。""如果待在日本,就会消耗日本的食物,而既然待在上海,那么他的肉体所占据的空间就一直作为日本的领土而流动着。"(第9章)在"530事件"中,"他再一次意识到自己是日本人,他已经多少次不得不认识到自己是日本人。他用自己的肉体代表祖国,为此遭遇的危险迫在眉睫,这让他不由得突然感觉到人群中有生着獠牙的野兽。他思考着自己的身体从母亲体内流出的景象,以及他现在正在走过的景象,这两个景象之间流淌的他的时间,一定就是日本的肉体的时间。恐怕今后也会继续。他自己的心企图要离开肉体,让他自由地忘记祖国,他不知该如何是好。但是他的肉体不能反抗外界把他当成日本人,不是心在战斗,而是皮肤必须和外界战斗。于是,心也随着皮肤开始战斗"(第35章)。参木的逻辑很清晰,既然肉体无法改变是日本人的事实,自然而然心也会随之记挂着日本。作为身在海外的日本人,自己肉体的存在就意味着日本的存在。为此,他想:"如果现在要死的话,那还是被中国人杀了的好。如果一个日本人被杀,日本的外交就可以相应地强硬起来。……因为我是爱国主义者,所以同样要死,我打算为国家而死。"(第39章)当忍着饥饿遭遇暴徒袭击时,"他不能不感到,直到最后的瞬间国土比钢铁还要牢固地一直贯穿着自己的肉体"

（第 40 章）。参木的"爱国主义"诠释着那些"脱离日本的落伍者"①，如何在踏上上海的土地之后，重新获得作为日本人的身份认同的过程。正如小森阳一指出的那样："没有财富，没有社会地位，脱离了农村共同体的城市大众，如果能够归属于超越个人的某一名誉集团，那只有作为幻想的民族传统了。"②

　　小说《上海》中登场的日本人，无论是国粹主义者、亚洲主义者，还是重新获得身份认同的"落伍者"，最终都成为"爱国主义者"。这种爱国主义在"530 事件"中以一种可以为国家而死的极端形式呈现。但是当这些"爱国主义者"反观以工人罢工为导火索的"530 事件"时，认为中国的这次反帝爱国运动充满了欧美帝国主义列强的挑拨与中国资本家的打算等利益纠葛，与爱国运动相距甚远。

　　在日本人眼里，中国纺织资本"作为奖励本国国产的手段，待他们资本的发展能够与外资平行为止，必须把俄罗斯培育在心中。因为如果中国资本不以俄罗斯为食的话，就不可能摆脱压迫他们的外国资本的专政。在中国，资本主义必须以此时为机会，在共产主义背后上升"（第 33 章）。小说中作为中国资本家代表的是钱石山，"日本人纺织公司的罢工一起，他就和他的集团开始暗中策划，他们为中国人的纺织厂增加资金，为进行排日宣传的人提供费用，同时他们甚至不拒绝向罢工的策源地总工会暗送秋波"（第 33 章）。参木也认为："不久日货就会遭到排斥，英美公司为了扩大本国的销售市场，一定会与那些无数的网眼一般的教会联合起来，煽动中国人团结起来。"（第 26 章）

　　正是这样一种认识，使得这些日本的爱国主义者们陷入一种近似于被害妄想的状态，总是担忧日本遭受各种势力的夹击。"如果祖国不使用这些中国工人，那么英国和美国会代为使用。如果英国和美国使用中国工人的话，那么日本不久就会被他们使用。""英国担忧：日本资本在中国的发展正逐步袭击印度的英国商品（兰开夏产品）最大的市场。但是中国的日本纺织厂内，中国工人正在掀起马克思主义的浪潮，祖国的资本正遭受夹击。参木脑海中浮现出独自高兴的美国人的脸，还有更加高兴的俄罗斯的脸。——不干涉主义的衰落和马克思主义的抬头。日本这个风筝在这两股风中升起。"（第 23 章）

---

① 刘建辉『魔都上海：日本知識人の「近代」体験』，講談社，2000 年，第 165 页。

② 小森阳一「前言」，小森陽一、富山太佳夫等编『文学 10　政治への挑戦』（岩波講座），岩波書店，2003 年，第 14 页。

　　盐川伸明指出：与西欧各国相比，作为后发帝国的日本，不能像英法所代表的先进帝国一样将自己置于全世界的顶点，从而陷入对先进帝国的憧憬与模仿，以及与之抗衡的意识和排斥心理这样一种矛盾之中。一方面对西欧各国暗自抱有自卑感，一方面又对更加落后的地区采取一种保护者的态度，呈现一种两面性。①小说《上海》中的日本人都明显表现出与欧美先进帝国抗衡的意识，同时又因为上海的中国民众不在日本的掌控之中，而陷入一种焦虑与危机感。

　　在小说《上海》中，让这幅构图更加纷繁复杂的是印度人阿姆利、中国资本家钱石山和四个女性人物宫子、阿杉、阿柳和欧露佳的存在。印度在小说中具有多重意义，首先仅上海一地不足以代表整个东方，作为另一个人口众多的大国，印度也是东方的主要代表。其次，印度作为英国的殖民地，面临着如何获得独立的艰巨任务，而印度人警察又作为英国租界工部局雇佣的人员，为镇压中国人的反帝运动而卖力，作为亚洲主义者，山口对此非常敏感，并将这一点作为印度和中国这两个亚洲朋友最大的弱点。其实，释迦牟尼诞辰当天，是阿姆利邀请山口同去，从而让山口目睹了"印度人的丑态"和"支持外国兵在中国国内大肆妄为的中国兵"（第 16 章）。在亚洲主义者的集会上，山口和李英朴为"二十一条"争论时，阿姆利在旁冷笑："因为日本租借南满 99 年，我们的同志山口与李英朴如此争论，我们完全有理由想象，至少在这 99 年里，日本会让东方的同志如此争论下去。不过，不论中日之间的纷争如何，印度都会独立。如果独立的那一天到来的话，印度一定会把所有外国势力从中国驱逐出去，为了印度，也为了东方的和平。"可见，阿姆利对于日本利用军国主义成为亚洲的盟主持保留态度。作为印度人，他的目标明确，那就是使印度实现民族解放，获得独立。在阿姆利的宝石商店里，山口谈起尼赫鲁投向共产党一边，为印度国民大会党的前途担忧，认为这样一来一直为独立运动提供资金的资本家会与英国联合起来。阿姆利答道："在中国资本家不也和共产党联合起来，发动排外运动嘛。"山口担心："从印度到这边的海岸线都共产化会怎样？如此的话，我们的亚洲主义不是和欧洲战斗，而是要和共产军战斗。"（第 31 章）作为亚洲主义者的山口对于共产主义极端排斥，但是阿姆利最后反驳山口："在你看来什么都像共产党，那么怕共产党的话，大亚洲主义也要完蛋了。"虽然与山口同为亚洲主义者的阿姆利在东京待过很长时间，日语流利，但他的看法还是与日本人不同，是为

---

① 塩川伸明『民族とネイション——ナショナリズムという難問』，岩波書店（岩波新書），2015 年，第 84 页。

祖国印度而代言。

与《上海》中的男性人物相比，女性人物形象更加鲜明。日本女子阿杉和俄罗斯女子欧露佳原本的生活都与意识形态无缘，却在意识形态的捉弄下载沉载浮，跌落到社会的最底层。另外两个日本女子宫子和阿柳看似掌握着自己的命运，其实也不过是在男人的股掌之间周旋而已。

小说的结尾，参木被暴徒丢入河中充满排泄物的船里，由这些肥料的味道，他想起日本故乡的味道，爬上岸后，他赶往阿杉的家里，在漆黑的房间内得以放松安眠。很多先行研究由此将阿杉认为是包容参木的母性存在。①的确倾心于参木的阿杉为饥饿难耐的参木提供了一个安全的庇护所，但是小说中阿杉的人物设定让她与其他日本男性人物迥然不同。阿杉在小说的第3章中出场，她是阿柳做老板娘的土耳其浴室里一名"沉默寡言"的浴女，由于参木表现出对阿杉的好感，引起阿柳嫉妒，使得阿杉遭到解雇，失去工作。走投无路的阿杉只好来到参木家里，哪料先回到家的是甲谷，当晚，甲谷在黑暗中夺走了阿杉的贞操，阿杉却不知黑暗中的人到底是参木，还是甲谷，直到小说的结尾阿杉仍然不知道答案，小说却在接下来的章节通过甲谷的心理描写揭晓了谜底，而且参木也对此有所察觉，也就是说只有阿杉一个人被蒙在鼓里，在身心两方面受到周围同胞的欺凌。阿杉在参木家中苦等三日，参木依旧不归，阿杉终于意识到摆在自己面前的只有"作为女人最后的生计"（第15章）。十天后，阿杉赶往参木家，在附近看见参木，但羞于与参木见面而逃走。小说第32章描写阿杉早上起床后想起日本的父母，去市场买菜。这一章正是作家横光将小说《上海》作为单行本出版之际，在原有连载的7篇文章基础上加入的《上午》一篇，根据日本学者田中律男的考证，作家在将《上午》收录进小说《上海》之际，进行了大幅增写，而主要部分就是关于阿杉流落到上海的原因。

> 阿杉看见小船中一个老婆婆在独自做针线活，突然想起了在日本的母亲。阿杉的母亲在她还小的时候，丢下她一个人上吊自杀了。之后自己是怎么流落到上海来的，阿杉的记忆已经模糊。综合亲戚们的话，据说阿杉的父亲是陆军大佐，在演习中突然身亡，母亲一人将阿杉抚养长大。一天，收到恩赐抚恤金机构的命令，说是发给阿杉母亲的抚恤金不合法，必须把以往领到的抚恤金全额归还。当然，对阿杉的母亲

---

① 金子景子「租界人の文学—横光利一『上海』論—」，紅野敏郎編『新感覚派の文学世界』，1982年，名著刊行会所，第107页。

来说,根本无力偿还多年来领到的抚恤金,而且今后没有抚恤金也根本无法生活下去。于是,母亲亲手结束了自己的性命。

"把钱送给毫不知情的人,又说要收回去,真是的!"

母亲出事的那一天,对阿杉来说就像是刚刚过去的事情。

田中律男指出,对于等同于夺走自己父母性命的日本军队,阿杉不可能抱有好感,她对日本军队有着本能的厌恶之情。因而,阿杉不可能对日本的国家、军队产生积极认同。也就是说,阿杉对于日本国家的归属感被彻底断绝。在小说最后,当参木告诉阿杉日本的陆战队明天就要登陆,骚动就会平息时,阿杉担心的却是陆战队登陆,街市平静下来,参木会离开自己。因而日本的陆战队在阿杉的意识中成为夺走参木的暴力装置。①

阿杉由日本流落到上海,又在上海的日本人社会中继续沦落至社会最底层。当参木被迫辞职,邀请同样失去工作的阿杉一起吃饭,不由得憎恨起自己的上司时,小说的叙述者做出以下判断:他忘记了,在这里,憎恨自己的上司就等于憎恨自己的祖国,而且如果不承认祖国的存在,在上海作为一个日本人唯一能做的就只有乞丐和妓女了(第9章)。此后,参木经由高重帮忙,去日本纺织厂上班,重新回归日本人社会,而阿杉却最终成为失去与上海的日本人社会联系,失去祖国归属,沦为妓女。吃饭时,参木问失去工作的阿杉:"你不想回日本吗?"阿杉回答说不想回去,父母双亡后流落到上海的阿杉已经失去了对国家的归属感,又在上海遭到同胞欺凌,彻底成为无依无靠之人。

在这个意义上,阿杉与俄罗斯女性欧露佳有某种相通之处。欧露佳的父亲是俄罗斯贵族,布尔什维克革命后一家人一路逃亡,父亲险些被杀,最终来到中国上海,为了生活下去,被卖给日本人木村做小妾,又被转卖给山口。在参木眼里,这些旧俄罗斯贵族"女人在各国男性的胯下周旋度日,男人则成为各国人中最底层的乞丐"。"人与其在自己的胯下,自己同胞的胯下乞讨,不如在别国人的胯下生活,在别国人之间乞讨心里更为舒服些。"因而,"我们完全没有必要同情那些俄罗斯人"。对于失去国家归属的旧俄罗斯贵族表现得非常冷漠。就欧露佳个人而言,布尔什维克革命的刺激与打击甚至使她每当说起那段经历,就会癫痫病发作,显然她已经与现在的祖国完全断绝,与阿杉一样,无国可回,沦落到只能在男人们的胯下维持生计。在参木眼里,这些失去国家归属,宁愿在他国人胯下受辱的人不值得同情,

---

① 田中律男「横光利一『上海』論の試み(一)—娼婦『お杉』の意味—」,『近代文学試論』23,广岛大学近代文学研究会,1985年12月,第6页。

主要原因在于这些失去国家的人永远无法成为爱国主义的主体，他们无国家可依，无国家可爱。

与悲惨的阿杉和欧露佳不同，日本人经营的舞厅萨拉森的舞女宫子似乎在上海如鱼得水般自由自在地生活着。英、法、美、德、意等欧美各国的精英男子都拜倒在她的石榴裙下，"有时为她要发生欧洲大战"（第4章），以至于她对甲谷的求婚不屑一顾。在山口眼中，宫子也很可能是间谍。宫子的理想是在死之前，扮成日本新娘的模样和参木结一次婚（第29章）。也就是说，宫子认识到自己此生将一直在上海这样周旋下去，不会回日本，因而希望作为最后的纪念，满足一下自己作为一个日本女人结婚的心愿。甲谷要和宫子一起逃去新加坡，宫子却回答："对我来说，没有什么比这个城市更重要。我如果离开这里，就会成为鱼鳞干枯的鱼，如果无路可走的话，我只有一死。我随时都做好了死的准备，不过我还是喜欢这个城市。"在小说最后，宫子表示"自己马上也要成为爱国主义者"，因为参木说"如果现在要死的话，那还是被中国人杀了的好。如果一个日本人被杀，日本的外交就可以相应地强硬起来"（第39章）。既然日本人的死客观上对国家有利，所以宫子说如果自己死了的话，也就成了爱国主义者。但是宫子认为自己只能在上海生活，说明她也同样是不能回日本的人，日本对她来说，只是一个幻影而已。

阿柳这个人物先行研究中较少论及，她是富豪钱石山的小妾，经营一家土耳其浴室。她选择自己喜欢的客人，去浴室给客人按摩，与客人嬉闹，出于嫉妒，她开除了参木喜欢的阿杉，使她最终沦为妓女。甲谷称这个身上刺有蜘蛛文身的女人为"毒妇"，因为主人钱石山的变态性癖，她可以和客人纵情玩乐，但终究也只能跟随钱石山一起吸食鸦片，在获得钱石山许可之后淫乐度日。阿柳的生活方式因为钱石山小妾的身份而成立，也就是说，在这一点上，她和宫子一样，已经无法离开上海，日本对她而言已经是遥远的国度。

综上所述，阿杉、欧露佳、宫子、阿柳这四个女性人物，在与自己的国家断绝这一点上是共通的，阿杉与欧露佳因为丧失对国家的归属而流落上海，而宫子与阿柳则因为在上海的生活方式无法再回到故国。与男性人物相比，这四个女性人物均成为无法获得身份认同的真正的"异乡客"。

小说中还有一位从未出场的女性人物，那就是竞子，竞子一直萦绕在参木的头脑中，她在上海长大，受到参木默默爱慕，但还是嫁回日本，如今竞子的丈夫因肺病病危，又让参木的心中燃起希望。参木一直拒绝周围女性的诱惑，很大原因在于竞子的存在。虽然甲谷、高重暗示竞子在丈夫死后很可能回到上海，但是"530事件"阻挡了竞子回上海的脚步。与其他几位女性人物相比，竞子最大的不同在于她能够在自己的祖国日本成家结婚。竞子的婚姻生活是否幸福,并没有具体描述,但是在参木心里,竞子在日本和丈夫的婚姻生活本身就是一种幸福(第6章)。这说明在参木这些离开祖国,来到海外殖民地的日本人心里,能够重回祖国生活就是一种最大的幸福与成功,竞子正因为可以回到日本结婚成家,于是成为最遥不可及、高不可攀的理想女性。

综观小说《上海》中的女性人物,除了从未登场的女性竞子象征着流落到半殖民地上海的形形色色人等的母国的幻影之外,其余人物都在自己和母国之间挣扎着。流落到上海的女性阿杉、欧露佳与母国的连带已经断绝,而宫子、阿柳也只能成为漂泊在异乡的个体,不再可能回归母国。从女性主义批评的角度来看,这里充满着对于流落异国的女性的歧视,正是日本近代以"贤妻良母"的定位才能被纳入"国民国家"的女性教育与基督教的"纯洁思想"、儒教的"贞操观念"共同作用下的产物①。正如学者指出的那样,明治政府将卖春行为置于国家的管理之下,使得女性被分为"贤妻良母"与"娼妇"两类,要么成为男人性快乐的手段,要么成为产子的工具或是抚慰男人的"母性"存在。②与此相对照,小说《上海》中的日本男性,无论在上海如何落魄,各自的观点立场亦不相同,仍被赋予"日本人"的身份认同,人虽在"外地",但却与日本内地紧紧联系在一起,从而实现各自的价值。

3. 民族主义·爱国主义·进化论

横光将其创作小说《上海》的意图总结为:"以国际关系为中心"表象"自己居住的这个悲惨的东方世界。"③在日本经历1945年的战败与战后民主化改革以及经济腾飞之后,日本学者已经对20世纪上半叶的这段历史给出了结论。松本健一指出:日本的亚洲主义对欧洲的帝国主义进行抵抗的同时,对于亚洲不能不采取侵略的态势。日本在幕府末年陷入成为英美列强殖民地的险境之时,无疑是"亚洲"一员,但是当它为了摆脱这种局面开始走上近代化的道路之后,就开始自我否认属于"亚洲"。近代日本的亚洲主义者都没有自觉意识到这一点。④福田和也指出,虽然日本自称为西方国家的一员,但终究不是"西欧",也不是"亚洲"。因此日本不可能与它们进行真正意义的结盟,成为"命运共同体"⑤。盐川伸明也指出,像日本这样的"中进

---

① 石原千秋『近代という教養』,筑摩书房,2013年,第202页。
② 加納実紀代「満洲と女たち」,收录于大江志乃夫等编『近代日本と植民地 5 膨張する帝国の人流』,岩波书店,1995年,第219页。
③ 「『上海』序」,『定本横光利一全集』第十六卷,河出书房新社,1987年,第370页。
④ 松本健一『近代アジア精神史の試み』(岩波现代文库),岩波书店,2008年,第176—177页。
⑤ 福田和也『遥かなる日本ルネサンス』,转引自松本健一『近代アジア精神史の試み』(岩波现代文库),岩波书店,2008年,第161—162页。

国家"(相对于先进与后进而言,笔者注),对于更加先进的西欧以本国文化的特性相对峙,而对于更加后进的国家地区则将自己定位为普适文明传播的中介者,试图发挥影响力。日本的这种特殊性对于当时身在其中的日本人来说,的确是一个纷繁复杂的问题。而这些自然而然反映在小说《上海》的人物设定与对同期国际关系的认识之中。

如前所述,小说中的日本男性人物都抱有某种对抗欧美的意识。对于"530事件",亚洲主义者山口认为:"即便是革命,不也是中国的革命吗。只有白人会因而叫苦"(第42章)。甲谷和参木也都认为,正是日本作为亚洲的代表,在与欧美列强进行经济上的对抗。但是他们都没有意识到,在中国人眼里,与欧美国家一样在上海开设工厂牟利的日本也是帝国主义一员,而并非同为亚洲人帮助自己的"盟友"。面对着上海爆发的反帝爱国运动,甲谷等日本人不得不求助于欧美"盟友"。甲谷在街上遭遇暴徒,他发现美国驻屯兵的驻地,飞奔进去求助,"可是驻屯兵只是浮现着微笑,像是迎接追赶过来的群众一般一动不动。一直停在这些不动的士兵中间,危险只会越来越逼近"(第41章)。无奈继续逃命的甲谷又看见英国驻屯兵的身影,"英国兵看见甲谷跑过来,马上在道路上排成一排,举起枪,当然,是瞄准追逐甲谷而来的中国群众"(第41章)。英国兵的帮助使得甲谷顺利逃走。小说此处的记述同时又暗示着英国与美国对上海"530事件"抱有不同的态度,对日本持有不同的立场。

小说中自认为是"爱国主义者"的日本男性人物在看待"530事件"时,却认为其并非纯粹的反帝爱国运动。长久以来,对于"爱国主义"和"民族主义"的概念界定一直存在分歧,有人认为单纯朴素的喜爱与同伴意识属于"爱国心",而"民族主义"是一种更加自觉的意识形态。有人将过度狭隘的排他态度称为"民族主义",而将更加开放的意识称为"爱国主义"。时至今日,从这两个词的语感来说,"爱国主义"往往带有正面意象,而"民族主义"则带有负面意象。①近代亚洲各国,在近代化的起点上基本相同,那就是都在西方帝国主义列强的冲击之下,开始了建设现代化国家的努力,其结果却各不相同。中国沦为半殖民地,而日本则保全了国家的独立,并主动选择走帝国主义国家建设殖民地的道路。俄国十月革命后,列宁提出"民族自决",第一次世界大战后的威尔逊凡尔赛体制也提出"民族自决",应该说中国的"五卅运动"是在这样一种深远的国际大背景下爆发的。一般认为弱小民

---

① 塩川伸明『民族とネイション──ナショナリズムという難問』,岩波书店(岩波新书),2015年,第27页。

族、被压迫民族的"民族主义"是进步的,而"大民族"、压迫民族的"民族主义"是反动的,当然很多弱小民族、被压迫民族在自己并没有自觉意识到的过程中转变成为"大民族"、压迫其他民族的例子在历史上也并不少见,而近代日本就是其中之一。①前文提到小说《上海》中登场的日本人带有一种被害妄想,正是指这些日本人忽视了日本已经并非被压迫的弱小民族,而是已经成为建设殖民地的帝国主义国家,因而遭到中国等被压迫民族的"民族主义"运动的反抗。

近代以来盛行的进化论思想使得国家与民族的问题变得更加复杂。石原千秋称"近代是被进化论附体的时代"②。物竞天择、适者生存的进化论认为弱小的、被视为"未开化"的民族被更加强大的、"文明的"民族所吸收统合是"历史的进步"。正是这样一种认识,使得自认为虽然已经位列亚洲"文明开化"的前列,但仍处于被西方列强压迫立场的日本理直气壮地要作为"盟主",将中国、印度等亚洲国家纳入自己的麾下。因此,小说《上海》中的高重认为中国工人参加"五卅运动",抵制日本和日货,只会自寻死路。山口也认为,亚洲各国必须承认日本的军国主义。

俄国革命的胜利,宣告了实现现代化的道路不再只有西方近代的资本主义,而是出现了新的选项。于是民族主义、帝国主义与社会主义、资本主义交织在一起,迫使每个人不得不思索各自的立场。甲谷、高重与山口明显是反共的,而参木则对资本主义的生产方式存在质疑:"到底工业是为了生产,还是为了消费? 参木的思想在这两个旋转的动力之间像一只筋疲力尽的飞蛾一般痛苦地扭动。他同情中国的工人。"(第23章)小说中描写日本纺织厂女工似乎工作与生活境遇不错,李征特别关注到女工们耳环的描写,指出这是对工人们良好工资待遇的暗示。对比同期黑岛传治《武装的街市》(1930)中描写日本在青岛开设火柴厂工人的描写:"一个健康的,但脏兮兮的乡下青年被录用后,就会有一个患有火柴厂特有的骨坏疽疾病的老人,或是牙龈腐烂牙齿全部脱落的工作多年的工人,或是因为屡次烧伤,手指已经化脓腐烂,抓不起小东西的女工被赶出去。微薄的工资加上营养不良,又使用最有毒的黄磷,健康的肉体在极短的时间内就被毒素侵害了。"与之相比,的确《上海》中的纺织厂女工显得条件优越得多,但是小说在描写她们中午吃馄饨的时候,通过参木的视角关注到"肺尖黏膜炎的咳嗽声在热气腾腾的

---

① 塩川伸明『民族とネイション──ナショナリズムという難問』,岩波书店(岩波新書),2015年,第185页。
② 石原千秋『近代という教養』,筑摩書房,2013年,第34页。

馄饨碗里响个不停"(第19章),也暗示着职业病的存在。但最终参木对于工人们的同情,还是在进化论的理论下被消解:"如果出于同情而允许埋藏在中国的原料继续埋藏下去,哪里还有生产的进步?哪里还有消费的可能?资本为了进步,使用所有手段,将埋藏的原料发掘出来。工人们的劳动如果憎恨资本的增大想要扼杀它,那就要抵制!抵制!"(第23章)参木对于资本主义生产方式的质疑,对于工人的同情,以及上文提到的对于共产党员芳秋兰的注目,最终还是不能抵挡无可置疑的进化论与爱国主义的强大力量。

小说中出场的另一个中国人,民族资本家钱石山的形象可以说是以进化论的有色眼镜观察中国的产物。小说中的这位中国民族资本家明显是一个被矮小化,甚至被妖魔化了的人物,这个"中国富豪"身态佝偻,与客人甲谷交谈到一半就鸦片瘾发作,"抓住八仙桌一角开始抖个不停",吸食鸦片时"嘴唇像鱼似的动着"。甲谷认为阿柳和钱石山故意为了让自己看到他们吸食鸦片享乐的样子,才叫他过来(第28章)。而且据阿柳讲,钱石山喜欢偷看阿柳给土耳其浴室的男客人按摩。将暗中推动"530事件"的这样一个关键人物设定成为一个集鸦片瘾与变态性欲于一身的身体病态者,无疑是一种妖魔化处理,这与精通英语、典雅美貌的共产党员芳秋兰的人物设定形成完全相反的两极,归根结底都是远离现实的夸大想象。

对于小说《上海》形形色色的解读,来源于小说试图阐释的主题的复杂性,作家横光利一的创作意图在于通过"530事件""以国际关系为中心"表象"自己居住的这个悲惨的东方世界"。尽管作家力求客观反映历史事实,反映不同的观点和认识,但是在五卅事件刚刚结束不久,试图以此为切入点探讨包括中国与日本、东方与西方在内的国际关系,不能不受到当时语境的诸多限制。在20世纪上半叶的这段历史已经有所定论的今天,重读小说《上海》,不能不指出作家自认为的忠实于史实,存在着很大的片面性和局限性。与此同时,在存在着诸多可能性的当时,作家最终的抉择也浮出了水面:在东方与西方、帝国主义与民族解放、共产主义与资本主义、国家与个体、传统与近代、男性与女性等诸多二元对立之中,小说虽然表现了多种可能性,但最终仍然归结到了进化论与爱国主义这两点上,将此二者作为不容置疑的前提。而这一前提必将使此后日本的侵略战争拥有了大义名分,作家在战后被视为"文坛战犯"受到谴责,应该说这一倾向在小说《上海》中已经初现端倪。

本 章 小 结

本章选取的五个文本涉及同时代中国的表象，时间自清末至五卅运动；空间北至日本一直致力于扩大其权益的中国东北地区，南至台湾这一近代日本殖民侵略的地区；既有湖南这一革命家辈出之地，也有上海这一五方杂处、华洋混居的国际化大都市；出场人物有中国的晚清重臣，没落富商家的小姐、侍女，也有文人知识分子、共产党员，更有日本旅行者、在华工作的日本人、沦落的舞女妓女、随父母来到中国的日本儿童等。可以看出，大正作家对于同时代中国的把握涵盖诸多面向，触及了中日关系乃至国际关系中的一些关键问题。

这与大正时代，中日关系相较于明治时期、昭和前期更为复杂密切相关。戊戌变法之后直至辛亥革命之前，清政府进行所谓新政革命，中日两国之间在政治、经济、教育、警备等各方面进行了密切合作，有美国学者称为两国短暂的"蜜月期"①。而1931年九一八事变爆发后，日本加紧侵略中国的步伐，直至卢沟桥事变后，最终发动全面侵华战争。处于二者之间的大正时期，日本发动侵略战争的苗头尚不明晰，但是面对与西方列强一起，甚至比西方列强更加露骨地争夺在华权益的日本，面对越来越多来到中国的日本人，面对无处不在的日本商品，中国各地民众不断掀起抵制日货运动，直至发展成为席卷全国的反帝爱国运动。

在小说中对同时代中国进行表述的大正作家们，以他们所掌握的信息，在这个中日关系风云诡谲的时代，试图把握同时代中国的脉动，但是囿于日本国内相关中国言说，他们的中国表达难免流于片面，带有作家强烈的个人印象。与此同时，在这些对同时代中国进行表述的文本中，仍然可以看到作家们对于中国古典传统的怀念。如果说，明治维新以降，对于日本人来说，中国古典诗文形塑的文化中国与作家耳闻目睹的现实的政治中国与社会中国被割裂开来，那么在大正作家的同时代中国表述中，出于对中国的关切之情，尚能从现实中国与文化中国之间的落差及其引发的张力之中寻求某种统一。而这一时期作家对于同时代中国的表象，受到大正民主主义、大正浪漫等时代氛围的影响，比较自由地触及中日两国之间的各种问题，甚至并不避讳中国各地风起云涌的反日运动。层出不穷的此类作品，说明作家们对

---

① 参见任达：《新政革命与日本：中国，1898—1912》，李仲贤译，江苏人民出版社，1998年，第6页。

于同期中国充满兴趣,正是基于此,在中日两国之间,他们希望呈现一种友好交流的局面,因而他们或对中日两国之间的龃龉过于乐观,或视而不见,或虽意识到隔阂,但并不深究。

应该说,相对自由宽松的时代氛围,对同期中国的浓厚兴趣,促成了这一时期中国书写小说的高产,但是这种繁荣只是短暂的现象。随着昭和时代,日本政府加强思想舆论管制之后,创作了大量中国题材作品的大正作家们开始走上各自不同的道路,其中亦有佐藤春夫、横光利一等积极支持日本侵略战争的作家。

第五章　中国见闻的政治书写

近代日本人赴中国旅行,最早始于 1862 年,江户幕府解除海外航行的禁令,派遣千岁丸前往上海。[①]6 月 2 日,千岁丸在上海靠岸,当时 23 岁的长州藩士高杉晋作[②]就在这艘船上。自此之后,明治时期很多日本人来到中国,但他们大多是士兵、记者以及乘坐轮船前往西方留学途中,停靠上海时顺便游览的留学生,此外,还有政府工作人员和公司职员等,个人前往中国旅行的很少。

日俄战争以后,日本大力进行朝鲜半岛和中国东北地区的铁路建设。1911 年 11 月,连接朝鲜新义州和中国东北地区安东的鸭绿江大桥建成,朝鲜和中国东北地区间的直通列车正式开行。与此同时,20 世纪初,比利时修建的京汉铁路(1906)、英国修建的京奉铁路(1911)、津浦铁路(1911)等相继建成通车,加上长江航运,中国大陆的交通网络逐渐形成,这为个人旅行的实现提供了客观条件。

1912 年 3 月 12 日,日本交通公社成立。当时该旅行社主要为外国游客提供旅行服务,后来,它的业务开始扩展到日本本国游客,为旅行者提供票务服务。夏目漱石的旧友中村是公[③]任会长期间,日本交通公社开始发售"日中周游券""日满联络券"和"日鲜满巡游券"。在这样的背景下,个人前往中国旅行的日本人迅速增加。

如前所述,大正时期"中国趣味"的代表作家芥川龙之介、谷崎润一郎、佐藤春夫等都曾到中国旅行,木下杢太郎更是在"奉天"工作四年。他们不仅创作有中国古典题材的小说,有取材于同时代中国的小说,也在纪行类文

---

① 江户幕府正式派遣使者前往中国开展官营贸易,是 1862 年至 1867 年间四次使节团的上海之行。第一次上海遣使,由"御勘定"根立助七郎及所率五十人,乘坐"千岁丸"船,由长崎出发前往上海,1862 年 6 月 3 日至 7 月 1 日在上海逗留。
② 高杉晋作(1839—1867),德川幕府末年尊王攘夷、倒幕运动的志士。长州藩士。1862 年曾奉藩命赴上海考察。
③ 中村是公(1867—1927),夏目漱石就读大学预备班时的同学。1909 年 9 月 2 日至 10 月 17 日,夏目漱石应中村是公邀请,赴"满洲"和朝鲜旅行 46 天。

章中记录了在中国的见闻。此类游记性质的文章,不同于虚构的小说,某种程度上反映了作家中国见闻的真实观感。与此同时,由于此类文章大多发表在报刊上,作者会考虑到读者的阅读期待,选择能够引起读者阅读兴趣、具有时事新闻性质的素材,因而有迎合日本国内关于中国的话语之嫌,但由此也反映出作者在小说等文学体裁中鲜有涉及的,关于同时代中国乃至近代中日关系的主张见解。

本章选取芥川龙之介、谷崎润一郎、佐藤春夫、木下杢太郎中国旅行的游记及相关文本进行解读,为了更好地把握大正作家中国见闻书写在近代日本人中国书写中所处的位置,以明治文豪夏目漱石的《满韩漫游》为参照。夏目漱石的中国东北地区之行是应"南满洲铁道株式会社"总裁的邀请,对夏目漱石本人来说,是一次个人旅行,但是考虑到"南满洲铁道株式会社"实质上是一家半官半民性质的殖民地经营机构,总裁邀请夏目漱石前往,更多出于宣传公司的目的,因而夏目漱石的游记可以说是明治时期以公家身份游历中国所作游记的代表。与此相较,大正时期芥川、谷崎、佐藤等作家的中国之行都属个人旅行,芥川虽然以大阪每日新闻特派员的身份来到中国,但是并没有按照约定,每日撰写文稿刊登在大阪每日新闻上,而且报纸毕竟是民间出版机构,不具备政府背景。芥川回国之后才开始写作《上海游记》《江南游记》,1925年出版《中国游记》单行本时,又收录了从未在报纸上发表的《长江游记》《北京日记抄》和《杂信一束》。

进入昭和时代之后,来到中国旅行的日本人日益增多,此时中日两国之间的关系日趋紧张,1937年日本开始全面侵略中国之后,作家以从军记者、"笔部队"成员等身份来到中国留下的游记随笔等,大多带有鲜明的国策性质,不管作家是否出自真心,都或多或少服务于战时日本政府的宣传工作。相较而言,大正时期作家留下的中国之行记录以大正民主主义、个人主义风潮为背景,更能反映出作家真实的中国观感及中国认识。

一、迎合与批判之间:夏目漱石《满韩漫游》

1909年(明治42年)9月2日至10月17日,夏目漱石在"满洲"和朝鲜进行了46天的旅行,其间夏目漱石途经中国东北的大连、旅顺、营口、奉天(沈阳)、抚顺、长春、哈尔滨等地,后又在朝鲜的平壤、京城(汉城)、开城、仁川、釜山逗留。《满韩漫游》即夏目漱石此行创作的游记。该游记在夏目漱石归国后不久,分别于1909年10月21日起至12月30日在《东京朝日新闻》、10 月 22 日至 12 月 29 日在《大阪朝日新闻》上连载,共计 51 回。其间因报纸版面安排几经中断,最终作者以不便跨年连载为由①,停止了游记创作,因此《满韩漫游》在描写到参观抚顺的煤矿处中断,之后在哈尔滨、长春等地的行程以及朝鲜部分的游记最终没有见诸报端。关于这一部分的旅途经历,夏目漱石在日记中作了详细记录,现在只能从中了解一些情况。

在中日评论界,不乏对《满韩漫游》的批判意见。游记连载期间,长塚节就曾对文章中的嘲弄口吻大为愤慨。②因游记中使用了“清国佬儿”“露助”这些对中国人、俄国人的蔑称,同时使用“呜动连”等词语对中国的苦力、黄包车夫等进行讽刺,因而被认为作品中“渗透着帝国主义、殖民主义思想”③,其间的“民族偏见和帝国主义优越感无法否定”④,“这种歧视亚洲民众的观念一直是日本近代知识分子的主流意识”⑤。

那么,《满韩漫游》是否就是一部宣扬日本帝国主义殖民政策的“国策文学”作品呢? 夏目漱石创作这篇作品的意图如何? 其中断原因究竟又是什么呢? 对于以上这些问题,本节将在先行研究的基础上,结合当时的历史语境解读《满韩漫游》的文本,以期揭示出这部作品折射出的所谓“荣光的明治”的鲜明时代色彩,以及游走在迎合与批判之间的作者的创作姿态。

1. “满铁”总裁的贵宾

众所周知,夏目漱石此次“满韩”之行缘于旧友中村是公的邀请。中村是公是夏目漱石就读大学预备校时的同学,两人曾一起在江东义塾教书打工,一起租房居住。随笔《永日小品》的《变化》一文对此作了记述。1908 年 12 月,中村是公继后藤新平之后就任“满铁”第二代总裁。不久后的 1909 年 1 月底,中村曾打算与夏目漱石会面,但因为双方时间不合,

---

① 在 12 月 30 日连载的最后,作者写道:“在报上连载已至除夕,跨越两个年度有些奇怪,姑且暂停连载。”参见夏目漱石『漱石全集』第十六卷,岩波书店,1957 年,第 227 页。

② 夏目漱石曾在《关于〈土〉:长塚节著〈土〉序》一文中写道:“据说长塚君在 S 君处读了《朝日》上连载的一回《满韩漫游》,非常愤慨地说:‘漱石这个人总是嘲弄别人’。”参见夏目漱石『漱石全集』第二十一卷,岩波书店,1957 年,第 250 页。

③ 参见中野重治「漱石以来」,『赤旗』(2524 号),1958 年 3 月,日本共产党中央委员会出版部。收录于『中野重治全集』第二十三卷,筑摩书院,1978 年,第 199 页。

④ 参见伊豆利彦「『満韓ところどころ』について——漱石におけるアジアの問題」,伊藤虎丸等编『近代文学における中国と日本』,汲古书院,1986 年,第 176 页。

⑤ 参见王成:《夏目漱石的满洲游记》(译者序),载《中国印象记 满韩漫游》,李炜、王成译,中华书局,2007 年,第 150 页。

最终没能见面。①直至 1909 年 7 月 31 日，中村来到夏目漱石家中。夏目漱石的日记中写道："下午中村是公来。……他说要在满洲办报纸，请我去。我没有表态。临走前他说，过几日请我吃饭。"②

中村就任总裁的"满铁"，全称"南满洲铁道株式会社"，是日本在日俄战争胜利后于 1906 年成立的半官半民的公司。它主要经营日本根据《朴茨茅斯条约》获得的大连—长春、奉天—安东间的铁路及其支线，同时掌管铁路附属地区的司法、警察、税务等各项行政权，并兼营港口、矿业、钢铁等产业，是当时日本最大的垄断公司，总裁和副总裁均由政府任命，成为日本实施对中国大陆殖民侵略政策的据点。第一代总裁后藤新平升任通信大臣兼铁道院总裁后，副总裁中村是公被提升为总裁。中村是公就任总裁后不久，马上邀请时为朝日新闻社社员的旧友夏目漱石来"满洲"协助自己办报，显然是为了借助夏目漱石的力量，加强"满铁"在日本国内的宣传。由于夏目漱石没有积极答复中村是公的邀请，最终中村决定改为邀请夏目漱石前往"满洲"视察，7 月末至 8 月末之间夏目漱石和中村是公之间为此事的来往，在夏目漱石 8 月 4 日、6 日、7 日、13 日、16 日、17 日、18 日和 27 日的日记中均有记录，说明了夏目漱石此次"满韩"之行的成行原因。

游记《满韩漫游》的开头这样描写此次"满韩"之行的起因：

> 我一本正经地问：南满铁道会社到底是干什么的？满铁总裁有些愕然，答道：你可真是个笨蛋。被是公说成笨蛋，我一点也不害怕，所以没有作声。于是，是公笑道：怎么样？这次带你一起去吧。……看见我并不起劲，总裁颇为语重心长地说，你来看看海外的日本人都在做些什么事情吧，像你这样一无所知又很高傲，别人会不满的。据是公说，他在马关还是哪里的旅馆放了一大笔我们觉得甚至不必要的钱，我很想和是公一起走走，看看这样一大笔钱会对旅馆老板和服务员产生怎样的影响。③

这种带着自嘲与调侃的笔调中，透露出了此次夏目漱石"满韩"之行的原因。"海外的日本人"显然指的是"满铁"管辖下在中国东北地区开拓殖民

---

① 随笔《永日小品》的《变化》一文中曾提及此事。参见夏目漱石『漱石全集』第十六卷，岩波书店，1957 年，第 113 页。

② 本节中引用的夏目漱石全集中的作品、日记、书信的中文译文均由笔者译出。

③ 本节中引用的《满韩漫游》文本，均出自夏目漱石『漱石全集』第十六卷，岩波书店，1957 年，第 128—227 页。以下不再一一标注页码。

地的日本人,而此次夏目漱石"满韩"之行的资金来源完全由"满铁"赞助自不必说。因此,夏目漱石的此次"满韩"之行从性质上说,是由"满铁"总裁亲自安排的一次视察之旅,受到的是高规格的非常隆重的接待。到达"满洲"后,夏目漱石乘坐的是"满铁"的崭新马车,下榻的是"满铁"经营的高级宾馆,每天会面的是"满铁"的高官和重要干部,参观的都是"满铁"经营的各项先进设施和产业。值得注意的是,在这里,作者将最终决定去"满洲"的原因,调侃为想看一下钱的力量,这种隐晦的写法显然是作者有意淡化此次"视察之旅的高规格",试图为此次旅行营造一种追随旧友随意游玩的轻松氛围。

在这样一种意图之下,《满韩漫游》中并没有直接对"满铁"的事业进行高调的赞颂,而是用大量篇幅描写在各地与旧友旧知的会面,更是穿插了大量学生时代的片段。这些旧友旧知中除了"满铁"总裁,还有时任大连海关总长的立花政树、旅顺警视总长佐藤友熊以及东北大学教授桥本左五郎等事业上小有成就的人物。《满韩漫游》中描写学生时代的中村是公不善言辞、不拘小节,立花政树名字的插曲,佐藤友熊的奇特装扮和秃头,桥本左五郎落第的历史。这些描写淡化了他们目前的身份地位,拉近了这些人物与作者夏目漱石之间的距离,使得原本具有官方色彩的视察之旅被描写得如同私人的访友之旅。因为这个原因,《满韩漫游》连载之后,即受到批评,认为这部游记过分突出了夏目漱石与旧友之间的交往与回忆,名为《满韩漫游》,实则为《漱石处处》①。这种评论恰当与否暂且不论,它的出现本身说明夏目漱石的这种创作意图是显而易见的。

那么,夏目漱石是否忽视了中村是公邀请自己此次"满韩"之行的真正目的,沉醉于与旧友旧交的友情重温之中呢? 其实,并非如此。《满韩漫游》虽然没有对"满铁"大唱颂歌,但是细节之处却强调了日本"内地"无法相比的"满铁"建设的先进局面。大连的电气公园是日本"内地没有的";有轨电车采用的是"最新式的轨道铺设方法";发电厂里拥有"东洋第一高的烟囱";抚顺市的房屋"都是砖瓦建造,如同电影中一般,根本无法想象是日本人建造的。而且这些漂亮的房子几乎每幢都各不相同,各有各的特色,令人吃惊。其中既有教堂、剧院,又有医院、学校。当然还有矿上员工的住宅,都如同东京山手高档住宅区一样。松田说,这些都是日本技师建造的"。在描写"满铁"建设的成就之时,作者一再强调"满铁"建设之下"满洲"的先进与日

---

① 小宫丰隆在《满韩漫游》的解说中指出:"有人曾讽刺地批评说,《满韩漫游》不过是《漱石处处》而已。也许这话传到了漱石耳朵里,使他失去了继续写下去的兴趣。"参见夏目漱石『漱石全集』第十六卷,岩波书店,1957 年,第 237 页。

本"内地"的对比,"从内地来的人被当成乡下人也没有办法";"看来在内地无论干什么都要受到很多干涉"。在当时的日本人眼中,"满洲"是远离日本的荒凉之地,是那些在日本内地生活陷入绝境之人的逃避之所①。作者在这里强调"满铁"建设的"满洲"是一块自由创业之地,其先进与开化已超越了日本内地,无疑是在向日本国内读者宣传一个崭新的"满洲"印象。

同时,作者又将对当年创业者艰辛的描写穿插在参观的过程之中。

> 满铁要员初到大连时,也曾住在这个鬼屋里。那时,这个鬼屋荒凉得连鬼都难以居住,就像一具骸骨一般耸立在一片战后的废墟上。以此为阵地的创业者们,与恶劣的天气、匮乏的物资和各种不便展开了一场殊死较量。有人在火车中烧煤取暖险些煤气中毒而死;有人在货车上点起煤油灯小便,煤油灯一摇晃马上就熄灭了;有人用吸管喝水,刚刚吸进来两三滴,水就结成了冰;一切如同探险一般。
>
> "那时候清野曾经把半打毛衣都穿在了身上。"
> "清野吓坏了,从此再也不来了。"

作者以幽默的笔触,于不经意之间强调了历经艰苦创业的开拓者们的功绩。这些开拓者中包括夏目漱石的各位旧友,"满铁"今日的成就当然也有他们的功劳。作者没有歌功颂德,但是将分散在游记各处的这些细节归纳起来的话,作者不留痕迹地对"满铁"建设成就的颂扬清晰地凸显出来。可以说这是作者夏目漱石对于赞助此次"满韩"之旅的旧友的意图,以一种高明的方式进行的回应。

不过,正因为如此也产生了一个问题。"满铁"实质上是日本帝国主义殖民政策的尖兵,作者对于"满铁"领导者成就的承认与迎合,使得作者本身自然而然也站在了与他们相同的立场上。对于"满洲"这块殖民地上的中国人,作者流露出一种殖民者的蔑视和轻侮,这一点屡屡被指出。除了前文提到的,对中国人使用"清国佬儿"这样的蔑称,描写中国的苦力肮脏、人力车夫拉车粗鲁之外,作者还一再强调中国房屋"特有的臭味",认为中国人是"非常肮脏的国民"。在"奉天"遇见被车撞伤的老人,众目睽睽之下,老人面无表情地暴露着伤口,而中国导游对此并不介意,作者发出"残酷的中国人"的感叹。描写辽河水由于夹带着很多中亚地区刮来的黄土而非常混浊时写

---

① 夏目漱石作品《门》(1910)中的安井、《彼岸过后》(1912)中的森本以及《明暗》(1916)中的小林都是因为在日本内地待不下去而远赴蒙古、"满洲"、朝鲜等地的。

道:"中国人更是很迟钝,自古以来就喝着这泥水,悠闲地结婚生子繁荣到今天。"这些描写拼凑起来构成一个肮脏迟钝、野蛮落后的中国意象。《满韩漫游》中没有提及一个有名有姓的中国人,而是以这样一种整体意象呈现出来,不能不说这体现出作者审视中国人的立场和角度与作者旧友们所在的"满铁"的立场表现出某种一致性,作者似乎高高在上地俯视着陷入殖民地命运的中国人所表现出来的缺点和不足。当作者与"满铁"的领导者们站在同一立场上时,这种对中国人的偏见与歧视就成为其不可避免的局限性。

2. 不受欢迎的自嘲与调侃

但是,描写"满铁"的建设成就和中国人落后面貌的《满韩漫游》,并没有受到紧紧追随时势变化的报社的重视。《满韩漫游》在《朝日新闻》上连载几经中断,引起作者不满。1909 年 11 月 6 日,夏目漱石在给朝日新闻社池边三山的信中写道:"前日约好继续连载《满韩漫游》,可伊藤公死了,基奇纳①来了,又有国葬,又有大演习。不知道什么时候才有三版的版面。读者也忘了《满韩漫游》,小生也有些松懈,故而暂且把存放在涩川君处的两三回的稿子用来交差。"②11 月 28 日写给远在柏林的寺田寅彦的信中说:"我受报社之托写《满韩漫游》,可每当版面紧张,就把我的推迟刊登。我很生气打算不写了,他们又来求我写。现在还在拖拖拉拉写一些。"③青柳达雄在《漱石与涩川玄耳——关于〈满韩漫游〉中断的理由》一文中指出,夏目漱石最终停止了《满韩漫游》的连载与该文没有受到报社重视不无关系。文中还指出,就在《满韩漫游》连载的同时,11 月 5 日开始,报社社会部部长涩川玄耳的《恐怖的朝鲜》一文开始在《朝日新闻》上连载。该文是涩川玄耳根据一个月前去朝鲜旅行的见闻所作的游记。10 月 26 日伊藤博文被朝鲜人安重根暗杀后,涩川玄耳适时推出该游记,题目也与当时日本人心中"恐怖的朝鲜"印象相吻合。青柳达雄认为,与夏目漱石日记中记录的朝鲜部分不同,涩川玄耳的《恐怖的朝鲜》紧随时事动向,体现出新闻记者敏锐的时事报道才能。该文仅停载两次,于 11 月 30 日连载完毕。④

---

① 基奇纳是英国殖民地统治的代表人物,曾任埃及驻军司令官,1899 年至 1902 年在南阿战争中担任总司令,对南非地区反抗殖民地的独立运动进行了残酷镇压。自 1902 年至 1909 年担任印度驻军总司令,一直活跃在英国殖民统治的第一线。
② 夏目漱石『漱石全集』第二十九卷,岩波书店,1957 年,第 94 页。
③ 同上书,第 97 页。
④ 参见青柳达雄「漱石と渋川玄耳——『満韓ところどころ』中断の理由について」,小森阳一、石原千秋编『漱石研究』第 11 号特集『彼岸過迄』,翰林书房,1998 年,第 178—187 页。

正如青柳达雄所指出的,《满韩漫游》的连载屡屡推迟,说明尽管夏目漱石从迎合赞助自己"满韩"之旅的"满铁"的角度,以作家含蓄的手法对"满铁"的事业进行了宣传,但是这与报社所需要的紧贴国民情绪的报道还有距离,因而受到冷遇。明治末期,由于中日甲午战争和日俄战争的胜利,日本国民获得了自信,认为日本已经成为可以和欧美列强并驾齐驱的一等国家,明治初期文明开化以来逐渐生成的蔑视亚洲的感情日益升级。在日俄战争的停战和约《朴茨茅斯条约》中,虽然俄国割让了萨哈林岛的南半部,承认日本在朝鲜的利益,日本获得了关东州的租借权以及长春至旅顺之间的铁路,但是日本没有获得任何赔偿金,获得俄国在中国东北地区所有权利的梦想破灭。这使得对外扩张情绪日益高涨的日本国民大为不满,在和约签订当天的 1905 年 9 月 5 日,原定在东京日比谷公园召开的反对缔结和约的国民大会遭到取缔后,数万名民众与警察发生冲突,进而演变成为大规模的民众暴动事件,政府支持的报社、首相官邸和警署等遭到民众袭击。东京发生的暴动又席卷到全国,日本各地都爆发了反对和约的运动。这就是日本近代史上著名的"日比谷烧打事件"。这一事件的发生,说明当时在日本民众当中排外扩张主义和民族主义情绪正在急速膨胀,日本国民的大多数都支持日本的帝国主义殖民政策。在这种民族情绪不断高涨之时,1909 年 10 月26 日,时任韩国统监的伊藤博文在哈尔滨火车站被朝鲜独立运动家安重根暗杀。这一事件给日本国内带来很大震动,日本国内敌视朝鲜的情绪加强,日韩合并论占据上风,最终于翌年 1910 年日本强行签订日韩合并条约,彻底将朝鲜半岛变为日本的殖民地。

在这样的时代背景下,日本民众舆论需要的是能够满足他们对外扩张梦想的"满韩"游记,而夏目漱石在《朝日新闻》上连载的《满韩漫游》却大篇幅地渲染旧友旧知间的友情,虽对"满洲"的殖民建设和中国人的落后有所触及,但是由于文笔带着自嘲和调侃的口吻,颇有闪烁其词之感。虽然战后中野重治批判《满韩漫游》"渗透着帝国主义、殖民主义思想",但是在当时,《满韩漫游》中的这些描写显得过于温和含蓄。不仅如此,《满韩漫游》中还有多处体现作者批判意识的描写,更与当时的舆论风潮显得格格不入。

3. 漱石的"视角"

作者在描写"满铁"各项事业顺利进展的同时,还描写了受雇于"满铁"各项产业的中国人微薄的工资待遇。在参观豆油工厂后,作者感叹苦力们肃静卖力地工作,日本向导也感慨地说:"日本人无论如何是做不到的,那样干一天才五六分钱,就靠着那点钱过活,真不知道他们为何能那么强壮。"虽然作者并没有明确指出,这些中国苦力受到了压迫剥削,但是描写苦力们一天微薄的工资,以及辛苦单调的工作,等于揭示出了"满铁"各项事业中雇用的中国苦力的艰苦劳作。这与"满铁"的领导者们居住在"日本无法居住上的"豪宅中,享受文明开化的生活方式形成鲜明对比,作者显然意识到了殖民者与被殖民者之间生活状态的差异。正是这种差异,使作者在观察苦力们工作时,感到一种敬畏:

> 他们如同没有舌头一般自始至终沉默无语,从早到晚一担担地搬运沉重的大豆包,爬上三楼,再下来。这种沉默,这种有规律的运动,这种忍耐,这种精力,犹如命运的化身一般。……烟雾之间,赤铜色的肌肉大汗淋漓放着光芒,显得非常勇猛。我望着这些赤裸着的苦力,不由得想起汉楚军谈,当年让韩信从胯下爬过的豪杰一定就是这样的人。

竹内实认为,夏目漱石对于"满洲"的支柱产业——大豆炼油业工厂中工人劳动的描写,说明夏目漱石一方面意识到了在"满铁"的资本积累时期对产业工人的压榨和剥削,一方面也预感到了这些被剥削的工人一旦觉醒组织起来,必然是一股不可小视的力量。[①]的确,由苦力联想到藏龙卧虎于民间的豪杰,说明作者意识到如此压迫最终会遭到反抗,因此作者担心地询问向导:这样艰苦劳动的苦力们"会不会掉进油桶中而死"。这种观察和担忧说明作者意识到了殖民地繁荣背后潜藏的危机。

在描写日俄战争中战事最为激烈的战场旅顺时,《满韩漫游》中更是充满了对战争的批判意识。

《满韩漫游》中描写的旅顺一直带有荒凉、冷清的氛围,处处反映出战争给这个城市留下的创伤。在作者笔下,旅顺港被描写成"不是人去的地方";旅顺的城市在周围"秃山"的环绕之下,"如同废墟一样",作者"感到无论再过多少年,都会和现在一样冷清,再也不会改变。这种感觉充斥着房屋、街道和美丽的天空中"。这种对旅顺重建的悲观,来源于作者心中对那场惨烈战争的深刻印象,同时也说明作者对于战争的抵触感。这完全不同于为日俄战争的获胜而群情振奋的一般日本国民。

在参观旅顺的战利品陈列所时,曾参加过战争的 A 君"热情介绍"战利品。但是作者对于这些作为战胜国的日本国民应该引以为豪的战利品,却"记不分明"。"只是有一件仍然记得清楚,是一只浅灰色缎面的女人鞋子。

---

① 参见竹内实『日本人にとっての中国像』,春秋社,1966 年,第 310—313 页。

其他的,如手榴弹啦,铁丝网啦,鱼雷啦,伪造的大炮啦,仅存的只有单词本身,头脑中的形象却不清晰。但是这只鞋子的颜色和形状,无论何时何地,只要一想到,就会鲜明地浮现在眼前。……这只小巧发白的鞋子的主人到底是在战争中死了,还是幸存了下来,我没听清楚。"在众多值得战胜国炫耀的战利品中,作者仅对一只女人的鞋子记忆犹新。女人显然不属于战斗人员,而是战争中的一名平民,对这样一个平民命运的关注,说明作者更多注意的是战争给平民带来的灾难。虽然作者属于战胜国的国民,却把视线投向战争中受害者的命运。这不能不说体现出作者对于战争的批判意识。

《满韩漫游》中还描写了在战争间隙,日俄交战双方的士兵互相交谈的一个小插曲。"据说,累了就不再打枪,有时还会和敌方讲话。有时候向对方讨酒喝,有时候请他们给一个清理尸体的时间,有时候一起商量结束这毫无意义的打仗,总之聊过很多事情。"本应剑拔弩张的交战双方,在这里描写得如同朋友一般。士兵之间这种充满人与人之间温情的交往,出现在非你死即我亡的战场上,显然作者的用意在于突出非人性的战争中人性闪光的一面。而交战双方士兵对于结束战争的渴望,与当时大肆宣扬为国家壮烈捐躯成为"军神"的氛围是背道而驰的。

日俄战争期间,日军在第 3 军司令官乃木希典的指挥下,进攻俄军旅顺口要塞。此役,日军指挥有误,一味实施正面强攻,采取不惜代价的"肉弹"战术轮番冲击,投入 13 万兵力,历时 135 天,伤亡 5.9 万人。《满韩漫游》中多处提及这次战役,强调日军伤亡众多,对于战胜国日本来说,这是最不愿意公开的事实。而作者在文中再三强调战死的士兵们化作鬼魂,仍在抱怨,无疑是在揭露战争中不为人知的残酷一面。

《满韩漫游》没有着力宣扬旅顺重建后的成就,而是围绕着当年的战争作了很多描写。战争的残酷、对人性的摧残与旅顺重建后的奢华设施形成一种矛盾。作品中描写在"废墟一般"的旅顺新建成的大和宾馆:"床上铺着雪白的床单,地板上是柔软的地毯。阔绰的安乐椅摆在一旁,器物是崭新的,一应俱全。可是室内和室外完全是两个不同的世界。直到想起'满铁'经营这家旅馆并不是为了赚钱,我心里充满了一种矛盾的感觉。""满铁"经营这家旅馆不是为了赚钱,主要是为了接待来宾,展示殖民地建设的成就。而这种建设成就建立在残酷的战争后的废墟之上。作者清醒地认识到战争浩劫与战后享受之间的矛盾,对此表示出了怀疑。

当日本国民在为日俄战争的胜利而信心倍增,为日本实现"脱亚入欧"而欢呼鼓舞时,《满韩漫游》中所表现出的对于这场战争的质疑与批判态度,无疑是不受主流媒体欢迎的。当时媒体需要的"满韩"游记是迎合大众开发新殖民地风潮,对"满韩"建设大力颂扬,鼓励日本人纷纷去殖民地开拓的游记。而作者出于旧友中村是公的情面所做的含蓄颂扬,远远不能满足大众需求。而且《满韩漫游》中不时流露出的批判意识,也与当时的舆论大相径庭。不能不说正是这些原因,导致了《满韩漫游》屡屡被报社停载的结果。而作品中过多描写旧友旧交的小插曲也受到批评,这些因素综合起来最终使夏目漱石以年终为由停止了《满韩漫游》的连载。

夏目漱石根据"满韩"之行的经历创作的游记《满韩漫游》,在连载当时因其中的批判意识而未受到报社和舆论的好评,在战后又因为其中迎合殖民地建设、对沦为殖民地的中国人表现出的蔑视描写,而再次受到批评。可以说,这是一部游走在迎合与批判之间的游记,它折射出所谓"荣光的明治"的鲜明时代色彩,既包含着作者夏目漱石在当时的历史时代语境下清醒的批判意识,也反映出作家被卷入"满铁"殖民地建设风潮的局限性。

二、《苏州纪行》《秦淮之夜》《西湖之月》的"非东方主义"解读

自西原大辅的专著《谷崎润一郎与东方主义——大正日本的中国幻想》(以下简称为《谷崎润一郎与东方主义》)问世以后,以谷崎润一郎为代表的大正"中国趣味"作家的作品往往被置于东方主义话语的框架中进行解读。这一理论框架的确有助于读者理解这些作品的共通之处,但不可避免地掩盖了各个作家各个作品之间千差万别的个性。另一方面,尽管在日俄战争中获胜以后,日本成功跻身列强行列,面对中国时的优越意识,以及对于中国落后局面的轻视之情日益明显,将起源于欧洲人观察西亚、非洲等殖民地的东方主义视角,套用在历史上有深厚渊源、同属儒学文化圈的日本和中国之关系时,还是不可避免会出现一些牵强之处。

正如前文多次引用的,当代日本学者曾指出:"当我们日本人立足于后殖民主义批评的视点时,会处于一个微妙的立场。这是因为直至20世纪中期,我国在政治上属于建设殖民地的一方,但同时在文化上又无法摆脱西方殖民地支配的影响。当我们遭遇西方文化中定型的那个被歪曲的本国人形象时,会感到困惑。与此同时又存在着如下的问题,那就是日本为了进行帝国主义的侵略扩张是如何将他国文化故意扭曲丑化的。"①

---

① 廣野由美子『批評理論入門』,中央公論新社(中公新書),2005年,第212页。

如果说西方将东方只视为"他者",那么日本由于与其殖民地化的各个国家地区之间,拥有汉字、佛教、儒学等共同的文化基础,使得近代日本观察中国的视角不可能与西方的"东方主义"完全相同。昭和时期以后,中国等东亚国家、地区与日本之间的这种文化纽带被用于"同文同种"之类的军国主义宣传口号,强调日本与被支配地区之间的同一性,以此掩盖对于被支配地区的蔑视与偏见。但是在大正时期,"中国趣味"作家观察中国的视角包含着诸多不能以"东方主义"一语蔽之之处,值得逐一解读,如此方能揭示出在中日两国全面战争爆发以前,由大正"中国趣味"可以发展出来的种种可能性。虽然昭和时期的战争一度扼杀了这些可能性,但是其生命力仍然绵延流传于包含日本与中国关系的各种文本之中。

基于以上考量,本节以被明确冠以"东方主义"话语标签的谷崎润一郎的三部作品《苏州纪行》《秦淮之夜》和《西湖之月》为切入点,解读其中不能为"东方主义"一语蔽之的诸多方面。

1. 在中国谋生的日本人形象

1918年10月至12月,谷崎润一郎单身一人赴朝鲜和中国旅行①,《苏州纪行》《秦淮之夜》《西湖之月》三篇均为作家此次中国旅行之后发表的作品,其中《苏州纪行》(1919)讲述日本人"我"在苏州乘坐画舫前往寒山寺游玩的经历;《秦淮之夜》(1919)则以南京为舞台,讲述日本人"我"某晚至秦淮一带用餐并买妓的故事。《西湖之月》(1919)讲述的是日本人"我"去杭州西湖旅行,偶然目睹一个中国美女溺死的事件。三篇作品均以第一人称"我"进行叙述,"我"的身份均为来自日本的旅行者,与《美食俱乐部》(1919)、《天鹅绒之梦》(1919)、《鹤唳》(1921)等第一次中国旅行之后创作的其他作品相比较,可以说这三部作品均具有一定的游记性质,既有谷崎的亲身经历,又有一些虚构的成分。总的来说,某种程度上可以由这三部作品推测谷崎第一次中国旅行的真实感受。

谷崎此次单身一人游历中国,在中国各地受到日本朋友的照顾②,目睹了在中国谋生的日本人的生活现状。《苏州纪行》中"我"乘坐画舫水上游的

---

① 根据西原大辅考证,谷崎于1918年10月13日抵达"奉天",逗留9天左右;10月22日后经山海关到达天津,10月26日离开天津赴北京,逗留至11月4日左右。之后沿京汉铁路南下,到达汉口、武昌,后乘船到九江,登庐山,11月20日前后到达南京。11月22日离开南京,先后到苏州、上海、杭州,后又返回上海,12月中旬由上海返回日本。

② 如在"奉天"期间,曾住在供职于"南满"医学院的木下杢太郎家里。在北京期间,由毕业于同文书院的村田孜郎介绍去看京剧。在上海期间,住在中学同学土屋计左右家中。

向导就是入住的日本旅馆的老板娘。"我"对这个老板娘非常不满,因为她除了生意以外,对中国文化一无所知,不知道水上飞鸟的名字,更不知道相传为纪念范仲淹而修建的"白云寺"这座寺庙。老板娘自己"对轿夫严厉呵斥"①,还对"我"说:"钱可以让日本人赚,但是给中国人一文钱都觉得可惜。"她的儿子也是"威风十足地喝令"轿夫和苦力们。看见在中国人面前耀武扬威、盛气凌人的这一对日本母子,"我"心想:"难得游玩一次,遇见这么粗野的同胞让人心情不快","十七八岁起,就学会了把中国人当猫狗一样对待,还以为这样自己就成了一方豪杰。来到中国的净是这样的日本人,对中国来说也是件麻烦事吧。当然,孩子狂妄自大,都是因为父母不好"。日本人来到中国谋生,不仅对当地的文化毫不了解,而且一味地苛责欺压中国人。《苏州纪行》聚焦这一现象,描写身为日本游客的"我"对此的不满与气愤,说明作者原本期待的是来中国谋生的日本人能够学习了解中国文化,并平等地参与到中国的市场竞争之中。

与谷崎润一郎同为"中国趣味"作家,曾作为大阪每日新闻的特派员于1921年游历中国将近四个月的芥川龙之介,在回国后发表的《中国游记》中也关注到在中国谋生的日本人这一群体:

> 记得有个叫 X 的日本人,在上海已经住了二十年。结婚在上海,生孩子在上海,积蓄了大笔金钱也是在上海。也许因了这个缘故吧,X 对上海有着炽烈的爱。偶尔有客人从日本来,他总要把上海大夸一番。不论是建筑、马路、菜肴还是娱乐,一切的一切都是日本不如上海,上海和西洋一模一样。他甚至劝说客人:"何必在日本那种地方辛苦、忙碌呢?还是早点儿来上海吧。"这位 X 先生死的时候,打开他的遗嘱一看,所写的内容却出人意料:"我的骨灰,无论如何都要葬在日本……"②

芥川龙之介以大阪每日新闻特派员的身份游历中国,诸事皆由报社安排妥当,所会面的中国人是章炳麟、郑孝胥、辜鸿铭、胡适等知名知识分子,可以想见芥川所接触的在留日本人,例如 X 这般,满口称赞中国之好,吸引日本人奔赴中国,很大程度是在媒体人面前表现出来的出于"外交"或者"宣

---

① 本节中所引用的《苏州纪行》《秦淮之夜》《西湖之月》均出自《谷崎潤一郎全集》第 6 卷,中央公論社,1981 年,中文译文由笔者译出。

② 本节中《中国游记》的引文,均出自陈生保、张青平译《中国游记》,北京十月文艺出版社,2006 年,不再一一注明出处。

传"的策略。这与完全以个人身份"自助"游玩中国的谷崎所目睹的开拓中国市场的日本人生存状态之间,存在很大差异,而这正是从"公"与"私"两个不同层面进入中国的日本人不同生活状态的表象。即便是表现出对中国无比热爱之情的日本人 X 最终还是希望叶落归根,这与他平时的言行形成极大反差,芥川高度概括出以 X 所代表的这一类日本人的深层心理,而谷崎早在以个人名义旅行之时就已经感受到了在中国谋生的日本人毫不掩饰的真实一面。

这一在中国谋生的日本人形象谱系在 1909 年至中国东北地区"漫游"的夏目漱石的笔下已初现端倪:

> 昨天在桥上相遇的女人也在同行的队伍里,她和我屁股挨着屁股坐在同一辆车上。屁股挨屁股坐在一起也没有说话,连面孔都没仔细看。但是,我的确听到了她说话的声音,而且,她说的是中国话,我听不懂她说的是什么。她使劲地训斥拉车的苦力,她的能言善辩着实令人吃惊。难以想象她就是昨天微笑着从我的身旁走过去的那个女人。①

在作为"南满洲铁道株式会社"总裁贵宾的漱石面前表现得温文尔雅的旅馆老板娘,面对中国人也是严词厉色,以至于夏目漱石不能相信这是同一个人。夏目漱石和芥川龙之介所具有的政府机构与主流媒体的背景,是单身一人来到中国的谷崎所不具备的,正因如此,谷崎目睹的应该说是在中国谋生的日本人更真实的面目:与"大义名分"无缘的平民百姓在弱肉强食的生存逻辑支配下的言行举止。

2. 与众不同的"清洁"意识

以夏目漱石《满韩漫游》、芥川龙之介《中国游记》为代表的日本近代作家的中国纪行文章中,往往出现"肮脏"与"不洁"等词语。《满韩漫游》中不仅指出苦力们"肮脏",还提及"中国房子里固有的一种臭味",中国人"自古以来喝着这泥汤之水,怡然自得地繁衍子孙"。《中国游记》中还注意到就连京剧名角的戏服也"脏兮兮",名角绿牡丹和"我"寒暄时,"用手指擤了一泡鼻涕,干净利落地摔在了地板上"。在菜馆里,跑堂的"竟要我在厨房洗碗池下的水槽里方便"。当近代日本人用"肮脏"一词描述中国以及其他亚洲国

---

① 本节中《满韩漫游》的引文,均出自《中国印象记　满韩漫游》中王成所译《满韩漫游》,中华书局,2007 年,不再一一注明出处。

家之时,应该将其看作一种客观描写,还是视其为一种"歧视"用语呢? 学者朴裕河认为:关于饮用水、空气等与人体健康之间关系的知识属于近代科学的产物,因此"卫生"意识也可以说是"近代"的产物,它与作为"文明"国家的自负意识紧密相连,对于中国等亚洲国家产生的"不洁感",以清洁度为标准对"不卫生"和"不洁"进行排斥的行为,是伴随着作为"文明"人的自我认同而产生的。也就是说,对他国"肮脏"状况的确认,必然会产生一种"种族主义"的歧视,从而赋予"帝国主义"正当化的理由。① 的确,众多日本近代作家撰写的中国纪行文章经由主流媒体传播之后,其中频繁出现的"肮脏""不洁"等词语,为轻侮蔑视中国的舆论提供了有力支撑,因而它已经不再是客观描写事实,而是一种典型的歧视话语。

在这样一种话语环境中,谷崎的书写显得与众不同。《苏州纪行》中这样写道:

> 真的为日本同胞着想的话,难道不应该改善旅馆设施,让它比中国的旅馆更加舒适吗? 根据我的经验,除了语言不通之外,中国人的旅馆要经济得多,热情得多,清洁得多。(当然这只是就南方而言。)

《西湖之月》中也写道:"的确如火车上遇见的商人所说,中国人经营的旅馆万事都很清洁,细致周到。"事实上,在中国旅行期间,谷崎也遇到了与芥川龙之介相似的经历。在天津听戏的时候,"戏院的那个肮脏劲儿让人头疼","舞台上扮着俊男美女的演员,居然也能在台上又吐痰又擤鼻涕"。② 京汉铁路"最难以忍受的是厕所的清扫很不到位"。③ 尽管有此经历,谷崎仍然试图从中国人的角度出发来理解这种现象。"可是,观众毫不在意,沉醉在音乐里,摇头晃脑、拍手跺脚地打着拍子,渐入佳境时还狂热地叫好喝彩,我深切地感受到中国人实在是喜爱音乐的国民。""不知不觉地我的耳朵也习惯了那高亢的音调","中国音乐的节奏与西洋音乐不同,表达的感情与日本人有相通之处"。④ 可以看出,谷崎努力融入中国当地的文化氛围,并从中日两国的相通之处出发来理解中国。十多年后,在《懒惰之说》(1930)一文中,谷崎虽回忆当年京汉铁路的厕所让他"几次到了门口又折返",但是又把这些归

---

① 参见朴裕河「インデペンデントの陥穽─漱石における戦争・文明・帝国主義─」,『日本近代文学』1998 年第 5 期,第 88—90 页。

②④ 谷崎潤一郎「支那劇を観る記」,『谷崎潤一郎全集』第 22 卷,中央公論社,1983 年,第 72 页。

③ 谷崎潤一郎「懶惰の説」,『谷崎潤一郎全集』第 20 卷,中央公論社,1982 年,第 224 页。

纳为东方人都具有的"怕麻烦""慵懒"的倾向,甚至从老庄哲学的"无为"思想中寻找根源。不仅如此,谷崎还发现中国南方十分清洁,可见谷崎提到的"肮脏劲儿"只是对所到之处的直观感受而已,并没有以先入为主的"清洁观"衡量中国人文明程度的"帝国"国民意识。当在中国南方发现清洁的旅馆和饭店之后,谷崎便愉快地享受起自己的行程:"北京一带即便是一流的店家也十分不洁,今晚终于可以安心地享用美食了。"①

当日本近代作家通过中国纪行文章将"肮脏""不洁"固化为近代中国形象之一大要素之时,以文明批评见长的日本作家笔下也出现了日本人随地吐痰之类的描写。谷崎最为尊敬的作家永井荷风与《苏州纪行》等同期发表的小说《五叶小竹》(1920)中出现两三处商店老板随地吐痰和知名画家的少爷随地小便的描写:"云林堂老板举止粗俗地对着窗外大声吐了一口痰。""杉山一个人大笑,突然好像有痰卡在喉咙里,毫不顾忌地大声吐到了水槽里。""阿翰嘟囔着,在原地撒了一泡长长的尿。"②《五叶小竹》中将吐痰这一行为作为商人们"举止粗俗"的一种表现,也赋予了负面意象。也就是说,一方面中国纪行文章大肆宣扬中国的"肮脏"与"不洁",将其视为中国尚未"文明开化"的重要表现,一方面自负地认为已经成为"文明国民"的日本人在国内也有很多"肮脏""不洁"之处。本节在此无意比较近代中日两国国民的清洁程度孰高孰低,只是通过此类中国纪行文章与同期日本作家作品的纵向与横向比较,尝试为谷崎作品中关于"清洁"与"不洁"的描写定位,不难看出谷崎只是作为一个普通的旅行者陈述其所见所感,作为"文明"帝国国民的优越意识似与谷崎无缘。

3. 乡　愁

西原大辅《谷崎润一郎与东方主义》一书中指出,谷崎与中国旅行相关的文章中经常出现"童话世界""神话乐园"一类词汇。例如,《苏州纪行》中的一段:"说到西施,对我来说,与其说是历史上的人物,还不如说是童话故事里的公主一样。在我的心目中,西施就是童话世界中的公主。"这说明谷崎将中国看作"远离二十世纪之现实的童话世界"③,一个幻想之国,这与欧洲人描述的东方不过是其头脑中凭空想象出来的海市蜃楼有异曲同工之处。《谷崎润一郎与东方主义》一书的中文版将此处译为"童话世界中的公

---

① 谷崎润一郎「秦淮の夜」,『谷崎润一郎全集』第 6 卷,中央公論社,1981 年,第251 页。
② 永井荷風「おかめ笹」,『荷風全集』第五卷,春陽堂,1925 年,第 471、483、500 页。
③ 西原大辅:《谷崎润一郎与东方主义》,赵怡译,中华书局,2005 年,第113 页。

主",但在《苏州纪行》原文中作者并没有直接使用"童话"一词,而用的是"お伽噺"。这个词根据《大辞林》的释义,意为"大人讲给孩子听的传说或者故事",这种传说或者故事大多属于民俗学的口传文艺之一,如"桃太郎""一寸法师"等。《苏州纪行》中另一处也出现"お伽噺"这个词的句子是:"お伽噺のお爺さんとお嫗さんの住んでいる村は、きっとああいう所にあるのではないか知らん。(传说故事里老爷爷和老奶奶居住的村庄一定就是那样的地方吧。)"日本的民间传说故事里经常以"从前,有一个老爷爷和老奶奶"之类的句子开始,显然这句话中的"お伽噺"就是指民间流传的故事一类。《苏州纪行》中"公主"一词使用的是"お姫様",这个词是日本对贵人家女儿的敬称。也就是说,《苏州纪行》中将"西施"比拟为对日本人来说更具亲和力的民间传承故事中的人物。

除"西施"之外,《苏州纪行》同样提到日本民间传说中的"桃太郎"。"桃太郎中桃子顺流而下的河水,大概就是这样的水吧。"河面上"一条小船摇摇摆摆地,像一只大桃子般摇摇摆摆地,连橹声也听不见,静静地朝着我们摇了过来"。"我"由苏州的河水联想到日本广为流传的民间传说"桃太郎",弃舟登岸后乘坐的轿子也"仿佛似日本王朝时代之物"。当了解到这一带是西施的故乡之后,"我"发出这样的感慨:"与探访日本的历史古迹时不同,感觉如同梦里遥远的东西一下子来到眼前,真是不可思议。"以上《苏州纪行》中的描述与其说与萨义德所说的欧洲看东方的"东方主义"视角如出一辙,倒不如说"我"在苏州发现的是与日本传统文化一脉相承之处,并由此唤醒了对日本历史传统的怀念之情。这种日本的历史传统在经过文明西化热潮洗礼之后的大正时代已经难觅踪影,却在中国留存下来,因此谷崎发出"遥远的""日本的历史古迹""一下子来到眼前"的感慨。日后谷崎对友人土屋计左右说:"苏州很好,我的心被那些斑驳残破的古城墙、铺在路上的旧砖和盛开在路边的野花打动了。"[①]对于苏州的美好印象,与作者在苏州找寻到了日本昔日的传统面貌,唤醒了一种乡愁不无关系。谷崎在《苏州纪行前言》中还写道:"我也许是因为喜欢水乡胜过山地,而且特别喜欢流过市街的河水的景色,这一日游让我彻底喜欢上了苏州。"[②]对于在东京市日本桥区蛎谷町出生长大的谷崎而言,苏州的街市风景唤醒了作家对故乡风景的爱恋之情,并将其移到对苏州的情感之中。

---

① 土屋计左右「上海における谷崎君」,『谷崎润一郎全集』第 14 卷,附录第 29 号,中央公论社,1959 年,第 3 页。
② 谷崎润一郎「蘇州紀行前書」,『谷崎润一郎全集』第 23 卷,中央公论社,1983 年,第 41 页。

众所周知,明治维新以后,日本在由传统向近代转型的过程中,经历了新与旧、东方与西方抉择的矛盾与冲突。以福泽谕吉为代表的日本早期启蒙思想家,所选择的是对旧有的、以中国文化为主体价值观的东方文化的全面背弃。①在明治时期最早接受欧美近代思想学术启蒙的一批新型知识分子,以冈仓天心为代表,至明治后期,开始力图用近代文化视角重新审视东西方文化,并在比较东西方文化优劣得失的前提下,对东方文化的精神和价值作出独特论述。②明治末期,文坛上浪漫派青年艺术家设立艺术沙龙"潘恩会",崇尚怀旧的"江户趣味""南蛮趣味"③。进入以"大正民主主义"和"大正浪漫"为特色的大正时代以后,"都市市民自由的生活意识和孤独感"成为大正文化的基调。④在这样一种浪漫、怀旧、自由的文化氛围之下,"乡愁"成为大正作家文学创作的一个重要主题之一。

以佐藤春夫的小说《李鸿章》为例,小说以第一人称叙述新任汉口领事的"我"在上海与李鸿章会面交谈的经历,最后以李鸿章历访欧洲期间,正好调任巴黎的"我"关注欧美报纸关于李鸿章的报道,在异国的寓所感到一种莫名的乡愁结尾。

> 我才意识到,李鸿章在这次交谈中对那位闺秀作家的一番话正是东方文化对西方文明给出的全部评语。是的,我没有像欧美人一般把这篇报道当成一则笑谈,我也是东方人。这个早晨,坐在巴黎的寓所里,一瞬间我感到一种意想不到的乡愁,而这乡愁并不是因为想念父母而引起的。⑤

作为小说《李鸿章》主题的"乡愁",不是思念远在故国父母的"乡愁",而是对文化传统的"乡愁"。这种"乡愁",不仅是小说《李鸿章》的主人公"我"一人的感受,即便是宣扬"脱亚入欧"的急先锋福泽谕吉也表达过类似的看

---

① 钱婉约:《从汉学到中国学:近代日本的中国研究》,中华书局,2007 年,第 214 页。
② 同上书,第 228 页。
③ 自日本室町末期至安土桃山时代的"南蛮趣味"起源于对于西欧各国的一种朴素的兴趣,而后发展成为对于西欧风俗的兴趣,并进一步随着基督教传入,呈现出强烈向往的趋势。后来由于锁国和禁教等原因,逐步销声匿迹,进入大正时期之后,由于文明西化政策推进的急速现代化进入瓶颈期,从而产生出芥川龙之介、北原白秋、木下杢太郎等具有唯美主义倾向的"南蛮趣味"。参见『世界大百科事典』第 2 版(平凡社 2009)"エキゾティシズム"词条。
④ 竹村民郎『大正文化』,講談社,1980 年,第 143 页。
⑤ 『定本佐藤春夫全集』第 5 卷,臨川書店,1998 年,第 401 页。

法:"日本人本来就是由儒教主义培养而成,是祖先以来遗传教育使然,……王政维新以后的革命是震天动地的大变动,政府的一举一动,无不非常英明果断,因此也就如同夺其精神而无遑他顾,为文明进步之大势所迫而只得跟随其后,但同时在心灵深处都尚存有古老主义的余烬,无不窃窃怀着恋恋不舍之情。"①福泽谕吉对自己极力主张断然舍弃的传统也不能不抱有"恋恋不舍不情"。日俄战争获胜后,日本得以加入欧美列强的行列。进入经济稳步发展、大众文化繁荣的大正时代之后,更多日本人开始反思,怀念失去的传统,这反映在大正作家的文学创作之中,使得"乡愁"成为一种常见的情感模式。

就谷崎润一郎个人的文学创作而言,其前期文学创作中虽极力推崇"西洋崇拜",但因关东大地震迁居关西地区后,却逐渐走上"回归古典"之路。日本现代著名思想家丸山真男对此类思想的"突变"曾经作出如下阐释:"日本社会以及个人精神生活中屡屡出现的对'传统'思想的复归,如同一个人吃惊之时突然脱口而出久未使用的方言一般。一秒钟之前还在说普通话,突然毫无征兆、毫无关联地露出乡音。""那些知识教养体系完全西化的思想家转变为'日本主义',如苏峰、樗牛、横光,其转变似乎属于异常变异,其实并非向其内心从未存在过的东西的飞跃(皈依),只不过是些没有一直持续到昨日的东西而已。"②可以说,这是近代日本经历明治时期激进的文明西化风潮后的一种宿命,由此不难解释明治后期至大正时期,文学创作中为何屡屡出现"乡愁"的影子。

日本自文字的发明开始一直深受汉字——儒学文化的影响,因此其文化记忆中包含有无法剔除的中国元素,中国文化可以说是日本文化的母体。近代日本人踏上中国土地,以各种立场、各种身份观察中国,即便是带着优越意识,也不可能与欧洲人观察书写东方的"东方主义"完全相同,他们内心深处自觉或者无意识地都会感受到一种"乡愁"。一味地给近代日本作家的中国书写贴上"东方主义"标签,等于忽视了中日两国之间关系的特殊性,抹杀了中日两国之间的这种文化渊源。

4. 对快乐的追求

如上文所述,《苏州纪行》《西湖之月》《秦淮之夜》三部作品均具有一定

---

① 福泽谕吉「排外思想と儒教主義」,『福泽谕吉全集』第 16 卷,岩波书店,1961 年,第 274—275 页。
② 丸山真男『日本の思想』,岩波书店(岩波新书),1994 年,第 12 页。

的游记性质,与《美食俱乐部》《天鹅绒之梦》《鹤唳》等第一次中国旅行之后创作的其他中国题材小说相比,可以看出后者所表现出来的对于饮食男女等感官愉悦的追求更明显地承袭了谷崎作品一贯的风格,以一种极端近乎偏执的形式呈现。野崎欢在《谷崎润一郎与异国的语言》一书中甚至指出,谷崎对中国的喜爱之情中潜藏着一种贪婪到近乎无耻的追求快乐的欲望。①

《美食俱乐部》中主人公 G 伯爵以美食为自己生活的全部寄托,一日在东京街头漫步时,他发现一幢名为浙江会馆的楼房,再三央求之下,G 伯爵终于得以见识那里的宴会盛况。回去后,他也举办了一场令所有参加者咂舌陶醉的美食盛宴。《天鹅绒之梦》的主人公日本人"我"与在杭州日本领事馆工作的老朋友 S 法学士坐船游览西湖时,发现一座豪华的别墅和里面伫立的一位年轻漂亮的女子。于是,S 法学士向"我"介绍了这位女子和一个叫温秀卿的男人在这幢别墅里异乎寻常的寻欢作乐生活。《鹤唳》中的主人公"我"一日在东京郊外散步时,发现一个院落,里面有一只鹤和一个身穿中式服装的少女,池塘边还有一座二层的中式楼阁。"我"综合分析了从妻子和附近居民处得到的信息后,了解到这个院落的主人星冈靖之助沉溺于"中国趣味"生活的概貌。

不难看出,这三部作品呈现出近似的故事结构,都是主人公因为一个偶然的机会,得以窥见某个特殊的建筑内部与俗世不同的追求极致享乐的生活。《美食俱乐部》的主人公从宴会隔壁房间的一个小洞中偷窥宴席的菜品,终于学艺而成,得以举办一场让人欲仙欲死的美食盛宴。《鹤唳》则是通过扒墙窥视,了解到院落主人在小院中再现自己向往的中国生活:中式房屋、中式服装、中国话使院落中俨然呈现出一个足以满足主人"中国趣味"的小世界。《天鹅绒之梦》虽然没有偷窥的形式,但也是一个偶然的机会,使主人公得以听闻一种异乎寻常的享乐生活。这三部作品中描绘的特殊建筑内部的生活,都以满足人的某种感官享受为目的,《美食俱乐部》是对口腹之欲的追求,《天鹅绒之梦》弥漫着毒品(鸦片)与性欲的气息,而《鹤唳》则是一种异乎寻常的对异国情调的追求。感官愉悦的追求达到极致的程度,往往发展成为一种病态,以致最终走向死亡。"他们看上去已经不是品味美食,而是一种疯狂,作者相信他们的命运在不远的将来已经确定:那就是要么发疯,要么病死。"②《美食俱乐部》结尾对病态与死亡的暗示,到了《鹤唳》一篇发展成为中国女子被靖之助的女儿刺死这一毋庸置疑的死亡结局,饮

---

① 野崎歓『谷崎潤一郎と異国の言語』,中央公論新社,2015 年,第 63 页。
② 谷崎润一郎『美食俱楽部』,『谷崎潤一郎全集』第 6 卷,中央公論社,1981 年,第189 页。

食男女等感官享乐最终走向死亡的终极之所。在谷崎晚年以"老人的性"为主题的作品《钥匙》中,主人公最终也是在自己精心设计的刺激性欲的游戏中迎来死亡。由此可见,"贪婪到近乎无耻的追求快乐的欲望"并非只是谷崎中国题材作品的特色,而是自始至终贯穿谷崎文学的一个不变的主题。

与第一次中国之行后创作的中国题材小说相比,《苏州纪行》《西湖之月》《秦淮之夜》三篇游记性质的作品,在感官愉悦的追求与表现方面显得淡泊与克制得多。一个单身在异国游历的游客受到语言等各方面条件的限制,身处陌生之地时体验到不安,不得不面对中国社会状况及中日两国之间关系的影响,等等,制约了此类游记性质作品的笔调。这一点在《秦淮之夜》这篇记录作者在南京寻找美食与美女经历的作品中最为突出。"要是在这种地方被丢下不管,我就是花一个晚上也回不去旅馆吧。""根据我的经验,一般的土民性格非常温和,没有人粗暴胡来。麻烦的是当兵的。""深更半夜如果有人在这附近徘徊,那一定是幽灵吧。这胡同的光景看上去更像是鬼魂寄居之所。"虽然有中国人做向导,但是行走在兵荒马乱之后南京萧条黑暗的街市,谷崎这一晚的行动不可能不带有不安的因素。

因此,《苏州纪行》《西湖之月》《秦淮之夜》这三部游记性质的作品中,"我"这个旅行者严格按照市民阶层的常识来追求饮食男女的快乐。日本著名文学评论家中村真一郎曾评价谷崎的小说《细雪》是日本"稀有的市民小说"[1]。其实早在大正时期的文学创作中,谷崎作品已经表现出明显的市民阶层的感受性。这里所说的"市民阶层"具有"都市的居民"与"近代民主主义的中坚力量,支撑资本主义经济体制的都市中产阶级"[2]的双层含义。众所周知,第一次世界大战为日本带来巨大的经济利益和发展机遇。伴随着经济快速发展,农业人口加快向城市流动,从事工业生产的人数增加,并进而促进劳动人口从制造业向商业等服务业转移。由此,日本的城市化水平大幅提高,出现了白领阶层。得益于经济的繁荣局面,逐步形成了大量生产、大量消费的大众社会的雏形,并进而促进了以都市文化为主体的大正文化的兴盛。大正时期,市民阶层初现雏形,而在东京出生长大、生活工作的谷崎,大正时期曾担任电影公司剧本顾问等,积极投身新兴的电影行业,无疑可以作为追求新兴都市文化的市民阶层的代表。《苏州纪行》《西湖之月》《秦淮之夜》三部作品中,正是得益于铁路、火车、轮船等现代交通手段的普

---

① 中村真一郎「谷崎と『細雪』」,『大正作家論』,構想社,1977 年,第 22 頁。
② 参见『スーパー大辞林』(三省堂,2014)"市民階級"词条的释义。

及,身为市民阶层一员的"我"获得了跨越国界追求饮食男女快乐的机会。越境之后,"我"依然作为市场上的一名消费者进行这种快乐的追求,市场原理面前人人平等,作为消费者的"我"没有任何特权,只是作为消费行为的购买者一方行动。因此,当"我"发现一些进入中国市场的日本人飞扬跋扈,没有按照平等的市场原理行事之时,自然而然流露出反感和愤怒之情。

《秦淮之夜》中有一处描写,晚餐后"我"去妓院,发现一个美女,对方要价 60 元,"我"没有那么多钱,让向导向对方还价。"女人丢下一句:'那我去问问看',以一种蔑视的眼神扫了我一眼,微笑着走出了房间。"价钱没有谈妥只好作罢的"我"心想:"就此把如同珍贵幻影一般的女子的面貌深藏在心底,安然踏上归途,于我而言似乎更好。"这里的日本游客"我"和妓女之间是一种平等的买卖关系,"我"的经济实力不足以满足"我"的消费心理,只能作罢。《秦淮之夜》前半讲述主人公在秦淮河边的饭店吃饭,对于中国料理的物美价廉大加称赞,也是出自一种无可厚非的消费者心理。在大正时代的都市文化背景中考量《秦淮之夜》这部作品,也可以将其视作一部记述饮食男女市场消费行为的小说。

大正时代,文化已经不是抽象的思想、宗教、艺术,而是在社会经济基础中产生的精神。文化作为大量生产的商品为市民大众购买,进入大众生活之中,即便没有特定的主义和主张,任何人可以自由享受,方便至极①。由上述大正文化的特点,联系到谷崎文学受到的"没有思想""没有与俗世的对决"②之类的批判,可以说某种程度上正是因为谷崎的文学创作充分体现了都市大众文化的特点,才会受到文坛的这种批判。反过来说,谷崎文学也称得上是大正都市市民文化的代言者。

谷崎润一郎在第一次中国旅行之后,创作了大量中国题材作品,其中既有《苏州纪行》《秦淮之夜》《西湖之月》此类游记性质的作品,也有《美食俱乐部》《天鹅绒之梦》《鹤唳》等以中国之行为契机创作的小说。在日本,这些中国题材作品被归为"中国趣味"作品一类。《谷崎润一郎与东方主义》一书以谷崎润一郎大正时期创作的中国题材作品为研究对象,指出这些"中国趣味"作品中描述的中国总是与"空想""幻想""浪漫故事""奇文异谈"等词汇联系在一起,属于萨义德所说的"东方主义"话语。③"东方主义"以帝国主义

---

① 竹村民郎『大正文化』,講談社,1980 年,第 134 頁。
② 三島由紀夫「大谷崎」,『決定版　三島由紀夫全集』第 28 卷,評論 3,新潮社,2003 年,第 345 頁。
③ 参见西原大辅:《谷崎润一郎与东方主义》,赵怡译,中华书局,2005 年,第 111 页。

和殖民主义为前提,东方主义话语总是与"轻侮""蔑视"等感情互为表里,将谷崎第一次中国之行后的中国题材作品定性为带有"东方主义"要素,等于将这些作品置于明治之后直至 1945 年日本战败这一历史时期日本中国观演变的历史脉络中,将其视为近代日本中国观演变过程的一个例证而已。

的确,谷崎的文学创作不可能摆脱社会历史语境的影响,但是如前文所述,谷崎以普通旅行者的身份独自来到中国旅行,支配他行动的更多的是大正时期都市市民阶层的意识。特别是《苏州纪行》《秦淮之夜》《西湖之月》此类游记性质的作品中,作者以市场原理的平等意识,观察在中国谋生的日本人,追求作家一贯重视的快乐享受,感受在文明西化的日本早已断绝的历史传统。作家的这种姿态,不必将其抬高至热爱中国、理解中国的高度(如西原大辅对其第二次中国旅行的评价),也没有必要认为这种跨越国界追求感官享乐就是以一种东方主义的视角在歧视中国、扭曲中国。对于谷崎而言,自处女作《刺青》直至晚年的《钥匙》等作品,追求感官享乐的极致是作家文学创作的一贯主题,而中国之行只是使作家获得了更为丰富的表现形式而已。

三、"疾首蹙额"的旅行者:对《中国游记》中芥川龙 之介批评中国之辞的另一种解读

1921 年 3 月至 7 月,芥川龙之介以大阪每日新闻社特派员的身份,到中国旅行。在这次历经百余天的旅行中,芥川龙之介游历了中国东部地区的很多城市,包括上海、杭州、苏州、扬州、镇江、南京、芜湖、九江(庐山)、武汉、长沙、郑州、洛阳、北京、大同、天津等地。回国后,芥川龙之介在大阪每日新闻上先后连载了《上海游记》(1921 年 8 月起)和《江南游记》(1922 年 1 月起),并于 1925 年 11 月,连同后来创作的《长江游记》(1924 年 9 月)、《北京日记抄》(1925 年 6 月),以及新作的《杂信一束》一起,出版了单行本的《中国游记》。

中国之行是芥川龙之介一生之中唯一一次海外旅行,而《中国游记》又是芥川此行最大的收获。近代历史上,日本文坛的诸多作家都曾来过中国,但是出版过单行本游记,并被广泛阅读的人寥寥无几。因此,每提及日本近代文人创作的中国纪行,必谈到芥川的《中国游记》。不过,如此备受关注的《中国游记》,在中国国内长期以来一直备受争议,每每受到指

责和批判。①

这是因为芥川龙之介在中国旅行期间,发现自己在书籍中获得的中国意象与近代中国的实际情况有很大不同,受到极大震动。于是,芥川龙之介以一种失望的心情,发表了一些对近代中国的批判之辞。其中最典型的例子,就是芥川龙之介在芜湖遇见旧友西村贞吉时所说的话:

> 那天夜里,我在唐家花园的露台上与西村并排坐在藤椅里,大讲现代中国的坏话,那模样简直到了荒谬可笑的地步。现代中国有什么?政治、学问、经济、艺术,不是全在堕落吗? 特别是,要说到文学艺术,嘉庆、道光以来,有一部可以引以为豪的作品吗? 而且,国民不分老少,尽在讴歌太平。是的,在年轻的国民之中,也许出现了一点儿活力。然而事实却是,他们的呼声还缺少巨大的热情,以至于还不能震撼全中国国民的心。我已经不爱中国。我即使想爱她也爱不成了。当目睹中国全国性的腐败之后,仍能爱上中国的人,恐怕要么是颓唐至极的感伤主义者,要么是憧憬中国趣味的浅薄之人。唉,即便是中国人自己,只要还没有心灵昏聩,想必比起我一介游客,怕是更要深感嫌恶的吧。②

这里提到的"西村"即芥川龙之介在府立三中读书时的旧友西村贞吉,两人之间"不需使用敬称",关系甚好。见到可以推心置腹的好友,芥川龙之介把积蓄在心中的不满一吐为快。芥川自己也指出,能够如此毫不掩饰地道出对中国的不满,是因为"我俩过于亲密的罪过"。事实上,芥川龙之介表达对近代中国的不满,不只是对西村贞吉一人,在上海与李人杰会面时,芥川也曾提起自己对于近代中国艺术的失望之情:

> 我说,我对中国的艺术颇感失望。我所见到的小说、绘画都不足谈。然,以中国之现状看,期望艺术在这片土地上兴旺发达的我的此种愿望,不如说是近于荒谬。我问李君,除了宣传手段之外,是否有余力考虑艺术。李氏答曰,几近于无。

---

① 参见秦刚:《现代中国文坛对芥川龙之介的译介与接受》,载《日本文学翻译论文集》,人民文学出版社,2004 年。在该文中,作者对 20 世纪二三十年代国内文坛对《中国游记》的各种观点作了总结,介绍了韩侍桁、巴金对于《中国游记》的批评。此外,林少华(参见《芥川龙之介:"恍惚的不安"》,《中华读书报》2005 年 5 月 11 日)、王向远(参见《"笔部队"和侵华战争:对日本侵华文学的批判》,昆仑出版社,2005 年)等都对《中国游记》提出过批评。
② 本节中引用的《芥川龙之介全集》的中文译文均参照了《芥川龙之介全集》(山东文艺出版社,2005),并由笔者作了若干改动。以下不再一一标注页码。

根据青柳达雄①和单援朝②等的调查考证，这个李人杰，就是与芥川龙之介会面两个月后，出席了中国共产党第一次全国代表大会的李汉俊。芥川龙之介对曾读过自己小说的李人杰抱有好感③，因此才毫不客气地陈述了自己的真实想法。同时，芥川自己也意识到，在当时的中国，人们关注的是社会革命，实在无暇顾及文学艺术。对于芥川龙之介的意见，李人杰并没有生气，而是表示了自己的无奈。

1. 巴金的批判与鲁迅的理解

对于芥川龙之介在芜湖的这番谈论，中国文坛巨匠巴金在1935年1月5日出版的《太白》上以余一的署名发表文章《几段不恭敬的话》，对芥川的上述议论进行了激烈反驳。巴金反问现代日本有什么，指出日本人对于音乐完全没有鉴赏能力，日本帝国美术院每年主办的展览也让人感到日本艺术的渺小。巴金又提起包括芥川龙之介在内的日本文坛的一些作家，指责日本文学的堕落，并进而批评芥川龙之介的作品只有形式没有内容，只能用空虚二字来形容。巴金发表这篇文章时，正是日本帝国主义经过九一八事变、上海事变（即一·二八事变）、建立伪满洲国，赤裸裸地不断加强对中国侵略的1935年。在日本全面发动侵略中国的战争一触即发之时，巴金对于芥川龙之介不满于中国的言论，进行了严厉回击。此时，距《中国游记》被译介到中国已逾九年④，巴金这时对《中国游记》表示不满，不能不说与当时日本即将全面侵略中国的时代背景有着密切关系。

日本国内文坛对于芥川龙之介在芜湖的这段批评中国的言论，大多认为这并非出自芥川龙之介的恶意，而是"对拥有古老历史的中国充满期待，恨铁不成钢之情"，"对这个国家充满关心，对这里的国民充满关注，故而有此忠言"。⑤的确，芥川龙之介所说的"坏话"，并不是对中国的恶意诽谤。芥川龙之介自己也说："即便是中国人自己，只要还没有心灵昏聩，想必比起我

---

① 参见青柳达雄「李人傑について——芥川龍之介『支那游记』の中の人物」，『国文学　言語と文芸』，1988年第9期。

② 参见单援朝「上海の芥川龍之介——共産党の代表者李人傑との接触」，『日本文学』第8集，有精堂，1990年12月。

③ 芥川龙之介在《上海游记》的《十八　李人杰氏》一节中写道："我很同情李氏"，"确实让我对李氏更增添了好感"（引自『芥川龍之介全集』第5卷，岩波书店，1977年，第49页），并在1921年4月30日写给泽村幸夫的信中称赞"李人杰堪称出类拔萃之才"（引自『芥川龍之介全集』第11卷，岩波书店，1978年，第148页）。

④ 《中国游记》最初是由夏丏尊翻译成中文的，1926年4月号的《小说月报》上刊登了夏丏尊的《芥川龙之介氏的中国观》一文，该文选编了《中国游记》的部分章节进行翻译。

⑤ 関口安義『特派員芥川龍之介』，每日新闻社，1997年，第136页。

一介游客，怕是更要深感嫌恶的吧。"在这一点上，对芥川龙之介表示理解的是中国文坛的另一位巨匠鲁迅。

　　鲁迅应该阅读过芥川龙之介的《中国游记》。1926 年 4 月 17 日的鲁迅日记中写道："往东亚公司买《有岛武郎著作集》第十一一本，《支那游记》一本，共泉①二元五角"②，就是说，鲁迅在《中国游记》出版五个月之后就马上购买到了此书。鲁迅没有写下任何《中国游记》的读后感言，但是对于来到中国旅行的外国人持有的中国观，鲁迅曾几次提及。在厨川白村的《出了象牙之塔》的译者后记中，鲁迅这样写道：

　　　　我记得拳乱时候（庚子）的外人，多说中国坏，现在却常听到他们赞赏中国的古文明。中国成为他们恣意享乐的乐土的时候，似乎快要临头了；我深憎恶那些赞赏。③

　　对于不顾中国社会的现实，完全把中国当作自由享乐之地进行赞美的外国游客，鲁迅表示出憎恶之情。在杂文集《坟》收录的《灯下漫笔》一文中，有这样一段话：

　　　　但是赞颂中国固有文明的人们多起来了，加之以外国人。我常常想，凡有来到中国的，倘能疾首蹙额而憎恶中国，我敢诚意地捧献我的感谢，因为他一定是不愿意吃中国人的肉的！……所以倘有外国的谁，到了已有赴宴的资格的现在，而还替我们诅咒中国的现状者，这才是真有良心的真可佩服的人！④

　　鲁迅在这里指出，只有那些憎恨中国社会现状的外国人，才是从心底担忧中国命运的人。那么，对于那些熟悉中国古典文学的日本旅行者，鲁迅又是怎样看的呢？1932 年 1 月 16 日在给增田涉的书信中，鲁迅这样写道：

　　　　日本的学者或文学家，大抵抱着成见来中国。来中国后，害怕遇到和他的成见相抵触的事实，就回避。因此来与不来一样。于是一辈子

---

①　古代一种钱币的名称。这里用来代指钱。
②　《鲁迅全集》第 15 卷，人民文学出版社，2005 年，第 617 页。
③　《鲁迅全集》第 10 卷，人民文学出版社，2005 年，第 271 页。
④　《鲁迅全集》第 1 卷，人民文学出版社，2005 年，第 226—227 页。

以乱写告终。①

　　这里所说的"成见",是指精通中国古典的日本人通过中国古典文学典籍形塑的中国意象,这种中国意象往往把中国想象成为令人憧憬的理想之地。他们怀抱这种意象来到中国之后,接触到近代中国的现实,受到极大冲击,因此很多人将自己目睹的中国社会现实与普通老百姓摒弃掉,只拾起与中国古典相符合的部分,以此来验证头脑中的中国意象。这是无数熟识中国古典典籍的日本读者都曾有过的经历。鲁迅批评他们是在回避当地的现实。鲁迅本人一直在作品中不停塑造中国近代病态社会中不幸的人物形象,因此,对于芥川龙之介捕捉到中国古代典籍中没有的、近代中国社会的现实这一点,应该是大加赞赏的吧。

　　芥川龙之介看见上海城隍庙的湖心亭边,一个留着发辫的中国男子正悠然地向着池中小便,在《上海游记》中这样感叹道:

　　　　对于这个中国人来说,陈树藩发动政变也好,白话诗的流行已走下坡路也好,日英两国是否继续结盟的议论也好,这些事儿根本不在话下。至少,从这个中国人的态度和脸色上,有一种十分悠闲的神色,让人觉得如此。一座耸立在阴沉沉天空里的中国式亭子,一泓布满病态绿色的池水,一大泡斜斜射入池中的小便……这不仅是一幅令人忧郁的可爱的风景画,同时也是我们老大国可怕且具有辛辣讽刺意味的象征。

　　芥川龙之介在这里冷静地捕捉到这个对现实漠不关心、麻痹的中国普通百姓形象。而与芥川龙之介同一时代的鲁迅也正在为剔抉民众的愚昧、拯救中国而奋笔作文。芥川龙之介在芜湖对近代中国表达失望之情时,希望"还没有心灵昏聩"的中国人能醒悟到近代中国社会的严峻现实。对于这一点,鲁迅一定是深有同感的。据增田涉回忆,鲁迅在去世前的三个月,对前来访问的增田涉说:"芥川写的游记中讲了很多中国的坏话,在中国评价很不好。但那是介绍者(翻译者)的做法不当,本来是不该急切地介绍那些东西的。我想让中国的青年更多读芥川的作品,所以打算今后再译一些。"②从这段话中可以看出,鲁迅认为芥川龙之介所讲的"坏话",忠言逆

---

① 《鲁迅全集》第14卷,人民文学出版社,2005年,第196页。
② 增田涉『魯迅の印象』,講談社,1948年,第236页。

耳,容易受到一般中国读者的误解,所以想通过自己的译介让中国的青年读者们更多了解芥川的作品。显然,鲁迅是站在为芥川龙之介辩护的立场上的。

虽然中国文坛的巨匠鲁迅与巴金对《中国游记》持完全不同的态度,但是如前文分析的那样,巴金是在1935年这一特殊的历史背景下对《中国游记》进行批判。六十年后的1994年春,由巴金亲自参与审定的《巴金全集》由人民文学出版社出版时,《几段不恭敬的话》最终没有出现在全集里。这一实际行动,也许是文坛大家巴金对当年过激评论的一种无言的反省。

2. "中国趣味"的幻想

芥川龙之介在芜湖遇见旧友西村贞吉时曾说:"当目睹中国全国性的腐败之后,仍能爱上中国的人,恐怕要么是颓唐至极的感伤主义者,要么是憧憬中国趣味的浅薄之人。"文中提及了"中国趣味"一词。这种"中国趣味"正代表着当时日本社会流行的一种对中国的认识。

如前所述,"中国趣味"一词,最初是在杂志上兴起的。1922年,杂志《中央公论》的1月号上,以"中国趣味研究"为标题,刊登了五篇文章,分别是小杉未醒的《唐土杂观》、佐藤功一的《我的中国趣味观》、伊东忠太的《由住宅看中国》、后藤朝太郎的《中国文人和文具》和谷崎润一郎的《所谓中国趣味》。"中国趣味"这一新词就此流行。

大正时代,追求"中国趣味"的人,在家具、菜肴、旅行等各个方面追求中国式的异国情调,就如同现代人追求时髦流行一样。"一边被中国式家具包围,一边品味着中国料理,一边又去中国漫游。以一种不同于以往汉学者的方式,来接触中国文化,这样一种流行在大正时代末期出现了。"①

这种"中国趣味"涵盖了美术、建筑等所有生活样式,并不限于文学作品这一范畴。不过,号称"中国趣味"的文学作品也很多,这主要是指那些从异国情调的角度来描写中国的作品,而这一类"中国趣味"文学作品当中,很多都呈现出东方主义的要素。

东方主义原本是指19世纪由欧洲浪漫派创作的富有异国情调的美术、文学作品,也泛指以东方为研究对象的学问。1978年,美国哥伦比亚大学比较文学系教授爱德华·萨义德出版了《东方主义》一书,提出东方主义是与西方殖民主义和帝国主义紧密联系在一起的西方关于东方的话语形式,通过使东方成为西方属下的"他者",使东方主义服务于西方对东方的霸权

---

① 西原大辅『谷崎潤一郎とオリエンタリズム』,中央公論新社,2003年,第32页。

统治。这种东方主义话语体系强化了西方对东方的权力意志。其主要做法是,用二元对立的表述系统,对东西方各自的特征进行预先分别,然后再把这些特征打上本质化的标签,从而使东西方之间的差异显得根深蒂固。东方主义二元对立的核心是一种"善恶对立寓言"。这种寓言的表现形式变化万千,但不变的是,在东方主义话语中,东方国家被标以五花八门的消极特征:无声、淫逸、阴弱、专制、落后、非理性。相反,西方则总是被赋予积极的特征:阳刚、民主、理性、道德、强悍、进步。

这个对东方主义的新定义,使得东方主义成为西方对东方的歧视性表象的代名词。根据东方主义的这个定义来看,被称为"中国趣味"的日本近代文学作品之中,带有日本式东方主义的色彩。曾经是西方人东方主义描写对象的日本人,开始站在东方主义的角度观察中国等亚洲各国。在这些文学作品当中,中国被描写得充满着异国的神秘色彩,中国人都如同生活在远古世界中一般,悠然自得却又野蛮落后。这种对中国的描写显然是偏颇的,不符合中国实际的。

芥川龙之介在创作《上海游记》和《江南游记》之时,"中国趣味"一词尚未流行,但是发表《长江游记》(1924 年 9 月号的《女性》杂志)时,正是"中国趣味"最为流行之时。在中国各地目睹了近代中国社会的现状,对近代中国社会有了深刻了解的芥川龙之介,清醒地意识到:所谓的"中国趣味"完全是日本人想象出来的中国印象,日本人沉醉的"中国趣味"式的生活与中国的现状有着天壤之别。芥川龙之介写下这段在芜湖激烈批评中国的言论,一方面也是以此来打破日本人所谓"中国趣味"的幻想。

那么,芥川龙之介对于近代中国社会的失望之情是不是可以用东方主义中另一个典型模式——西方对于东方幻想的幻灭来解释呢?萨义德认为奈瓦尔和福楼拜的游记中,描写到东方世界时,一个明显的特征就是失望、幻灭和神话的消失。而芥川龙之介的《中国游记》中也描写了中国古代典籍中描写的世界与近代中国社会现实的龟裂。不过,如前文分析的那样,《中国游记》中批评中国的言论并不是出自芥川龙之介的幻灭之情,而是来源于芥川向中国的有识之士和沉醉于"中国趣味"的日本人传递中国社会沉重现实的急切之情,正因为如此,芥川龙之介才急于向中国的新一代知识分子——李人杰,向长年住在中国的旧友西村贞吉表达自己对于近代中国的不满之处。芥川龙之介期待的是中国的改变,并不是单纯的幻灭与失望。

3. 解读芥川龙之介的"疾首蹙额"

从上述角度解读《中国游记》中芥川龙之介不满于中国的言论,可以得出与以往所谓《中国游记》蔑视中国的观点不同的见解。有评论家说："中国带着无法解决的矛盾与沉重的不安向芥川龙之介逼来"①，这种说法从某种意义上，把握住了《中国游记》的描写基调。芥川龙之介的不满与批评，是在表达这种不安，是在试图寻求充满矛盾的中国社会的症结所在，而不是从弱肉强食的角度，认定中国野蛮落后可欺。

芥川龙之介目睹了近代中国社会的现状之后，是否产生了对中国的蔑视轻侮之情，可以从芥川龙之介本人的言行之中找到答案。

芥川龙之介曾劝说横光利一一定要去上海看看，原因是上海体现出了近代中国社会的政治空气。对此横光利一曾回忆道："芥川龙之介氏曾对我说，一到上海满脑子都是政治问题，令人头疼。……在我看来，芥川氏与当时的其他人相比，是一个将政治学赋予到自己精神之中的人。"②事实上，在上海与章炳麟、郑孝胥、李人杰等新旧知识分子的会面，对芥川龙之介影响很大。从与他们的交谈中，芥川对他们表现出的对中国前途的担忧深表理解，并也积极地参与到讨论之中。与章炳麟会面时，章炳麟滔滔不绝地讲述着"现代中国的政治和社会问题"，芥川龙之介也"时时向他提出些狂妄的问题"。在与郑孝胥的会面中，芥川龙之介也就中国的政治问题，"极其认真地发表了自己的见解"，对此芥川写道：

> 如若不信，不管是谁，请各位自己到中国去看看好了。只要待上一个月，便会莫名其妙地谈论起政治来。那准是因为现代中国的空气里，包孕着二十年来各种政治问题的缘故吧。就连像我这样的人，在江南一带周游期间，谈论政治的热情居然都没有衰退。

与章炳麟等知识分子的会面，使芥川龙之介了解到他们对中国社会的忧虑和思考，也感染了"政治热"，这对于艺术至上主义者芥川龙之介来说，是他在日本时没有经历过的，给他回国后的精神生活带来很大影响。芥川龙之介受到章炳麟言论的影响创作了反战小说《桃太郎》就是一个很好的佐证。几乎与《桃太郎》（1924 年 7 月刊登于杂志《星期天每日》）同期创作的《偏见》（1924 年 3 月至 9 月）一文中，芥川这样写道："我在上海的法国租界访问章太炎先生的时候，在悬挂着剥制的鳄鱼皮的书房里，探讨了日中关系。那时先生讲述的话语，至今仍在我的耳边响起。——'我最厌恶的日本

---

① 野村浩一『近代日本の中国認識』，研文出版，1981 年，第 97 页。
② 横光利一『横光利一集』，講談社，1980 年，第 474 页。

人是讨伐鬼之岛的桃太郎。对于喜欢桃太郎的日本国民,也不能不多少有些反感。'先生的确是位贤人。我时常听到外国人嘲笑山县公爵,赞扬葛饰北斋,痛骂涩泽子爵。但是,还从来没有听到过任何日本通,像我们章太炎先生这样一箭射向自桃而生的桃太郎。且先生的这支箭比起所有日本通的雄辩来,包含的真理要多得多。"①章炳麟将桃太郎视为侵略者的观点,直接促使芥川龙之介创作了《桃太郎》这篇作品。

在中国期间,芥川龙之介目睹了五四运动以后各地高涨的反日爱国运动。对此,芥川龙之介并没有回避,而是忠实地在《中国游记》中作了记录。江口涣曾这样回忆起芥川龙之介对于中国民众反日运动的态度:

> 女学生们在教室里、在家里都坚决不使用日货。钢笔、笔架、墨水、笔记本统统不用。……她们忍受着种种不便,坚持抵抗。……芥川说,他亲眼看见女学生们的坚定决心和坚强斗志时,感动得眼泪都快流出来了。他说:"中国人是个了不起的民族。你看着吧,中国将来一定会成为了不起的国家。"②

芥川龙之介对中国民众反日行动的坚韧不挠表示钦佩,这说明:回国后,芥川龙之介的头脑中并不是充满着对中国贫穷落后民众的轻蔑之情,而是从中国民众的行动中发掘着处于苦难中的中国民众的可贵之处。

回国后,芥川龙之介创作了三篇与中国之行密不可分的小说《将军》(1922 年 1 月发表于杂志《改造》)、《桃太郎》与《湖南的扇子》。这三部作品从侧面反映出了当时芥川龙之介心中的中国印象。《将军》和《桃太郎》对侵略战争及日本的殖民政策进行了嘲讽。《将军》中描写了以乃木希典为原型的将军喜好杀戮的狂态,同时揭示出在将军的号召下赴死的下级士兵的苦难,并捕捉了坦然受刑的中国人俘虏的形象,批判的矛头直指日本帝国主义宣扬的圣战。③《桃太郎》中芥川龙之介将桃太郎这个在日本家喻户晓的民族英雄戏化成为贪婪狡猾的侵略者,描写了桃太郎对鬼岛的肆意杀戮与掠夺,并以鬼岛的青年们策划鬼岛独立,桃太郎最终无法过上安定的生活这样一个结局来暗示日本殖民侵略政策的末路。创作出具有这样主题的小说,

---

① 『芥川龍之介全集』第 6 卷,岩波書店,1978 年,第 360 页。
② 江口涣『わが文学半生記』,青木文庫,1968 年,第 219 页。
③ 陆晓光在《日本现代文学偶像的反战先声——读芥川龙之介小说〈将军〉》[载《华东师范大学学报》(哲学社会科学版)2006 年第 1 期]一文中,曾对《将军》这篇小说的反战意识作了论述。

与芥川龙之介目睹日本经济军事侵略下中国社会的严峻现实，了解到章炳麟等中国知识分子看待日本的态度不无关系。中国之行的所见所闻使芥川龙之介获得了站在客观的立场认识中国与日本的新视角。在《湖南的扇子》中，女主人公艺妓玉兰在众人面前将染着情人鲜血的人血饼干送入口中，刻画出一个"不服输""充满激情"的湖南人形象，以此来诠释湖南革命家辈出的缘由。这三部小说中没有对中国蔑视与轻侮的影子，更多的则是芥川龙之介对因日本对中国的渗透和侵略造成的中日两国之间紧张关系的明确认识。

综上所述，如果单单以芥川龙之介在《中国游记》中对中国的不满之辞为依据，就断定芥川龙之介对中国充满傲慢与偏见，这种批评未免失之偏颇。芥川龙之介带着对中国古典文化的憧憬之情来到中国，他希望了解现实中国社会的真实情况，也试图掌握动荡的中国社会即将走向何方。他努力的成果便是一本《中国游记》。《中国游记》试图真实反映近代中国社会的现状，故而呈现出纷繁复杂的面貌。不过有一点是明确的，那就是这次中国旅行一扫芥川龙之介头脑中来自中国古典的中国意象，使芥川龙之介对于近代中国社会，有了全新的真实的认识。

四、中国之行对芥川龙之介文学主题的影响：以《将军》《金将军》和《桃太郎》为中心

在日本文学评论界，芥川龙之介一直被认为是一个艺术至上主义者、一个对社会问题不甚关心的作家。近年来，针对以往形成的这一定论，出现了重新评价芥川龙之介文学的动向，一些以往被忽视的作品受到重视。《将军》《金将军》《桃太郎》这三部作品历来不被视为芥川龙之介的代表作，因此在评论该作家的创作倾向时，往往受到忽视。本节试图以作家的反战意识为线索将这三部作品贯穿起来，从而揭示出中国之行后芥川龙之介文学创作主题变化的倾向，并作为对上一节内容的深化与延伸。

1. "侵入"中国的日本

如上节所述，1921 年 3 月至 7 月，芥川龙之介以大阪每日新闻社特派员的身份，到中国旅行。在这次历经百余天的旅行中，芥川龙之介游历了中国东部地区的很多城市，回国后，在大阪每日新闻上先后连载《上海游记》（1921 年 8 月起）和《江南游记》（1922 年 1 月起），并于 1925 年 11 月，连同后来创作的《长江游记》（1924 年 9 月）、《北京日记抄》（1925 年 6 月），以及

新作的《杂信一束》一起,出版了单行本的《中国游记》。

中国之行期间,芥川龙之介目睹了中国各地高涨的反日爱国运动。对此,《中国游记》中毫不避讳地作了忠实记录。出于对这一问题的关心,芥川龙之介注意倾听中国各地知名知识分子对于中日关系的见解。在上海,拜会他所敬慕的中国古典文学传统的代表人物郑孝胥时,芥川龙之介"也厚着脸皮大谈那些与我不配的话题。诸如新借款团成立之后,中国对日的舆论之类"。①虽然这句话带有自嘲的口吻,但是可以看出芥川试图了解中国知识阶层对中日关系认识的迫切心理。正因如此,当芥川听章炳麟表达出对日本民间传说的英雄桃太郎的憎恶之情时,顿时领悟了其中的原委:桃太郎被视作了对中国进行政治经济渗透和侵略的日本军国主义的象征。与章炳麟的此番谈话,促成了后来小说《桃太郎》的创作,对此下文中将作详细论述。

在芥川龙之介前后,曾有很多日本作家来中国旅行,却鲜有像芥川龙之介这样,忠实记录下中国民众的反日氛围,传递给日本读者的。正是这些记录使得游记随笔性质的《中国游记》带上了鲜明的政治色彩,触及当时中日两国之间的政治外交关系这一敏感问题。而这些记录反过来又促使作者芥川龙之介对于当时日本侵略中国的态势进行反思。

在《上海游记》的《日本人》一章中,芥川设定了一个名为 X 的日本人形象,这位 X 先生虽然热爱上海,但内心深处却没有忘记祖国日本,芥川在中国各地遇见的日本人大多如此。通过塑造 X 先生这一日本人形象,芥川揭示出了他们内心的矛盾性:虽然他们口口声声热爱中国,但内心仍然是一个日本人,如同 X 先生最终要将骨灰葬在日本所暗示的一般。

对于这些"活跃"在中国的日本人的认识,使芥川龙之介对于日本人大量进入中国这一现象,产生了怀疑。《中国游记》的《杂信一束》中,有这样两节:"奉天　正当日暮时分,车站上有四五十个日本人在走动。当我看到这情景时,差点儿赞成了'黄祸论'。""南满铁路　犹如一条蜈蚣在高粱的根部爬行。"②"黄祸论"是中日甲午战争之后,以德意志皇帝威廉二世为代表,西方因警惕日本加强侵略活动而提出的主张。芥川龙之介目睹大批日本人在中国"活跃",感受到日本侵略中国的氛围和态势。因此他以讥讽的口吻表示赞成"黄祸论",并将日本侵略中国的交通干线南满铁路比喻成一条盘踞在中国大地的毒虫"蜈蚣"。

---

① 『芥川龍之介全集』第 5 卷,岩波书店,1977 年,第 34 页。
② 『芥川龍之介全集』第 7 卷,岩波书店,1978 年,第 331 页。

回国后,芥川龙之介在随笔《侏儒的话》(1923—1925)的《倭寇》与《中国》两节中,指出列强正逐步蚕食中国,而日本也加入了这一侵略掠夺的行列。

> 倭寇
> 倭寇展示了我们日本人充分具备与列强为伍的能力。我们在盗窃、杀戮、奸淫等方面,绝不逊色于寻找"黄金岛"的西班牙人、葡萄牙人、荷兰人和英吉利人。[①]
> 中国
> 萤火虫的幼虫吃蜗牛的时候,绝不会杀死蜗牛。为了一直能吃到新鲜的肉,它们仅仅麻醉蜗牛而已。包括我们日本帝国在内的列强各国对待中国的态度,与萤火虫对待蜗牛的态度并无二致。[②]

在当时的时代背景下,明确表达这种言论的日本作家屈指可数。直至日本战败后,一些日本国民才开始慢慢了解到日本侵略中国的真相。芥川龙之介对当时中日关系的认识,不能不说体现出先进性与先见性。

基于这一认识,芥川龙之介自中国之行归国后创作的三篇小说《将军》《金将军》与《桃太郎》,都表达出明确的反战主题。这说明中国之行令作家在文学创作主题上发生了一些变化。

2.《将军》:偶像颠覆与战争批判

《将军》发表于芥川龙之介自中国之行回国后的第二年即1922年1月,几乎与《江南游记》连载同时开始,刊登在《改造》杂志上。《金将军》《桃太郎》则与《长江游记》同年发表,分别刊登于1924年2月的《新小说》杂志和1924年7月的《星期天每日》杂志上。这三篇作品描写的故事完全不同,但都围绕着同一主题,那就是战争与侵略。

《将军》这篇小说共分四章,每一章都围绕着主人公N将军展开。第一章"白襷队"[③]的时间设定为1904年11月26日拂晓,主要出场人物是即将对松树山的炮台发起攻击的白襷队队员。作为军部司令官的N将军前来视察鼓舞士气。第二章"间谍"的故事发生在1905年3月5日,某骑兵团审

---

① 『芥川龍之介全集』第7卷,岩波書店,1978年,第442页。
② 同上书,第448页。
③ "襷"是指将和服的长袖挽起时,从肋下斜拷在肩上的带子,一般两根带子在背后交叉。这里的"白襷队"即指敢死队。

讯两个有俄军间谍嫌疑的中国人。在处决这两个间谍时,司令官将军前来督促行刑。第三章"阵地上的演出"发生在1905年5月4日,全部将士都在观看演出。当出现裸体的相扑场面和男女缠绵的场面时,将军大声喝止,而对于忠臣勇士的剧目则高声喝彩。第四章"父与子"描写的是1918年10月的一个傍晚,当年在将军手下担任少佐的中村在家中与儿子的一段对话。已升任少将的父亲回忆起日俄战争后将军在自家别墅受到中学生们爱戴的小插曲,而儿子却对将军在自杀前仍有拍照留念的闲情雅致表示质疑。

主人公N将军的原型是日俄战争时进攻旅顺的总指挥第3军司令官乃木希典。[①]乃木在指挥旅顺之战时,多次命令部队发起总攻,最终历时155天,日军在付出了惨重的伤亡代价之后占领旅顺。八年后,乃木在明治天皇葬礼当日,与妻子一起在家中剖腹而死。一般认为,乃木此举是为日俄战争中指挥旅顺之战失误而承担责任。《东京朝日新闻》《时事新报》等媒体批评乃木之殉死是封建社会的陋习,是落后于时代的行为。但当时对乃木之举大加称赞的舆论最终占据了上风,时事新报社甚至收到恐吓信。十年之后,《将军》这部小说在结尾处以一个大正青年之口,对乃木殉死表示出朴素的怀疑。因而,评论界大多认为《将军》的主题在于颠覆了乃木将军的形象,这不无道理。不过,《将军》这部作品也可以从其他角度进行解读。

小说第三章与第四章中塑造的受人爱戴的、具有纯朴伦理道德意识的将军,在第二章中,却表现出强烈的嗜好杀戮的性格。"眼睛里倏然掠过了偏执狂式的光芒",高呼"斩掉!斩掉!"的将军目睹两个间谍人头落地、鲜血喷涌之后,"喜形于色"地赞道:"很好!干得不错!"[②]原本没有胆量行刑的士兵田口目睹了将军两眼放光喜好杀戮的狂态之后,顿时鼓起了杀人的勇气。一个普通的善良人在战场上变成杀人不眨眼的杀戮狂,前后的这一鲜明对比,提示出战败后日本作家一直探究的主题。

《将军》这篇小说由于部分语句没有通过当局审查,全文共有14处以"×××"形式出现的空白之处。由于原稿佚失,时至今日,这些空白已无法复原,读者必须根据上下文来想象这些符号代表的字句。对于这一点,作者芥川在《澄江堂杂记》(1922)的《将军》一节中,这样写道:

---

① N是"乃木"日文读音"NOGI"的第一个字母。

② 『芥川龍之介全集』第5卷,岩波书店,1977年,第158页。以下《将军》一文的引用均出自全集第5卷,不再一一注明页码。

我的小说《将军》里，有好几行文字被政府当局删除了。可是读今天的报纸获悉，穷途潦倒的残废军人打着各种各样的标语牌，在东京街头游行。标语牌上写着"我们是被队长欺骗了的、阁下们的踏脚板""让我们不要有后顾之忧，简直是弥天大谎"等口号。政府当局似乎也无力掩盖残废军人问题。另外，政府当局今后还会禁止销售"令××的××丧失了××之念"的出版物。"××之念"和恋爱同样，不可建立在虚伪之上。所谓虚伪，即过去的真理，类似现今已不通用的旧藩纸币。政府当局一面强令贯彻虚伪，一面却喊着不可失掉"××之念"。这与把旧藩纸币摆在人家面前，硬要兑换成金币，在性质上没有什么两样。幼稚可笑的是政府当局。①

由这段文字可以推测，《将军》中的空白文字原本是讽刺日本帝国主义宣传侵略战争的一些大义名分之词。全文中 14 处被删除的字句中，第一章中有 12 处，第二章中有 2 处，都出现在小说中描写普通士兵的对话与想法中。"如此看来，什么××××××××××××××，世上哪有这等便宜的好事呢？""我又不是说要凭敬礼去换个什么。什么×××××啦，什么×××××啦，不是尽说些冠冕堂皇的话吗？但那全都是胡说八道呀。""从各个师团选拔出来的两千多名白襷队成员，仅仅为了那伟大的×××，不管你愿意与否，都不得不去送死"，士兵们为了天皇和帝国，为了国家宣扬的圣战被迫前去送死。可以想象，这些被删掉的字句在表达他们内心的疑问与不满。

《将军》这部小说中还有两个一直被忽视的出场人物——第二章中的两个中国俘虏。在描写这两个人物时，作品中使用了诸如"毫不胆怯""泰然自若""毫不畏忌""从容不迫""没有流露出半点惊慌的表情""大义凛然"等修饰语。他们"只是默默地伸出脑袋，连眼睫毛也没有动弹一下"等待砍头。这与白襷队的士兵们冲锋前内心的动摇与不满，形成小说中的另一个对比。中国俘虏的坦然受刑，可以解读为一种坚韧与顽强。《将军》中将这一性质赋予被迫接受战争的受害者一方。而对于战争胜利者一方的行刑者，小说中则进行了讽刺："一看见那些戴满勋章的人，我就禁不住想，他们为了得到那些勋章，做了多少××的事情。"出自砍头旁观者的这句内心独白，也出现了被删除的字句。这也佐证了此处是在批判对俘虏的非人道斩杀。

可见，《将军》这部小说不仅仅是在颠覆偶像，小说中还涵盖了以下多个

---

① 『芥川龍之介全集』第 5 卷，岩波书店，1977 年，第 359—360 页。

层面的批评意识:战争发动者的虚伪、参与战争的士兵的无奈、战争中的非人道屠杀以及战争受害者的顽强反抗,它的批判矛头指向的是战争本身,称得上是一部"反战小说"。

3.《金将军》:战争与"皇国史观"批判

迄今为止,小说《金将军》一直为日本文学评论界所忽视,而在韩国,近年来对该作品的研究却颇为盛行。这与该作品涉及朝鲜历史上的壬辰倭乱关系密切。朝鲜的通俗历史小说《壬辰录》描写的就是壬辰倭乱之际拯救国家危机的英雄们的故事。有韩国学者认为,作者芥川龙之介在创作小说《金将军》时很可能参考了《壬辰录》中的情节。①

小说《金将军》描写了这样一个故事:在丰臣秀吉侵略朝鲜的三十年前,加藤清正和小西行长奉命去朝鲜刺探虚实,他们在田边发现一个生有"异象"的小孩,小西欲杀掉此孩,以免将来成为倭国祸患,被加藤制止。三十年后,加藤和小西率兵侵入朝鲜。三十年前的小孩金应瑞已长大成人,请命刺杀倭将。金应瑞假作深受小西宠爱的艺妓桂月香的哥哥,待桂月香将小西用蒙汗药蒙倒后,砍去小西的首级。完成王命后,金应瑞又将桂月香的肚子剖开,将她怀着的小西的孩子杀掉,去除后患。

小说的情节有些诡异,但作品中的描写和议论却反映出作者的创作意图。小说中描写倭军侵入朝鲜之时,"朝鲜八道的房子被烧毁了,百姓们妻离子散、流离失所、四处逃难"。"如果就这样束手任倭军蹂躏的话,美丽的八道山川便会眼睁睁地化为一片焦土。"②描写侵略战争带给朝鲜民众的苦难,凸显出作者反对战争的人道主义立场。这种人道主义立场贯穿小说始终。在描写金应瑞杀死桂月香腹中的婴儿时,作者议论道:"英雄自古都是将感伤情怀踩在脚下践踏的怪物。"金应瑞以怀有倭将之子为由,将协助自己杀死倭将的桂月香剖腹杀死,作者对这一残忍行为的讽刺,无疑也将矛头指向了导致人性走向极端的战争。

小说的结尾处写道:

> 这就是在朝鲜流传的小西行长殒命的故事。当然,行长并没有在

---

① 在日本发表的相关研究成果有韩国高丽大学校崔官的论文「芥川龍之介の『金将軍』と朝鮮との関わり」,『比較文学』35(1992),以及仁川大学曹沙玉发表在 2002 年 8 月 30 日『毎日新聞』上的文章「『歴史の粉飾』批判した芥川に可能性託したい」等。

② 『芥川龍之介全集』第 6 巻,岩波書店,1978 年,第 328 页。以下《金将军》一文的引用均出自全集第 6 卷,不再一一注明页码。

征伐朝鲜的战争中丧命，但是粉饰历史的并不只是朝鲜一国。其实在日本教育儿童的史书里——或是在教育和儿童差不多的日本男人的历史里，也充满这样的故事。比如说日本的历史教科书里，哪有一次关于打败仗的记载呢？……任何国家的历史对于它的国民来说都是光荣的历史。并非只有一个金将军的传说令人一笑了之。

据历史记载，1600年，小西行长因在关原之战中不敌德川家康，被俘处死，并非被朝鲜艺妓设计所杀。作者由此提出"粉饰历史"的问题，并质疑日本国内的历史教科书。这一点是非常具有先见性的。

芥川创作该作品的1924年之时，日本国内军国主义势力日渐壮大，他们竭力主张积极向海外扩张势力范围，争夺殖民地。而他们在思想上动员国民、发动国民整合起来的一个重要的意识形态工具就是"皇国史观"。所谓"皇国史观"，是指在国家神道的思想基础上，将日本称颂成为万世一系的人神——天皇永世君临的、万邦无比的神国的历史观。它由大义名分论和国粹主义、排外主义等构成。在古代史方面，它将神话与历史混为一谈，美化以天皇为首的大和朝廷的统治，将天皇奉于至高无上的地位；在近代史方面，则鼓吹独裁统治和对外侵略的合理性，并进行积极宣传。该历史观的渊源可追溯至19世纪初兴起的水户学、国学运动，自明治维新以后，它成为官方的历史观，在日本小学至高中的历史课教育中占据统治地位。昭和（1926年为昭和元年）初期以后，为军部及右翼势力所利用，宣扬狂热的民族主义情绪，在日本的侵略战争中发挥了重要作用。日本战败之后，该历史观曾一度衰落，后又通过文部省的教材审定制度，试图在中小学的历史教科书中死灰复燃。[①]

小说《金将军》发表于1924年，当时日本的军国主义尚未全面大肆宣扬狂热的皇国史观。在这种时候，芥川龙之介质疑皇国史观支配之下的历史教科书，不能不说是具有先见性的。小说《金将军》描写的故事发生在丰臣秀吉侵略朝鲜之际，故事的主人公金应瑞是反抗倭军侵略的朝鲜民族英雄。在这样的一个故事结局，作家芥川龙之介对日本本国的历史教育，乃至支配这种历史教育的历史观进行批评，这已不仅仅是单纯的出自人道主义的批判，作家的反战意识深入宣扬侵略战争的意识形态本身的错误，对其虚伪性进行了揭露。

[①]　参见高柳光寿、竹内理三编『日本史辞典』，角川书店，1993年，第332页。

4.《桃太郎》:由"民族英雄"到"侵略者"

小说《桃太郎》是芥川龙之介受到章炳麟"桃太郎论"的影响而创作的,这已成为日本文学评论界的共识。

桃太郎的故事在日本家喻户晓,这个民间传说成立于室町时代(1392—1573),通过描写自桃而生的桃太郎率领狗、猴子和野鸡降伏鬼岛的故事,歌颂了忠孝勇武之德。如前文所引芥川在《偏见》一文中所述(本章第三节第三部分),章炳麟将矛头指向这个日本的民族英雄,显然是对当时日本军国主义利用国民的民族主义情绪大肆展开侵略进行暗示和批评。而芥川龙之介领会了章炳麟的话中深意,将其运用在小说《桃太郎》的创作构思中。

在小说中,桃太郎被戏化成为残忍贪婪狡猾的侵略者。他高举着桃子旗,挥舞着日之丸的扇子,率领着狗、猴子和山鸡侵略鬼岛。"日之丸"的扇子显然是在暗喻日本国旗,高举着日之丸扇子的桃太郎的队伍成为日本军队的化身。"前进!前进!只要看见鬼一个不留全杀掉!"听到桃太郎的号令,饥饿的狗、猴子和山鸡化身成为"忠勇无双"的士卒,"四处追赶东躲西藏的鬼。狗一口就咬死了一个年轻的鬼。山鸡也用尖锐的嘴啄死了小鬼。猴子——正因为猴子和我们人是亲戚关系,猴子在勒死鬼的女儿前,肯定要对鬼的女儿肆意凌辱一番……"①侵略者杀戮平民、奸淫妇女的惨状就此展开。而在征服了鬼岛之后,"桃太郎让狗、猴、山鸡和做人质的鬼孩子拉着装上宝贝的车,得意洋洋地凯旋了"。抢掠财宝的目的造就了狗、猴子和山鸡这三个忠勇的士卒。鬼的酋长投降后,问桃太郎征伐鬼岛的理由,桃太郎回答:"因为有狗、猴子和山鸡这三个忠义之士跟随,所以来讨伐了。"酋长追问:为什么他们追随,桃太郎大怒道:因为想来讨伐你们。桃太郎侵略鬼岛,理由的苍白暴露无遗。

描写桃太郎对鬼岛的侵略,如同一幅漫画,暗喻着当时日本在宣扬忠孝勇武的大义名分之下推行殖民政策,进行侵略掠夺。

与此同时,小说中将桃太郎侵略的鬼岛描写成"美丽的天然乐土","岛上到处长着高大的椰子树,比翼鸟在婉转地歌唱"。"鬼在热带风景里弹着琴,跳着舞,咏唱着古代诗人的诗歌,过得舒舒服服的。"这与民间传说中鬼岛是海中的荒岛、一片不毛之地的设定完全不同。将鬼岛描写成

---

① 『芥川龍之介全集』第 7 卷,岩波書店,1978 年,第 53 页。以下《桃太郎》一文的引用均出自全集第 6 卷,不再一一注明页码。

南国的乐土,居住着善良悠闲的居民,这与东方主义的文学作品中将中东、非洲描画成为保留着古代浪漫的、充满异国情调的地方如出一辙。对鬼岛的意象做如此设定,暗示着其最终成为侵略对象、沦为殖民地的结局。

小说《桃太郎》的结尾也与民间传说不同,传说中凯旋的桃太郎在小说中的结局是:因鬼岛的青年们策划鬼岛独立而最终无法安定度日。对于这一结局,有日本评论家认为:"肆意妄为的侵略者对鬼岛进行疯狂侵略,最终受到鬼的报复每日不得安宁。桃太郎不可救药的这个结局,从某种意义上说,象征着日本军国主义的末路。"①这一评论说明,小说《桃太郎》对日本的殖民侵略和军国主义的批判,在日本文学评论界已得到承认。早在1942年,文学评论家吉田精一在日本近代文学史上第一部系统研究作家芥川龙之介的论著《芥川龙之介》中就曾指出:芥川龙之介"从当时自由主义者的批判精神出发,视桃太郎为军国主义的化身"。②近年来,更有评论家认为:小说《桃太郎》"预言性地再现了后来中日战争时的南京事件"。③这一观点的出现说明小说对侵略战争中杀戮奸淫横行的罪恶事实的揭露的彻底性。虽然,日本评论家一直避免使用"反战小说"这一概念来评价《桃太郎》这篇作品,但《桃太郎》中对战争的批判意识已成为共识。

5. 结　语

通过以上对《将军》《金将军》与《桃太郎》这三篇作品的解读,不难看出芥川作品中内敛而鲜明的反战主题。而这三篇作品的创作与作家的中国之行密不可分。中国之行使作家认识到日本正与西方列强一起侵略中国,并由此形成对侵略战争的批判意识,与《中国游记》同期创作的《将军》《金将军》与《桃太郎》这三部作品在文学主题上的一致性,说明中国之行后,日本的对外战争和殖民侵略开始成为作家关注和描写的对象,作家的文学创作由此发生了潜移默化的变化。以往对该作家形成的艺术至上主义、漠不关心社会现实的厌世家形象这一评论定式,显然忽视了芥川龙之介中国之行后文学创作的这一变化倾向,低估了中国之行对作家芥川龙之介文学创作的深刻影响。

---

① 桑原三郎『福沢諭吉と桃太郎—明治の児童文化—』,慶応通信,1996年,第18页。
② 吉田精一『芥川龍之介』,三省堂,1942年,第285页。
③ 中村青史「『桃太郎』論」,『方位』4(1982),第84页。

五、中国"南""北"差异之见：木下杢太郎《中国南北记》

木下杢太郎是日本近代著名的文学家、医学家,他曾于 1916 年至 1920 年,在属于"南满洲"铁道附属地的"奉天"南满医学堂担任教授,同时兼任"奉天"医院皮肤科部长。1920 年,木下杢太郎辞去职务,7 月底开始周游朝鲜及中国各地后返回日本。《中国南北记》一篇记录的就是这次周游的经历,该游记后收录于 1926 年由改造社出版的纪行文集《中国南北记》中。

木下杢太郎结束此次周游返回日本之后,1921 年,踏上了赴欧美的留学之路,1924 年回到日本。因此可以说,1920 年 7 月开始的朝鲜和中国之旅是木下杢太郎为自己 1916 年开始的中国经历划上的一个句号。这次周游,木下杢太郎在朝鲜参观了平壤、京城(首尔的旧称)、庆州、金刚山等地的博物馆、寺院等古迹名胜,历时三个星期左右。返回北京休整后,首先赴云冈石窟,逗留二十余日,研究石窟和石佛艺术。之后再次回到北京,养病一个星期,病愈后演讲、看戏、拜访中国文人、品尝北京美食。10 月 12 日,从北京出发,先至太原,后又沿铁路线,分别至石家庄、郑州、洛阳,最后到达京汉铁路的终点汉口。10 月 29 日从武昌出发,赴岳州、长沙后重返汉口。之后,乘船沿长江而下,先后游历九江、南京、镇江、苏州,到达上海。从上海又至杭州游览,最后从上海返回北京,之后从天津乘船回到日本神户。

1. 中国"南""北"印象

木下杢太郎周游中国各地之时,正值直皖战争之际。直系军阀曹锟与皖系军阀段祺瑞为争夺北京政府领导权,在京津地区展开对抗。1920 年 7 月 14 日,战争爆发。两军在京汉铁路线上的涿州、高碑店、琉璃河一带和津京铁路上开战。7 月 19 日,段祺瑞被迫辞职,战争以皖军的大败告终。《中国南北记》中多次提到行程受到战事影响:"在朝鲜漫游三个星期,北京的战争也停息了,于是前往北京"①,"可是,洛阳的县吏阻止我们前往,理由是途中多土匪,恐怕不是土匪,而是吴佩孚手下的兵匪吧"。在这种军阀混战的局面中,木下杢太郎继续着他的中国之旅。如此兵荒马乱,木下杢太郎没有表现出任何胆怯,可见在中国四年多的生活让他成了半个"中国通",对于当时军阀割据的混乱局面早已习以为常。

---

① 木下杢太郎「支那南北記」,收录于『木下杢太郎全集』第 12 卷,岩波书店,1982 年,第 232 页。后文出自同一作品的引文不再一一标注页码。

　　木下杢太郎从北京游历至长江以南的南方,他对于北方和南方各地的观感截然不同:"这里(北京,笔者注)无疑现在是中国的首都,可人们的生活趣味和样式却更多夹杂着蒙古以及中亚的要素。"北京是清王朝的首都,而清朝是满族人创立的王朝,不同于以往的汉民族统治。所以,无论是满族人的发源地——中国的东北地区,还是满族人经营数百年的首都北京,都俨然处于汉民族的中华文化圈外。木下杢太郎在《中国南北记》中抒发的这一观感代表着日本社会对中国的一种认识。后年策划了柳条沟事件的关东军作战参谋石原莞尔据此提出了他的设想:"满蒙并非汉民族的领土","是满人和蒙古人的土地,与汉族人相比,满人和蒙古人更接近大和民族";解决日本国内紧迫的人口粮食问题的关键在于"满蒙开发","满蒙的居民虽以汉族为主,但是相比中国本部,其经济关系与日本更加密切"。[①]日本人将中国东北乃至华北地区与中国其他地方区别看待,木下杢太郎《中国南北记》也无疑受到这一话语影响。

　　木下杢太郎来到汉口后写道:"到达汉口,已是一派海港气象,国际化的要素多于中国的要素。也有日本的商店,木屐店、草席店、针线杂货店、荞麦面馆、料理店,等等,气氛颇为特别。"游历至此,木下杢太郎强烈地感到了日本对于中国的经济渗透。不过,汉口的这些日本商店并未融入当地的中国社会,所以在中国的城市之中显得十分特异。显然,汉口的这种"国际化",与现今时代的国际化不同,它是 20 世纪初叶中国半殖民地社会的一种表象而已。

　　"这里在中国以街市的清洁著称,……但是北军占领此地后,街道变得肮脏。现在在南军手里,所以才会干净。"这是《中国南北记》中对于长沙的描写。1920 年的中国处于北洋军阀政府的统治之下,但是北洋政府并无足以号令全国的势力,各军阀之间不断开战。在南方的广州,由孙中山领导成立的中华民国军政府(简称护法政府),反对北洋军阀的统治。《中国南北记》中的"南军"指的就是护法政府的军队。当时日本采取支持北洋军阀政府的政策,并不承认护法政府。而木下杢太郎却通过军队占领之后街市的肮脏与干净的对比之中,从一个侧面客观地反映出南军的风貌。

　　能够认识到南北中国文化差异巨大的日本人,多为深谙中国历史文化的汉学家或者中国研究学者。中国历史研究家桑原骘藏(1870—1931)撰有《历史上所见的南北中国》一文,对南北中国在历史上各方面发展之差异进

---

① 角田顺编『石原莞爾资料—戦争史論—』,『明治百年史叢書』第 67 回配本第 17 卷,原書房,1980 年,第 427 页。

行了深入探讨。①内藤湖南(1866—1934)也在中国旅行游记《燕山楚水》中提及中国南方与北方建筑景观及人文习性的巨大差异,认为北人质朴,近于迟钝,每厌迁徙,而南人则轻锐,每喜新异。②青木正儿(1887—1964)也认为中国南方人和北方人生活习惯与个性差异甚大。③在大正作家留下的中国纪行文字中,能够对中国南北文化差异有自觉认识及表述的,只有木下杢太郎一人,他将自己的游记直接命名为"中国南北记",体现出作家基于四年中国经历以及中国文化研究所获得的中国认知,在深度与广度上是日本同时代作家中少见的。

2. 中国踏查的收获

行走在军阀割据混战的年代,木下杢太郎在记录中国时,更多聚焦于中国的艺术、文化、风土和民俗。首先,《中国南北记》对中国各地的石窟、古迹、文物等作了非常精确的记录。在描写山西的石窟时,配以素描图等辅助说明。木下杢太郎在云冈逗留二十余日,专心于石窟石佛的研究,其研究成果后集成《大同石佛寺》一书出版(1921)。太原天龙山的石佛窟,洛阳巩县的石佛、石窟寺,南京千佛岭的佛龛都是木下杢太郎关心的对象。木下杢太郎在游记中的记录,为了解当时中国各地古迹的情况提供了资料。例如关于郑州开元寺尊胜幢的记录,《中国南北记》中提及的开元寺早已在抗日战争的硝烟中损毁,但尊胜幢在1974年的遗址清理发掘中重现天日,现保存于郑州市博物馆。

《中国南北记》中还对中国各地植物的分布做了详细记录。在云冈看见的瓦松花,中国民间用来治疗外伤,木下杢太郎为此特地买来晒干的瓦松花,后来进行试验,最终证明该植物对于动物体并无任何特殊功效。看见杭州西湖的湖水清澈,木下杢太郎深为诧异,后在杂志上看到这是西湖湖水中的西湖藻作用所致。

作为医生,木下杢太郎还记录了自长沙至上海,沿途经常看见码头苦力中有很多秃头,并指出这是一种名为黄癣的传染病,同时惊讶于这种皮肤传染病流传如此之广。《中国南北记》中关注各地由日本人经营的医院状况,如对于汉口的同仁医院这样写道:"这家同仁医院(院长藤田氏)终于得到了

① 桑原隲藏「歴史上より觀たる南北支那」,收录于『桑原隲藏全集』第 2 卷,岩波书店,1968年,第 11—68 页。
② 内藤湖南「燕山楚水」,收录于『内藤湖南全集』,筑摩书房,1971 年,第 2 卷,第 116 页。中译本参见王青译《两个日本汉学家的中国纪行》,光明日报出版社,1999 年,第 84—85 页。
③ 青木正兒「見た燕京物語」,收录于『江南春』,弘文堂书房,1941 年,第 231 页。

中国人的信任,患者众多。"汉口的同仁医院是日本国内的医学团体同仁会在中国国内开设的医院。同仁会成立于1902年6月,其成立规则的第五条中规定"本会的目的在于向清韩及其他亚洲各国普及医学及其相关技术,保护人民健康,救济病苦。"①该会最早致力于派遣医师在中国的医学校执教或者行医。1904年,大隈重信就任会长以后,活动日趋活跃,自1906年开始在朝鲜及中国东北地区开设医院。东北地区主要开设了安东和营口两家医院。1914年,同仁会在北京开设日华同仁医院(后更名为北京同仁医院)。1916年制定的"医院设立十年计划"中计划在中国主要的33个城市设立医院,但由于资金问题,只有汉口一家医院建成。《中国南北记》中提到的就是汉口的这家同仁医院。而木下杢太郎自云冈返回北京后,因为发热在北京的同仁医院住院疗养了一个星期。身为医生、皮肤病专家,木下杢太郎自然关心中国的医疗事业。他曾写过一篇随笔《石龙》(1917),记录了参观广东石龙的麻风病医院的情况。

木下杢太郎基于个人的医学专业背景以及对佛教美术文化、植物学的兴趣,在《中国南北记》中就相关方面做了详细记录,不仅具有文献史料的价值,也体现出作家运用西方科学知识体系,重新认识中国文化风土的旨趣。木下杢太郎曾说:"旅行与其说是保养,不如说是学问。相较历史知识而言,自己经常因为博物学知识的欠缺而感到可惜。"②可以说,中国为木下杢太郎的研究提供了丰富的素材,而木下也乐此不疲地以一种科学的态度投入研究,木下的中国之行与其说是游历,不如说是一次访学之旅。

3. 访问周作人与叶德辉

关于木下杢太郎此次行程中与中国文人会面的情况,《中国南北记》中共提及在北京拜会周作人,以及在苏州访问叶德辉两人的情况:

> 去北京大学拜访教授周作人,了解到自己一直期待的收集中国古民谣的工作困难重重,又听先生介绍了当下中国口语新诗运动的情况。

---

① 参见大里浩秋「同仁会と『同仁』」,收录于『人文学研究所报』No39,神奈川大学,2006年3月,第47页。
② 『木下杢太郎全集』第十二卷,岩波书店,1982年,第232页。

周作人所介绍的口语新诗运动,就是当时的白话新诗运动。它是新文化运动的重要一环,提倡从形式上打破诗的格律,换以"自然的音节";同时以白话写诗,以白话词语代替文言,以现代白话的语法结构代替文言语法。当时,最初试验并倡导新诗的是《新青年》杂志,而带头写白话诗的是以胡适为首的北京大学等的青年教授。1917 年 2 月,《新青年》杂志刊登了胡适的白话诗八首,这是中国新诗运动的第一批白话诗。周作人也积极创作白话诗,他创作的《小河》被胡适称为新诗的第一首杰作。因此,周作人向木下杢太郎热心介绍其参与其中的这次白话新诗运动。而作为先于中国接触学习了西方文学的日本文学家们,关心的却是中国古典。在这些日本文学家眼中,值得学习的依旧是中国的古典文学文化。因此,木下杢太郎去苏州时特地拜会了叶德辉:

> 顺便说一下,我在此地访问了中国杂学的大家叶德辉先生。先生的家在曾家巷泰仁里,本来约好在先生家和研究陶渊明的专家桥川时雄氏碰头,可桥川氏迟迟不至,于是我只好和主人笔谈交流。

叶德辉原籍江苏吴县(今苏州市),其父叶雨村于太平天国时迁居湖南长沙,后以湘潭为籍。叶德辉在苏州也建有府邸,时居苏州,因此木下杢太郎在苏州拜会到了叶德辉。叶德辉在当时研究汉学的日本知识分子中声望很高,他有两名日本弟子:盐谷温和松崎鹤雄[1]。两人曾求学于长沙叶德辉家中,松崎鹤雄治小学,盐谷温学习元曲[2]。原计划与木下杢太郎一起去拜

---

[1] 松崎鹤雄,字柔甫,日本熊本县人。1908 年来到中国,1910 年往长沙拜叶德辉、王闿运为师,1920 年起在"满铁"大连图书馆任司书,1932 年辞职。曾为"满铁"大连图书馆搜集中国古籍,在中国学界有相当的知名度。参见刘岳兵:《叶德辉的两个日本弟子》,《读书》2007 年第 5 期,第 114—118 页。

[2] 1923 年,叶德辉为盐谷温的博士论文《元曲研究》(盐谷温凭此论文获得东京帝国大学博士学位)撰写序文:

> 盐谷节山君……十年前游学来湘,与松崎柔甫同居,从余问业。柔甫从治小学,君治元曲。二者皆至难之事。而以语言不通、风俗不同之故,虽口讲指授,多方比喻,终觉情隔,不能深入。盖以吴音不能移入湘人之口者,而欲以中原之音移于海外,岂非不可信之事哉。幸余家藏曲本甚多,出其重者以授君,君析疑问难,不惮勤来。每当雨雪载途,时时挟册怀铅来寓楼,检校群籍。君之笃嗜经典过于及门诸人,知其成就之早,必出及门诸人之右。尝以马融谓门人"郑生今去,吾道东矣"之语许君,君微哂不让也。……叹君之博览鸿通,实近来中东所罕见。书中推论元曲始末,及南北异同,莫不缕析条分、探原星宿。幸余书未编定,若较君作,真将覆酱瓿矣。

> (参见郋园叶德辉:《元曲研究序》,《斯文》第 9 编第 8 号,1927 年 8 月,第 45—46 页。)由此可见,叶德辉对于这两名日本弟子曾悉心教授。

会叶德辉的桥川时雄，也是中国文学研究家，1918 年来到中国，1922 年至 1927 年担任北京中文报纸《顺天时报》的记者。1927 年 4 月，桥川时雄在北京创办了同时刊登汉语和日语文章的杂志《文字同盟》，至 1931 年 7 月停刊为止，一共出版了 37 期。周作人曾在该杂志上发表日本古典名著《徒然草》的三段译文，大力支持杂志的发展。从以上这些人物的关系来看，包括木下杢太郎在内的在华日本知识分子，与中国学界之间都有着密切的接触。他们一方面求师于中国古典文学文化的大家，一方面与有留日经历的年轻文人保持联系。虽然自明治维新以后，日本民众蔑视中国的风气日盛，但是在学界，对中国古典文化的敬仰之情仍在。赴日学习近代新知识新理论的中国留学生，也被日本知识界视作改革旧弊、拯救中国的希望。

但是日本学界所看重的这些中国文化人，在中国社会并非如他们想象那般德高望重。叶德辉就是一个颇具争议、褒贬不一的人物，他是藏书家、出版家、文字学家、经学家、刻书家、版本目录学家，在书籍出版史、目录版本以及藏书史的研究方面堪称中国近代第一人。但同时，他又是作为劣绅恶霸的典型被湖南省农民协会处决的。近代中国社会的历史进程与日本学界的预期之间的差距在这里已露出端倪。

《中国南北记》的结尾描述了木下杢太郎回到日本后的感受：

> 眼看就要离开中国了，我不免有些哀伤。船到达神户后，感觉船、栈桥都很干净。港口小船的木板擦拭得锃亮，衣着整洁的青年穿着气派的鞋子在上面工作。我感到在日本生活花销很大。日本人消费的东西未必是日本出产的，为了"穿鞋披毛"，日本把大把的钞票送给了外国。
>
> 在神户逗留了一个星期，出乎意料，我对日本的生活没有产生什么好感。不知何时，我的心里涌起一股热爱中国的情感。偶尔在狭窄的唐人街看见店头杂七杂八地摆着晒干的鸭子、香肠和柚子，玻璃门上的广告单用自己熟悉的中文写着"新到鸭子"，我不由得怀念起中国来。

这里抒发了一个久居中国的日本人回国后的感受。日本的干净与中国的污秽一直是近代日本人中国纪行中屡屡提及之处，但与大多数纪行中对中国的污秽表现出强烈的鄙视和反感不同，《中国南北记》的结尾指出，这种洁净的近代文明背后是大量生产与大量消费的社会，这种近代文明的生活方式没有令人产生好感，相反中国的杂乱无章更加令人怀念。当然，这种情

感并不直接等同于木下杢太郎对于近代中国社会的热爱,这种"怀念"源自
对于与西方产业革命后诞生的机器文明不同的中国古老文明、对于东亚历
史源头的那种文明的一种依恋之情。这种认识在木下杢太郎赴欧洲留学期
间仍未改变。欧洲留学期间,1923 年木下杢太郎曾赴埃及和意大利旅行,
在《埃及旅行后记》一文中作家这样写道:

> 即便朝鲜、日本的艺术是支流,中国的也不是支流。虽然现今它已
> 成为流淌在不毛荒野上的大河,但是它却灌溉着让整个地球变得丰饶
> 的肥沃土地。如今其流域化为荒芜与其说是源于文明种类的命运,不如
> 将其归结为耕作人的过错。让这条即将干涸的大河(包括印度及其佛教
> 文明)复苏是我们的责任,同时也是令人愉快的工作。令其复苏并不是
> 什么复杂的事情,只要我们用从西方文明中新近习得的知识和见识,舍
> 弃以往不充分、不清晰、非方法论的态度,用明智的方法研究即可。[①]

身处欧洲的近代文明之中,木下杢太郎仍然坚信中国文明是东亚文明
的源流,是全人类文明的源流,而日本的艺术只能是其支流而已。作为先于
中国人接触了西方文明的日本人,作为走在亚洲文明开化前列的日本,现今
的责任就是用从西方文明中习得的方法论让中国的古老文明(包括印度的
佛教文明)焕发新生。木下杢太郎在这里流露出的使命感,正是存在于近代
日本知识界的一种中国观,不是从军事和政治的视点,而是基于文化视点表
现出来的对中国传统文明的一种敬爱之情。

当然,这种使命感如果仅限于学问与知识领域无可厚非,但是如果将其
与日本的"国策"联系起来,将其作为日本侵略包括中国在内的亚洲地区的
"大义名分",赋予其意识形态与政治意义的话,势必会发展成为后来的"大
东亚圣战"的支持者和鼓吹者,佐藤春夫就是其中典型的例子。而木下杢太
郎在战争期间,专事医学研究,没有对上述 1920 年代的中国认识进行敷衍
附会,保持了一个知识分子的本色。

六、佐藤春夫《南方纪行》的政治书写

佐藤春夫是日本近代文学史上和中国渊源颇深的一位作家。在佐藤春

---

① 『木下杢太郎全集』第 12 卷,岩波書店,1982 年,第 14 页。

夫崭露头角成为文坛新星的大正时代,出于对明治时期一味追求文明开化、学习西方的反拨,知识分子们开始重新关注中国这个邻国,"中国趣味"一词在这个时候出现了。佐藤春夫自称是"中国趣味爱好者"的"最后一人","全部著作的一半或者三分之一左右都与中国有关"。①在同辈作家中,"是自己最先提出大陆旅行的必要性和趣味性,先有谷崎,后是芥川,二人的中国之行皆出于自己的提议"。②佐藤春夫本人曾四次踏上中国的土地。与其他作家多沿京汉铁路及长江航道游历不同,佐藤春夫于 1920 年 7 月在厦门、漳州逗留了两个星期左右,这是佐藤春夫第一次中国之旅。根据这段经历,佐藤撰写了《南方纪行》,1922 年 4 月由新潮社出版。

此次厦门之行,其实是佐藤春夫台湾之行的一部分。1920 年暮春时节,佐藤春夫由于情场失意③,陷入严重的神经衰弱,回乡疗养。在故乡和歌山县新宫,佐藤偶遇为筹措医院的建设费用返乡的中学同学东熙市。东在台湾南部的高雄开设牙科诊所,劝说佐藤春夫随自己一起去台湾散心。6 月底,佐藤春夫跟随东来到台湾,一直到 10 月才返回日本。佐藤春夫此次台湾之行的日程基本由当时担任台北博物馆馆长代理的森丙午制定,森建议佐藤可以顺便到台湾对岸的厦门地方游览,而当时东熙市家里的学徒郑某正好是厦门人,于是佐藤春夫在 1920 年 7 月下旬至 8 月中旬赴厦门游览了两个星期左右。

《南方纪行》的中国书写,代表着佐藤春夫对中国的第一印象,这种印象之中明显带有同时代日本对于中国认识的重新体验(nacherleben)的因素,同时又加入了作家个人的"中国趣味"。

1. 中国人印象

《厦门印象》④一章记录了佐藤春夫自高雄出发上船及初到厦门后,留下深刻印象的几个中国人形象,其中占据篇幅最多的是在船上遇见的台湾青年陈。"这个台湾青年二十四五岁,船上的台湾人很多,唯独他如此醒目

---

① 出自佐藤春夫的随笔《唐物因缘》(日文题名「からもの因縁」),收录于『定本佐藤春夫全集』第 22 卷,临川书店,1999 年,第 179—190 页。

② 同上书,第 182 页。

③ 佐藤春夫对友人谷崎润一郎的夫人千代产生爱慕之情,1921 年因谷崎反悔,不与千代离婚,二人绝交,1926 年达成和解,1930 年谷崎与千代离婚,佐藤终于与千代结婚,三人联名致信友人通知此事,报纸对此也大肆报道,是为日本文坛著名的"让妻事件"。

④ 《南方纪行》共由 6 篇构成:《厦门印象》《章美雪女士之墓》《集美学校》《鹭江月明》《漳州》和《朱雨亭之事及其他》。

是因为他的打扮。"①陈姓青年过膝的马靴、西部牛仔式的帽子、绿色镜片的大眼镜,"就像侦探小说中出现的令人不安、形迹可疑的人物"。在厦门期间,由于同行的郑和陈相识,"我"从郑那了解到陈躲在旅馆房间里吸食鸦片、整日留宿在私娼处。陈自称是"做大米生意"的,但是他如何做这个正经营生,"我"却没有看到。

到达厦门后,在去旅馆的路上,"我"注意到一位坐在轿子里的洋装绅士,"清瘦的风貌有些学者气质,斑驳的胡须、气宇轩昂的鼻子颇有特色"。这位气度不凡的绅士正巧和"我"们住在同一家旅馆,"看见他在我房间窗下的露台上若无其事地小便","令我颇为震惊"。形迹可疑的陈沉迷于鸦片和私娼尚能理解,气度不凡的学者绅士也完全无视卫生规范,这出乎"我"的意料。初到厦门,"我"眼中的这些中国人习俗成为"我"厦门印象中最为浓重的一笔。

而作者对厦门的这一印象,准确地说是对于在厦门遇见的中国人的印象,正是同时代日本社会对中国人的一种普遍共识。早在1897年,台湾初为日本殖民统治之初,日本的当政者们就担心,"中国人的风俗中诸如鸦片、赌博、淫秽、不洁、破廉耻等会传染给国人"。②在甲午战争以后逐渐形成的蔑视中国的风气之中,中国人的"陋习"被夸张放大后,反过来又为蔑视中国的风气提供了依据。带着这种认识来到中国的日本人不知不觉间经历了一个对此重新体验的过程,更加深信不疑。

着眼于中国人"陋习"的作者在与中国上层社会的名门望族交往时,亦是如此。《鹭江月明》一章记录了作者跟随名门公子夜游的情形,这位名门公子是林季商的长子林正熊。林季商即林资铿,字季商,出身台湾名门雾峰林家,其曾祖父林定邦、祖父林文察、父亲林朝栋皆为一代名将。1913年,林资铿遵父亲遗嘱,将雾峰林家家主地位交由其顶厝家系族叔后,举家迁居厦门,成为台湾人中第一个加入中华民国国籍者。1918年孙中山任命林资铿为闽南军司令,并授予护法军政府陆军少将位衔。后陈炯明奉命率军进入闽南地区,孙中山嘱林资铿直接受陈炯明指挥,并改闽南革命军之名为粤军第二预备队,林资铿仍为司令。③这样一位拥有民族气节、积极投身革命的将军之后,自然"是风度翩翩的贵公子",却夜夜沉醉于烟花柳巷。作为一

---

① 佐藤春夫『定本佐藤春夫全集』第27卷,临川书店,2000年,第14页。下文关于《南方纪行》的引用均出自全集第27卷,不再一一标注页码。
② 春山明哲『近代日本と台湾——雾社事件·植民地统治政策の研究』,藤原书店,2008年,第176页。
③ 有关林资铿投身革命的介绍,详见何标:《辛亥革命与台湾》,《炎黄春秋》2001年第9期。

个外人，"我没有感叹林季商有如此不肖之子，而是对如此名家的美少年如何玩乐充满了兴趣"。日本自幕府末年以来，在与西方列强的紧张关系中，一直怀揣着强烈的危机意识，积极推行"文明开化""富国强兵"，与此相对照，邻国的中华大邦仍然固守着千年来的封建陋习，沉醉不醒。①跟随林正熊夜游的作者体验了中国上层社会"歌舞几时休"的这种现状。"我偷偷看了一眼怀表，已经凌晨三点了！"乐为局外人旁观的"我"身处其中时，不能不对其程度之甚表示惊讶。

在这样一个旧态依然的中国社会中，也有觉醒的人。在参观华侨陈嘉庚兄弟创办的集美学校时，校医兼中国文学讲师的陈镜衡送"我"的诗中有这样一句："黑甜吾国愧难醒"。读罢诗句，"我"不禁慨叹："现今兵火不绝的国情、夜晚街市的小巷里一群群招呼客人的私娼、夹杂在私娼窟间的鸦片馆、路旁放洋片的随便给儿童少年看那些淫猥的图片，苦力们蹲在路旁窄小的空地上用小石子玩着所谓'行直'的赌博游戏，这些尚且不说，甚至路旁雅致的洋房里，戴着金丝边眼镜、俨然受过教育的年轻女士也在二楼的露台上耀眼的灯光下恬然专注于赌博，目睹了这些之后再来读这句'黑甜吾国愧难醒'，这诗句出自在这片贫瘠的土地上播撒新文化种子的集美学校的教师笔下，想来实在所说不虚，一介游子也怜其情真意切。"作者意识到中国的国民并非都在沉睡，也有忧国忧民之士，集美学校就是要培养这样的新人才之地。"我"注意到在食堂就餐时，学生们使用公筷，"中国人一般夹菜的时候都用自己的筷子，这里一定比较注重卫生习惯吧"。集美学校要播洒的"新文化的种子"无疑就是西方近代文明的原理与价值观，学生们已经从卫生习惯这一生活习俗开始，积极身体力行。作者感叹集美学校的校舍"比起东京那些莫名其妙的私立大学的校舍要宏伟得多"，承认集美学校的确是中国的新气象，但与此同时作者又以审视的目光揣度着建设者的真正意图。对于陈氏兄弟投入巨资修建学校一事，"我"这样评价："中国人一般吝惜钱财，不肯在公共事业上投入资金，因此不仅在地方上，就是在中国全国，这也是一件稀罕事儿，旅行者们常来此地参观。"中国人不愿在公共事业上花费钱财，

---

① 鸦片战争以清朝的失败告终后，将中国称为"固陋之国"的言论在日本逐渐盛行。主张文明开化的代表人物福泽谕吉在《世界国尽》(1869)中这样介绍中国："自往古陶虞时代，经年四千岁，重仁义五常，人情厚风，其名高闻。文明开化后退去，风俗渐衰，不修德不磨智，不知世界之变仍高枕无忧，以为我外无人，任暴君污吏之意，恶政压下，难逃天罚……如此以往，其状可怜。"(『福沢諭吉全集』第 2 卷，岩波書店，1969 年，第 594—595 页)。明治时期民权运动的代表人物、人称"宪政之神"的尾崎行雄在《外交策》(1882)一文中称中国"固陋之国也，泥于旧物不知移之国也。"(『尾崎咢堂全集』第 1 卷，公論社，1956 年，第 333 页)。

显然也是作者在日本时的先入观念。日本在中日甲午战争中获胜后,日本国民都认为日本的国力优于中国这一点得到了证明,清朝的统治已经如此腐朽不堪,中国的民众却仍泰然处之。于是,中国人只重视个人利益,毫无国家观念之类的论调日盛。①《集美学校》一章中"我"详细推算建设校舍所需资金数额,记录招生简章中涉及的学生入学相关费用,以此来判断陈氏兄弟号称投入的 150 万资金是否可信,显然都是出于对中国人肯在公共教育方面投资建设的怀疑态度。当"我"看见在大门对面的墙上悬挂着陈氏兄弟的大幅照片时,马上得出结论:"陈氏兄弟的这个学校和鼓浪屿的富豪为了庆祝花甲大寿从上海请来演员、从广东运来焰火大肆张扬,并无太大分别。"带着先入观念参观集美学校的作者,在承认集美学校的教师们已经觉醒,致力于对学生进行新式教育的同时,依然不时流露出对于中国人的不信任感,这说明在日本时的先入观、同时代日本社会对于近代中国的认识在作者的头脑中已根深蒂固。

2. 中国的前途

中国的未来究竟会如何?辛亥革命推翻了清朝的统治,中华民国建立,中国能否就此顺利走上现代化道路呢?作为邻国的日本人,《南方纪行》的作者对于各种试图改造中国的革命运动表现出关切,但又对其前景并不看好。而这也是同时代日本对于近代中国的一种普遍认识。1920 年的中国,虽然北洋政府名义上统治着全国,但是各地处于军阀割据混战的局面。日本政府采取的政策是支持北洋政府,通过"二十一条"等谋求日本在中国的最大利益,但是对北洋政府治理中国的能力却持怀疑态度。中国各地军阀对立纷争根本原因在于汉民族缺乏组织国家的政治能力,不能像日本一样在天皇制国家的名义之下确立政治的优势地位,归根结底中国没有能力建立和建设统一的国家。②这是日本国内占主导地位的论调。《南方纪行》的《漳州》一章"我"对陈炯明建设的新漳州的观感中,明显带有这种论调的影响。

① 比较典型的如黑龙会的中心人物内田良平 1913 年发表的《中国观》一文中这样写道:"中国的普通社会,如农工商等生活中只追逐个人利益的人们,完全是个人本位,只要个人的生命财产安全,君主可拥戴也可不拥戴,国土究竟归属何国,并不强问。"收录于内田良平『支那観』,黒龍会发行,弘文堂印刷,1913 年,第 31 页。

② 如日本近代著名的史论家、新闻记者山路爱山在《日汉文明异同论》(1907)一文中指出:"汉民族自己创建的国家仅有汉唐宋明四朝而已,其他则常为异民族支配之下。依此事实,吾人不得不以为:汉民族缺乏国家组织能力,颇与古希腊人类似。"(『山路愛山選集』第 3 卷,萬里閣書房,1928 年,490 页)

　　在同行的郑提前返回台湾的情况下，"我"依然坚持去漳州参观，说明"我"对漳州的建设充满好奇，一定要亲眼所见。《漳州》一章中这样描写陈炯明的政治理想："他们的思想是社会主义"，"目的是在中华民国这个分裂的大国实行联邦共和制。让使用不同方言的民众各自成立独立的政府，然后将中华民国改组成为各地方独立政府的联邦"。"他要用中华民国人自己的双手在这偏远之地建设像上海、广东那般由外国人建成的文明都市。"暂且不论作者对于陈炯明思想主张的理解是否准确，至少从作者记录的陈炯明的革命理想中可以看出一种对于国家统一、对于摆脱列强侵略、实现民族独立的渴望。但是《南方纪行》的作者并未充分重视这一点，在"漳州的门户"——石码看过陈炯明实施的市政建设之后，"我"已经得出结论："亡国的美感是消失了，但是新兴势力却极其薄弱，似有似无，不过是仿制的赝品，令人失望。"中国人所谓的革命都是"赝品"，并不能让中国真正走上现代化的文明之路。作者未到漳州，已经早早下了结论。

　　到了漳州以后，作者虽然看见公园的石碑上雕刻着"博爱""平等""互助""自由"这些"令人联想起法兰西革命三口号"的标语，民宅大门上张贴的对联也有"输新文明""世界革新""人民平等"这样的新语句，但是来漳州之前，作者已经听闻居民为道路拓宽和修建贫民教养院而被迫缴纳高额费用，陈炯明以此来充实军费扩张军队。更有甚者，为了惩治反对自己的地方军阀安海的许督莲，陈炯明暗中指使"云南军"在安海烧杀淫掠，"死者三千、安海无处女"，许督莲八十多岁的老母遭到乱军强暴后投井自尽。《漳州》一章将陈炯明描写成为表面上高唱革命、为官清廉（"工资仅有二百元"），实际乃豢养军队争夺地盘、对待政敌残酷无情的人物，因此其军队也是一盘散沙："他们各随己愿在街上漫步"，在公园的"长椅上、草坪上、路边，旁若无人或躺或立"。市郊地方有士兵"到处摘食龙眼果肉"；孔子庙的木制部分都被剥落，"一定是士兵过冬时用作烧火之料了"。龙门塔附近的一棵大荔枝树下，"三十几个士兵聚在一起，一件军服铺在地面上，二十钱的银币堆得高高的，忙着赌博"。这种毁坏文物、沉迷赌博、军纪涣散的军队自然不会受到百姓的欢迎，"我"在散步之时目睹了这样一个场面："一个年轻的士兵不知为何落水，拼命挣扎，傍晚出来纳凉的人们站在一边，像看着野猫掉进水沟一样，束手旁观。"士兵们骚扰百姓、毫无军纪可言，自然百姓们也对士兵的命运漠不关心。目睹了这些之后，"我"更加相信自己的判断，高唱革命理想的陈炯明不过"是一个投机骗子"。他的所谓建设目标最终只是停留在市政设施等表面现象上，无非也和其他军阀一样在为自己争夺地盘。

　　对于当地民众对陈炯明的态度，《漳州》一章中这样写道："这里有个值得注意的现象,那就是把陈炯明说得一无是处的都是日本人,而台湾人虽对陈也颇有微辞,但是都或多或少对陈炯明的见识和作为表示赞同。对于一直抱持着被统治者意识的台湾人来说,陈炯明的主张当中也许有一些令他们感到安慰之处。"陈炯明要用"中华民国人自己的双手"建设新的国家,这无疑是一种民族意识的觉醒,他所主张的独立和自由获得人们的认同,特别是处于日本殖民统治之下的台湾人。《南方纪行》的作者意识到了这一点,但是仅仅将其定位在心理慰藉这个层面,并不认为这种民族意识会伴随着行动。应该说,其中带有对中国人民族意识的轻视,自认为国力早已远远超出中国的日本国民在蔑视中国的浓厚氛围中,最为欠缺的就是对于中国人民族意识的尊重。《南方纪行》的作者在厦门漳州亲身感受到了中国人的民族意识,却认为这只不过是一种自我安慰而已,将其轻易略过。

3. "异 邦 人"

佐藤春夫在厦门、漳州一带游历之时,正是 1919 年五四运动掀起反帝爱国、抵制日货运动的高潮之后。1919 年 11 月在福州,日本人组织的"商品保护队"与学生发生流血冲突,事后日本政府以保护侨民为名调军舰入港,史称"台江事件"(又称"闽案")①。与福州相隔不远的厦门也受到影响,进入 1920 年后,运动浪潮逐渐平息。但佐藤春夫到达厦门当天,依然看见"青岛问题普天共愤""勿忘国耻""勿用仇货""禁用劣货"的标语,一个人待在旅馆,作者不禁担心:"即便我被杀了,尸体被扔进海里,在厦门也是毫无办法。"当作者孤身处于中国人当中时,不时会产生这种被害妄想。在前往漳州的汽船上,"我"担心破旧的船会沉没,"万一如此,谁也不会来救我这样一个在这里不受欢迎的日本人"。一旦陷入这种妄想,"我"感到周围的人似乎都对我抱有敌意:旅馆"大厅里,服务员不知为何事用中国人特有的大嗓门在喊话,似乎在骂我"。街上的醉汉"好像嘴里嘟囔着'这家伙是日本人',向我撞了过来"。不仅是"我"的空想,在漳州为"我"做向导的余锦华见"我"不停用日语向他发问,"拉拉我的衣袖小声说:'最好不要用日语,大家都讨厌日本人'"。这样看来,佐藤春夫的厦门之行似乎在一种惊悚不安的氛围之中进行,但实际上并非如此。

如果"我"的确已经感到切身的危险的话,就不会在同行的郑返回台湾的情况下,继续留在厦门,更深入漳州参观。《南方纪行》中不时提及"排日"的氛围,也是作者在日本所了解到的中国"排日"运动的一种重新体验。事

---

① 日本称为"福州事件"。

实上,即便就在福州事件刚刚发生之后,厦门的局势也相对稳定。1919 年 11 月 28 日,日本驻厦门领事给外务大臣的电报中称:"受到福州日中两国人冲突事件的影响,听闻厦门学生近期也有掀起排日运动的企图,特向中国官方发出警告,要求采取预防措施,中国官方表示将倾注全力防止事态发生。而且日籍民众团体处于优势地位,因此迄今为止未见任何排日行动,市中极其平稳,各种日货交易自由,预计今后亦无任何反动。"①1920 年 1 月 17 日,台湾军参谋部发给外务次官、参谋次长等的报告中也称:"南中国各地的排日运动势头依然旺盛,但唯独厦门却因我在留官民行动妥当,其踪迹几无。过往福州事件勃发之际,亦有少许排日计划,因中国官宪严厉取缔,我方亦对在留居民进行适当指导,故未见任何排日反响,现今已呈熄灭之态。"②由此可见,在五四运动席卷全国,临近的福州发生流血冲突,再次掀起全国抵制日货运动的高潮之时,厦门也一直处于相对平稳的状态。《南方纪行》的作者陷入被害妄想,更多是出于一种身处言语不通的他乡时经历的"异邦人"体验。"异邦人""他国人""异乡人"这些词在《南方纪行》中多次出现:"我"看见同行的中国人在妓馆中"用他们的语言——我根本不懂的语言交谈"欢笑,"强烈体味到异邦人的心情"③;"我"担心船沉之后没有人救自己这个日本人,"也是因为在这满满的一船人中只有自己一个是异邦人"。"我"强烈意识到自己是"异邦人",多在孤身处于众多的中国人之间时,"异邦人"的感觉、乡愁、被害妄想这些情绪交织在一起涌上心头。虽然"我"有日本友人的书生郑做向导,但是就连郑,"我"也"摸不准他的性情","这也因为彼此是异国人的缘故吧"。言语不通导致彼此无法顺畅达成内心的沟通,因而产生一种陌生感乃至恐惧感,进而发展成为一种被害妄想。《南方纪行》的作者在旅行中不断重复着这种体验,而作者所了解到的中国各地抵制日货的运动进而强化了"我"的"异邦人"意识,加深了"我"的疏离感,加深了两个国家间国民身份的对立。

---

① 参见《日本外交文书电子档案》大正 8 年(1919)第二册下卷 12:"日中两国人于福州冲突一事"。日文原文为:"日本外交文書デジタルアーカイブ大正 8 年(1919 年)　第 2 册下卷 12　福州ニ於テ日中両国人衝突一件",网址如下:http://www.mofa.go.jp/mofaj/annai/honsho/shiryo/archives/DT0002/0003/0003/0022/0012/index.djvu

② 参见《日本外交文书电子档案》大正 9 年(1920)第二册下卷 11,"关于中国日货排斥运动之件"。日文原文为:"日本外交文書デジタルアーカイブ大正 9 年(1920 年)　第 2 册下卷 11　中国ノ日貨排斥運動ニ関スル件",网址如下:http://www.mofa.go.jp/mofaj/annai/honsho/shiryo/archives/DT0003/0003/0004/0022/0011/index.djvu

③ 以下三处下划线为笔者加注。

4."中 国 趣 味"

在对同时代中国社会疏离感加强的同时,《南方纪行》的作者将自己的旅行意义寄托在了对中国风物的认同感上。中国古典文化传统传承下来的风光、古迹、音乐在《南方纪行》中都被赋予了美好动人的特征。自集美学校参观归来,坐在小舟上欣赏傍晚时分的鹭江,作者感叹道:"那日鹭江的日暮那般美丽而令人愉快。从那晚以后,我开始相信人们所说:中国沿海地方鹭江的风光当属第一,即便是西湖也无法与之相比。"潮汐退去,山脚下一只白鹭的身影浮现在暮色中,作者将其称为"印度画家泰格尔的笔触"。水上薄暮"哀婉幽雅"的氛围,加上"孤独的白鹭和古怪的神鱼白鳄",作者用法国诗人"萨曼的诗情"、诗人兼作家"雷尼埃的小说"来比拟。暮霭中远处厦门街市的灯光虚无而朦胧,"是威廉·特纳的构图";而载着"我"的小舟正是"惠斯勒画中的小船"。作者观看眼前厦门鹭江的风光时,没有引用中国古典诗词散文中的词句,而是用西方画家、诗人、作家的作品,用西方文化的价值尺度来欣赏。不仅是风光,在妓院聆听中国乐器的合奏之时,作者也用西方悲剧的理念来解释中国音乐的原理:"我认为中国音乐颇有狡猾之处。先用喧器搅乱听者的内心和听觉,待听者好不容易习惯了那份喧器,可以忍耐之时,音乐最核心的歌者的声音这才开始温柔地安抚听者的内心和听觉。可以说在爱与恨一起涌起之时,爱进一步达到了高潮。在无限的纠纷之后再将其纯粹净化——古来的悲剧作者令读者心潮澎湃、恸哭流泪的秘密似乎也隐藏在中国音乐的原理之中。"中国音乐有着与西方悲剧的创作原理相通之处,在欣赏中国音乐时,作者又一次援用了西方文化的理论。

如前所述,日本大正时期的作家如芥川龙之介、谷崎润一郎、木下杢太郎等都存在着一种"中国趣味"的倾向。芥川龙之介创作有《杜子春》《秋山图》等多部取材于中国古典的小说。谷崎润一郎的小说《鹤唳》描写了一幢中国式房屋中沉浸于中国趣味之中的日本人。木下杢太郎曾在"奉天"的南满医学堂工作四年,著有《大同石佛寺》等。佐藤春夫也自称是"中国趣味爱好者"的"最后一人"。在大正之前,明治时代的作家如幸田露伴、森鸥外、夏目漱石等都有着深厚的汉学修养,这种汉学修养是经由幼时所受的教育自然习得的。随着日本社会的西化,汉学教育销声匿迹,新一代知识分子失去了这种汉学修养。因此,大正时期作家的"中国趣味"已不同于明治作家的"汉学修养",这种"中国趣味"是作为西化、近代化的对立面出现的,可以说是一种复古倾向,拥有悠久历史的中国古典文化成为"中国趣味"作家们憧憬的对象,但同时这种憧憬之中又包含着复杂的情感。经由中日甲午战争、日俄战争的胜利,大正时期的日本已经步入列强的行列,作为战胜国国民的日本人自然充满优越感,认为自己已是"先行完成西化的绅士","而战败国的国民中国人仍是落后的非文明人",①但日本虽然在政治、军事方面胜利了,在历史文化方面依然无法与中国相比,中国是东方文明的源流这一点无法改变。已经没有明治作家汉学修养的大正作家们,重拾"中国趣味"的根源就在于此。但与明治作家不同,"中国趣味"的作家们在观看中国古典文学文化中传承下来的风光、古迹之时,不是对"汉学修养"进行重新体验,而是用自己所受的西式教育,用自己掌握的西方理论方法来对其进行重新体认。因此,《南方纪行》的作者在观看中国的风物之时,不时援用西方的诗人、作家、画家的作品以及文学理论。近代中国军阀混战、社会动荡,悠久文化的传统无人顾及,只有已经精通西方文化的日本人才有重新认识和阐释中国传统文化的眼光和方法。《南方纪行》的作者对于中国风物的认同感中不能不说同时又隐藏着这种优越意识。

《南方纪行》标题号称"南方",其实主要是作者在厦门、漳州两地游历的记录。厦门位于台湾对岸,是中国大陆距离台湾最近的地方,与台湾往来密切。同时厦门鼓浪屿又是华侨富商别墅云集之地,《南方纪行》中提及多处鼓浪屿的华侨别墅。在中国各地抵制日货运动高潮迭起之时,厦门也相对平静。因此,对于日本人来说,厦门是个比较安全的地方。而《南方纪行》中却将厦门印象定位为"十几年前看过的侦探小说"的"断片"。作家用侦探小说中令人恐惧不安的怪异氛围来形容厦门,显然是因为私娼、鸦片、赌博、污秽、可疑这些中国人的负面意象。而厦门附近由高唱革命口号的陈炯明建设的漳州在作者眼中不过是个"赝品",令人看不到中国未来的希望。《南方纪行》的这种中国书写,来源于同时代日本的中国认识,这种认识的基调是对近代中国的蔑视,其具体内容包括:"老大国"固守陋习,国民只重视个人利益,毫无国家观念;中国各地军阀割据混战,国家毫无统一希望,更无建设现代化文明国家的能力等。在厦门、漳州的两个多星期,作者对这一中国认识的话语进行重新体认。对于身边的中国人,作者怀有强烈的疏离感,只能从自己向往的代表着中国传统文化的风物之中寻求安慰。而作者对于中国传统文化的欣赏又是以西方文化的理论方法进行的,并由此来发现和阐释中国传统文化的价值。因此这种向往中依然带有作为先行文明开化国家国民的优越感。"中国趣味爱好者"也许较其他日本人更加关注中国,但是仍

---

① 川本三郎『大正幻影』,筑摩书房(筑摩文库),1997 年,第 176 页。

然是在同时代日本对中国认知的框架中进行的。日本发动全面侵华战争以后，佐藤春夫与郁达夫等中国友人彻底反目，走上积极配合战争宣传的道路，应该说在《南方纪行》的中国书写中就已埋下了种子。

本 章 小 结

本章主要通过对芥川龙之介、谷崎润一郎、佐藤春夫、木下杢太郎中国之行及其游记、旅行后创作的小说等相关作品的细读，一一爬梳各位作家中国见闻政治书写的方式与旨趣，可以发现这几位与"中国趣味"密切相关的作家虽然彼此之间存在影响关系，但是每个人中国之行的起因、目的各不相同，在纪行文章中表现出的中国认知、中国印象乃至中国观不尽相同。

就作家中国之行以后的走向而言，芥川以一种"疾首蹙额"的心情痛陈同时代中国之弊病，探寻他心中向往的中国传统文化氛围，因而他在中国各个城市之中最喜爱北京。他 1927 年自杀，未能目睹九一八事变之后，日本逐步加紧侵略中国的进程，但已颇具先见性地对日本在中国的侵略扩张行径提出了质疑，这在芥川自中国之行归国后创作的随笔、小说中有明确表述。

谷崎润一郎两次中国之行均为私人旅行，第一次旅行游历中国东北、华北、江南多个城市，而第二次仅在上海一地逗留月余，可见作家对于上海的喜爱。谷崎前期文学创作"西洋崇拜"倾向明显，华洋杂处的国际化都市上海拥有公共租界、法租界，满足了谷崎对于西方现代摩登生活的向往，实现了作者对于饮食男女快乐的追求。第一次中国旅行之后作家创作了多篇具有东方主义话语倾向的小说，但是在纪行类文章中却坚持立足于市民意识的旅行观感，并没有流露出作为先行文明开化国民的优越感，这种自始至终立足于个人立场的中国旅行记录，在同时代日本作家中并不多见。第二次逗留上海期间，作家与郭沫若、田汉等中国知识分子进行深入交流，回国后写下了《上海见闻录》等纪实类文章，从此谷崎文学不再将中国作为富于异国情调的国度加以利用。无论是战争期间，谷崎对国策文学的远离，还是新中国成立以后，谷崎与身居政府高位的郭沫若、田汉等旧友保持距离，都可以看出作家一以贯之坚持个人立场的姿态。

佐藤春夫的厦门、漳州之行也完全属于个人旅行，但是《南方游记》之中流露出来的身为"异邦人"的疏离感，对于中国人建设新国家的努力和尝试所表现出来的不屑与嘲讽，与作家以源自西方的审美视角重新阐释中国风土之美,共同构成了游记的主基调。佐藤春夫在战争期间对于中国文化的批判,对于日本政府为美化侵略战争而提出的"大义名分"宣传深信不疑,都可以在佐藤春夫第一次中国之行的游记中窥见端倪。

与以上三位文学家不同,木下杢太郎的中国之行及其记录,以作家在中国四年的工作经历为基础,同时因作家的医生身份,对于美术、植物等博物学的浓厚兴趣,而表现出学者的视野。木下是"中国趣味"作家之中汉语最好的一位,加之在中国的时间最久,因而他的中国认识与汉学家及中国研究者有相通之处,但又不似他们往往以日本作为比较研究的参考架构。作家自中国归国后又踏上欧美求学之旅,可以说木下是一个世界主义者,他的这一宏大视野使他不至于落入近代日本中国研究者往往仅以日本为参照系解读中国,从而导致"日本主体性"过度膨胀的窠臼。

总体而言,进入昭和年代以后,日本作家的中国之行虽日益增多,但是其中国纪行文章的叙述却日益局限于服从日本国家对华政策的话语框架之中,逐渐失去个性。相较而言,大正时代作家中国见闻的书写更加丰富,既体现了作家的个性,也暗示着作家此后创作的走向,包含了更多涉及中国印象、中国认识、中国观的可能性。

终　　章

一、儒学①影响力的衰减对中国题材文学的影响

众所周知,日本作为东亚儒学文化圈的一员,儒学之于日本社会的影响力在德川幕府时代达到顶点。明治维新之后,日本走上"文明开化"之路,在西化政策之下,儒学由高高在上的官学地位跌落。由此观之,似乎近代以降,日本在向近代西方全面学习的道路上渐行渐远,中国文化之于日本的影响力日渐衰落。其实不然,明治维新之后的近二十年间,的确日本一度出现极其激进的全面西化的热潮,一般民众中牛肉火锅的流行、由政府主导的主要由上层社会人士参加的鹿鸣馆的社交舞会都可以视为这一西化热潮中最鲜明的文化符号。但是,过度西化带来的问题迅速显现,引起从政府到知识分子等各个层面上的反省,当人们把目光重新回归日本的传统之时,被移植与吸收进日本传统文化中的中国文化自然而然重新显现。其中最为显著的动向莫过于由政府主导的儒教——孔子教的教化运动。

1. 儒学嬗变之于近代日本人精神思想的影响

近代日本在面临沦为西方列强殖民地的危机之时,借由明治维新,走上文明开化、富国强兵、殖产兴业之路。维新伊始,参与其中的政治家们把兴办近代教育置于重要位置,1869 年,改昌平黉(德川时代的儒学高等学府)为大学校中心,1872 年发布近代新学制,太政官发布《文告》,声讨旧儒学教学体制的弊端与儒学家的误国。明治政府大量招聘欧美专家担任各级学校教师,并向海外派遣留学生,以期改善被儒学长期浸染的日本知识分子的素养,用西方近代的文化观念和科学思想重新武装,儒学受到沉重打击。

但是,天皇制政体是明治维新的首要目标之一,欧美文化大量涌入,以

---

① 　这里所说的儒学指以儒学支撑的与中国相关的学问,与现在所说的"汉学"有相近之处。

自由民权运动为代表的自由主义思潮涌起，不利于天皇制政体之时，1878年明治天皇亲政，1879年由硕学大儒元田永孚执笔的《教学大旨》以天皇名义发布，"仁义忠孝"被确定为"国民道德才艺的核心"。而社会上也出现了对西欧文明功利主义的批判和反省与对东洋伦理道德重要性的认识结合在一起的思想倾向。于是，自明治维新的第二个十年之初，传授儒学的学校又开始涌现。夏目漱石曾就读的"二松学舍"就成立于这一时期（1877）。

自此之后，可以说儒学对日本人精神思想的影响出现了"两极分化"。一方面，对于普通民众而言，日本传统思想中作为时代信条体系的儒学其通用力急速下降，仅以个别的日常德目的形式继续存在。另一方面，学术界中，儒学开始向汉学蜕变，东京帝国大学中国哲学教授井上哲次郎（1855—1944）将其在德国留学期间习得的德国国家主义与日本的皇道主义和中国的儒学思想糅合成一个体系，鼓吹日本的各个家族都包括在以天皇为首的大家族之中，忠孝可以两全。此后，自东京帝国大学哲学系毕业的服部宇之吉又于1911年提出"孔子教"的概念，彻底抛弃之前对朱子学信仰的残余，转而以近代国家主义观念信奉"孔子之教"，否定除孔子之外一切儒学的价值，进而把孔子的论说提高到宗教教义的信仰程度，服部甚至断言："中国人对孔子之崇奉与孔教之行，皆远不及我日人。故余可断言，中国有儒教而无孔子教；日本有孔子教而无儒教。"①从传统儒学蜕变而成的隶属于"近代"学问体系的"汉学"就这样与近代日本意识形态中的"日本特殊论"相结合，间接参与了"皇国""国体论"的制作。

与上述两个层面相对应，近代儒学嬗变之于日本人精神思想的影响，也可以从两个方面把握。首先，在社会生活的伦理道德层面，积淀在民族"集体无意识"之中的儒学德行在日常生活中自然流露。另一方面，因政府意识到儒学思想对于加强皇权统治的有效性而加以刻意利用，儒学思想显现在社会生活的各个方面，甚至某些场合还占有相当重要的位置。作为文明开化重要标志的民法中，就渗透着儒家的等级观念，如关于亲权的规定，包括同意或否决子女的职业选择、惩戒子女、管理子女的财产、做儿子财产的代理人等内容，户主权则包括认可或削除家族成员的家籍、同意或否决家族成员的婚姻请求、取消家族成员的婚姻等。这些规定不可避免地影响到每个日本人的生活。而且，进入昭和时期之后，天皇制国家主义日益强化，孔子之教又被日本军国主义者利用，成为美化侵略战争和实现"国际亲善"的重要文化工具，对社会舆论施加更加强力的影响。

---

① 服部宇之吉『東洋倫理綱要』，大日本漢文学会，1916年，第140页。

2. 儒学之于明治、大正、昭和作家创作的影响

日本学者泽井启一认为,在日本近代思想转变的语境之下,如果以"理学"或"性理学"的角度严格定义儒学,日本"儒者"的议论都不能算是儒学,它与其说是一种体系性的学问,毋宁说是一种实践化的伦理。而由实践的角度而言,近代儒学表面上似乎从社会上逐渐消失,实际上只是发生了形态的转换,它的精神已经渗透进日本人的思维结构乃至心性之中。①

的确,正如日本学者渡边和靖所指出的,西田几多郎(1870—1945)等出生于明治初年、活跃于明治后期的"明治人",儒学的传统可以说是他们少年时期共通的生活体验,很容易融入心灵深处,占据他们思想体系的很大比重。换言之,儒学体验是"明治人"精神根底中的共同体验。②因而明治作家进行文学创作的一个重要动机或多或少均受到文学经世济民的功利性的影响。无论是在母亲力图重振家门的严厉教育下成长起来的森鸥外,还是以一个弱女子的身份支撑一家的生活,坚持文学创作的樋口一叶,其文学创作中都能看到这一点。同时,儒学伦理道德的德目成为明治作家在文学创作中追求的一个重要主题。夏目漱石明确提出的"则天去私",就与朱子学的"明天理,灭人欲"既有相通之处,又有不同之点。而森鸥外在历史小说中对于德川幕府时代武士阶层崇尚的"忠""孝"等道德的思考,都与儒学的影响密切相关。

而出生于明治二十年代、活跃于大正期的"大正人"所接受的汉学可称为作为"教养"的汉学,它的性质与明治人身上已经"血肉化"了的儒学完全不同。可以说,"大正人"和"昭和人"均不具备栖息在心灵深处的儒学式思考,不过他们在作为国民教育基本理念的《教育敕语》(1890)的教导下成长起来,也无法完全去除儒学的影响。

对于明治作家而言,他们是完全领受儒学修养,并对其融会贯通的一代人,因此,以儒学为代表的中国传统文化对其创作的影响是潜移默化的。而大正、昭和时代的作家,是在"孝悌忠信"的大义名分支撑的"忠君爱国"教育下成长起来的,民主、自由的浪潮与拥皇、爱国的主张此消彼长,近代天皇制国家政体日益稳固的大背景也不可能不对他们的文学创作产生影响。

大正文化与明治文化的本质不同在于大正时代大众文化的繁荣。夏目漱石文学所表象的明治文化的典型具有明显的精英意识,伦理色彩、禁欲色

---

① 沢井啓一『"記号"としての儒学』,光芒社,2000 年,第 200—201 页。
② 渡辺和靖『明治思想史:儒教的伝統と近代認識論』,ペリカン社,1978 年,第 16 页。

彩浓厚,这与明治文化的基底仍然是以儒学所象征的东方文化、儒教精神关系密切。与此相对,大正文化以都市市民的自由意识与孤独感为基调,当然这种大众文化表面上看似具有与美国大众文化类似的性质,其实它仍然以传统社会顺应"家""国"的道德感为基石。

大正时代出现的"中国趣味"热,其代表作家芥川龙之介、谷崎润一郎、佐藤春夫等都曾以中国为题材进行文学创作。他们的小说中所表象的中国虽然具有某种异国情调的奇幻色彩,但在他们的中国游记中,常常可见作家对于中国各地文庙破败的感慨,这种感慨应该说是作家对儒学态度的最直接反映。这说明即便在民主、女性解放、自我、个人主义等概念风靡的大正时代,在"大正民主主义"与"大正浪漫"的时代氛围下,作为"家""国"意识形态基石的儒学思想依然根深蒂固,并影响着作家的价值判断。

日本近代明显呈现轻儒学(学问层面)、重儒教(教化层面)的倾向。近代新学制的实行使旧儒学的教学体制彻底崩溃,大正、昭和时期的作家基本不具备"血肉化"的儒学修养。但是,他们又都在由"仁义忠孝"的国民道德德目支撑的天皇制国家制度之下生活创作,他们的作品中某种程度上表达了苦恼与挣扎,但很少表现出彻底的决绝。特别是当昭和时期,孔子之教成为宣扬日本特殊性与优越性的工具之时,一些作家在创作中对此进行了附和。如佐藤春夫就曾写道:"中国文化中有价值的部分已由我国传承并发展下来。……中国文化中对世界有益的东西,将其培育下去是我国的义务,也是我国的权利。"①

二、大正时期"异国情调"与"乡愁"张力作用下的中国叙述

1. 明治一代:由书斋中的典籍阅读转变为踏足中国的亲身经历所带来的冲击

明治作家作品中的中国叙述,可以说具有对中国古代典籍谙熟于胸的硕学大儒之特点。明治维新以前,日本一直深受中国文化的影响。特别是德川时代(江户时代),日本的知识分子通过书籍了解中国文化,尊崇中国文化,视中国古典为绝对的经典。自那时起,对中国古典有所了解的日本人都通过阅读中国古代典籍来绘制心中的中国意象,并在想象中将其日益理想化,怀抱憧憬向往之情。

1862 年,江户幕府解除海外航行的禁令,派遣千岁丸前往上海。这是

---

①　『定本佐藤春夫全集』第 22 卷,臨川書店,1999 年,第 40—41 页。

近代日本人首次前往中国。6月2日,千岁丸在上海靠岸,当时23岁的长州藩士高杉晋作就在这艘船上。此后,越来越多的日本人来到中国,他们大多是士兵、记者以及赴西方留学途经上海的留学生,还有政府工作人员和公司职员等,个人前往中国旅行的人很少。日俄战争后,日本大力进行朝鲜半岛和中国东北地区的铁路建设。1911年11月,连接朝鲜新义州和中国东北安东的鸭绿江大桥建成,朝鲜和中国东北地区之间的直通列车开通。与此同时,20世纪初,比利时修建的京汉铁路(1906)、英国修建的京奉铁路(1911)、津浦铁路(1911)等相继建成通车,加之长江航运,中国大陆的交通网络基本形成,这为日本人个人来到中国旅行提供了客观条件。1912年3月12日,日本交通公社成立。夏目漱石的旧友中村是公任会长期间,日本交通公社开始发售"日中周游券""日满联络券"和"日鲜满巡游券"。在这样的背景下,个人前往中国旅行的日本人急速增加。

在这些日本游客中,熟读中国古代典籍的知识分子在中国实地的风物中核实自己头脑中借由中国古代典籍形成的中国意象,在实地的风景中体验汉诗、汉文与南画中的情调。可以说,明治时代具有深厚汉学修养的文豪们在其中国纪行文中无一例外地都流露出对汉诗汉文世界的憧憬,中国文化的典型符号每每勾起他们创作汉诗汉文的兴致。例如,1909年,作为"南满洲铁道株式会社"第二任社长的贵宾来到"满洲"的作家夏目漱石,在游记《满韩漫游》中这样书写"奉天"城的城门:"记得在奉天前后逗留的四个昼夜期间,不止一次地经过这个门。(中略)我们刚到奉天市区从落满灰土的房顶,高高地仰望这座大门的时候,受到了震撼,(中略)整个城门令人感到在喧闹的十字路口的上方萧索地泰然处之","能勾起人的怀古之情","我想做一首好久没有做的汉诗"。①一座"奉天"城门足以令漱石发出欲作汉诗的感慨。

但是,明治维新之后,日本人的中国观逐渐发生了变化。在20世纪之前的漫长历史中,中国曾是日本人心目中圣人君子所在的伟大国家,是判断文化正当与否的价值基准。但近代以后,日本在中日甲午战争中战胜清国,又在日俄战争中战胜俄国之后,很多日本国民认为日本已经成为列强队伍中的一员,可以在亚洲目中无人了。于是,尊敬中国的观念逐渐消失,大多数民众对中国文化变得漠不关心。明治时期的儒学者们,最初仍然出于对中国风土的热爱,对日本文化之源的中国抱有善意的看法。但慢慢地,汉学

---

① 小林爱雄、夏目漱石:《中国印象记 满韩漫游》,李炜、王成译,中华书局,2007年,第241页。

者当中开始有人对近代中国的弊病加以批判,进而宣传继续留在中国文化圈之内是愚蠢之举,应该转向具有实效的欧洲文明。更有甚者,宣传斩断与中国的关联之情,高唱天皇独裁制的意识形态,积极参与到日本侵略中国的各项政策制定之中。日本汉学者们出现的这一变化,可以说也是日本近代精神史变迁的一个反映。

有学者认为,江户时代儒学鼎盛,但究其本质,这是一种与儒学的发源地中国无关的,对"被日本内化的"古代或中世中国的关心,实质上是"对日本的文化传统的关心,或者说是由日本的文化传统而引发的兴趣"[①],因而与现实的中国几乎无缘。这一观点某种程度上揭示了江户时代一部分知识分子,特别是"国学"学者的实质。

明治时代,在近代交通工具及旅游业逐渐发展的大背景之下,日本人得以亲自踏上中国的土地。即便如此,一部分儒学学者仍然采取了对现实中国视而不见,一味追求体验头脑中既成的由中国古代典籍建构的中国意象的态度。而另一部分深受儒学浸染的学者,例如以福泽谕吉为代表的早期启蒙思想家,选择了对旧有的、以中国文化为主体价值观的东方文化全面背弃的态度和立场。福泽谕吉的"脱亚论"代表了近代日本对亚洲、对中国观念的重大转折,即从传统的尊崇中国、学习中国文化转变为蔑视中国、唾弃中国文化,继而走向背叛亚洲,侵略邻国朝鲜、中国的道路。而之所以这些学者的态度如此"决绝",可以说与他们所"血肉化"的儒学,归根结底是一种服务于日本本国的"中国不在"的"儒学"不无关系。本书中论及的明治文豪森鸥外的中国古典题材作品,是作家中国古典文化修养与作家习得的近代科学知识体系共同作用之下的产物,对于明治作家而言,中国古典文化的传统曾是权威与经典,因而在文学创作中,尽管作家流露出以近代科学学术体系重新审视中国古典之时的质疑,但仍然对于作家个人谙熟于胸的中国古典经典表示了尊重。

2. 大正一代:陌生感与怀旧感交集的中国体验对于文学创作的刺激

大正时期的作家,没有像明治时期的汉学者们那样,受到德川时代以来奉儒学为权威经典的历史的束缚。因而没有像汉学者中的某些人那样,对中国古典盲目地信仰崇拜。由于自幼接受近代新学制之下的"新式"教育,他们没有明治知识分子那样深厚的儒学修养,中国的古典文化甚至让大正时代的作家产生一种陌生感,大正时期兴起的所谓"中国趣味",它的精神与

---

① 沟口雄三:《作为方法的中国》,孙军悦译,生活·读书·新知三联书店,2011 年,第 127 页。

明治末年文学艺术界以"潘恩会"为代表的浪漫主义运动一脉相承,某种意义上是对异国情调的一种憧憬与向往。

大正时期的作家,也没有像一些汉学者们那样,物极必反地想要摆脱中国文化对自己精神上的约束,盲目地奔向日本的国家主义利益。创作有中国题材作品的大正作家与同时期作家相比而言,大多对中国古典文化尚有相当修养,他们来到中国以后,以一种相对客观平和的心态观察中国古典文化在现实中国的现状。虽然他们通过书籍获得的中国意象在现实中国已残缺不全,但大正作家们并没有因此对现实中国进行全面否定。在中国之行中,他们往往积极发现自己的读书体验中未曾涉及的中国传统文化,例如"京剧"等中国的戏曲艺术等。

在中日关系方面,戊戌变法之后到辛亥革命之前,清政府进行所谓新政革命,中日两国之间在政治、经济、教育、警备等各方面进行了亲善合作,美国学者任达称之为两国短暂的"蜜月期"①。辛亥革命之后,中国发生的巨变,也让更多日本人产生了好奇心。1921 年 3 月 31 日,《大阪每日新闻》上这样写道:

> 中国是一个引人兴趣的国家,如同世界之谜一般。古老的中国犹如老树横卧一旁,崭新的中国已如嫩草欲长。政治、风俗、思想等诸方面,中国固有的文化都同新世界的文化相互交错,这即是中国的有趣之处。新人罗素及杜威教授现在中国,而柏格森教授②又不远万里渡海来到中国,无不是为中国此点所吸引。

《大阪每日新闻》称得上是日本国内的主流媒体,该报刊登的这一观点可以说影响着同时代日本社会对于中国的言论。这正是该报派遣芥川龙之介作为特派观察员前往中国的主要原因,这则公告接着写道:

> 芥川龙之介氏现今携笔墨于上海,尽赏江南一带美景,不久将北上探访北京春色,一路上寄情自然风物,结交彼地新人,努力观察年轻中国的风貌。新近作家看到的中国是何等充满新样与新意。唯请关注本报报道。

---

① 参见任达:《新政革命与日本:中国,1898—1912》,李仲贤译,江苏人民出版社,1998 年,第6 页。

② 亨利·伯格森(Henri Bergson,1859.10.18—1941.1.4),法国哲学家。伯格森是一次大战前法国"精神革命"运动的主将。他的思想学说成为 20 世纪初法国哲学的主流,1900 年当选为法兰西学院院士,1928 年获诺贝尔文学奖。

由此可见,中国不再是古代典籍中那个日本人熟识的国度,它以一种新旧杂糅的新奇魅力吸引着同时代的日本人。当然,这种新奇魅力中包含着更多在近代以后逐渐丧失,而日本人曾经非常熟悉的一些文化记忆。谷崎润一郎写道:"面对具有如此魅力的中国情趣,(日本人)能够感受到一种如同遥望故乡山河时的不可思议的憧憬之情"。"我们一面抵抗着这种中国情趣,一面又以一种希望不时回到父母身边的心情,悄悄地回到那儿,而且这种情趣不断地反复出现。"①因而,本书以"乡愁"一词来概括大正时代作家面对中国时的情感,"乡愁"可以说是理解他们中国叙述的一个关键词。

文化史学的研究认为,文化在流动过程中由于"文化语境"的不同以及"多元文化"的碰撞与融合,使得各种对"源文本"的阐述在本质上是一种"不正确的理解",即处于"变异"之中。虽然,大正时期的作家带着一种"乡愁"表述中国,但是毕竟中国古典的修养已不再是他们"血肉化"的自然流露,他们以中国古典题材进行创作,是为了以一种异国的新奇题材来阐释近现代文学的新主题,因而他们的中国古典题材作品在中国读者看来有某种"变异"之感。与此同时,当"中国趣味"的作家们踏上中国的土地之后,发现作为"他者"的中国不过是一种中国想象而已,真实的中国体验打破了他们的这一想象,使其关注到了中国的现实。

沟口雄三认为,日本学界在战后才"开始陆陆续续地抱着既不蔑视也不憧憬,既不带偏见也不怀期待的态度,来探究作为'事实'的'异'性的中国世界"。"明治以来的欧洲研究以吸收欧洲文明为目的,换言之也就是向研究对象学习,这构成了近代日本的外国学。战前日本中国学的扭曲正如津田左右吉、内藤湖南的研究所示,可以说是因为没有什么东西可以向中国学习的缘故。"②如果以这一标准反思大正时代文学的中国叙述,应该说他们没有陷入战前日本中国学的扭曲,在他们的中国书写中,可以看出他们试图发现一些事实,尽管有时在"憧憬"与"蔑视"之间摇摆,甚至被撕裂,但是诸如中国南北方差异的发现、对现实中国的关注、对日本殖民军事主义的警惕等,应该说与作为学术正统的中国学相较而言,更加具有客观性的倾向。

3. 文学繁荣的大正时代在中国叙述中呈现出的多样性

因而,研究日本大正文学的中国叙述,可以发现在憧憬与尊崇的中国书

---

① 「支那趣味と云うこと」,发表于『中央公論』1922 年 1 月号。收录于『谷崎潤一郎全集』第 9 卷,2017 年,中央公論新社,第 410—411 页。

② 沟口雄三:《作为方法的中国》,孙军悦译,生活・读书・新知三联书店,2011 年,第 79 页。

写与轻侮、蔑视的中国书写之外更多的可能性。"荣耀的明治"时代,日本终于得以加入列强的行列,开始日本帝国的荣光,而"暗黑的昭和"时代,日本帝国在它日益膨胀的野心之中,建构了一种黄种人代表、亚洲人领袖的自我幻象,最终在侵略战争的泥潭中走向毁灭。介于二者之间短暂的大正时代,出现一个百家争鸣、百花齐放的"小康"状态,市民阶层的壮大与成熟,大众文化的繁荣与昌盛,使这一时期文学的中国叙述出现一种相对客观与平和的倾向。以"中国趣味"为代表的关注中国的作家们虽然也努力学习中国古典中那个吸引无数前辈作家的中国意象,但他们并没有为中国古代典籍所束缚。他们以自己在中国土地上的所见所闻,建构自己的中国认识。如果说,大正时代之前,日本知识分子与中国之间密切的联系更多是通过书籍所维系的,那么大正时代之后的作家,以自己的切身体会,感受作为国际关系一环的中日两国之间的国家关系,发现典籍中未曾表象过的中国。对他们来说,中国既是异国情调的国家,又是勾起内心深处"乡愁"的精神家园。在进化论成为唯一价值判断依据的近代,他们当中的一部分人害怕这种"乡愁""会消磨掉艺术上的勇气,麻痹创作的热情"①,因而有些"恐惧",试图摆脱这种"乡愁",而另一部分人则在"大东亚共荣圈"的幻想之中,以一种重建这一精神故国的"文明优等生"的傲慢心态标榜自己已成为这一文化的代表者,最终服务于对外侵略的国家话语建构。前者的代表是谷崎润一郎,而后者的代表则是佐藤春夫。

日本属于东亚儒学文化圈的国家,明治维新以后,日本为了摆脱沦为欧美列强殖民地的危机,全面向西方国家学习,终于在明治末年废除了与欧美国家之间签订的不平等条约,并且成功加入西方列强的队伍。进入大正时期以后,第一次世界大战为日本带来了经济发展的机遇,在军事上具备了与西方列强相当的实力之后,日本又在经济上迅速崛起。近代日本所取得的这些成果,为大正时代的日本带来相对平和宽松的文化氛围,明治中后期确立日本近代文学在大正时期出现众多佳作,文学流派层出不穷,出现了"大正浪漫"所代表的百花齐放的文学文化繁荣景象。在这样的语境之中,大正文学的中国书写重拾对于邻国中国的兴趣,这种兴趣一方面源于作为东亚儒学文化圈的一员其源远流长的儒学传统,另一方面则可以说是日本作家第一次将中国视为与西方国家同样的"异国",用一种新奇的眼光重新审视中国。

---

① 「支那趣味と云うこと」,发表于『中央公論』1922 年 1 月号。收录于『谷崎潤一郎全集』第 9 卷,中央公論新社,2017 年,第 410 页。

　　因而大正文学的中国书写之中,仍有对于古典中国、文化中国的向往与怀念,与此同时又有对于现实中国的观察与思考。在以上精神思想层面之外,中国的古典与现代又为大正作家的创作提供了新颖的素材,这一时代日本读者对于中国产生的适度陌生感,使作家们可以以中国作为文学创作的一种方式与方法,营造一种"异国情调"。作家们对于中国的关注,又使他们不能不重拾中国古典,在中国的所见所闻随时会唤醒他们内心深处作为东亚儒学文化圈一分子的那份"乡愁",抚慰他们在快速高效地追求西方科学文明之路上紧张的神经。在大正时代宽松自由的氛围之下,作家们与中国相关的文学书写,正是处于这种"异国情调"与对"文化母国"的乡愁张力作用之下的产物,体现出了昭和时代文学创作逐渐"国策一边倒"之外的更多丰富的可能性。

参 考 文 献

1. 作 品 文 本

日文（按照著者姓名五十音图排序）

1）芥川龍之介『芥川龍之介全集』，岩波書店，1977—1978。

2）木下杢太郎『木下杢太郎全集』，岩波書店，1981—1983。

3）佐藤春夫『定本佐藤春夫全集』，臨川書店，1998—2000。

4）太宰治『太宰治全集』，筑摩書房，1989—1992。

5）谷崎潤一郎『谷崎潤一郎全集』，中央公論社，1966—1970。

6）谷崎潤一郎『谷崎潤一郎全集』，中央公論新社，2015—2017。

7）中島敦『中島敦全集』，筑摩書房，2001—2002。

8）夏目漱石『漱石全集』，岩波書店，1957。

9）三島由紀夫『決定版　三島由紀夫全集』，新潮社，2000—2006。

10）美濃部重克『松尾葦江校注「源平盛衰記」（四）』，三弥井書店，2008。

11）横光利一『定本横光利一全集』，河出書房新社，1981—1999。

12）森鷗外『鷗外全集』，岩波書店，1971—1975。

中文（按照著者姓名汉语拼音排序）

1）鲁迅：《鲁迅全集》，人民文学出版社，2005。

2）芥川龙之介：《芥川龙之介全集》，山东文艺出版社，2005。

3）芥川龙之介：《中国游记》，陈生保、张青平译，北京十月文艺出版社，2006。

4）森鸥外：《森鸥外中短篇小说集》，李庆保、杨中译，时代文艺出版社，2016。

5）小林爱雄、夏目漱石：《中国印象记　满韩漫游》，李炜、王成译，中华书局,2007。

6) 中岛敦:《山月记》,韩冰、孙志勇译,中华书局,2013。

2. 专 著

日文

1) 赤木孝之『戦時下の太宰治』,武藏野書房,1994。

2) 荒尾精『対清意見』,博文館,1894。

3) 有山輝雄『海外観光旅行の誕生』,吉川弘文館,2002。

4) 石原千秋『近代という教養』,筑摩書房,2013。

5) 石割透『芥川龍之介:初期作品の展開』,有精堂,1985。

6) 伊藤虎丸[ほか]編『近代文学における中国と日本:共同研究・日中文学交流史』,汲古書院,1986。

7) 今井清一『大正デモクラシー』(『日本の歴史』23),中央公論社,1966。

8) 江口渙『わが文学半生記』,青木文庫,1968。

9) 大江志乃夫[ほか]編『近代日本と植民地 5 膨張する帝国の人流』,岩波書店,1995。

10) 奥野健男『太宰治論』,新潮社,1984。

11) 岡本隆司『李鴻章:東アジアの近代』岩波書店(岩波新書),2011。

12) 岡義武編『吉野作造評論集』(岩波文庫),岩波書店,1975。

13) 外務省編『日本外交年表竝主要文書(下)』,原書房,2007。

14) 加藤徹『京劇:「政治の国」の俳優群像』,中央公論社,2002。

15) 唐木順三『鴎外の精神』,筑摩書房,1948。

16) 河野市次郎『儒教批判』,凡人社,1929。

17) 河原和枝『子ども観の近代「赤い鳥」と「童心の理想」』,中央公論社,1998。

18) 川本三郎『大正幻影』(ちくま文庫),筑摩書房,1997。

19) 北川冬彦『カクテル・パーティー』,宝文館,1953。

20) 北村謙次郎『北辺慕情記』,大学書房,1960。

21) 黒住真『近世日本社会と儒教』,ぺりかん社,2003。

22) 桑原三郎『福沢諭吉と桃太郎—明治の児童文化—』,慶応通信,1996。

23）玄洋社社史編纂会編《玄洋社社史》,明治文献株式会社,1966。

24）小泉浩一郎『森鴎外論　実証と批評』明治書院,1981。

25）紅野敏郎編『新感覚派の文学世界』,名著刊行会,1982。

26）小谷汪之『歴史の方法について』,東京大学出版会,1991。

27）「古典と近代作家」の会編『谷崎潤一郎』,笠間書院,1979。

28）小林秀夫『〈満洲〉の歴史』,講談社,2008。

29）小森陽一、富山太佳夫［ほか］編『文学10　政治への挑戦』（岩波講座）,岩波書店,2003。

30）沢井啓一『"記号"としての儒学』,光芒社,2000。

31）石剛『植民地支配と日本語』,三元社,2003。

32）塩川伸明『民族とネイション:ナショナリズムという難問』,岩波新書,2015。

33）司馬遼太郎『「明治」という国家』,日本放送出版協会,1996。

34）島田謹二『日本における外国文学』上下巻,朝日新聞社,1975—1976。

35）水平社博物館編:《水平社の源流》,解放出版社,2002。

36）杉山二郎『木下杢太郎　ユマニテの系譜』,平凡社,1974。

37）角田順編『石原莞爾資料—戦争史論—』〈明治百年史叢書〉第67回配本第17巻,原書房,1980。

38）関口安義『特派員芥川龍之介』,毎日新聞社,1997。

39）関口安義『芥川龍之介と児童文学』,久山社,2000。

40）相馬正一『評伝太宰治　第三部』,筑摩書房,1985。

41）竹内実『日本人にとっての中国像』,岩波書店,1992。

42）竹越与三郎『支那論』,民友社,1894。

43）竹村民郎『大正文化』,講談社,1980。

44）竹村民郎『大正文化帝国のユートピア:世界史の転換期と大衆消費社会の形成』,三元社,2010。

45）中村真一郎『大正作家論』,構想社,1977。

46）西原大輔『谷崎潤一郎とオリエンタリズム　大正日本の中国幻想』,中央公論新社,2003。

47）野崎歓『谷崎潤一郎と異国の言語』,中央公論新社,2015。

48）野村浩一『近代日本の中国認識』,研文出版,1981。

49）服部宇之吉『東洋倫理綱要』,大日本漢文学会,1916。

50）原田勝正『満鉄』,岩波書店,1981。

51) 春山明哲『近代日本と台湾:霧社事件・植民地統治政策の研究』,藤原書店,2008。

52) 日夏耿之介『谷崎文学』,朝日新聞社,1955。

53) 平田篤胤『新修平田篤胤全集』第 8 巻,名著出版,1976。

54) 平野謙『平野謙全集』第九巻,新潮社,1975。

55) 廣野由美子『批評理論入門』(中公新書),中央公論新社,2005。

56) 福沢諭吉『福沢諭吉全集』第 10 巻、第 16 巻,岩波書店,1961。

57) 前田愛『都市空間のなかの文学』,筑摩書房,1996。

58) 増田渉『魯迅の印象』,講談社,1948。

59) 松本健一『近代アジア精神史の試み』(岩波現代文庫),岩波書店,2008。

60) 松本三之介『明治思想における伝統と近代』,東京大学出版会,1996。

61) 松本三之介『近代日本の中国認識』,以文社,2011。

62) 丸山真男『日本の思想』,岩波書店(岩波新書),1994。

63) 溝口雄三『中国の公と私』,研文出版,1995。

64) 村松定孝、紅野敏郎、吉田煕生編『近代日本文学における中国像』,有斐閣,1975。

65) 安田孝『谷崎潤一郎テクスト連関を読む』,翰林書房,2014。

66) 吉田精一『芥川龍之介研究』,筑摩書房,1958。

67) 吉田精一『芥川龍之介』,新潮社,1971。

68) 吉野作造『主張と閑談:吉野作造著作集』,文化生活研究会,1927。

69) 劉建輝『魔都上海:日本知識人の「近代」体験』,講談社,2000。

70) 渡辺和靖『明治思想史:儒教的伝統と近代認識論』,ぺりかん社,1978。

71) 和田博文、黄翠娥編『「異郷」としての大連・上海・台北』,勉誠出版,2015。

72) 和辻哲郎『孔子』(角川文庫第九版),角川書店,1964。

中文

1) 布兰德:《李鸿章传》,王纪卿译,湖南文艺出版社,2011。

2) 丁莉:《永远的"唐土":日本平安朝物语文学的中国叙述》,北京大学出版社,2016。

3) 傅玉娟:《木下杢太郎　日本文化论研究》,浙江大学出版社,2014。

4）福泽谕吉：《文明论概略》，北京编译社译，商务印书馆，1992。

5）沟口雄三：《中国的冲击》，王瑞根译，生活·读书·新知三联书店，2011。

6）沟口雄三：《作为方法的中国》，孙军悦译，生活·读书·新知三联书店，2011。

7）李雁南：《在文本与现实之间：近现代日本作家笔下的中国》，北京大学出版社，2013。

8）梁启超：《李鸿章传》，哈尔滨出版社，2009。

9）刘岳兵：《日本近代儒学研究》，商务印书馆，2003。

10）刘岳兵：《中日近现代思想与儒学》，生活·读书·新知三联书店，2007。

11）陆奥宗光：《蹇蹇录》，伊舍石译、谷长青校，商务印书馆，1963。

12）今井清一：《日本近现代史》第二卷，杨孝臣等译，商务印书馆，1983。

13）井上清：《日本历史》，闫伯纬译，陕西人民出版社，2011。

14）菊池宽：《历史小说论》，《文学创作讲座：第1卷》，光华书局，1931。

15）孟华主编：《比较文学形象学》，北京大学出版社，2001。

16）钱婉约：《从汉学到中国学：近代日本的中国研究》，中华书局，2007。

17）萨义德：《东方学》，王宇根译，生活·读书·新知三联书店，2011。

18）桑原隲藏：《东洋史说苑》，钱婉约、王广生译，中华书局，2005。

19）宋成有：《新编日本近代史》，北京大学出版社，2006。

20）西原大辅：《谷崎润一郎与东方主义——大正日本的中国幻想》，赵怡译，中华书局，2005。

21）任达：《新政革命与日本：中国，1898—1912》，李仲贤译，江苏人民出版社，1998。

22）沈云龙主编：《筹办夷务始末同治朝 卷七九》（民国十九年故宫博物院用抄本影印），《近代中国史料丛刊第62辑》，台湾文海出版社，1966。

23）吴光辉：《日本的中国形象》，人民出版社，2010。

24）杨栋梁主编：《近代以来日本的中国观》第1—6卷，江苏人民出版社，2012。

25）严绍璗：《日本中国学史》，江西人民出版社，1991。

26）郁达夫：《郁达夫文集》第5卷，花城三联出版社，1982。

27）恽代英：《恽代英文集》（下），人民出版社，1984。

28）王家骅:《中日儒学:传统与现代》,人民出版社,2014。

29）王升远:《文化殖民与都市空间:侵华战争时期日本文化人的"北平体验"》,生活·读书·新知三联书店,2017。

30）王晓平:《近代中日文化交流史稿》,湖南文艺出版社,1987。

31）王向远:《中国题材日本文学史》,上海古籍出版社,2007。

32）王向远:《"笔部队"和侵华战争:对日本侵华文学的批判》,昆仑出版社,2005。

33）王琢编:《中日比较文学研究资料汇编》,中国美术学院出版社,2002。

34）武安隆:《文化的抉择与发展——日本吸收外来文化史说》,天津人民出版社,1993。

35）佐藤慎一:《近代中国的知识分子与文明》,刘岳兵译,江苏人民出版社,2008。

36）邓中夏:《邓中夏文集》,人民出版社,1983。

37）中国社会科学院台湾史研究中心主编:《日据时期台湾殖民地史学术研讨会论文集》,九州出版社,2010。

38）戚嘉林:《台湾史》,海南出版社,2011。

39）周宁:《跨文化研究:以中国形象为方法》,商务印书馆,2011。

英语

Joshua A. Fogel, *The Literature of Travel in the Japanese Rediscovery of China：1862—1945*, Stanford University Press, 1996.

3. 期刊、论文集论文

日文

1）青柳達雄「李人傑について:芥川龍之介『支那遊記』中の人物」,『国文学　言語と文芸』1988 年第 9 期。

2）青柳達雄「芥川龍之介と近代中国　序説(承前)」,『関東学園大学紀要　経済学部編』,1989 年 12 月。

3）青柳達雄「漱石と渋川玄耳:『満韓ところどころ』中断の理由について」,小森陽一、石原千秋編『漱石研究』第 11 号　特集『彼岸過迄』,翰林書房,1998 年。

4) 磯村美保子「佐藤春夫の台湾体験と『女誡扇綺譚』—チャイニーズネスの境界と国家・女性—」,『金城学院大学論集　人文科学編』第2巻第1号,2005年。

5) 大内秋子「佐藤春夫と支那文学」,『日本文学』第37号,1971年。

6) 大里浩秋「同仁会と『同仁』」,『人文学研究所報』No.39（神奈川大学）,2006年3月。

7) 大島真木「谷崎潤一郎の初期の創作方法—『麒麟』再論と『信西』の材源—」,『東京女子大学論集』23(2),1973年3月。

8) 岡崎義恵「鴎外の寒山拾得」,『文芸研究』第一集,1949年。

9) 崔海燕「二人の南子—谷崎潤一郎『麒麟』と林語堂『子見南子』—」,『早稲田大学大学院教育学研究科紀要　別冊17号—1』,2009年9月。

10) 崔官「芥川龍之介の『金将軍』と朝鮮との関わり」,『比較文学』35,1993年。

11) 施小煒「『人血饅頭』と『人血ビスケット』」,『国文学研究』10,1995年。

12) 曹沙玉「『歴史の粉飾』批判した芥川に可能性託したい」,『毎日新聞』,2002年8月30日。

13) 相田満「地名オントロジ—大日本地名辞書からの出発—」,『情報処理学会研究報告人文科学とコンピュータ』,2009-CH83-2。

14) 田中益三「『上海』ならびに『支那』—五・三〇事件の余燼と創造—」,『日本文學誌要』31（法政大学国文学会）,1984年12月。

15) 田中律男「横光利一『上海』論の試み（一）—娼婦『お杉』の意味—」,『近代文学試論』23（広島大学近代文学研究会）,1985年12月。

16) 単援朝「上海的芥川龍之介—与共産党代表李人杰的接触—」,『日本文学』,1990(12)。

17) 単援朝「芥川龍之介『湖南の扇』の虚と実：魯迅『薬』をも視野に入れて」,『日本研究：国際日本文化研究センター紀要』,2002年第2期。

18) 坪内逍遥「趣味」,『趣味』第1巻第1号,明治39(1906)年6月。

19) 中村青史「『桃太郎』論」,『方位』4,1982年。

20) 中村三春「非構築の構築—横光利一『上海』の小説言語—」,『弘前学院大学弘前学院短期大学紀要』,1987(23)。

21) 西本翠蔭「趣味教育」,『趣味』第1巻第3号,明治36(1903)年8月。

22) 朴裕河「インデペンデントの陥穽—漱石における戦争・文明・帝国主義—」,『日本近代文学』,1998(5)。

23) 春名徹「上海・一九二八年」,『世界』(446),岩波書店,1983年1月。

24）藤井省三「植民地台湾へのまなざし―佐藤春夫『女誡扇綺譚』をめぐって―」,『日本文学』,1993 年 1 月号。

25）李征「横光利一『上海』における五・三〇運動の描写をめぐって――同時代関係資料との比較をとおして」,『文学研究論集 13』,1996 年 3 月。

中文

1）陈荟、段晓明:《日据时期台湾学校教育体系述评》,《台湾研究》2004 年第 3 期。

2）何标:《辛亥革命与台湾》,《炎黄春秋》2001 年第 9 期。

3）刘岳兵:《叶德辉的两个日本弟子》,《读书》2007 年第 5 期。

4）林少华:《芥川龙之介:"恍惚的不安"》,《中华读书报》2005 年 5 月 11 日。

5）陆晓光:《日本现代文学偶像的反战先声――读芥川龙之介小说〈将军〉》,《华东师范大学学报》(哲学社会科学版)2006 年第 1 期。

6）马振方:《历史小说三论》,《北京大学学报》(哲学社会科学版)2004 年第 4 期。

7）邱雅芬:《"湖南的扇子":芥川龙之介文学意识及其中国观之变迁》,《外国文学研究》2006 年第 4 期。

8）守常:《大亚细亚主义与新亚细亚主义》,《时事新报》1919 年 3 月 13 日。

9）藤井省三:《关于台湾的日本文化界之意识形态――佐藤春夫〈女诫扇绮谈〉中的殖民主义和民族主义》,《外国文学研究》1992 年第 4 期。

10）王成:《〈寒山拾得〉与近代日本的修养主义》,《山东社会科学》2013 年第 10 期。

11）吴叡人:《重层土著化下的历史意识:日治后期黄得时与岛田谨二的文学史论述之初步比较分析》,《台湾史研究》第 16 卷第 3 期,2009 年。

附　　录

一、大正时期的历史事件与中日文坛动向、中国叙述相关作品发表情况简要对照表

年份	日本历史大事件	中国历史大事件	世界史重大事件	日本文坛主要动向	中国文坛主要动向	大正作家中国题材作品发表情况
1910	6月，幸德秋水等社会主义者被捕（史称"大逆事件"）。 8月，日本吞并朝鲜，设立朝鲜总督府。			4月，杂志《白桦》创刊。 5月，《三田文学》创刊。 11月，谷崎润一郎发表《刺青》。石川啄木创作《时代闭塞的现状》。		12月，谷崎润一郎发表《麒麟》。
1911	8月，第二次西园寺内阁成立。	10月，辛亥革命爆发。		9月，《青鞜》杂志创刊。		
1912	7月30日，明治天皇病逝。改元大正。 9月13日，明治天皇大葬。乃木夫妇殉死。 12月，上原陆相帷幄上奏，提出辞呈。因陆军	1月，中华民国建立。孙中山就任临时大总统。 2月，宣统帝退位。 3月，袁世凯继任临时大总统。		2月，《白桦》杂志举办西洋近代美术展。 4月，石川啄木去世。 9月，广津和郎创办《奇迹》杂志。志贺直哉在《中央公论》发表《大津顺吉》。		

222

年份	日本历史大事件	中国历史大事件	世界史重大事件	日本文坛主要动向	中国文坛主要动向	大正作家中国题材作品发表情况
1912	拒绝提出继任人选,第二次西园寺内阁总辞职;第一次护宪运动开始。			10月,大杉荣、荒畑寒村创办《近代思想》杂志。		
1913	1月,桂太郎内阁总辞职。山本权兵卫内阁成立。10月,日本承认中华民国政府。	3月,宋教仁被暗杀。4月,五国借款团协议签署。7月,二次革命爆发。孙中山、黄兴流亡日本。		1月,森鸥外发表《阿部一族》。6月,文部大臣与神道、佛教、基督教三教人士举行会议。7月,《青鞜》杂志推出"妇人问题"特辑。		
1914	2月,民众在日比谷公园集会。3月,山本权兵卫内阁辞职。4月,大隈重信内阁成立。8月,日本对德国宣战。9月,日军在山东龙口登陆。10月,日本占领南洋群岛。防务会议同意陆军增设两个师团,海军八四舰队计划。	11月,日军占领青岛。	6月,奥匈帝国皇太子在萨拉热窝被刺杀。7月,奥匈帝国对塞尔维亚宣战。第一次世界大战爆发。8月,英国对德国宣战。	4月,夏目漱石开始在《朝日新闻》连载《心》。10月,杂志《少年俱乐部》创刊。		

年份	日本历史大事件	中国历史大事件	世界史重大事件	日本文坛主要动向	中国文坛主要动向	大正作家中国题材作品发表情况
1915	下半年开始，呈现"大战景气"，直至1920年3月左右。	1月，日本向袁世凯政府提出"二十一条"要求。5月，袁政府同意接受"二十一条"。12月，袁世凯决定即中华帝国皇帝位。反对帝制的第三次革命爆发。		2月，芥川、菊池宽等创办第四次《新思潮》杂志。11月，芥川在《帝国文学》发表小说《罗生门》。	9月，《新青年》创刊。第一卷名为"青年杂志"，主编陈独秀。	
1916	1月，吉野作造在《中央公论》杂志提倡民本主义。10月，寺内正毅内阁成立。11月，裕仁亲王立皇太子典礼举行。	3月，袁世凯宣布取消帝制。6月，袁世凯死去。黎元洪就任总统。		9月，河上肇开始在《大阪朝日新闻》连载《贫穷物语》。6月，印度诗人泰戈尔访问日本。8月，永井荷风发表《竞艳》。12月，夏目漱石病逝。	12月，蔡元培就任北京大学校长。	1月，森鸥外发表《寒山拾得》。6月，芥川龙之介发表《酒虫》。
1917	1月，西原借款协议签订。7月，张勋复辟失败。8月，中国对德国宣战。9月，孙中山成立广东军政府。	2月，俄国爆发二月革命，沙皇政府被推翻。4月，美国对德国宣战。11月，俄国爆发十月革命。世界上第一个社会主义国家诞生。	1月，菊池宽发表《父归》。2月，《主妇之友》创刊。6月，荻原朔太郎出版《吠月》。9月，《漱石全集》出版。12月，森鸥外就任帝室博物馆总长兼图书馆长。	1月，胡适发表《文学改良刍议》。2月，陈独秀发表《文学革命论》。	1月，谷崎润一郎发表《魔术师》《美人鱼的叹息》。10月，芥川龙之介发表《寒山拾得》《黄粱梦》。	

年份	日本历史大事件	中国历史大事件	世界史重大事件	日本文坛主要动向	中国文坛主要动向	大正作家中国题材作品发表情况
1918	1月，日本以保护居留民为借口，向符拉迪沃斯托克派遣军舰。8月，日本正式宣布出兵西伯利亚。富山县爆发米骚动。9月，寺内正毅内阁总辞职。原敬内阁成立。12月，大学令、高等学校令颁布。		10月，西班牙流感大暴发(第一波)。11月，德国在停战协议上签字，第一次世界大战结束。	3月，葛西善藏发表《带着孩子》。4月，大杉荣等创办《劳动新闻》。6月，铃木三重吉创办《赤鸟》杂志。9月，武者小路实笃等在宫崎县开始建设"新村"。	5月，鲁迅发表白话小说《狂人日记》。	1月，芥川龙之介发表《掉头的故事》《英雄之器》。4月，芥川龙之介发表《袈裟与盛远》。7月，佐藤春夫发表《李太白》。
1919	1月，巴黎和会开始。3月，朝鲜爆发三一独立运动。5月，众议院选举法修订。上野公园举办首次五一国际劳动节大会。	5月，五四运动爆发。	3月，第三国际（共产国际）成立。6月，巴黎和约签订。12月，西班牙流感再次暴发（第二波）。	4月，《改造》杂志创刊。12月，木下杢太郎发表《餐后之歌》。	4月，鲁迅发表《孔乙己》。5月，鲁迅发表《药》。李大钊发表《我的马克思主义观》。7月，胡适发表《多研究些问题，少谈些主义》。9月，《新青年》推出马克思主义特辑。	2月，谷崎润一郎发表《中国旅行》《南京夫子庙》《美食俱乐部》；2—3月，发表《苏州纪行》《秦淮之夜》；6月，发表《西湖之月》《观中国剧记》；10月，发表《中国料理》；11月，发表《一个漂泊者的身影》；11—12月，发表《天鹅绒之梦》。
1920	3月，股价暴跌，"大战景气"结束。大正天皇病情对外公布。	7月，直皖战争(吴佩孚与段祺瑞对立)。10月，新四国借款团成立。	2月，希特勒组建纳粹党。4月，美国从西伯利亚撤兵结束。11月，国际联盟第一次	5月，贺川丰彦《穿越死亡线》成为畅销书。6月，菊池宽开始连载《珍珠夫人》。	3月，胡适出版诗集《尝试集》。	1月，谷崎润一郎开始发表《鲛人》。芥川龙之介发表《魔术》《尾生之信》。4月，芥川龙

年份	日本历史大事件	中国历史大事件	世界史重大事件	日本文坛主要动向	中国文坛主要动向	大正作家中国题材作品发表情况
1920			会议召开。12月,西班牙流感再次暴发(第三波)。			之介发表《东洋之秋》;7月,发表《杜子春》《南京的基督》。8月,佐藤春夫发表《苏东坡》。11月,芥川龙之介发表《汉文汉诗的趣味》。
1921	3月,皇太子裕仁出访欧洲。7月,石桥湛山在《东洋经济新报》发表《大日本主义的幻想》。11月,首相原敬遭暗杀。高桥是清内阁成立。皇太子裕仁就任摄政。	7月,中国共产党成立。	11月,华盛顿会议召开。	1月,志贺直哉发表《暗夜行路》。2月,《播种人》创刊。7月,佐藤春夫发表《殉情诗集》。	1月,文学研究会成立。5月,鲁迅发表《故乡》。6月,创造社成立。8月,郭沫若出版诗集《女神》。10月,郁达夫出版小说集《沉沦》。12月,鲁迅发表《阿Q正传》。	1月,芥川龙之介发表《秋山图》。3月,佐藤春夫发表《星》。4月,芥川龙之介发表《奇遇》。木下杢太郎发表《地下一尺集》。7月,谷崎润一郎发表《鹤唳》。8—9月,芥川龙之介发表《上海游记》。9月,谷崎润一郎发表《庐山日记》。木下杢太郎发表《中国传说集》。佐藤春夫发表《蝗虫的大旅行》。
1922	1月,大隈重信去世。2月,山县有朋去世。3月,全国水平社创立大会召开。6月,高桥是	4月,第一次直奉战争(张作霖与吴佩孚对立)。12月,日本将青岛行政权归还中国政府。	2月,华盛顿海军军缩条约签订。12月,苏联成立。	1月,平林初之辅发表《第四阶级的文学》。5月,芥川发表《河童》。7月,森鸥外去世。有岛	1月,叶圣陶、朱自清等创办《诗》月刊。3月,田汉发表《咖啡店之一夜》。7月,沈雁	1月,芥川龙之介发表《将军》;1—2月发表《江南游记》。4月,芥川龙之介发表《仙人》。佐藤春夫发表《南方纪行》。

年份	日本历史大事件	中国历史大事件	世界史重大事件	日本文坛主要动向	中国文坛主要动向	大正作家中国题材作品发表情况
1922	清内阁辞职。加藤友三郎内阁成立。7月,日本共产党成立。10月,日本从西伯利亚撤兵结束。			武郎将北海道的农场无偿送给农民。9月,文部省在各地举办"国民精神讲习会"。12月,里见弴发表《多情佛心》。菊池宽创办《文艺春秋》杂志。	冰发表《自然主义与中国现代小说》。	9月,木下杢太郎发表《大同石佛寺》。10月,芥川龙之介发表《中国画》。
1923	3月,首次三八国际妇女节。9月,关东大地震。第二次山本权兵卫内阁成立。京浜地区颁布戒严令。大杉荣遇害。12月,虎门事件。皇太子裕仁遇刺。			1月,长与善郎发表《青铜的基督》。4月,《赤旗》创刊。5月,横光利一发表小说《日轮》。6月,有岛武郎自杀。9月,地震后,《白桦》等多本杂志停刊。	1月,冰心出版《繁星》。6月,鲁迅、周作人共译《现代日本小说集》。8月,鲁迅发表《呐喊》。12月,胡适、徐志摩、梁实秋等人组织新月社,创办《新月》月刊。	8月,芥川龙之介发表《东洋趣味》。佐藤春夫发表《鹰爪花》。10月,佐藤春夫发表《魔鸟》。
1924	1月,第二次宪政运动开始。皇太子裕仁大婚。5月,护宪三派在第十五次众议院选举中获胜。	1月,国民党一大召开,第一次国共合作开始。9月,第二次直奉战争。11月,孙文在神户发表关于大亚细亚主义的演讲。	1月,列宁逝世。	3月,谷崎润一郎发表《痴人之爱》。4月,宫泽贤治发表《春天与修罗》。6月,青野季吉等创办《文艺战线》。9月,中条百合子发表《伸子》。	1月,田汉创办《南国》半月刊。4月,泰戈尔访问中国。11月,语丝社成立,《语丝》周刊创刊。	2月,芥川龙之介发表《金将军》。6月,佐藤春夫发表《旅人》。7月,芥川龙之介发表《桃太郎》。

年份	日本历史大事件	中国历史大事件	世界史重大事件	日本文坛主要动向	中国文坛主要动向	大正作家中国题材作品发表情况
1924		12月,宣统帝到日本公使馆避难。		10月,横光等创办《文艺时代》杂志。		
1925	1月,日本与苏联邦交正常化。3月,无线广播开始试播。4月,治安维持法颁布。5月,普通选举法颁布。	3月,孙中山逝世。5月,五卅运动爆发。7月,广东国民政府成立。		1月,《国王》杂志创刊。11月,叶山嘉树发表《卖淫妇》。12月,日本无产阶级文艺联盟成立。	1月,叶圣陶发表《潘先生在难中》。蒋光慈发表《现代中国社会与革命文学》。3月,鲁迅翻译厨川白村《苦闷的象征》。4月,鲁迅创办《莽原》周刊。5月,沈雁冰发表《论无产阶级艺术》。10月,徐志摩开始主编《晨报》副刊。	1月,芥川龙之介发表《马脚》。3月,佐藤春夫发表《雾社》。5月,佐藤春夫发表《女诫扇绮谈》。11月,芥川龙之介发表《中国游记》。
1926	1月,京都学联事件,首次适用治安维持法。12月25日,大正天皇病逝。改元昭和。	7月,蒋介石率领国民革命军开始北伐。		1月,川端康成发表《伊豆舞女》。4月,室生犀星等创办《驴马》杂志。9月,青野季吉发表《自然成长与目的意识》。11月,日本无产阶级艺术联盟成立。	2月,《良友画报》创刊。3月,《创造月刊》创刊。4月,郭沫若出版戏剧集《三个叛逆的女性》。8月,鲁迅出版《彷徨》。	1月,芥川龙之介发表《湖南的扇子》。2月,木下杢太郎发表《中国南北记》。5月,谷崎润一郎发表《上海见闻录》,同时开始发表《上海交游记》。7月,佐藤春夫发表《李鸿章》。

年份	日本历史大事件	中国历史大事件	世界史重大事件	日本文坛主要动向	中国文坛主要动向	大正作家中国题材作品发表情况
1926				12月,改造社开始刊行《现代日本文学全集》67卷,"一元书"由此出现。	9月,狂飙社在上海成立。12月,鲁迅发表《藤野先生》。	9月,佐藤春夫发表《天上圣母》。12月,木下杢太郎发表《厥后集》(收录《昆仑山》)。
1927	5月,日本第一次出兵山东。	4月,蒋介石发动"四一二"反革命政变。18日,成立南京国民政府。		7月,芥川自杀。	7月,鲁迅出版散文集《野草》。10月,鲁迅从广州来到上海。	6月,芥川龙之介发表《女仙》。
1928	2月,第一次普选,无产政党共有8名当选。5月,济南事件,日军与蒋介石北伐军发生冲突。	6月,皇姑屯事件,张作霖被日军炸死。10月,蒋介石就任国民政府主席。		3月,全日本无产者艺术联盟(纳普)成立。	1月,叶圣陶连载小说《倪焕之》。闻一多发表《死水》。2月,丁玲发表《莎菲女士的日记》。9月,鲁迅出版《朝花夕拾》。10月,朱自清发表《背影》。12月,徐志摩发表《再别康桥》。	1月,佐藤春夫发表《日章旗下》。11月,横光利一开始发表后收录于小说《上海》中的各章节。

二、芥川龙之介、谷崎润一郎、佐藤春夫、木下杢太郎等中国旅行行程表

1. 芥川龙之介中国旅行行程表①

1921 年

3 月

9 日　中国特派旅行送别会。菊池宽、铃木三重吉、久米正雄等 16 人出席。

19 日　下午 5 点半,乘火车从东京出发,计划 21 日乘坐从门司出发的轮船"熊野丸"前往上海。

20 日　因感冒恶化高烧,只得在大阪下车,休养至 27 日。

27 日　从大阪出发,到达门司。

28 日　从门司港出发,乘坐开往上海的筑后丸。船在玄海滩遇上风暴,芥川龙之介晕船严重。

29 日　在筑后丸上。天气转好,可以遥望到济州岛。

30 日　下午 4 时,筑后丸抵达上海港。大阪每日新闻社的村田孜郎、友住以及路透社上海分社的记者、芥川龙之介的旧友托马斯·琼斯到码头迎接。

一行人乘坐马车来到原定下榻的东和洋行,但由于与店方交涉房间未果,改为下榻于日本人经营的旅馆万岁馆。

当晚,芥川龙之介与托马斯·琼斯在 Shepherd' Café(中文名:八珍楼)共进晚餐后,到四马路散步。先在顺丰咖啡厅观看了一会儿舞蹈,之后又去另外一家小咖啡厅喝苏打水。

31 日　芥川龙之介患病卧床不起。

4 月

1 日　在日本人经营的里见医院看病,被诊断为干性肋膜炎,马上入院治疗。

2 日—23 日　芥川龙之介住院期间,大阪每日新闻社的村田、友住以及托马斯·琼斯等都去医院探望芥川龙之介。芥川龙之介府立三中时代的旧

---

① 这份芥川龙之介中国旅行的行程表,是笔者在先行研究成果的基础上,参考芥川龙之介中国旅行的相关资料后制定而成。

友西村贞吉也特地从芜湖赶来探病。芥川龙之介并不认识的、在上海居住的俳句诗人岛津四十起,以及上海东方通信社的波多野也来医院探视,并与芥川龙之介熟识。

23 日　经过三个星期的住院治疗,芥川龙之介病愈出院。一出院,马上由岛津四十起做向导,参观上海老城。在周边的摊贩看过之后,又游览了湖心亭和城隍庙。

24 日　与波多野一起拜访郑孝胥。

25 日　与西本省三一起拜访章炳麟。西本省三是周报《上海》的主笔,此次为芥川龙之介担任翻译。

27 日—30 日之间　与村田孜郎一起拜访李人杰。与《神州日报》社长余洵在小有天酒楼共进晚餐。席间遇见林黛玉等众多艺妓。在上海期间,还曾在天蟾舞台观看小翠花主演的京剧《梅龙镇》,在亦舞台观看绿牡丹主演的《玉堂春》。

5 月

1 日　与村田孜郎一起乘火车前往杭州。当晚,住宿在西湖湖畔的新新旅馆。

2 日　乘坐画舫小船,游览白堤、断桥、孤山、曲院风荷等处景致。参观俞曲园的别墅——俞楼、苏小小、岳飞以及秋瑾之墓。中午,在楼外楼饭馆吃饭。饭后,游览三潭印月、雷峰塔和放鹤亭。

3 日　游览郊外的清涟寺、灵隐寺和风林寺。

4 日　乘坐火车返回上海。

5 日—7 日　在上海休息。

8 日　与岛津四十起一起乘火车前往苏州。到苏州后,骑毛驴游览苏州城内,参观北寺塔、玄妙观和孔庙。

9 日　游览苏州郊外的天平山和灵岩山。

10 日　参观寒山寺、虎丘、留园和西园。当晚 12 点左右,乘坐火车前往镇江。

11 日　凌晨到达镇江后,乘上镇江开往扬州的轮船。到达扬州后,由盐务官高洲太吉陪同,乘坐画舫,游览大虹桥、春柳堤、五亭桥、法海寺和蜀岗。当晚,住在高洲家中。

12 日　返回镇江。参观金山寺后,与岛津四十起告别,岛津返回上海,芥川龙之介一人乘火车前往南京。到南京后,一个中国人来迎接芥川龙之介。并与芥川龙之介一起游览贡院和秦淮河。芥川龙之介在城内的鞋店买了一双中式鞋。

13 日　与大阪每日新闻社的五味记者一起参观明孝陵。原本继续去莫愁湖,但芥川龙之介中途胃痛,返回旅店休息,请来一位按摩师按摩。当晚,在南京驻在的陆军大佐多贺宗之请芥川龙之介与五味记者共进晚餐。

14 日　返回上海。

15 日　去里见医院看病。里见医生说,没有大碍。

16 日　与波多博、村田孜郎一起第二次拜访郑孝胥。郑孝胥赠送芥川龙之介一幅自书的七言绝句画轴。

17 日　当晚,乘上上海开往芜湖的凤阳丸。

19 日　晚上,到达芜湖,住在旧友西村贞吉的员工宿舍大唐花园。

20 日　与西村一起游览芜湖城区。

21 日　从芜湖乘坐南阳丸赴九江。在船上,遇见知名的日本画家竹内栖凤及其长子一行。

22 日　到达九江,下榻于九江的大元洋行。

23 日　与竹内父子及大元洋行的老板娘等人坐上藤椅小轿去庐山。到达大元洋行的牯岭分店后,去附近观赏景色。当晚,住宿在庐山山上的大元洋行分店。

24 日　从九江乘坐大安丸赴汉口。

26 日　到达汉口。住宿在住友分店店长水野的家中。

26 日—29 日之间　由武林洋行的宇都宫五郎(宇都宫是西村贞吉的好友)作向导,游览黄鹤楼、古琴台。并应邀作过两三次演讲。

29 日　乘船经洞庭湖到达长沙。

29 日—31 日之间　游览岳麓山的爱晚亭和麓山寺,参观长沙天心第一女子师范学校及其附属高等小学。

6 月

1 日　返回汉口水野家中。

6 日　晚上,乘火车赴洛阳。

7 日—10 日之间　中途在郑州转车。到达洛阳后,参观龙门石窟。后又返回郑州。

12 日或 14 日　乘火车抵达北京。

14 日(—7 月 10 日期间)　在北京逗留近一个月时间。其间入住日本人经营的旅馆扶桑馆。由中国民俗研究家中野江汉作先导,参观雍和宫、北海、万寿山、天坛、什刹海、文天祥祠、白云观、天宁寺、谢文节公祠、陶然亭等多处名胜古迹。游览郊外的居庸关、弹琴峡和八达岭的万里长城。与大阪每日新闻社的波多野乾一、《顺天时报》记者辻听花等一起在东安市场的吉祥茶园、前门外的三庆园等剧场观看六十多场京剧、昆曲等。拜访北京大学教授辜鸿铭。其间,曾计划去山西大同参观,游览石佛寺。

18 日　应北京 NM 会邀请,赴宴于大和俱乐部。

19 日　应波多野乾一邀请,在瑞记饭店与郝寿臣、尚小云、贯大元等京剧名角共餐。

21 日　应北京二十一日会邀请,赴宴于大和俱乐部。

25 日　身穿中国服,拜访胡适。

27 日　邀请胡适到扶桑馆就餐。

7 月

10 日　从北京出发乘火车到达天津,下榻于日本租界的常盘宾馆。

11 日—12 日　在天津逗留。其间,接受日系杂志《日华公论》的采访。南部修太郎的妹妹到宾馆看望芥川龙之介。

12 日　乘坐火车离开天津,启程回国。

先到达沈阳,再从沈阳乘火车到釜山。从釜山坐船回到下关。

2. 谷崎润一郎两次中国旅行行程表①

第一次
1918 年

7 月　开始筹备去中国旅行。

9 月　向中央公论社预支稿费等,筹措旅游经费。

10 月

7 日　谷崎润一郎欢送会。由佐藤春夫、上山草人发起,芥川龙之介、久米正雄、江口涣等 15 人参加。

9 日　下午 4 点搭乘前往下关的火车。

10 日　晚上抵达下关后,换乘晚上 9 点 30 分前往釜山的轮船。

11 日　上午 9 点抵达釜山。十点换乘前往南大门的火车,当晚抵达京城(首尔)。在京城逗留期间,曾去光华门附近散步,和一高时代的友人岸岩一起去朝鲜饭店长春馆。在平壤逗留期间,曾参观早市。

---

① 该行程表参考了《谷崎润一郎与东方主义——大正日本的中国幻想》一书的附录,并略作修改。

17 日　经新义州抵达奉天。住在木下杢太郎家中。

18 日　与木下杢太郎同游奉天,并联名给和辻哲郎写信。

19 日　与木下杢太郎等一起游览北陵。在奉天期间,曾去平康里的中华茶园看京剧,在松鹤轩、小乐天等餐馆用餐。

21 日　离开奉天,沿京奉线前往天津。

22 日　宿山海关的日本旅馆。

23 日　继续从山海关前往天津。

24 日　宿天津法租界帝国饭店。在天津期间,曾去朝鲜银行,并在各戏院看戏。

26 日　抵达北京,逗留十天左右。抵京翌日,去琉璃厂购买《戏考》一书。与辻听花、村田孜郎、平田泰吉等人见面。去大栅栏的广德楼看梅艳芳和王凤卿主演的《御碑亭》。还看了京剧《李陵碑》《孝义节》等。在新丰楼品尝鲁菜。游览万寿山的离宫、天坛、钟楼、八大胡同等处。

11 月

4 日　经由京汉线前往汉口。

6 日　抵达汉口。在汉口逗留期间,在黄鹤楼品尝海参。

8 日　从汉口乘船,沿长江而下,前往九江。

9 日　抵达九江,宿租界内酒店。

10 日　游览九江市内。

11 日　前往庐山,宿大元洋行。

12 日　游览庐山。

19 日　乘船前往南京。

20 日　抵达南京。宿石板桥南面的旅店。在南京逗留期间,游览夫子庙、秦淮河,在秦淮河乘坐画舫。晚上在利涉桥附近的长松东号品尝南京菜,晚饭后去妓女花月楼处。

22 日　从南京乘火车抵达苏州。宿日本租界内旅店。

23 日　游览苏州城内。

24 日　乘画舫游运河,赴天平山赏红叶。

25 日　在苏州城内游览。

26 日　离开苏州,前往上海。宿日本人俱乐部五楼的土屋计左右宿舍。在上海逗留期间,看了"中国戏",在大世界观看木偶戏,还曾在日本人俱乐部等处看戏。曾去卡尔顿咖啡馆,见到日本人经理。

11 月末或 12 月初　前往杭州。在杭州逗留期间,宿西湖畔的清泰第二旅馆。在西湖凤舞台看京剧。其间,可能去过日本领事馆。

12 月上旬　离开杭州,回到上海。可能仍寄宿在土屋计左右宿舍。

7 日　乘船离开上海。

10 日　抵达神户,乘火车回到东京。

11 日　抵达东京中央车站。回国后,将从中国带回的明代版画《苏州间门景》送给佐藤春夫。

第二次

1926 年

12 月 26 日　给时任三井银行上海分行行长的土屋计左右寄信,请其帮忙预约旅馆。

1 月

6 日　与家人一起前往长崎,在长崎逗留四五日。

13 日　乘坐下午 1 点开船的长崎丸前往上海。

14 日　下午 3 点抵达上海。宿一品香旅社,也曾在大华饭店住过两三天。在上海期间,曾拜访土屋计左右家。土屋在功德林为谷崎召开在沪日本人欢迎会。经宫崎议平介绍,结识内山完造,参加在内山书店二楼举行的与上海作家的见面会,会后与郭沫若、田汉等在一品香旅社畅谈至深夜。

24 日　《申报》刊登《日本文学家来沪》消息。

27 日　《申报》刊登《上海文艺界发起消寒会》消息。

28 日　《申报》刊登《上海文艺界发起消寒会续讯》。

29 日　参加在新少年影片公司举办的文艺消寒会,出席者逾七十名。谷崎大醉,由郭沫若送回饭店。

30 日　《申报》刊登《上海文艺界发起消寒会盛况》。

31 日　在法租界恩派亚大戏院观看电影《新人的家庭》,并与任矜苹导演交谈。

2 月

1 日　《新闻报》刊登《盛极一时之艺术界消寒会》。

12 日　受邀前往欧阳予倩家吃年夜饭。欧阳予倩、唐琳写诗赠予谷崎。

14 日　与田汉一起去陈抱一家拜访,获赠两只广东狗。

17 日　乘坐上午九点的长崎丸离沪。

19 日　下午三点抵达神户。

3. 佐藤春夫中国旅行行程表

1920 年①

7 月

6 日　抵达基隆。

7 日　抵达打狗,宿开设牙科医院的东熙市家中,其间曾去旗后(今天的旗津)。

21 日　由在牙科医院做学徒的郑享绥做向导,从打狗出发,前往厦门。

22 日　晨,抵达厦门岛,宿南华旅社。在厦门逗留期间,参观鼓浪屿等。

29 日　错过前往漳州的轮船。因向导郑要返回台湾,佐藤在参观旭瀛书院时,请院长冈本要八郎介绍了徐朝帆、余锦华两位台籍教师担任向导。

30 日　参观集美学校。

8 月

1 日前后　与徐朝帆、余锦华,以及毕业于台北医学校、现在陈炯明手下担任军医的许连城一起前往漳州。到达漳州后,先将行李寄存在许连城的宏仁医院,由许家长子带领沿着新建的道路,前往漳州公园,又参观了旧城东门的公设市场、妓院一角;在公园看见军官出行。后经文庙,返回宏仁医院。

6 日以后　由东熙市的友人陈聪楷做导游,游览台南、凤山、旧城等。在台南,游览了安平(赤崁城遗址),宿旅馆四春园。

9 月

16 日　听从台湾土著民研究家森丑之助的建议,从打狗的东熙市家出发,计划穿越台湾的山岳地带,游览中部各城市后,前往台北。当日北上到达嘉义后,前往营林局嘉义派出所,打听阿里山铁路因台风受损状况,宿嘉义宾馆。

17 日　乘坐东洋制糖北港线,到达北港,参观北港的妈祖宫(朝天宫),

---

① 佐藤春夫台闽旅行的行程表参考了河野龍也「佐藤春夫の台湾滞在に関する新事実(三)」(『実践国文学』94, 2018 年 10 月,第 94—113 页)等相关先行研究成果,并略做修改。

当日返回嘉义。

18日　晨5点半左右,从嘉义出发。一个半小时后,到达二八水,换乘明治制糖公司的中央铁道线,前往滴仔(今名间)。因台风带来的洪水淹没了铁路,中途被迫步行一段,继续乘车。台湾电力公司派人迎接,从滴仔换乘台湾制糖埔里社线,又因铁路受损,在集集下车。当晚,宿南洋馆或集集馆。在集集听闻雾社原住民暴动的消息。

19日　由台湾电力公司职员做向导,沿土地公鞍古道(水沙连古道),前往日月潭。到达日月潭水社后,宿涵碧楼。当晚,到湖对面的石印社观看"化蕃"舞蹈。

20日　从水社出发,沿台湾制糖埔里社线,前往埔里。在能高郡役所询问雾社、能高方面的安全状况。在埔里街俱乐部内的物产陈列所观看蝴蝶标本。宿日月馆内为台湾前总督佐久间特别建造的房间。

21日　从埔里出发,沿埔眉轻便铁道,前往眉溪。大约步行六公里到达雾社。宿雾之丘俱乐部。拜访台中州能高郡警察科雾社分室,参观分社附属的蕃产品交易所。

22日　参观雾社蕃人公学校。与武装警察及两名蕃丁一起出发,前往能高。傍晚到达能高驻在所。

23日　早餐后,出发返回雾社,因脚痛,晚上到达,宿雾之丘俱乐部。

24日　因脚上起泡,难以步行,在雾社休息。

25日　从雾社出发,步行六公里到达眉溪。乘埔眉轻便铁道,前往埔里。当晚到达龟仔头。

26日　从龟仔头出发,乘坐台中轻便铁道,前往草鞋墩。换乘帝国制糖中南线,到达台中,宿春田馆。

27日　台中州厅派翻译许妈葵来做向导。晚上参加在州知事加福丰次官邸举办的欢迎晚宴。晚餐后与台湾新闻社的B君一起去台中公园,后又到香园阁喝酒。

28日　从台中出发,前往彰化。登八卦山。之后,乘坐新高制糖鹿港线,前往鹿港。参观鹿港天后宫、书法家郑贻林的书草堂。中午从鹿港出发,返回台中,宿春田馆。

29日　从台中出发,前往葫芦屯(今天的丰原)。在三角仔(今天的三角里)的筱云山庄拜访画家吕汝涛,受邀在迎宾阁共进晚餐。当晚返回台中。

30日　从台中出发,乘坐帝国制糖中南线,到达阿罩雾。拜访林献堂,参观林家花园。当日返回台中。

10月

1日　抵达台北,宿森丑之助家中。

2日　上午拜访台湾总督府下村宏总务长官,表达谢意。当晚参加在铁道宾馆举办的庆祝南方艺术社成立的音乐会,并发表即席演讲。

15日　离开台湾,返回日本。

1927年①

7月

10日　与夫人及侄女智惠子一起从神户前往上海。

12日　乘坐长崎丸到达上海,宿万岁馆,当晚郁达夫等设宴欢迎。

14日　田汉陪同佐藤一行及徐志摩一起坐车去吴淞游玩。

16日　日本记者俱乐部新闻会为佐藤春夫召开欢迎会,田汉一同出席。

18日　上海每日新闻社在日本人俱乐部设宴欢迎佐藤春夫,郁达夫、欧阳予倩出席。

19日　下午,郁达夫陪同佐藤一行去城隍庙、半淞园游玩。晚上,与来访的日本人及郁达夫再次到六三花园喝酒。酒后,去青岛馆、虹口园及卡而登跳舞场。当晚,郁达夫宿于旅馆佐藤房间的沙发上。

20日　佐藤夫人到田汉家中,下午郁达夫来,与佐藤太太及田唐雨太太乘车去先施永安购物。在福禄寿的客堂吃冰闲谈。晚上,佐藤春夫与郁达夫、唐太太一起出去兜风。八点,到达功德林,胡适之、欧阳予倩、徐志摩、陈西滢等已到。晚饭后,去福禄寿饮冰水,又去天蟾舞台看伶人化妆。

21日　上午,郁达夫来访。

22日　晚上,郁达夫来,同去散步。

23日　由郁达夫陪同,到法租界拜访田汉,询问前往南京的事情。因南京之行推迟,佐藤夫人不悦。傍晚,郁达夫陪同佐藤及太太去永安公司购物,在美丽川菜馆用晚餐。晚上又去田汉家,约定翌日去南京,观看在吴淞拍摄的影片。

24日　郁达夫到火车站为佐藤一行送行,不料田汉又改变了行程。郁达夫临时决定陪同佐藤一行去杭州,乘9点15分的火车前往,下午5点到

---

①　该日程由笔者根据郁达夫《日记九种》(上海北新书局,1927)、田汉《从佐藤春夫的殉情诗集》(《中央日报特刊》1928年2月9日)、佐藤春夫「西湖の遊を憶う」及《申报》相关报道(《日本文学家佐藤春夫来沪》1927年7月18日)等资料制作。

达。佐藤宿西湖畔的西湖饭店。当晚,郁达夫与佐藤在西湖边一旗亭用餐。晚餐后,在西湖泛舟纳凉。

25 日　郁达夫、王映霞到西湖饭店见佐藤,一起在知味观用餐。中午乘车去参观灵隐寺。又坐轿子,去韬光喝茶。还参观了清涟寺、紫云洞。下午,参观岳飞庙,之后在杏花楼用餐。晚餐后,乘船前往林处士宅旧址,后至三潭印月。

26 日　郁达夫陪同佐藤一行去杭州市大街购买绸缎等。中午在王映霞家用餐,王映霞的父亲为佐藤挥毫写诗。下午坐汽车,参观六和塔。晚上再次泛舟,游览三潭印月。晚饭在楼外楼用餐。

27 日　乘坐 7 点 40 分的特快列车,返回上海。回到旅馆,收到电报,又看到报上的报道,得知芥川龙之介自杀的消息。与郁达夫在旅馆聊到晚上,参加为佐藤春夫召开的文艺漫谈会。

28 日　晚,佐藤春夫一人前往南京。

29 日　晚,郁达夫陪佐藤夫人及侄女去大世界游玩。

30 日　晚,郁达夫陪同佐藤夫人及侄女去海宁路一电影院看电影 *Midnight Sun*。

31 日　晚,郁达夫陪同佐藤夫人及侄女去城隍庙游玩,在陶乐春吃晚餐。

8 月

2 日　宿田汉家中。由田汉做向导,参观国民政府新闻班编辑室。翌日,参观明孝陵、雨花台、紫金山等。在紫金山看见中山陵正在施工。之后,游览清凉山,在扫叶楼俯瞰莫愁湖。参观鸡鸣寺,用素斋。在莫愁湖泛舟。离开南京前晚,在秦淮河乘坐画舫。田汉又陪同游镇江、扬州。

3 日　佐藤一行离开上海,返回日本。

4. 木下杢太郎中国游历简要年表①

1916 年

9 月　赴南满医学堂,担任教授,兼任奉天医院皮肤科科长。到达奉天一周后,前往吉林旅行。

---

① 该行程表参考了傅玉娟《木下杢太郎日本文化论研究》(浙江大学出版社,2014 年)一书的附录,并略作修改。

1917 年

1 月　第一次前往北京。

8 月　回国省亲,前往奈良等地,并结婚。

9 月　与新婚妻子一起,经由朝鲜半岛,回到奉天。在朝鲜,参观李王家博物馆。

1918 年

3 月

30 日　带领学生,从奉天出发开始修学旅行。

31 日—4 月 10 日　带领学生在北京、青岛、济南等地旅行。

4 月

11 日　一人乘晚上八点火车,从济南前往徐州。

12 日　因睡觉坐过站,到符离集后下车,重新乘车到达徐州,宿文明客栈。

13 日　早上 7 点 15 分,沿汴洛铁路,从徐州前往开封,下午五点不到,抵达开封,宿大金台旅馆。傍晚游览开封杨家湖、关帝庙等地。

14 日　在开封市内游览。下午 2 点 10 分,乘火车前往洛阳,半夜抵达,宿洛阳的大金台旅馆。

15 日　雇人力车前往龙门。考察龙门石窟,当天返回洛阳。

16 日　早晨乘火车从洛阳出发,在义井铺站下车,坐马车前往白马寺游览。12 点 30 分,从义井铺出发,前往郑州,下午 5 点抵达,宿站前第一宾馆。晚上 12 点 55 分,乘火车返回北京。

17 日　晚,抵达北京,宿扶桑馆。

18—20 日　在北京逗留。

21 日　从北京出发,返回奉天。

1920 年

8 月

27 日　从奉天出发前往北京。

28 日　抵达北京,宿扶桑馆。当晚,在大栅栏的广德楼看戏。

29 日　在北京市内游览雍和宫、国子监。当晚,在前门外的雍和宫看戏。

30 日　前往日本大使馆的图书馆,借阅沙畹出版的图录 *Mission ar-*

cheologique dans la Chine septentrionale,（《北中国考古旅行记》）（1909—1915），临摹其中 50 多张照片，下午与日本友人一起逛琉璃厂。

31 日　在北京逗留，吃了枣子。

9 月

1 日　逛琉璃厂，在广德楼看富连成社的戏。

2 日　游览天坛。

3 日　游览万寿山与西山。

4 日　在大栅栏的三庆园看戏。

5 日　早晨乘火车前往八达岭，宿南关。

6 日　参观明十三陵。返回北京后，改宿日华同仁医院的一等室。

7 日　在大栅栏的三庆园看戏。

8 日　在山本照相馆购入 30 张云冈石窟的照片。当晚，与后藤朝太郎等人在北京饭店吃饭。

10 日　晨 8 点 35 分，与木村庄八、后藤朝太郎一起从西直门乘火车前往大同，当晚八点抵达大同，宿东华栈。

11 日　在客栈雇用了小厮与厨师，与木村庄八、后藤朝太郎一同前往云冈石窟。后藤朝太郎当日返回大同。木下与木村庄八则在云冈石窟逗留两个星期（至 25 日），对佛像进行写生，或者拍照。

26 日　返回大同，宿东华栈。

27 日　返回北京。

28 日　晚上，看梅兰芳的戏。

29 日　生病卧床。

30 日　晚上与在北京的日本人聚会。

10 月

1 日　有日本人来访。

2 日　14 点，为妇人会讲演。

3 日　病情加重，卧床休息。

5 日　前往日本大使馆浏览沙畹的图录。

6 日　与"新中国社"的人一起散步，晚上看梅兰芳的《六月雪》。

7 日　"新中国社"的丸山来访。到北京大学拜访周作人。

8 日　到正阳楼吃烤肉。

9 日　前往山本照相馆、大栅栏等处。

10 日　访问满铁公所。

11 日　当晚与日本人在北京饭店聚餐。

12 日　周作人来访,获赠胡适的诗集《尝试集》,木下赠周作人《餐后之歌》。19 点 30 分,与木村庄八一起乘火车前往太原。

13 日　凌晨到达石家庄,换乘正太铁路,前往太原。下午四点抵达,宿岐凤栈。

14 日　与木村庄八等一起雇马车前往晋祠。

15—16 日　前往天龙山,为佛像写生。

17 日　早晨 7 点 30 分,出发返回太原。下午 6 点抵达太原。

18 日　参观山西医院、山西医学专门学校、中医改良研究会等。

19 日　早晨 6 点 15 分,从太原出发,下午 3 点多到达获鹿县站,前往本愿寺参观。晚上乘坐 19 点 30 分的火车,回到石家庄,宿迎宾馆。

20 日　晨 4 点,从石家庄出发,前往郑州。下午 6 点左右到达,宿法国旅馆。

21 日　前往洛阳,16 点左右到达,宿大金台。

22 日　打算前往龙门石窟,因军阀混战,未获许可。返回郑州,宿法国旅馆。

23 日　前往巩县,参观石窟。宿巩县。

24 日　再次前往石窟,写生、拓本。乘坐 16 点 40 分火车返回郑州。宿郑州。

25 日　与木村庄八分开,18 点,乘火车前往汉口。

26 日　到达汉口,宿字爱馆。

27 日　与在汉口的日本人会面。

28 日　前往武昌的宝通寺和黄鹤楼参观,当天返回汉口。

29 日　从武昌的通湘门车站出发,前往岳州。

30 日　早晨 5 点,到达岳州,宿第一旅馆。

31 日　上午 11 点,到达长沙,宿对岳馆。

11 月

1 日　参观长沙湘雅医院。

2 日　17 点 20 分,乘坐轮船返回汉口,3 日,途经岳州。

4 日　抵达汉口。

5 日　前往汉阳,为黄鹤楼喇嘛塔的浮雕写生。

6 日　乘坐日清汽船公司的凤阳丸前往九江。

7 日　上午 9 点,到达九江。

8—9 日　在九江逗留。

10 日　早晨 9 点乘船前往南京。

11 日　上午 10 点左右,过三山矶,到达南京。

12 日　前往栖霞山、千佛岭参观。

13 日　参观鼓楼医院。购入秫陵集、西湖志。

15 日　游览莫愁湖、清凉山。

16 日　到达镇江,宿万全楼。

17—18 日　17 日到达苏州,拜访叶德辉。在苏州期间,参观虎丘、寒山寺、枫桥、西园、留园等处。

19—20 日　19 日,到达上海。与在上海的日本人交流。

21—22 日　21 日,到达杭州。22 日,返回上海。

23—24 日　在上海参观同济医院等地。

25 日　早晨 5 点 30 分,从上海出发,返回北京。

26 日　傍晚,到达北京。

12 月

2 日　从北京出发,前往天津。宿大和旅馆。

3 日　乘大智丸返回日本。

后　记

　　自 2003 年开始攻读博士学位,研究芥川龙之介的中国之行及其书写,我对日本作家中国题材作品的研究,已经有二十余个年头了。记得本科和硕士期间撰写学位论文的时候,我模仿日本研究者的经典做法,以某个知名作家的经典文本为研究对象。可慢慢地,我逐渐意识到,作为一名中国的研究者,我对于日本作家创作的那些与中国有关的文本更感兴趣,通过这些文本,我能够从中了解到某一个时代的日本人对于中国的观感、认知与意识。日本是中国一衣带水的邻国,是近代以来第一个走上现代化道路的亚洲国家,是曾经发动侵华战争,给中华民族带来深重灾难的国家,作为一名学习日语、从事日本文学研究的高校教师,我更想发挥自己所学所长,深入了解日本作家在文本中建构的中国形象,及其在日本的传播,对于日本读者产生的影响,进而将其介绍给中国的学界,以实现他山之鉴。

　　这本书可以说,正是在这样一种信念支撑之下,多年来研究成果的结晶。之所以把目光聚焦于大正时代,正如在本书中多次提及的那样,是因为大正时代,是日本近现代文学从成熟走向繁荣的时代,是在“大正民主主义”的背景之下,以“大正浪漫”著称的文学、文化呈现百花齐放、百家争鸣的时代。大正时代,日本经济快速发展,尚未开始大规模的侵略战争,在这样一种宽松的时代氛围之下,作家们创作了大量中国题材作品,既向日本人曾经憧憬与崇敬的诗文中国表示致敬,同时又积极表现同期的新时代中国,在作品中流露出作家对于同期及未来中日关系的认识及判断。这种种中国认识的面相,可以说正是今日日本存在的种种中国认识的渊源所在。

　　明治维新以后,虽经历脱亚入欧风潮的洗礼,但在日本,中国优秀传统文化,特别是诗歌、古文、绘画等依然是一种阳春白雪般的存在。笔者目前正以此前的研究为基础,进一步关注日本近现代文学中的中国古典题材作品,开展研究。中国古典文学对于日本古典文学的影响已成定论,毋庸置疑。而日本近现代文学中的中国古典题材作品,与中国现当代文学中的古典题材作品,呈现出不同的旨趣,二者之间的比较研究,甚至可以揭示出中日两国近代以降所走过的不同历史道路的原因,或者也可以说,正是中日两国近代以降所走过的不同历史道路,决定了二者之间的不同。在这个意义上,目前从事的研究也是博士阶段以来本人一以贯之的研究兴趣所使然。

　　本书的出版获得国家社科基金后期资助项目资助(项目号:19FWWB009),同时也获得上海外国语大学校级重大项目资助(项目名称:日本文学中的中国题材及其政治书写),在此一并表示感谢! 同时也特别感谢上海人民出版社,使本书顺利出版。学术研究永无止境,本书难免疏漏之处,还望广大读者、专家多多批评、指正,在此也表示衷心感谢!

高　洁
2024 年初夏于沪上

图书在版编目(CIP)数据

"异国情调"与"乡愁"之间 : 日本大正时期文学
中的中国叙述研究 / 高洁著. -- 上海 : 上海人民出版
社, 2025. -- ISBN 978-7-208-19338-3

Ⅰ. I313.06

中国国家版本馆 CIP 数据核字第 20244YV094 号

责任编辑　陈佳妮
封面设计　夏　芳

"异国情调"与"乡愁"之间

——日本大正时期文学中的中国叙述研究

高　洁　著

出　　版　上海人民出版社
　　　　　(201101　上海市闵行区号景路 159 弄 C 座)
发　　行　上海人民出版社发行中心
印　　刷　上海商务联西印刷有限公司
开　　本　720×1000　1/16
印　　张　15.75
插　　页　4
字　　数　267,000
版　　次　2025 年 4 月第 1 版
印　　次　2025 年 4 月第 1 次印刷
ISBN 978 - 7 - 208 - 19338 - 3/I · 2196
定　　价　78.00 元